Le secret d'un père

Troublante parenthèse

YVONNE LINDSAY

Le secret d'un père

Passions

éditions HARLEQUIN

Collection : PASSIONS

Titre original : A FATHER'S SECRET

Traduction française de MURIEL LEVET

Photo de couverture
Enfant : © GETTY IMAGES/FLICKR OPEN/ROYALTY FREE
Réalisation graphique couverture : T. SAUVAGE

83-85, boulevard Vincent-Auriol, 75646 PARIS CEDEX 13.

Service Lectrices — Tél. : 01 45 82 47 47
www.harlequin.fr

ISBN 978-2-2802-8280-2 — ISSN 1950-2761

- 1 -

— Qu'est-ce que tu vas faire ?

Erin, désemparée, regardait fixement la lettre.

— Je ne sais pas…

— Commence par te renseigner, suggéra son amie Sasha d'un ton ferme et déterminé. Au moins, comme ça, tu auras tous les éléments en main pour contester. Si tant est qu'il faille le faire, bien sûr.

Sasha lui jeta un regard dubitatif, avant de poursuivre :

— Ecoute, que dit exactement cette lettre ? Qu'une personne est venue raconter à la police que des erreurs ont été commises à la clinique de fertilité ? Et, bien sûr, cet inconnu n'a aucune preuve pour appuyer ses dires. Tu ne penses pas qu'il pourrait s'agir d'un employé aigri, qui chercherait à se venger ?

— Je n'en sais rien, répondit Erin à son amie, en reposant la lettre sur la table. Mais ce qui est sûr, c'est que quelqu'un y croit assez pour faire appel aux services d'un avocat. Et puis, si c'était vrai, si les tests révélaient que Riley n'était pas le fils de James, est-ce que j'aurais le droit de contester ?

— Tu es sa mère. Tu as tous les droits. Ce type, dit-elle en désignant la lettre avec dédain, la « partie adverse », n'est rien d'autre qu'un donneur.

— Je te trouve un peu dure, tout de même. Tu sais,

si cet homme et sa femme se sont rendus à la clinique, c'est très certainement pour les mêmes raisons que James et moi. Je ne pense pas qu'on puisse le réduire au simple rang de donneur.

Comme pour se rassurer, elle déposa un baiser sur le front de Riley et respira son odeur. Quel bonheur de porter dans ses bras ce bébé, cet adorable petit être !

— C'est vrai, répondit Sasha d'un air penaud. Mais, quoi qu'il en soit, tu es la mère de Riley. Et ça, personne ne peut le nier. Ce qui signifie que personne ne pourra jamais t'en retirer la garde.

Peu convaincue, Erin se remit à étudier la lettre, espérant y trouver un détail sur lequel s'appuyer pour refuser de soumettre Riley au test ADN qu'on lui demandait d'effectuer. Qui était le véritable père de son enfant ? Son mari, James, aujourd'hui décédé, ou un étranger ? Désemparée, elle resserra son étreinte autour du petit corps de son fils. La situation était insupportable, insoutenable, horrible. Riley *devait* être le fils de James. Il ne pouvait pas en être autrement. Leur sécurité dépendait de ce lien.

Comment une telle erreur aurait-elle pu être commise ? Quand James et elle avaient quitté leur résidence du lac Tahoe pour débuter la procédure qui avait abouti à la naissance de Riley, quatre mois plus tôt, jamais un seul instant ils n'avaient imaginé que le personnel de la clinique de San Francisco puisse commettre une faute aussi grave. Pas plus qu'ils n'avaient pensé que les symptômes grippaux que présentait James depuis quelques jours masquaient en réalité une infection bactérienne. Infection qui avait fini par lui coûter la vie, à peine deux semaines après la naissance de Riley.

C'était donc seule qu'elle devrait affronter cette horrible situation. La main tremblante, elle reposa la lettre sur le bois usé de la table de cuisine. Une table qui avait été utilisée par des générations et des générations de Connell. Et qui, légalement, ne pouvait revenir qu'aux futurs Connell. Jusqu'alors, elle pensait que tout ce qui se trouvait dans sa maison appartenait de droit à Riley, le fils légitime de James. Et si elle s'était trompée ?

— Ne t'inquiète pas, Erin, lui dit Sasha en posant sa main sur la sienne. Riley reste ton fils, et personne ne pourra jamais changer cela. Ecris-leur pour leur demander davantage d'informations. Si j'en crois cette lettre, cet avocat n'a aucune preuve de ce qu'il avance. D'ailleurs, tu remarqueras que sa demande est formulée comme une simple requête. Il ne s'agit pas d'une décision ordonnée par un juge.

— Tu as raison, répondit Erin, un peu soulagée. Et puis répondre à cette lettre va me permettre de gagner un peu de temps.

— Exactement.

Sasha leva les yeux vers l'horloge et soupira.

— Désolée, ma chérie, il faut que j'y aille. Ça va être l'heure des mamans.

— Bien sûr. Ne t'inquiète pas pour moi. Et merci d'être passée…

Erin avait été tellement bouleversée quand elle avait ouvert son courrier, ce matin-là, qu'elle n'avait pas pu s'empêcher de décrocher son téléphone pour appeler sa meilleure amie à la rescousse. Dans son existence qui avait tant changé au cours des douze derniers mois, le soutien et la tendresse de Sasha étaient devenus à ses yeux plus précieux que jamais.

— Je t'en prie. C'est à ça que servent les amis, non ? Appelle-moi quand tu auras du nouveau.

Sasha la prit dans ses bras avant d'ajouter :

— A quelle heure ton client doit-il arriver ?

— Vers 18 heures.

— C'est bien, ça. Ça va te permettre de mettre un peu de beurre dans les épinards. Je n'arrive toujours pas à croire que James ait pu vous laisser dans une telle situation.

— Tu sais bien qu'il a fait tout ce qu'il pouvait. Jamais personne n'aurait pu croire qu'il mourrait aussi jeune. Et puis il y a eu tous les frais médicaux liés à son hospitalisation et à la naissance de Riley. Ça nous a quasiment ruinés.

— Je sais. Excuse-moi. C'est juste que… je trouve ça si injuste !

Erin déglutit avec peine. Oui, c'était vraiment injuste. Après tout ce qu'ils avaient vécu, tout ce à quoi ils avaient survécu. Les yeux fixés sur son amie, elle sentit de nouveau l'angoisse s'emparer d'elle. Mais il fallait qu'elle se secoue. Cela ne servait à rien de ressasser le passé. Elle avait Riley. Et c'était sur lui qu'elle devait concentrer toute son attention.

Après le départ de Sasha, elle changea le petit et le coucha pour sa sieste. Quand elle fut sûre qu'il dormait bien, elle accrocha le babyphone à sa ceinture et se hâta de monter à l'étage pour inspecter une dernière fois la chambre de son client. Cela faisait si longtemps que la Maison Connell n'avait pas reçu de visiteurs qu'elle avait peur d'avoir négligé quelque chose ou oublié un détail important.

Mais la chambre était parfaite, le soleil qui filtrait à travers les carreaux la rendant particulièrement accueillante. Les draps exhalaient des senteurs de lavande. Un bouquet de roses du jardin, arrangées avec goût dans un vase de cristal, décorait la commode. Et le parquet, impeccablement ciré, étincelait dans la lumière du soleil. La salle de bains attenante à la chambre était tout aussi irréprochable : des serviettes épaisses et duveteuses étaient alignées le long du radiateur et un peignoir immaculé était suspendu à côté de la porte. Des savons, du shampoing… Oui, il y avait tout ce qu'il fallait.

A la demande de son client, elle avait transformé la chambre qui se trouvait de l'autre côté du couloir en bureau. Le jeune homme, qui travaillait à la rédaction d'un ouvrage, lui avait fait part de son besoin de calme et d'intimité. Ce qui ne constituait pas de problème particulier à ses yeux : c'était le premier client qu'elle recevait depuis des mois, et elle ne comptait pas en accepter d'autres pendant la durée de son séjour.

A bien y réfléchir, tout cela lui avait beaucoup manqué : la fierté que l'on éprouve à préparer une chambre pour des clients, en se demandant de quoi ils auront l'air, s'ils seront satisfaits, s'ils reviendront. Quel bonheur de travailler de nouveau ! Quand James était tombé malade, elle avait dû se résoudre à fermer la maison d'hôtes. Avec la meilleure volonté du monde, elle n'aurait jamais pu assumer à la fois ses clients, sa grossesse et la maladie de son mari.

Un sourire nostalgique aux lèvres, elle passa en

revue ce qui lui restait à faire avant 18 heures. Malgré l'interruption qu'avait constituée l'épisode du courrier, elle était toujours dans les temps. Et si son client était ponctuel, elle aurait tout le loisir de l'installer et de lui préparer son dîner avant qu'il ne soit l'heure de nourrir Riley et de lui donner son bain. Tout était parfait.

Alors qu'elle descendait l'escalier, un étrange sentiment s'empara d'elle. Elle s'arrêta quelques instants pour réfléchir et, au bout de quelques secondes, parvint à l'identifier. Oui, c'était bien cela : il lui semblait que, pour la première fois depuis une éternité, elle était vraiment… heureuse. Peut-être la roue avait-elle enfin tourné ?

En sortant de sa voiture, Sam Thornton ne put s'empêcher de grimacer. La douleur, dans sa jambe et sa hanche droites, était toujours bien présente. Les quatre heures qu'il avait passées assis, depuis son départ de San Francisco, n'avaient fait que l'exacerber. Certes, il aurait pu prendre l'avion jusqu'à Reno. Mais il aurait ensuite été contraint de faire appel aux services d'un taxi, c'est-à-dire d'un inconnu aux talents de conducteur potentiellement douteux. C'est pourquoi il avait préféré demander à son propre chauffeur de le conduire jusqu'à la maison d'hôtes. Le visage toujours déformé par la douleur, il se redressa et tenta d'étirer ses muscles.

— Vous allez bien, monsieur ? lui demanda son chauffeur, en venant le rejoindre.

— Ça va, Ray, je vous remercie.

Il leva les yeux vers l'imposante demeure de style anglais qui se dressait devant lui. La façade de la maison était couverte de clématites qui semblaient ne pas avoir été taillées depuis quelque temps. D'ailleurs, l'ensemble de la propriété donnait une impression générale de lente et inexorable décadence.

Il secoua la tête. Ce n'était pas la maison qui l'intéressait, et son entretien était le cadet de ses soucis. Il était là pour accomplir une mission de la plus haute importance.

— Vous êtes sûr que vous ne souhaitez pas que je reste avec vous un jour ou deux ? lui demanda Ray en lui tendant ses bagages.

— Je n'ai pas besoin de baby-sitter, répondit-il un peu sèchement.

Se rendant compte de son impolitesse, il ferma les yeux une ou deux secondes et soupira, avant d'ajouter :

— Excusez-moi, Ray. Mais non, merci. Ça ira. Vous pouvez partir en vacances chez votre sœur, comme convenu. Je vous appellerai quand j'aurai besoin de vous. Mais ne vous faites pas de souci : je pense que vous serez tranquille pendant un bon bout de temps.

— Très bien, répondit le chauffeur en hochant la tête, avant de se réinstaller au volant de l'Audi A6.

Soucieux de se racheter, Sam le guida pour l'aider à faire demi-tour. Quand la voiture eut disparu de son champ de vision, il se retourna vers la maison. Il était seul, désormais, et il n'y avait plus moyen de faire marche arrière. Il commençait tout juste à s'approcher de l'entrée quand une jeune femme aux cheveux courts apparut sur le perron.

Manifestement, le détective privé qu'il avait engagé pour enquêter sur la jeune veuve avait omis de mentionner à quel point elle était séduisante.

— Bonjour, lui dit-elle d'une voix enjouée, et bienvenue à la Maison Connell. Vous devez être monsieur Thornton ?

Surpris, il s'immobilisa et resserra sa prise autour de la poignée de son sac de voyage. C'était impossible. Il ne pouvait pas être attiré par cette femme. Il n'avait pas le droit de l'être. Déterminé à ne pas se laisser aller, il essaya de repousser le brûlant élan de désir qu'il sentait battre dans ses veines. Mais son corps, ce traître, était littéralement en feu. Il sentait une brusque chaleur envahir des parties de son corps qu'il cherchait depuis si longtemps à ignorer qu'il pensait les avoir rendues insensibles.

— Monsieur Thornton ?

Ses yeux bruns étaient empreints d'inquiétude. Et si profonds qu'il aurait pu se perdre en eux. Non. Il n'était pas attiré par cette femme. Il n'en était pas question.

— Oui. Je suis bien Sam Thornton. Je vous en prie, appelez-moi Sam.

Il s'avança vers elle et lui tendit la main.

— Erin. Erin Connell. Votre hôtesse.

Au moment où leurs mains se rencontrèrent, il comprit que la bataille était perdue. Quelque chose qui ressemblait à un agréable courant passa de sa paume à la sienne et se propagea dans son bras. A son grand étonnement, elle eut elle-même une expression de surprise, puis lâcha sa main et fit un pas en arrière. Ainsi donc, elle avait ressenti la même chose que lui… La situation était pire encore que ce qu'il avait imaginé.

— Entrez, je vous en prie, dit-elle d'une voix un peu plus rauque. Je vais vous montrer votre chambre. Puis-je vous aider à porter vos bagages ?

— Non, je vous remercie.

Elle entra dans la maison, lui offrant une vue imprenable sur son dos bien droit, la courbe parfaite de sa taille et celle, voluptueuse, de ses hanches et de ses fesses, moulées dans un jean blanc. Un nouvel élan de désir lui traversa le corps, et il dut se faire violence pour se contenir.

C'était complètement insensé ! Erin Connell n'était même pas son type de femme. Et, de toute façon, il n'avait plus de type de femme. Et ne voulait plus jamais en avoir.

— Vous venez de l'étranger ? lui demanda-t-elle, en le précédant dans le grand escalier.

— Non. Je suis originaire de Nouvelle-Zélande, mais cela fait maintenant huit ans que je réside aux Etats-Unis.

— C'est vrai ? J'ai toujours rêvé de visiter la Nouvelle-Zélande. On m'a dit que c'était un pays magnifique. Un jour, peut-être…

Ils parvinrent à un long couloir décoré de tableaux, et il se sentit soulagé de ne plus avoir ses courbes voluptueuses dans son champ de vision. Un instant plus tard, elle ouvrit une porte et lui fit signe d'entrer. La chambre, bien éclairée, donnait sur des jardins à la française. Ou ce qui avait dû être, à une époque, des jardins à la française. Car, une fois encore, l'ensemble laissait une impression générale de légère décadence. Décadence qui, fort heureusement, ne semblait pas encore avoir atteint l'intérieur de la maison.

— Voici votre chambre. Je pense que vous y trouverez tout ce dont vous avez besoin, dit-elle en ouvrant une porte qui donnait sur une salle de bains privée.

Mais s'il vous manque quoi que ce soit, n'hésitez pas à me le faire savoir.

Son sourire s'estompa. Et il comprenait très bien pourquoi : il était là, debout comme un idiot, à la regarder fixement. Il fallait qu'il dise quelque chose. Prenant son courage à deux mains, il se força à émettre un son affirmatif. A en juger par les traits de son visage, qui se détendirent de nouveau, ses efforts ne furent pas vains.

— Comme vous m'aviez aussi demandé un bureau, j'ai créé un espace de travail pour vous dans la chambre qui se trouve de l'autre côté du couloir. Si vous voulez bien me suivre…

La pièce, tapissée de boiseries sombres, était équipée d'un bureau et munie d'une large fenêtre offrant une vue splendide sur le lac.

— J'ai pensé que vous pourriez apprécier la vue en travaillant.

— C'est magnifique.

Et il pensait vraiment ce qu'il disait, même s'il ne parvenait pas à mettre dans sa voix tout l'enthousiasme qu'il aurait dû lui conférer. Pour le peu qu'elle demandait, il se serait contenté d'un simple placard sous l'escalier. Il ne faudrait pas oublier de lui laisser un généreux pourboire quand il partirait. C'était la moindre des choses. Mais, à bien y réfléchir, il était fort peu probable qu'elle l'accepte quand elle apprendrait les véritables raisons de sa venue.

— Merci, ajouta-t-il.

De nouveau, elle lui adressa un sourire étincelant qui le toucha au plus profond de son être.

— Je vous en prie. Je suis ravie que cela vous plaise.

Je vous laisse vous installer. Vous avez mentionné dans votre réservation que vous aimiez dîner tôt. Votre repas sera donc prêt à 19 heures. La salle à manger se trouve au rez-de-chaussée, juste en face de l'escalier. Vous trouverez une sonnette à droite de la porte. Activez-la pour m'appeler, quand vous serez prêt.

— Je vous remercie, Erin.

Dans sa bouche, son nom lui avait paru à la fois étrange et familier. Se pouvait-il que cette maison l'ait ensorcelé ? Il réfléchit quelques instants avant de repousser cette idée saugrenue. Non. Il n'y avait pas de sort, pas de sorcellerie. Cette attirance soudaine et folle pour Erin Connell ne pouvait trouver sa source que dans quelque chose de plus obscur et de plus primitif. Quelque chose qui avait moins à voir avec le sexe qu'avec le fait qu'il pensait avoir devant lui la femme qui avait porté son enfant.

- 2 -

Quand Sam posa son regard sur le babyphone qui était accroché à la ceinture d'Erin, une étrange sensation s'empara de lui. Et tout à coup, comme par hasard, ou comme par magie, l'appareil s'illumina et, pour la toute première fois de sa vie, il entendit le cri de son enfant. L'idée lui parut si bouleversante qu'il sentit les larmes lui monter aux yeux. Luttant pour se reprendre, il se força à demander, sur un ton aussi neutre que possible :

— C'est votre bébé ?

— Oui, mon fils. Il a quatre mois. Mais vous n'avez pas de souci à vous faire : il ne vous dérangera pas durant votre séjour. Nous vivons au rez-de-chaussée, à l'opposé de l'endroit où se situe cette chambre. Et puis, heureusement, il fait ses nuits, maintenant…

— Mais ça ne me pose aucun problème, répondit-il en souriant. N'essayez surtout pas de le cacher.

Les cris se firent plus insistants.

— Je crois qu'on vous réclame. Allez-y, je vous en prie.

— Merci, répondit-elle en se dirigeant à la hâte vers la porte. Et n'oubliez pas de sonner dès que vous serez prêt à dîner. Je vous servirai aussitôt.

Il hocha la tête et la regarda s'en aller. Quand elle

eut disparu, il se tourna vers la fenêtre. Les eaux du lac étaient calmes et sereines. Mais ce magnifique spectacle ne pouvait suffire à apaiser son esprit. Cela faisait désormais un an que sa femme était décédée. Un an de deuil, de douleur, de peine. Un an de remords. Mais tous ces sentiments, il les acceptait et les supportait stoïquement. C'était le moins qu'il pût faire, puisque c'était une décision stupide de sa part qui avait coûté la vie de Laura.

Il avait fait le vœu de ne plus jamais s'engager avec qui que ce soit. Jamais. Il avait même subi une vasectomie pour ne plus risquer de mettre en péril la vie de qui que ce soit. Et tout cela, il l'avait fait pour Laura, en sa mémoire. De façon naturelle, sans aucune difficulté. Mais, depuis qu'il était entré dans cette maison, il ne se sentait plus en accord avec ses principes. Il y avait quelque chose chez son hôtesse qui semblait éveiller tous ses instincts virils. Et cet effet qu'Erin Connell avait sur lui provoquait en lui un sentiment de colère mêlé de crainte. Même avec son épouse, qui était splendide, il n'avait pas souvenir que l'attirance ait été si forte, si instinctive, si immédiate.

La situation était périlleuse. Et insupportable. D'autant plus qu'il était là pour faire une chose qu'elle ne pourrait jamais lui pardonner : récupérer son fils.

Erin descendit les marches à la hâte. Ce type avait vraiment quelque chose. Et puis il était bien plus jeune et séduisant qu'elle ne l'avait imaginé quand elle avait pris sa réservation. D'instinct, elle passa sa main droite sur sa hanche pour essayer d'atténuer l'étrange sensation qui avait débuté avec sa poignée de main et qui continuait de se répandre en elle chaque fois qu'il la regardait.

Quand elle ouvrit la porte de la chambre de Riley, elle aperçut ses petites mains, qui s'agitaient au-dessus de son berceau. Tendrement, elle le prit dans ses bras et se mit à le bercer.

— Eh, petit bonhomme, murmura-t-elle, tu as bien dormi ? En tout cas, je trouve qu'il est bien tôt pour se réveiller. Tu as entendu notre nouveau client arriver, c'est ça ? Tu as peur d'avoir raté quelque chose ?

Elle coucha l'enfant sur la table à langer.

— Bien sûr, poursuivit-elle en retirant sa couche avec une dextérité qu'elle n'aurait jamais cru acquérir un jour, je ne peux pas te reprocher d'avoir envie de rencontrer M. Thornton. C'est vrai qu'il n'est pas mal du tout. Mais tu sais, il n'y a qu'un seul homme dans ma vie. Et cet homme…

Elle s'interrompit pour lui souffler dans le nombril.

— … c'est toi !

Riley lui adressa un beau sourire. Manifestement, le gros chagrin était passé.

Bien. Elle savait qu'il fallait qu'elle se concentre sur l'essentiel, c'est-à-dire sur son fils. Mais elle devait admettre que sa rencontre avec Sam Thornton l'avait déstabilisée. Son client n'avait rien de l'homme distant et courtois qu'elle avait imaginé en lisant ses mails de réservation. Elle s'attendait à voir arriver quelqu'un de plus âgé, de plus… ennuyeux. En tout cas, pas un tel Apollon.

Ses cheveux blond cendré étaient coupés court, et les petites rides sur son front et aux coins de sa bouche semblaient suggérer qu'il ne devait pas rire bien souvent. Mais son regard gris ardoise était vraiment fascinant. Elle avait l'impression qu'il pouvait lire en elle rien qu'en la regardant.

Et puis il y avait eu cette poignée de main…

En y repensant, elle ne put s'empêcher de frissonner. Riley, qu'elle avait dû serrer un peu trop fort, laissa échapper un petit cri de protestation. Non. Elle ne devait pas se laisser aller à ce genre de pensées. Même si cela faisait très, très longtemps que personne ne lui avait fait cet effet-là. Du reste, quelqu'un lui avait-il déjà fait cet effet-là ?

Le bébé bien calé dans ses bras, elle se dirigea vers la cuisine d'un pas déterminé. Heureusement, le transat se trouvait bien là. Elle y déposa aussitôt Riley, qui se mit à babiller en observant le mobile qui y était suspendu. Elle lui mit un hochet entre les mains. Le petit parut ravi.

Un sourire aux lèvres, elle entreprit de faire réchauffer le bœuf bourguignon qu'elle avait préparé pour son client un peu plus tôt dans la journée. Elle comptait le servir avec une purée de pommes de terre et des légumes verts du potager. Le dîner serait délicieux, elle n'en doutait pas. Mais ne serait-il pas un peu trop copieux ? Après tout, l'été n'était pas encore terminé. Les soirées étaient encore longues et chaudes.

Elle secoua la tête et sourit. S'il avait des réclamations à faire, il n'aurait qu'à s'adresser à la direction. C'est-à-dire à elle-même.

Il était vrai qu'elle assurait un rôle assez difficile et assez contraignant, mais elle aimait la Maison Connell. Quand elle avait postulé pour rejoindre l'équipe, alors beaucoup plus importante, pour la toute première fois de sa vie, elle avait eu une étrange impression : celle d'être chez elle. Elle était arrivée dans cet endroit sans rien, et elle y avait construit sa vie et fondé sa famille. La Maison Connell était devenue *sa* maison.

Mais aujourd'hui, dix ans plus tard, tout ce qu'elle avait bâti semblait bel et bien sur le point de s'effondrer. Et ce à cause des simples allégations d'un inconnu qui prétendait que Riley n'était pas le fils de son mari. Et qui n'avait certainement aucune idée de la tempête qu'il s'apprêtait à déclencher.

Une assistance juridique. C'était de cela qu'elle avait besoin. Mais elle savait que cela lui coûterait cher, très cher, trop cher. Par ailleurs, elle ne pouvait pas faire appel à la société qui gérait les affaires de la famille Connell depuis plus de cent ans. Et ce pour la simple et bonne raison que cette société était gérée par les personnes mêmes qui la chasseraient de sa propriété si les allégations de l'inconnu s'avéraient justifiées.

Désemparée, elle secoua la tête. Elle avait été l'épouse de James. Riley était leur fils. La Maison Connell était la maison de Riley. D'après l'archaïque disposition du fidéicommis, la propriété ne pouvait être habitée que par des descendants directs de James Connell, qui l'avait bâtie au début des années 1900. Riley, en tant que fils biologique et légitime de James, et elle-même, en tant que mère de Riley, avaient donc le droit d'y vivre comme chez eux.

Oui. Mais si une erreur avait été commise ?

Un frisson lui parcourut le dos. Elle ne pouvait pas supporter cette situation, pas plus que l'horrible position de vulnérabilité dans laquelle elle la mettait. S'ils devaient partir dès maintenant, elle et Riley n'auraient rien d'autre à emporter que les vêtements qu'ils avaient sur le dos et le peu d'argent qui lui restait sur son compte en banque.

Ils ne pouvaient pas perdre leur toit. Elle ne savait rien faire d'autre que de tenir la maison d'hôtes et s'occuper de ses clients. Il fallait coûte que coûte qu'elle obtienne la preuve dont elle avait besoin pour mettre un terme à cette histoire ridicule.

Tout à coup, un nom lui vint à l'esprit. Celui de Janet Morin. Elle avait connu Janet à ses cours de préparation à l'accouchement et elle savait que la jeune femme projetait de reprendre son travail d'avocate à mi-temps juste après la naissance de sa fille. Peut-être pourrait-elle l'aider ou, au moins, lui indiquer le meilleur chemin à suivre pour ne pas dépenser trop d'argent. Elle pourrait toujours lui poser une ou deux questions. Cela ne coûtait rien d'essayer.

L'idée venait à peine de germer dans son esprit quand Riley se mit à hurler. Manifestement, il venait de se cogner le nez avec le jouet qu'il tenait entre ses mains. Emue, elle le reprit dans ses bras pour le bercer. Mais il semblait inconsolable.

— Chut, Riley, chut, chuchota-t-elle, en couvrant son petit visage de baisers.

Mais Riley se mit à hurler de plus belle. D'expérience, elle savait que, dans des situations telles que celle-ci, il n'y avait qu'un seul moyen de le calmer. Serrant toujours le bébé dans ses bras, elle s'assit sur l'une des chaises de la cuisine et déboutonna le haut de son chemisier. Riley se jeta sur son sein avec appétit. D'un geste tendre, elle essuya de ses mains les larmes qui lui avaient mouillé les joues.

— Ce n'est pas vraiment le moment, tu sais, Riley ? Notre client ne devrait pas tarder à descendre. Et je ne me vois pas lui apporter son dîner avec toi accroché à moi de cette façon.

— Mais cela ne me dérange pas d'attendre.

Elle sursauta. Il était derrière elle et elle ne l'avait pas entendu arriver. Prise de panique, elle s'empressa de réajuster son chemisier autour de la petite bouche de bébé.

— Excusez-moi, balbutia-t-elle, je ne vous ai pas entendu sonner.

Quand elle vit à quel endroit ses yeux étaient fixés, elle sentit le rouge lui monter aux joues.

— C'est parce que je n'ai pas sonné, dit-il en s'avançant vers elle. Je suis allé dans la salle à manger. C'est une très jolie pièce. Mais l'idée d'y dîner seul ne me plaisait pas vraiment. Ça ne vous dérange pas, si je mange ici, avec vous ?

Cela ne la dérangeait pas, bien au contraire. Elle trouvait l'idée particulièrement bonne, mais sa question ressemblait presque à une supplique et le ton de sa voix dénotait une certaine solitude. Voire une certaine souffrance… Cela pouvait-il expliquer les ombres qui cernaient ses yeux ? Les rides qui marquaient son beau visage ?

— Comme vous voudrez, s'efforça-t-elle de dire d'une voix neutre. Veuillez m'excuser, Riley n'est pas dans son état normal, aujourd'hui. Il doit être en train de faire une dent.

— Riley ? C'est son nom ?

Comme c'était étrange. On aurait presque dit qu'il y avait de la mélancolie dans sa voix.

— Riley James Connell. A votre service !

A ces mots, le bébé cessa de téter et se tourna doucement vers Sam en souriant. Elle se hâta de cacher son sein et de reboutonner son chemisier.

— Puis-je le prendre dans mes bras ?

Elle eut du mal à dissimuler son étonnement. Il voulait prendre Riley dans ses bras ? C'était la première fois qu'elle voyait un homme s'intéresser à un si jeune enfant. Même son mari avait éprouvé quelque réticence à le serrer contre lui.

— Bien sûr, mais je vais lui faire faire son rot, avant.

— Je peux m'en charger…

— Vous savez comment on fait ? demanda-t-elle, plus surprise encore.

— J'imagine que ça ne doit pas être bien difficile.

Cet homme ne savait pas dans quoi il venait de s'engager.

— Euh… vous savez, il lui arrive parfois de régurgiter un peu…

— Alors, mettez une serviette sur mon épaule, dit-il nonchalamment. C'est ce qu'on fait, non ?

Elle acquiesça et se leva pour aller chercher une serviette. Quand il l'eut posée sur son épaule, il tendit les bras à Riley, qui, tout sourire, se laissa faire.

— Il sera mieux si vous le positionnez comme ça, dit-elle en guidant ses mains sous les fesses de Riley. Et si vous massez son dos avec votre main libre, en le tenant bien contre vous.

Il suivit ses conseils. Et l'image qu'il offrait, à la fois étrange et naturelle, ne manqua pas de lui rappeler que Riley n'avait pas eu beaucoup de contacts avec des hommes depuis la mort de son père. Mais devait-il pour autant en établir avec Sam Thornton ? Elle ne connaissait même pas cet homme. Et pourtant, instinctivement, elle avait tendance à lui faire confiance…

Riley fit son rot, et les traits de Sam reflétèrent un tel sentiment de fierté qu'elle ne put s'empêcher de sourire.

— Et voilà, dit-il en continuant de lui masser le dos. Le petit garçon a fait son rot.

Elle se contenta de les regarder, attendrie.

— Vous voulez le reprendre ? lui lança-t-il.

— Non. Je vais finir de préparer le repas. Si vous n'avez plus envie de le tenir dans vos bras, vous pouvez le remettre dans son transat.

— Ce n'est pas dangereux, ces trucs-là ? demanda-t-il en jetant un regard soupçonneux vers le petit siège.

— Pas du tout, c'est très sûr. Et très utile, par ailleurs. Ça m'évite d'avoir à le porter tout le temps. Et puis c'est bon pour son développement : il prend un peu d'indépendance vis-à-vis de moi, tout en observant ce que je fais.

— Bien. Mais je crois que je vais tout de même le garder dans mes bras jusqu'à ce que le dîner soit prêt.

Elle acquiesça et commença de dresser la table. Malgré la présence de Riley, l'ambiance lui paraissait étrangement intime. Elle n'arrivait même plus à se rappeler la dernière fois qu'elle avait mis le couvert pour deux. C'était sans doute six mois auparavant, quand James était encore assez en forme pour quitter son lit et venir manger dans la cuisine. Mais elle n'avait pas de temps à perdre à ressasser le passé. Il fallait qu'elle se secoue. Elle avait assez de choses à penser comme cela.

*
* *

Sam, le petit garçon serré contre son cœur, avait du mal à dissimuler son émotion. Aussi incroyable que cela pût paraître, il y avait de fortes chances pour que l'enfant qui se trouvait sur ses genoux ne soit autre que son fils biologique. Instinctivement, il avait envie de garder ce petit être avec lui pour le protéger des dangers du monde. Mais il savait qu'il n'en avait pas le droit. Qu'il lui faudrait attendre. Attendre d'avoir obtenu la preuve certaine et irréfutable de sa paternité.

Pour tenter de se changer les idées, il observa Erin, qui, avec grâce et agilité, était en train de dresser une table chaleureuse et conviviale. Les arômes qui se dégageaient du plat qu'elle se mit à servir dans les assiettes en disaient long sur ses talents de cuisinière.

Soudain, il se souvint de ce qu'il avait vu quand il était entré dans la cuisine, quelques minutes auparavant, alerté par les cris du bébé. Cette image d'elle en train de donner le sein à leur enfant avait fait naître en lui une foule d'émotions. Il avait trouvé cela parfaitement naturel. Mais, en même temps, il n'avait pas pu s'empêcher de penser à la dépendance du bébé vis-à-vis de sa mère. Et il s'était demandé si Laura aurait elle aussi souhaité allaiter leur enfant. Hélas, ils n'avaient jamais poussé leurs discussions aussi loin et en étaient restés au stade de la conception. Ce problème avait consumé toute leur énergie et absorbé toute leur attention, au point d'exclure tout autre sujet de préoccupation.

Et, à y repenser, il sentit de nouveau les regrets l'assaillir. La situation dans laquelle il se trouvait lui semblait injuste. Et s'il était en train de salir la mémoire de sa femme en étant ici, avec Erin Connell ? En tenant dans ses bras ce bébé qui était peut-être le sien ? Le *leur*…

Si seulement il était allé la chercher à temps pour leur rendez-vous à la clinique, plutôt que de traîner au bureau pour terminer une tâche idiote ! C'était d'autant plus idiot qu'il s'agissait vraiment d'un travail sans importance. Le genre de chose qu'il avait appris à déléguer. Mais trop tard. Bien trop tard pour Laura et bien trop tard pour l'enfant conçu pour eux à la clinique de fertilité.

Un peu après l'accident, on lui avait expliqué que tous leurs embryons viables avaient été détruits au moment où la clinique avait fermé, à la suite de plusieurs plaintes déposées par des patients pour erreur médicale. En apprenant la nouvelle, il s'était senti désemparé. Jusqu'à ce qu'on lui laisse entendre que l'une de ces erreurs avait abouti à la conception d'un enfant né de son sperme…

— Tout va bien ?

La jolie voix d'Erin mit un terme à sa rêverie, chassant ses souvenirs douloureux pour le ramener dans la chaleur accueillante de sa cuisine.

— Oui. Très bien. Ça sent bon.

— Vous ne m'avez pas donné de recommandations culinaires spécifiques. J'espère que cela vous plaira.

Elle baissa la tête, l'air un peu gêné, et il se rendit brutalement compte qu'il était en train de la regarder depuis bien plus longtemps qu'il n'aurait dû le faire. Sans mot dire, elle lui prit Riley des bras et l'installa dans son transat. Le bébé se mit à jouer avec son mobile en babillant. Un sourire aux lèvres, elle s'installa en face de lui.

— C'est délicieux, lui dit-il, après avoir goûté son succulent bœuf bourguignon. Où avez-vous été formée ?

— Formée ?

— Pour cuisiner comme cela ?

Dans un premier temps, elle ne répondit pas et se contenta de le regarder manger. Curieusement, il ne se sentait pas gêné par son regard, même s'il savait qu'il ne faisait qu'attiser l'état de semi-excitation dans lequel il se trouvait depuis son arrivée.

— J'ai appris sur le tas, finit-elle par dire. La Maison Connell disposait d'un cuisinier quand je suis arrivée, mais je trouvais ses plats trop compliqués, trop raffinés. Quand il a pris sa retraite, James m'a proposé de reprendre son poste et je me suis lancée.

— Vous travailliez comme employée ? Ici ?

Cet élément ne figurait pas dans le dossier que lui avait remis le détective privé qu'il avait engagé. Mais il fallait dire que le pauvre homme, qui continuait néanmoins ses recherches, avait eu à peine une semaine pour collecter des informations sur elle.

— Au départ, oui.

Un sourire doux-amer se dessina sur ses lèvres.

— Je sais que ça fait un peu cliché, poursuivit-elle, l'air gêné. Je veux dire… d'épouser le patron.

A ces mots, il sentit une violente douleur lui traverser la poitrine. La jalousie. Un sentiment qu'il ne connaissait guère, mais qu'il s'empressa de repousser. Il n'avait aucun droit d'envier la relation dont elle avait pu jouir avec son mari. Lui-même avait été très heureux avec son épouse. Tant et si bien, d'ailleurs, qu'il n'avait jamais regardé une autre femme au cours de la relation qu'il avait entretenue avec elle, et qu'après sa mort il s'était juré de ne plus jamais s'engager avec quiconque.

— Mais qu'est-ce qui vous a amenée ici, au départ ?

Il espérait qu'elle lui confierait quelque chose qu'il ignorait encore sur son passé.

— Il y avait un poste de femme de chambre à pourvoir. Je résidais dans un hôtel, à une demi-heure de là, et j'ai lu l'annonce dans un journal. Alors je suis venue et…

— Et vous n'êtes jamais partie, conclut-il. Que faisiez-vous, avant d'arriver ici ?

A ces mots, l'expression de son visage changea. Brusquement, elle prit un air austère et presque malveillant, comme s'il venait de lui dérober le plus précieux de ses biens. N'était-ce pas d'ailleurs dans cette intention qu'il était venu ?

— Eh bien, un petit peu de tout, répondit-elle évasivement. Rien de très intéressant.

Il était évident qu'elle n'avait pas envie de parler de son passé. Son instinct lui soufflait même qu'elle cherchait à lui cacher quelque chose…

Or, il s'était toujours fié à son instinct. C'était grâce à lui qu'il avait acquis une place prépondérante sur le marché du développement de logiciels. Grâce à lui qu'il était venu jusqu'ici. Il n'avait jamais été homme à se satisfaire de réponses simples, et c'était pour cela qu'il était déterminé à découvrir le plus de choses possibles sur elle.

Oui, car, au-delà de l'attirance irrationnelle qu'elle

lui inspirait, il savait qu'il devait trouver ce qu'Erin Connell lui cachait. Tout secret pourrait devenir une arme. Une arme qu'il n'hésiterait pas à utiliser dans son combat pour son fils.

- 3 -

Erin cacheta l'enveloppe avant d'y noter l'adresse de l'avocat de San Francisco qui représentait la partie adverse. Par cette lettre qu'elle avait écrite en choisissant avec soin chacun de ses mots, elle lui demandait simplement de lui fournir davantage d'informations pour appuyer la requête de son client. Elle avait fait tout ce qui était en son pouvoir. La seule chose qu'elle pouvait espérer, désormais, c'était que la lettre mettrait un peu de temps à lui parvenir. Et qu'il lui en faudrait encore plus pour lui répondre.

Les deux journées qui venaient de passer avaient été si bien remplies qu'elle en avait presque oublié cette histoire. Elle s'était attachée à prendre soin de son client : nettoyer sa chambre, cuisiner ses repas et, elle devait bien l'admettre, profiter de sa compagnie. Et puis il y avait Riley, qui ne cessait de grandir et de changer. En ce moment même, elle l'entendait babiller joyeusement à travers le babyphone accroché à sa hanche. Elle l'avait laissé sur son tapis d'éveil, dans le séjour, pour aller chercher cette enveloppe dans son cabinet de travail.

Oui, elle avait une vie très mouvementée. Une vie qu'elle adorait et qu'elle n'avait aucune envie de voir changer.

Dans l'espoir de se faire une meilleure idée de sa situation, elle avait appelé Janet Morin, qui s'était montrée très compréhensive et très serviable. Son amie avocate lui avait assuré qu'elle ferait de son mieux pour l'aider et lui avait donné un rendez-vous en milieu de matinée, à titre gracieux. Ce qui lui avait procuré un soulagement certain.

Poussant un profond soupir, elle rangea l'enveloppe dans son sac à main et sortit du cabinet de travail. Dans sa précipitation, elle ne vit pas que la porte menant au couloir était obstruée et, tout à coup, elle se heurta à un mur de muscles virils. Sam Thornton… Elle lâcha son sac, dont le contenu se répandit sur le sol.

Pour ne pas perdre son équilibre, elle posa instinctivement ses mains sur ses pectoraux. Leurs contours nets et bien dessinés étaient à peine dissimulés par le fin coton de sa chemise. Au même moment, elle sentit une poigne ferme se resserrer autour de son bras. Elle perçut la fragrance subtile et épicée de son parfum viril et envoûtant.

Quand elle leva la tête vers lui, sa respiration était hachée. Elle découvrit deux yeux sombres et, l'espace d'une seconde, elle eut presque l'impression qu'il allait l'embrasser. Une idée qui lui parut à la fois inquiétante et intéressante. Quelles sensations lui procureraient ses lèvres quand elles se joindraient aux siennes ? Quel goût aurait sa bouche ? Mais, alors même qu'elle se posait ces questions, la magie était déjà rompue. Son regard était devenu plus froid, plus distant. Les yeux toujours rivés aux siens, il l'écarta doucement et fit un pas en arrière. Peut-être s'était-elle fait des idées.

Un peu honteuse, elle baissa la tête et entreprit de ramasser les objets tombés à terre. Il l'imita.

— Excusez-moi, balbutia-t-elle, j'étais distraite… Je ne vous avais pas vu.

— Non, c'est ma faute. J'aurais dû frapper avant d'entrer.

Il attrapa l'enveloppe et sembla hésiter quelques instants avant de la lui remettre. Pourquoi ? C'était bien étrange. Il était de San Francisco. Peut-être avait-il reconnu le nom de l'avocat. Peut-être se demandait-il pourquoi elle lui écrivait. Non, c'était absurde. En quoi cela le concernait-il ? Ses problèmes juridiques, quels qu'ils soient, ne pouvaient pas l'intéresser.

Quand elle eut fini de ranger ses affaires, elle se redressa et, un peu mal à l'aise, croisa les bras sur sa poitrine.

— Vous aviez besoin de quelque chose ? lui demanda-t-elle, en humant une dernière fois son parfum, avant de s'écarter de lui.

— Oui. Il faudrait que j'imprime des documents.

Ses yeux gris acier ne quittaient pas les siens. Savait-il à quel point il la troublait ? Comprenait-il que sa simple présence lui donnait envie de choses qu'elle n'avait pas le droit de désirer, et auxquelles elle n'avait même pas le droit de penser ?

— Je me demandais si l'imprimante de votre bureau était sans fil et, le cas échéant, si vous pouviez me donner les codes pour la relier à mon ordinateur.

La banalité de sa requête la ramena brutalement à la réalité. Elle secoua la tête.

— Non, je regrette. C'est une vieille imprimante. Mais je vais en ville ce matin. Je pourrais passer au magasin de fournitures de bureau pour en acheter une nouvelle, si vous en avez vraiment besoin.

— Puis-je vous accompagner ? Je la paierai moi-même. Et puis cela me permettra de prendre du papier et deux ou trois autres choses dont j'ai besoin. A quelle heure partez-vous ?

— Eh bien, répondit-elle en regardant sa montre, disons dans une demi-heure. J'ai un rendez-vous à 10 heures que je ne peux pas manquer. Mais si nous partons à 9 heures, nous aurons le temps de passer au magasin de fournitures. Ensuite, eh bien, je ne sais pas… Je pourrais peut-être vous déposer quelque part…

— Non, non. Je ne veux pas vous mettre en retard. J'irai chercher l'imprimante moi-même et je vous attendrai à côté du magasin. Il doit bien y avoir un endroit où l'on peut s'assoir pour boire une tasse de café, dans le coin ?

Ses propos la rassurèrent. Elle n'aurait pas pu le ramener à la maison avant son rendez-vous et elle se voyait mal le déposer à un arrêt de bus.

— Oui, il y a plusieurs petits bistrots très sympas, ne vous inquiétez pas. Bon, dans ce cas, si cela ne vous fait rien, nous pourrions peut-être partir un peu après 9 heures ? Qu'en dites-vous ?

— Parfait. Vous emmenez Riley ?

— Non, pas aujourd'hui. L'une de mes amies va venir le garder.

Sasha avait semblé ravie à l'idée de venir s'occuper de Riley. Et elle l'avait aussi taquinée au sujet de Sam, qu'elle allait enfin avoir l'occasion de rencontrer. Erin sentit le rouge lui monter aux joues en se rappelant la façon dont elle l'avait décrit à son amie au téléphone. Tout à coup, Sasha s'était exclamée :

— Il te plaît, c'est ça !

Et ses propos l'avaient choquée. Ses sentiments étaient-ils si transparents pour que Sasha soit capable de les cerner lors d'une simple conversation téléphonique ? Elle avait tout nié en bloc, mais son amie ne s'était pas laissé leurrer. Restait à espérer qu'elle ne l'embarrasserait pas devant Sam quand elle arriverait pour garder Riley.

La voix de Sam coupa court à ses réflexions :

— Une amie ? C'est quelqu'un de confiance ?

Il semblait tout à coup étrangement préoccupé.

— De confiance ? s'exclama-t-elle en riant. Bien sûr. Je la connais depuis dix ans. Et elle a trois enfants géniaux. Le cadet vient d'entrer à l'école. C'est toujours elle que j'appelle quand j'ai besoin de faire une pause ou quand je vais quelque part où je ne peux pas emmener Riley. Et puis elle adore mon fils.

Le bruit d'un moteur, devant la maison, attira son attention.

— Ça doit être elle. Je vais lui ouvrir.

Sam s'écarta un peu pour la laisser passer, et perçut les délicieux effluves de son parfum, et même la chaleur de son corps. Il fallait qu'elle s'entraîne à retenir son souffle quand il était dans les parages. Elle avait de plus en plus de mal à rester dans la même pièce que lui sans penser à des choses auxquelles une jeune veuve avec un bébé n'aurait jamais dû penser.

Pour accueillir Sasha, et s'éloigner de lui, elle descendit l'escalier quatre et quatre.

— Alors, où est mon petit Riley ? lui demanda son amie dès qu'elle lui eut ouvert.

— Sur son tapis d'éveil, dans le séjour, lui répondit-elle en lui faisant signe d'entrer. Tu sais qu'il ne veut plus lâcher le petit hochet que tu lui as offert ?

— Ravie de l'apprendre. Et comment ça se passe, avec ton client ? Tu sais, les vieilles rombières dans mon genre aiment beaucoup écouter les histoires des autres.

— Vieilles rombières ? s'exclama-t-elle en riant. N'importe quoi !

Elle marqua une pause et poursuivit :

— Tout se passe très bien. M. Thornton est un client idéal. Jusqu'ici, je n'ai pas eu droit au moindre reproche de sa part.

— Mais que pourrais-je donc avoir à vous reprocher ?

Pour la deuxième fois de la journée, elle sentit qu'elle rougissait. Elle se retourna d'un mouvement vif. Sam était adossé au chambranle de la porte de la cuisine. Mais comment faisait-il pour se déplacer aussi silencieusement ? Et depuis combien de temps était-il ici ? Avait-il entendu le début de la conversation ?

— Rien, j'espère, dit-elle, d'un ton aussi calme que possible.

— Erin est une professionnelle aguerrie, assura Sasha. Je me présente : Sasha Edsell…

Sam lui tendit la main.

— Sam Thornton. Désolé de vous interrompre, mesdames, mais je voulais simplement avoir confirmation de l'heure de notre départ.

— 9 h 15 environ. Est-ce que ça vous va ?

— Parfait. Ravi de vous avoir rencontrée, Sasha.

Une fois Sam disparu, Erin s'interrogea. C'était vraiment très étrange. Cette apparition… On aurait presque dit qu'il avait voulu rencontrer Sasha pour s'assurer qu'il s'agissait bien d'une personne de confiance. Pourtant, cela paraissait absurde. Ce n'était qu'un client de la maison d'hôtes. Il n'avait aucune raison de s'impliquer autant dans la vie de Riley.

Pendant qu'elle se faisait ces réflexions, Sasha s'était mise à chuchoter :

— Je vois que tu ne plaisantais pas, quand tu disais qu'il était beau ! Je comprends pourquoi tu l'emmènes avec toi en ville, aujourd'hui. Prenez votre temps, surtout. Je m'occupe de Riley.

— Arrête ça, tu veux ? dit-elle en roulant des yeux.

— Bon, bon, répondit Sash, en souriant. Mais… tu ne trouves pas qu'il y a quelque chose de familier, chez lui ? Je ne sais pas pourquoi, mais j'ai l'impression de l'avoir déjà vu quelque part.

— Non, je n'ai rien remarqué de spécial. Tu l'as peut-être vu dans le journal. Si j'ai bien compris, c'est un éminent homme d'affaires de San Francisco. Mais il est ici en congé. Pour écrire un livre.

— Oui, tu dois avoir raison. Et puis si c'est important, ça me reviendra.

Sasha entra dans le séjour et prit tendrement Riley dans ses bras, avant d'ajouter :

— Tu ferais bien d'aller te préparer, si tu ne veux pas être en retard.

— Merci, Sash.

Erin se hâta de gagner sa chambre. En se changeant, elle ne put s'empêcher de songer à tout ce qu'elle devait à son amie. Elle voulait avoir l'esprit tranquille pour son entretien de ce matin ; or, cela n'aurait pas été le cas si Riley avait été présent. Parler de l'erreur commise par la clinique serait déjà assez difficile comme cela ! Inutile d'avoir son adorable bébé sur les genoux pour lui rappeler tout ce qu'elle avait à perdre…

Sam tambourinait nerveusement sur son bureau en observant le lac et en s'interrogeant sur la lettre qu'Erin avait écrite. Il connaissait le contenu exact de celle que lui avait envoyée son avocat, et, jusqu'ici, il attendait avec impatience que ce dernier lui fasse part de sa réponse. Mais il savait désormais qu'elle avait choisi de prendre son temps. Pourquoi ? Pourquoi ne s'était-elle pas contentée de téléphoner ou d'envoyer un e-mail ? Sa lenteur avait quelque chose d'exaspérant.

Se souciait-elle donc si peu du fait que le véritable père de Riley puisse être encore en vie, aime cet enfant et souhaite faire partie de sa vie tout autant qu'elle ? Un homme qui, si les tests se révélaient positifs, pouvait faire valoir ses droits ? Un homme qui pensait ne jamais avoir d'enfant et ne plus jamais pouvoir aimer ? Un homme décidé à saisir cette seconde chance qui s'offrait à lui et à en tirer le meilleur parti pour lui-même et pour son fils ?

Pour que les choses soient claires, il lui suffisait de passer un simple Coton-Tige dans la bouche de Riley. Etait-ce si difficile ? Son ADN à lui avait été enregistré par le laboratoire depuis ce qui lui semblait être une éternité. L'attente commençait à lui paraître interminable. Naturellement, il pourrait toujours passer le Coton-Tige lui-même dans la bouche du petit, quand elle aurait le dos tourné. Mais il n'était pas sûr que cela soit légal. Et, en cas de procès, son geste pourrait même peut-être se retourner contre lui.

Sous le coup de la frustration, il serra les poings, si fort que ses phalanges devinrent toutes blanches. Son avocat lui avait dit que la procédure pourrait prendre plus de temps que ce qu'il n'était disposé à accepter. Et c'est pour cette raison qu'il avait demandé au détective de la localiser et qu'il était venu jusqu'à elle. Il ne supportait pas d'attendre. Pour lui, seuls les résultats comptaient. Et, pour obtenir des résultats, il fallait agir. Hélas, malgré tous ses efforts, il n'avait pas d'autre choix que d'attendre pour l'instant.

Machinalement, il jeta un coup d'œil à sa montre. Il était temps d'y aller. Une fois en bas des marches, il aperçut Erin, qui l'attendait dans le hall. Et elle lui parut plus belle encore que de coutume. Pour l'occasion, elle avait troqué son jean et son chemisier habituel pour une jolie robe bleu marine sans manches dont le col bateau dévoilait la naissance de ses épaules. Il sentit sa bouche s'assécher quand il s'imagina en train de retracer du bout de la langue ces délicats contours. Ravalant sa salive avec peine, il dut se faire violence pour empêcher ses yeux d'examiner le reste de son corps.

— On y va ? demanda-t-il.

— Oui, je suis prête.

Ils marchèrent ensemble jusqu'à l'endroit où elle avait garé sa voiture. Un 4x4, très semblable à celui qu'il conduisait avant l'accident. Même la couleur était identique. Quand il le vit, il eut tout à coup du mal à respirer. Il n'avait pas pris le volant depuis le jour fatidique de la mort de Laura. Et il n'avait pas pu se résoudre à se laisser conduire par qui que ce soit, mis à part Ray, la seule et unique personne en qui il avait assez confiance sur ce point.

Un frisson lui parcourut le corps. Mais comment avait-il pu avoir une idée aussi stupide ? Il ne savait rien de la façon dont elle conduisait. Peut-être était-ce une folle du volant.

Tout à coup, Erin, qui n'avait manifestement aucune idée de ce à quoi il était en train de penser, lui tendit un trousseau de clés.

— Vous voulez conduire ?

— Pas question !

Elle parut déconcertée par son ton un peu trop vif, mais contourna calmement la voiture pour s'installer sur le siège conducteur. Lui, pour sa part, dut se forcer à parcourir les quelques mètres qui le séparaient de la portière côté passager. Il remarqua que ses mains tremblaient quand il tira sur la poignée. Il n'aurait jamais dû lui demander de l'accompagner. Il aurait dû rester dans son bureau et continuer de travailler. Mais il était hors de question qu'il fasse marche arrière maintenant. S'il était arrivé là où il en était aujourd'hui, c'était grâce à sa volonté de relever des défis. Il fallait qu'il poursuive son combat. Même si le principal obstacle, dans ce cas précis, n'était autre que lui-même.

Il réussit tant bien que mal à s'assoir près d'elle, puis il chercha à tâtons la ceinture de sécurité, et la tira si fort qu'il en bloqua le mécanisme.

— Il faut le faire doucement, lui dit-elle, en lui jetant un regard curieux. Sinon, ça ne se déroule pas.

Les nerfs à vif, il tira de nouveau. Et, de nouveau,

le mécanisme se bloqua. Alors, à sa grande surprise, Erin se pencha vers lui. Ses seins se pressèrent contre son bras quand elle tendit la main pour attraper la ceinture.

— Oui, murmura-t-elle, comme ça.

Confus, il la laissa dérouler la ceinture sur sa poitrine et l'attacher.

— Voilà. Vous êtes en sécurité.

En sécurité ? Elle ne savait pas ce qu'elle disait. Leur sécurité dépendait du prochain imbécile qu'ils croiseraient sur la route. Et des imbéciles, il était bien placé pour savoir qu'il y en avait beaucoup ! A commencer par lui-même. Mais il ne devait pas penser à cela. Il fallait qu'il se détende. Qu'il se force à respirer lentement. Inspirer par la bouche, expirer par le nez, inspirer...

— Merci, dit-il, les yeux fixés sur le pare-brise.

Elle ne répondit rien et avança en direction du portail. Jusqu'ici, tout va bien, songea-t-il. Mais, au moment où ils atteignirent la route, la panique s'empara de nouveau de lui. Des gouttes de sueur froide se mirent à couler le long de sa nuque. A bout de nerfs, il s'accrocha à la poignée.

— Combien de temps va durer le trajet ? demanda-t-il d'une voix tendue.

— Environ vingt-cinq minutes.

Vingt-cinq minutes ! Autant dire une éternité, songea-t-il, alors que la voiture s'engageait sur l'autoroute. Cela étant, il devait admettre qu'il s'agissait d'une conductrice plutôt prudente. Elle ne roulait pas trop vite, ne prenait pas de risques inutiles. Il commençait même à se détendre un peu quand il vit des feux de stop s'allumer devant eux. Instinctivement, il appuya à fond son pied gauche contre le sol, ce qui lui valut un autre regard curieux d'Erin, qui, par chance, ne se risqua pas à formuler le moindre commentaire.

Quand, enfin, elle arrêta la voiture devant le magasin de fournitures, il en sortit aussi vite qu'il le put.

— Tout va bien ? Je peux vous laisser ? lui demanda-t-elle en posant doucement sa main sur son avant-bras, comme pour le réconforter.

— Très bien, je vous remercie. Allez-y, je vous en prie.

— Il y a un café, là-bas, dit-elle en pointant du doigt un bâtiment qui se trouvait non loin de l'endroit où ils étaient garés. Et je serai juste en face. Je peux vous laisser mon numéro, au cas où vous auriez besoin de moi.

Besoin d'elle ? Pour tout dire, il avait envie d'elle depuis la seconde même où il avait posé le pied sur le sol de la Maison Connell. Mais besoin d'elle ? Non. Il ne voulait avoir besoin de personne.

— C'est inutile. Tout ira bien. Quand vous aurez terminé, venez me rejoindre. Je vous offrirai un café.

— Ça me ferait vraiment plaisir. Je ne serai pas loin, de toute façon, dit-elle en lui indiquant un immeuble de deux étages qui se trouvait de l'autre côté de la rue.

Il regarda la plaque qui se trouvait à côté de l'entrée principale. « Morin & Morin, avocats ». Elle allait voir un avocat ? Cela signifiait-il qu'elle souhaitait l'empêcher d'exercer ses droits s'il s'avérait qu'il était bien le père de Riley ? Alors qu'il la regardait traverser la route et entrer dans le bâtiment qu'elle lui avait indiqué, des pensées irrationnelles et belliqueuses se bousculèrent dans son esprit.

Et, tout à coup, il sortit son téléphone portable de sa poche et composa le numéro de la ligne directe de son avocat.

— Dave, dit-il, aussitôt que l'autre eut décroché. Je veux un mandat de la cour pour la demande de tests ADN. Maintenant !

— Ça va très bien, je te remercie, Sam, répondit David Fox d'une voix amusée. Il me semblait qu'on s'était mis d'accord pour commencer par une approche courtoise. Tu disais que tu ne voulais pas te mettre à dos la femme qui pourrait être la mère de ton enfant.

— Je sais. Mais je n'ai plus envie d'attendre. Je veux les résultats des tests. Je veux des réponses à mes questions.

— Je vais voir ce que je peux faire…

— Bien. Appelle-moi quand tu auras des nouvelles.

Il coupa la communication et rangea le téléphone dans sa poche. Ainsi donc, Erin Connell pensait qu'elle pouvait le contrer… Elle ne savait pas dans quoi elle s'était engagée.

- 4 -

Derrière son bureau, Janet Morin se leva et lui tendit la main.

— Erin… Je suis si heureuse de te revoir. Comment va Riley ?

— Très bien, merci, répondit Erin en souriant. Il pousse comme un champignon. Et Amy ?

— Tout pareil. Il m'arrive parfois de regretter d'avoir pris la décision de reprendre le travail aussi tôt, mais je sais bien que si j'étais restée avec elle à la maison, j'aurais passé mon temps à tourner en rond comme un lion en cage. En définitive, nous avons bien fait de nous mettre à mi-temps, mon mari et moi. De cette façon, nous pouvons profiter à la fois d'Amy et de notre travail. C'est une bonne solution.

Le mari de Janet, qui était également son associé chez Morin & Morin, devait donc être en train de s'occuper de la petite. Et Janet prendrait le relais quand il reviendrait au travail. Erin enviait l'unité de leur couple. Quand James s'était mis à envisager d'avoir un enfant, il lui avait fait clairement comprendre qu'il ne commencerait à s'occuper de son éducation que lorsqu'il serait assez grand pour parler. Aurait-il changé d'avis s'il n'était pas tombé malade après la naissance de Riley ? Non. C'était peu probable. James, de quinze ans son aîné, était tellement attaché à ses habitudes qu'il avait eu beaucoup de mal à supporter les changements survenus dans sa vie à la suite de leur mariage. S'il avait été en bonne santé, il n'aurait sans doute pas souhaité bousculer son train-train.

Tandis qu'elle se faisait ces réflexions, Janet lui fit signe de s'asseoir.

— Alors, qu'est-ce qui t'amène ? Je dois t'avouer que je suis assez curieuse de le savoir. Pourquoi n'as-tu pas fait appel aux avocats de la famille Connell ?

Sentant le stress monter en elle, Erin s'efforça de respirer calmement.

— Eh bien… je me tourne toujours vers eux pour les affaires de la maison d'hôtes. Mais il s'agit là d'un problème de nature plus personnelle.

Elle lui expliqua en quelques mots la situation. Fort heureusement, Janet était déjà au courant des circonstances dans lesquelles Riley avait été conçu.

— La clinique a-t-elle admis son erreur ? lui demanda Janet quand elle eut fini de parler.

— Je ne sais pas. Mais j'ai cru comprendre qu'elle avait fermé. Voici la lettre que j'ai reçue, lui dit-elle en lui tendant l'enveloppe.

Janet l'ouvrit et lut le document avec soin.

— Ça m'a l'air d'une requête assez raisonnable, lui dit-elle, quand elle eut terminé.

— Mais enfin, James est le père de Riley !

I*l ne peut pas en être autrement*, ajouta-t-elle pour elle-même.

— Peut-être, mais il faut le prouver. Et j'imagine que tu as envie de connaître à l'avance la situation exacte où tu te trouverais s'il s'avérait que ce n'était pas le cas. C'est pour ça que tu es venue, non ?

— En effet, murmura-t-elle.

Elle prit une profonde inspiration avant d'ajouter :

— En ce qui concerne tes honoraires…

— Ne t'inquiète pas pour ça. Nous en parlerons plus tard. Et uniquement si je dois plaider.

Elle sentit les larmes lui monter aux yeux.

— Tu es sûre ?

— Evidemment, lui répondit Janet. Je sais que tu es dans une situation difficile. Et puis nous sommes amies, n'est-ce pas ? Je ne suis pas une spécialiste des problèmes de garde d'enfant, mais je vais faire des recherches. Ça prendra peut-être un peu de temps, mais je ferai tout ce que je pourrai et je t'appellerai quand j'aurai terminé. D'accord ?

— Je te remercie de tout cœur.

— Maintenant, voyons si nous avons bien tous les détails, lança Janet en attrapant un stylo et une feuille de papier.

Erin répondit du mieux qu'elle le put aux questions de son amie, bien qu'elle fût terrifiée à l'idée de devoir partager la garde de son fils. Elle savait très bien que si cet homme était le véritable père de Riley, il aurait le droit de prendre part à la vie de son enfant. Mais, au fond d'elle-même, elle n'avait aucune envie de lui accorder ce droit.

Elle était partie de rien. A l'âge de seize ans, elle avait fugué pour fuir une mère qui ne cessait de lui reprocher sa propre existence, et elle avait dû se battre pour en arriver là où elle était aujourd'hui. Pour obtenir tout ce qu'elle avait aujourd'hui. Oui, elle avait lutté de toutes ses forces pour avoir son petit garçon. C'était la chair de sa chair et personne ne pouvait le lui prendre. En tout cas, elle ferait tout ce qui était en son pouvoir pour le garder.

Une heure plus tard, elle chaussa ses lunettes de soleil et quitta le bâtiment. Comme elle aurait aimé qu'il soit aussi facile de chasser la peur qui la taraudait que de sortir de cet immeuble ! Mais, au moins, elle savait que Janet avait commencé à entreprendre des actions dans le dessein de la protéger et de protéger son fils. Et elle était un peu rassurée.

Si son amie avait approuvé son idée de demander davantage d'informations, elle lui avait expliqué que sa requête aurait plus de poids si elle la rédigeait elle-même, en qualité d'avocate. Par ailleurs, elle lui avait recommandé de commencer par faire effectuer un test ADN à Riley afin de s'assurer, de son côté, que James était bien son père biologique.

L'idée lui avait paru intéressante, mais difficile à mettre en œuvre. Janet avait appelé un laboratoire indépendant qui devait lui faire parvenir sous peu le kit pour pratiquer le test. Le processus, apparemment, était simple : il lui faudrait passer quelque chose dans la bouche de Riley et récupérer un cheveu de James ou une de ses vieilles brosses à dents. Elle n'aurait ensuite qu'à emballer ses objets dans les sachets prévus à cet effet et les renvoyer au laboratoire, qui pourrait ainsi prouver la paternité de James.

Elle savait qu'elle n'aurait aucun mal à récupérer un peu de salive de Riley. Mais, pour ce qui était de retrouver quelque chose ayant appartenu à James, c'était une autre histoire. Quand il avait su qu'il allait mourir,

James lui avait fait comprendre qu'il ne souhaitait pas qu'elle conserve religieusement ses affaires. Soucieuse de respecter sa volonté, elle avait donné ses vêtements à une association et avait distribué divers autres objets à ses amis. Ses effets les plus personnels avaient été emballés pour être transmis à Riley quand il serait en âge de s'interroger sur son père. Mais, dans tous ces paquets d'albums photos et de trophées, pourrait-elle trouver un objet quelconque susceptible de contenir de l'ADN ? C'était fort peu probable.

A bien y réfléchir, il y avait tout de même cette ancienne brosse à vêtements en argent. Un objet de famille transmis à James par son arrière-grand-mère et qui devait dater de l'époque de la construction de la Maison Connell. Elle ne pensait pas avoir jamais vu James l'utiliser, mais, avec un peu de chance, peut-être pourrait-elle y retrouver l'un de ses cheveux.

Contente d'avoir trouvé une idée, elle se dirigea vers le café où Sam avait dit qu'il l'attendrait. Machinalement, elle jeta un coup d'œil à sa montre. Bon. Il fallait espérer qu'il soit du genre patient. Même si ce n'était pas le premier qualificatif qui venait à l'esprit quand on pensait à lui.

Or, il lui arrivait souvent de penser à lui. Trop souvent. Oui, elle devait bien l'admettre : son client s'était insinué dans ses pensées. Et même dans ses rêves. Ce qui lui paraissait parfaitement incorrect, car elle venait de perdre son mari. Elle n'aurait jamais dû éprouver de tels sentiments pour un autre homme, mais elle avait beau faire tout ce qui était en son pouvoir pour combattre cette attirance, elle n'arrivait pas à la repousser. Sam la hantait. Jour et nuit.

Le soir, souvent, dans la solitude de son lit, elle essayait de rationaliser les choses. Elle n'avait pas eu de relation intime depuis bien longtemps ; c'était normal que ce genre de choses lui manque. Sam était le premier homme à passer un peu de temps avec elle depuis la mort de son mari. Et puis, même avant le tragique décès de James, et même avant sa maladie, sa vie sexuelle, il fallait bien le reconnaître, n'avait pas été satisfaisante.

Sam et elle avaient commencé à s'éloigner l'un de l'autre bien avant la naissance de Riley. Les problèmes de fertilité avaient transformé leur vie sexuelle en un rigoureux planning établi en fonction des courbes de température et des cycles.

Rien d'étonnant, donc, à ce que, deux années plus tôt, James ait fini par trouver refuge dans les bras d'une autre femme. D'ailleurs, quand, environ un an plus tard, elle avait fini par découvrir son infidélité, il avait entièrement rejeté la faute sur elle. A l'en croire, c'était sa quête obsessionnelle de maternité qui avait fini par détruire leur couple.

Ses mots l'avaient blessée au plus profond de son être. Elle avait toujours cru qu'ils étaient sur la même longueur d'ondes. Qu'ils aspiraient tous deux à une vie de couple organisée comme un véritable partenariat. Elle pensait que s'ils partageaient les tâches dans la gestion de leur entreprise, ils partageaient aussi les mêmes espoirs et les mêmes rêves, notamment celui de fonder une famille. Elle avait eu beaucoup de mal à admettre qu'il ait pu élaborer des projets aussi différents des siens et rompre aussi facilement ses vœux de mariage. Mais elle l'avait accepté. Elle avait même accepté d'endosser une partie des responsabilités de cet échec pour avoir concentré toute son énergie à la conception d'un enfant et avoir ainsi, sans le vouloir, mis à mal son sentiment de puissance et de virilité. Mais, au fond d'elle, elle n'avait jamais réussi à lui pardonner sa trahison.

A la suite de leur confrontation, il avait mis un terme à sa relation extraconjugale. Et aussitôt après, par un étrange coup du destin, ils avaient appris que leur énième fécondation *in vitro* avait réussi. Il avait paru soulagé d'être débarrassé du fardeau de la conception du bébé, et il avait dit que leur relation de couple s'en trouverait sans doute renforcée. Et elle avait eu envie de le croire, même si la blessure de son infidélité était encore fraîche dans son esprit. Naturellement, aucun d'entre eux n'avait jamais envisagé une seule seconde qu'une infection bactérienne allait bientôt lui coûter la vie. En quelques semaines à peine, cet homme dynamique et sûr de lui était devenu une véritable loque, un malade exigeant et dépendant, qui n'était plus que l'ombre de lui-même. Et, en définitive, ils n'avaient jamais eu de seconde chance…

Mais elle ne voulait pas se laisser happer par ce genre de pensées. Et, de toute façon, son passé ne pouvait pas justifier ses réactions à l'égard de Sam. C'était un client, rien de plus, et elle ne devait pas l'oublier.

En arrivant près du café, elle le reconnut aussitôt : il était assis en terrasse. Il leva la tête et lui fit un signe de la main. Machinalement, elle lui fit signe à son tour, tout en se demandant depuis combien de temps il était assis là, à ne rien faire. Soudain anxieuse, elle pressa le pas. En s'approchant, elle s'aperçut qu'il y avait sur sa table une assiette et une tasse vide, ainsi qu'un journal plié en deux. A la rubrique « Finances », remarqua-t-elle en arrivant.

— Je suis vraiment désolée, mon rendez-vous a duré plus longtemps que prévu. Voulez-vous rentrer à la maison d'hôtes ?

Il lui adressa un sourire qui, malgré toutes ses bonnes résolutions, ne manqua pas de susciter en elle un puissant élan de désir.

— Je vous avais promis un café, dit-il en se levant. Mais si vous êtes pressée de retrouver Riley…

— Vous savez, je ne m'inquiète pas trop pour lui. Je l'ai nourri juste avant notre départ, et j'ai laissé un biberon à Sasha, au cas où.

— Qu'est-ce qui vous ferait plaisir ?

— Un cappuccino, ce serait très bien.

Il se leva et revint quelques instants plus tard, une tasse fumante entre les mains.

— Merci, lui dit-elle avec un beau sourire.

— Je ne savais pas si vous vouliez du chocolat en poudre dessus. J'ignore pourquoi, mais je leur ai quand même dit oui. J'espère que je n'ai pas fait de gaffe…

— Pas du tout. C'est exactement comme ça que je l'aime.

Tout à coup, il baissa les yeux et se figea. Son visage devint pâle.

— Ça va ? demanda-t-elle, inquiète de ce changement soudain. J'ai dit quelque chose que je n'aurais pas dû dire ?

— Non, pas du tout. C'est juste que…, l'espace d'une seconde, vous m'avez rappelé quelqu'un.

Elle s'aperçut qu'il était en train de se masser discrètement la hanche. C'était un geste inconscient, elle le savait, mais elle avait remarqué que, lorsqu'il le faisait, son boitement était ensuite beaucoup plus prononcé.

— Je vois bien que vous êtes fatigué, lui dit-elle en souriant. Nous pouvons partir tout de suite, si vous voulez. Nous boirons un café ensemble une autre fois.

— Vous êtes sûre que cela ne vous fait rien ?

— Pas du tout. J'ai fait ce que j'avais à faire.

A ces mots, elle eut l'impression que son expression s'était encore durcie. Etait-ce possible ? Non. C'était absurde. Il n'y avait aucune raison. Son imagination devait lui jouer des tours.

Avant de quitter la table, il se pencha pour ramasser un grand sac en papier, marqué du logo du magasin de fournitures de bureau.

— Vous avez trouvé ce que vous vouliez ? lui demanda-t-elle, alors qu'ils se dirigeaient vers la voiture.

— Oui, oui. C'est du matériel tout simple, mais ça fera très bien l'affaire.

Quand ils arrivèrent au véhicule, elle remarqua qu'il s'était de nouveau crispé, comme s'il appréhendait le trajet.

— Je conduis aussi mal que ça ? demanda-t-elle sur le ton de la plaisanterie, tandis qu'il s'asseyait à son côté et bouclait sa ceinture de sécurité, cette fois-ci sans incident.

— Vous êtes une excellente conductrice. C'est moi qui suis un mauvais passager.

— A cause d'une mauvaise expérience, j'imagine…

— Accident de voiture. Je préfère ne pas en parler, dit-il d'une voix dure. On y va ?

— Bien sûr, répondit-elle en attachant sa ceinture.

Le trajet du retour se déroula dans un silence presque total. Quand ils arrivèrent à la maison d'hôtes, il s'empressa de regagner ses pénates et demanda à ce que son déjeuner lui soit apporté dans sa chambre. Elle fut ravie de suivre ses recommandations. Depuis leur conversation, au café, il était devenu froid et distant. Il ne semblait plus rien avoir en commun avec l'homme qu'elle avait connu ces derniers jours.

Que lui était-il arrivé ? Peut-être faisait-il partie de ces hommes lunatiques qui changeaient sans arrêt d'humeur sans raison particulière. De toute façon, même si ce soudain retournement de situation la peinait un peu, elle ne devait pas lui accorder trop d'importance. L'état d'esprit de Sam Thornton ne faisait pas partie de ses priorités immédiates. Elle avait assez de choses comme cela à régler.

D'un pas déterminé, elle se dirigea vers le séjour. Après la bouleversante conversation qu'elle avait été contrainte d'avoir avec Janet, elle avait vraiment besoin de réconfort. Besoin de voir son fils.

— Comment ça s'est passé ? lui demanda Sasha, quand elle l'aperçut.

— Bien, il me semble, répondit-elle en cherchant Riley du regard. Il est déjà couché ?

— Oui, il était fatigué. J'ai dû lui donner le biberon que tu m'avais laissé. Il est insatiable, en ce moment !

— Peut-être une poussée de croissance. Je ne sais pas…

— Bon. Et ton avocate ? Qu'est-ce qu'elle t'a dit ?

— Elle m'a dit qu'elle allait se renseigner pour moi. Mais elle pense qu'il est important de commencer par prouver la paternité de James. Alors il faut que j'arrive à mettre la main sur un objet qui pourrait contenir une trace de son ADN.

— On se croirait dans un film policier, lança Sasha, en fronçant les sourcils. Tu as donné toutes ses affaires, si je me rappelle bien ?

— Non. J'ai gardé les choses les plus importantes pour Riley. Dans le lot, il doit y avoir une vieille brosse à vêtements sur laquelle je pourrai peut-être récupérer un cheveu. En dehors de ça, je ne vois pas…

— Ne t'inquiète pas, lui dit Sasha en lui posant la main sur l'épaule. Tu vas trouver. Probablement au moment où tu t'y attendras le moins. Bon, il faut que j'y aille ! Appelle-moi quand tu auras du neuf, d'accord ?

Erin acquiesça et remercia son amie. Quand celle-ci fut partie, elle se hâta de préparer un plateau-repas pour Sam et monta à l'étage à contrecœur. Elle frappa doucement à la porte du bureau ; il l'invita à entrer. Il était installé à son bureau, dos à elle, les yeux rivés sur l'écran de son ordinateur portable.

— Le déjeuner est servi. Où souhaitez-vous que je pose le plateau ?

Sans même prendre la peine de lever la tête, il pointa du doigt l'extrémité du bureau. Aussi discrètement que possible, elle déposa le plateau et tourna les talons. Mais elle était sur le point de refermer la porte derrière elle, quand, à sa grande surprise, il l'appela par son prénom.

Elle se retourna.

— Puis-je vous dire quelque chose ? lui demanda-t-il d'une voix hésitante.

— Il y a un problème ?

— Oui, répondit-il en plongeant son regard gris acier dans le sien. Je regrette de m'être montré désagréable avec vous. Et je vous prie de m'excuser.

— Aucun problème, s'empressa-t-elle d'affirmer pour le rassurer.

— Si, insista-t-il. C'est un problème. Je n'ai pas l'habitude de me montrer désagréable envers qui que ce soit. Mais vous avez dit quelque chose qui m'a rappelé quelqu'un. Cela m'a contrarié, et j'ai laissé mes émotions prendre le pas sur ma bonne éducation.

— Moi ? demanda-t-elle, troublée. J'ai dit quelque chose ?…

— Oui. Au café. Vous avez utilisé une expression que ma femme utilisait souvent. Ma défunte femme.

— Eh bien… Je suis désolée.

— Non, dit-il en se levant. C'est moi qui suis désolé. Je n'aurais pas dû réagir de cette façon. Et je vous prie de m'excuser. Accepteriez-vous tout de même que je vienne dîner avec vous dans la cuisine, ce soir ? En réalité, je n'aime pas tellement manger seul.

Elle se sentit tout à coup submergée par un immense élan de compassion. Elle avait eu la chance d'avoir Riley pour lui occuper l'esprit durant les repas, mais elle était on ne peut mieux placée pour comprendre ce qu'il ressentait : le sentiment de solitude que l'on éprouve après le décès d'un être cher et, plus encore, d'un conjoint.

— Bien sûr, répondit-elle en se forçant à sourire. A 19 heures ? Cela vous conviendrait ?

— Ce serait très bien. Merci.

Un silence maladroit s'installa entre eux. C'est alors qu'elle découvrit l'imprimante installée sur son bureau.

— Vous l'avez déjà branchée ? lui demanda-t-elle en la pointant du doigt.

— Oui. Et elle fonctionne très bien.

— Vous m'en voyez ravie. A plus tard, alors ?

Il acquiesça.

Quand elle referma la porte derrière elle, elle constata qu'elle se sentait un peu mieux. Au moins, le soudain changement d'humeur de Sam avait trouvé une explication. Mais il lui restait encore un problème à régler : où donc allait-elle trouver un objet susceptible de contenir de l'ADN de James ?

- 5 -

Sam écouta la porte se refermer et se prit la tête entre les mains. L'exercice était bien plus ardu qu'il ne l'avait pensé. Au départ, son plan était pourtant simple : aller au lac Tahoe, séjourner à la Maison Connell, et voir son fils.

Jamais un seul instant il ne s'était imaginé qu'il serait attiré par la mère de l'enfant, et moins encore qu'elle lui rappellerait à ce point sa défunte épouse. Il ne s'agissait pas d'une ressemblance physique ; sur ce plan, les deux femmes n'avaient rien de commun. La peau de porcelaine et la longue chevelure rousse de Laura ne pouvaient en rien évoquer le teint hâlé et les cheveux courts et sombres d'Erin. Non, il s'agissait plutôt d'une question de caractère, de personnalité. Et puis il y avait cette douceur, cet instinct maternel. Une qualité qu'il trouvait vraiment très attirante.

Après la mort de Laura, il s'était juré de ne plus jamais tomber amoureux. Car il se considérait désormais comme quelqu'un qui ne méritait pas d'être heureux et en qui on ne pouvait pas avoir confiance. Tout ce qu'il avait fait dans sa vie, il l'avait fait en donnant le meilleur de lui-même, et il avait toujours placé la barre très haut. Et pourtant, avec sa femme, il avait échoué de la façon la plus lamentable qui soit. Allongé dans son lit d'hôpital, après l'accident de voiture qui avait coûté la vie à Laura, il avait accueilli de bonne grâce la douleur de ses blessures, ainsi que celle qui, par la suite, avait accompagné sa pénible rééducation. Chaque pas avait été une véritable torture. Et la juste punition de l'erreur fatale qu'il avait commise.

Sa vie était désormais dominée par le sentiment de culpabilité et d'échec. Même la société qu'il avait créée à partir d'une simple idée et qui était devenue l'une des plus grandes multinationales de l'informatique ne parvenait plus à susciter son intérêt. Il avait l'impression d'errer dans le noir. Ou plutôt dans le gris. Mais sa vie morne et fade avait récemment été illuminée par la nouvelle de l'existence de Riley. Soudain, il avait eu l'impression d'avoir quelque chose à quoi s'accrocher, une raison de vivre, une raison de se battre et de continuer d'avancer.

En pensant au petit garçon, il sentait son cœur se serrer. Il arrivait déjà à percevoir en lui un air de famille : il avait le nez des Thornton, et son menton avait exactement la même forme que le sien et celui de son père. A moins, bien sûr, que son imagination ne lui joue des tours, en lui faisant voir ce qu'il avait envie de voir. Quoi qu'il en soit, il ne pourrait en être certain que quand Erin cesserait de retarder l'exécution des tests de paternité.

Il laissa échapper un petit rire ironique. Ils avaient dépassé le stade des négociations, qui s'était achevé à la minute même où il l'avait vue pousser la porte de ce cabinet d'avocats. David allait obtenir un mandat de la cour et elle se verrait dans l'obligation d'accepter. Il ne pouvait plus attendre. Il fallait qu'il sache !

Lentement, il se leva et alla se poster à la fenêtre pour mieux admirer le lac. La vue était magnifique. C'était un endroit merveilleux pour élever un enfant. Riley pourrait partager son temps entre les rives de ce joli lac et son appartement new-yorkais. Tant qu'il serait petit, cela ne poserait pas de problème. Mais plus tard… Il avait envie de l'inscrire dans les meilleures écoles pour lui assurer un bel avenir. Comment Erin allait-elle réagir ?

Il se passa nerveusement la main dans les cheveux. N'était-il pas en train de brûler un peu les étapes ? Beaucoup, même. Tout reposait sur les tests. Tout dépendait des tests. Tout.

Quand il descendit pour dîner, il s'efforça de mettre sa mauvaise humeur de côté. En arrivant près de la cuisine, il entendit Riley pleurer et Erin le consoler en lui murmurant de douces paroles. Et il ne put s'empêcher de penser au respect que cette femme lui inspirait. Elle élevait son enfant seule et, pourtant, il ne l'avait jamais entendue se plaindre de quoi que ce soit.

Quand il entra, Riley leva les yeux vers lui et sourit. Erin, occupée à remuer quelque chose dans une casserole, se retourna.

— Ah, c'est vous ! Je suis désolée, mais je crains d'être un peu en retard, ce soir.

Elle avait l'air fatiguée et distraite.

— Ne vous inquiétez pas. J'ai très bien mangé, au déjeuner, et ce n'est pas comme si j'avais brûlé beaucoup d'énergie.

Il s'accroupit près du transat de Riley et ramassa le jouet qu'il venait de faire tomber.

— Voulez-vous aller dans le séjour, pour regarder un peu la télé en m'attendant ?

Etait-elle en train d'essayer de se débarrasser de lui ?

— Non, je vous remercie. Puis-je faire quelque chose pour vous aider ?

— Ecoutez, Sam, vous êtes mon client. Et le client est roi…

— Mais vous n'avez pas de personnel, répondit-il en souriant. Et puis ça ne me gêne pas de donner un coup de main de temps en temps.

A peine avait-il achevé sa phrase que Riley fit de nouveau tomber son jouet et se remit à ronchonner. Depuis combien de temps ce petit jeu durait-il ? A en juger par l'aspect tendu d'Erin et la pâleur de son visage, un bon moment. Un sourire aux lèvres, il se baissa pour ramasser le hochet et le tendit au bébé.

— Je suis vraiment désolée, vous savez ? dit-elle en reposant sa cuillère. Il n'est pas comme ça, d'habitude. Mais il a un peu trop dormi pendant que nous étions en ville et, du coup, il n'a pas voulu faire sa sieste de l'après-midi. C'est pour ça qu'il est un peu grognon.

— Je comprends ce qu'il ressent, répondit-il en haussant les épaules. Et si je l'emmenais faire une petite balade dans le jardin ? Vous ne pensez pas que ça pourrait lui faire du bien ?

Son visage refléta un certain soulagement. Aussitôt suivi par une expression de culpabilité.

— Je ne peux pas vous demander de faire ça.

— Vous ne me demandez rien, dit-il avec douceur. C'est moi qui propose.

Elle prit quelques instants pour réfléchir. Mais il comprit qu'il avait gagné quand elle soupira et lui dit :

— Dans ce cas, je vais chercher sa poussette et sa couverture.

L'air était un peu plus frais que le soir précédent, comme pour rappeler que l'été touchait à sa fin et que l'automne n'allait pas tarder à arriver. La baie était tranquille, et les hautes branches des arbres projetaient leurs ombres sur la surface de l'eau. Tout à coup, il aperçut deux grands oiseaux qui volaient dans le ciel. S'accroupissant près de la poussette, il les montra à Riley. Mais le petit était déjà en train de les regarder. Et semblait captivé.

Il profita de cette occasion pour regarder de plus près le visage du bébé. Non, il ne s'était pas trompé. La forme angulaire de son menton identique au sien était caractéristique des hommes de la famille Thornton. Riley était son fils. Il le savait. Il le sentait. Et quand le petit garçon se tourna vers lui pour lui adresser un sourire, il fut si ému qu'il en eut les larmes aux yeux.

La voix d'Erin le tira de sa rêverie :

— On dirait que cette petite balade lui a fait du bien.

Il se redressa et se tourna vers elle. Elle semblait désormais plus détendue. Plus proche de la femme forte et dynamique qu'il avait eu l'occasion d'observer et d'admirer depuis le jour de son arrivée.

— Il devait avoir besoin de changer un peu de décor.

— Vous êtes doué avec les enfants. Vous en avez ?

Troublé par cette question, il déglutit avec peine.

— Mon épouse et moi espérions fonder une famille. Mais elle est décédée avant que nous n'ayons le temps de réaliser ce rêve.

Soudain anxieux, il sentit ses muscles se contracter.

Voilà. Cela allait recommencer. Les habituelles platitudes auxquelles il avait eu droit de la part de ses amis et des membres de sa famille, pétris de bonnes intentions : la vie continuait ; il ne tarderait pas à rencontrer quelqu'un et il pourrait refaire sa vie, fonder une famille… Il ne répondait jamais à ce genre d'inepties. Parce qu'au fond de lui il savait que tout cela était impossible. Il ne pouvait pas trahir la mémoire de Laura.

— Ça doit être difficile, répondit-elle simplement, coupant court à ses réflexions.

— Certains moments sont plus difficiles que d'autres. Mais il faut bien faire avec.

— Oui…

Elle soupira et tourna la tête vers le lac. Machinalement, il suivit son regard. Un grand bateau de plaisance était amarré au bout de la jetée.

— C'est à vous ?

— Oui. Il appartient à la Maison Connell. La pêche dans le lac faisait au départ partie des multiples attraits du lieu. Mais nous avons dû arrêter de nous servir du bateau quand le papa de Riley est tombé malade.

Il tenta de chasser le sentiment d'amertume qu'il éprouvait chaque fois qu'elle présentait son mari comme le père de Riley. Il avait très envie de la contredire, de se pointer du doigt en lui hurlant que c'était lui, le véritable père de Riley. Mais il n'avait pas le droit de le faire. Pas encore.

— Et est-ce que vous comptez vous en resservir un jour ? se força-t-il à demander, pour ne pas dire quelque chose qu'il risquerait plus tard de regretter.

— Je n'ai pas le permis. C'était James qui naviguait.

J'ai envisagé de le vendre, et puis je me suis dit que ce serait bien d'engager quelqu'un pour le piloter Je pense que ça me permettrait de développer et de diversifier ma clientèle. C'est sur la liste des choses à faire. La très longue liste des choses à faire…

Elle poussa un profond soupir avant d'ajouter :

— Le dîner est prêt. Vous venez ?

Il aurait préféré prolonger cet instant encore un peu. Mais il savait que la température n'allait pas tarder à chuter.

— Bien sûr.

Elle prit la poussette et se dirigea vers la maison. Il lui emboîta le pas à contrecœur.

Erin était en train de faire sa ronde habituelle du soir pour s'assurer que tout était bien fermé quand elle vit de la lumière dans la bibliothèque. Elle ouvrit la porte et sourit. Sam était assis sur l'un des canapés Chesterfield, face à la cheminée, un livre ouvert sur les genoux, mais son attention était concentrée sur les flammes qui s'élevaient gracieusement dans la cheminée. La chaleureuse luminosité du feu formait un contraste marquant avec l'expression morne et triste de son visage.

— Tout va bien ? lui demanda-t-elle. J'étais sur le point d'aller me coucher. Mais si vous avez besoin de quoi que ce soit…

— Restez un peu avec moi. Il est encore tôt.

Elle hésita quelques instants. Malgré les excuses qu'il lui avait présentées, elle se sentait toujours un peu blessée par la rudesse dont il avait fait preuve envers elle, un peu plus tôt dans la journée. Et puis elle n'avait pas envie de rendre sa situation plus compliquée encore en tombant amoureuse de lui…

Tomber amoureuse ? Mais à quoi donc songeait-elle ? Elle venait de perdre son mari. Naturellement, sa relation de couple s'était détériorée bien longtemps avant la mort de James, mais elle avait tout de même l'impression de devoir rester fidèle à sa mémoire. Il n'avait pas été le mari idéal dont elle avait rêvé lorsqu'elle était adolescente, mais néanmoins il lui avait beaucoup donné. Tout ce qu'elle avait toujours voulu avoir était une maison et une famille, et, grâce à lui, elle possédait désormais tout cela. Sam, pour sa part, ne lui avait rien donné d'autre qu'un irrésistible sentiment d'attirance qui ne s'expliquait que par la longue période écoulée depuis la dernière fois qu'elle s'était sentie belle et désirable…

Mais non. Elle n'avait pas le droit de chercher à justifier sa réaction stupide. C'était d'elle et d'elle seule qu'elle venait. Et, par conséquent, elle pouvait la combattre. Certes, l'attirance était forte. Mais elle était plus forte qu'elle.

Afin de se prouver qu'elle était en mesure de surmonter ce qu'il semblait y avoir entre eux, elle décida d'accepter la proposition de Sam et de s'asseoir en face de lui.

Elle désigna son livre d'un geste du menton.

— Il vous plaît ?

Il baissa les yeux vers ses genoux et parut presque surpris de le découvrir. Puis il éclata d'un rire joyeux. Une douce musique qui fut une véritable caresse pour ses oreilles. C'était la première fois qu'elle l'entendait rire, et ce son lui réchauffa le cœur.

— Pour être honnête, je serais incapable de vous le dire. Je l'ai pris dans la bibliothèque, je l'ai ouvert. Et c'est à peu près tout.

Elle rit à son tour. Comme il était agréable de se détendre un peu en sa compagnie !

— Il n'y a pas beaucoup de romans distrayants, ici, de toute façon, reconnut-elle, en laissant son regard glisser sur les nombreux ouvrages reliés de cuir qui tapissaient les étagères. Et votre propre livre ? Comment avance-t-il ?

— Lentement, mais sûrement. En réalité, il s'agit plutôt d'un manuel. Sur le développement de logiciels.

— Ç'a l'air passionnant, dites donc ! lança-t-elle sur le ton de l'ironie.

— Et c'est bien pour cette raison que je suis ici, plutôt que là-haut, en train de travailler.

Il poussa un profond soupir, avant d'ajouter :

— Bien sûr, je pourrais l'écrire à la maison, mais il y a trop de distractions. Trop de souvenirs.

— De votre femme ?

— Oui, de Laura.

— C'est un très joli prénom.

— Et c'était une très jolie femme. Comme vous, elle aurait donné n'importe quoi pour avoir un bébé.

Il se frotta nerveusement les yeux et poursuivit :

— Je me sens responsable de sa mort. Vous savez, ce n'est pas facile de vivre avec cela sur la conscience.

Surprise par ses propos, elle tressaillit et se figea.

— Allons, vous n'êtes pas respons…

— C'était moi qui conduisais la voiture quand l'autre véhicule nous a percutés, coupa-t-il. J'ai brûlé un feu rouge parce que nous étions en retard à notre rendez-vous. Ou, plutôt, non : c'est moi qui étais en retard. Alors j'essayais de rattraper le temps…

Sa voix était chargée d'amertume et de colère. Elle eut envie de rompre le silence qui s'était installé entre eux, mais elle ne trouva pas de mots. Que dire quand les faits étaient énoncés de façon si violente, si crue ? Mal à l'aise, elle se pencha pour repousser une bûche qui commençait à glisser hors du foyer. Une nuée d'étincelles s'éleva dans la cheminée.

— Je suis désolé, dit-il en posant doucement son livre sur l'accoudoir, avant de venir se poster à côté d'elle, devant la cheminée. Je ne voulais pas vous ennuyer avec mes histoires.

— Ne vous inquiétez pas.

— Si, je m'inquiète. Je n'arrive pas à assumer ce que j'ai fait ce jour-là. Mais comment ai-je pu me montrer aussi stupide, aussi imprudent et aussi arrogant ? J'ai toujours fait passer mon travail avant notre relation. Et je sais que si j'avais délégué une seule petite tâche, une seule, j'aurais quitté le bureau à l'heure ce jour-là, et elle serait encore en vie…

Elle plaça doucement sa main sur son bras. Ses muscles étaient durs et tendus. La colère qu'il entretenait envers lui-même était palpable.

— Vous ne pouvez pas dire ça. Vous auriez pu être retenu par autre chose. N'importe quoi aurait pu arriver.

Il lui adressa un sourire forcé.

— Vous êtes plutôt du genre fataliste, hein ?

— Je pense juste qu'il se produit parfois des événements malheureux, répondit-elle en secouant la tête. Sans que personne ne puisse rien y faire. Il ne sert à rien de s'interroger sur les causes de tout cela. On ne peut pas revenir en arrière.

— Et l'avenir ? Pensez-vous que l'on puisse changer les événements à venir ?

Il y avait dans sa voix une note de désespoir, quelque chose qui ravivait son instinct maternel, lui donnait envie de le consoler, de le protéger des fantômes de son passé.

— Je ne sais pas, répondit-elle, après un instant d'hésitation. J'aime penser que nous apprenons de nos erreurs, ou du moins que nous en tirons quelque chose.

— Oui, dit-il d'une voix basse. Moi aussi.

Il semblait toujours aussi perdu et malheureux, comme si, bien qu'il l'eût approuvé, il ne croyait pas vraiment en ce qu'elle venait de dire.

N'y tenant plus, elle leva la tête vers lui et l'embrassa.

Aussitôt, elle le sentit tressaillir, comme s'il venait de recevoir une décharge électrique. Mais il ne tarda pas à se détendre. Un instant plus tard, il inclina la tête pour mieux lui rendre son baiser, et elle sentit ses mains brûlantes glisser sur sa taille et ses reins. Elle s'abandonna à ces délicieuses sensations, essayant d'oublier leurs situations respectives et tout ce qu'elles impliquaient — chose qui lui parut extrêmement facile quand il approfondit leur baiser. Perdue dans un tourbillon de plaisir, elle ne pouvait plus penser à rien d'autre qu'au bonheur que ses lèvres lui procuraient.

Son corps, si longtemps resté au service exclusif de ses propres besoins de survie et de ceux de son enfant, commençait à se réveiller. S'abandonnant à son désir, elle laissa ses mains glisser sur ses bras et fut ravie de constater que les muscles qui, quelques secondes plus tôt, étaient encore contractés par la colère, se détendaient au contact de sa peau.

Quand il l'attira contre lui, elle sentit un violent désir fuser dans tout son corps. Et elle comprit qu'il ressentait la même chose qu'elle. Le membre durci qu'elle sentait contre son ventre en était une preuve irréfutable. Cédant à ses instincts, elle se cambra contre lui.

Tout son corps réclamait le sien. Ses baisers, ses caresses… Quand il passa ses mains sous son T-shirt et fit glisser ses doigts sur sa peau, elle frissonna de plaisir. Instinctivement, elle cambra encore le dos, pressant ses hanches contre les siennes. Ses lèvres quittèrent alors sa bouche et se mirent à tracer un sillon brûlant sur sa joue et son cou. Elle frissonna de nouveau au contact rugueux de la peau mal rasée de sa joue.

Entre ses mains, elle se sentait belle et désirable. Femme. Quand ses lèvres quittèrent sa gorge et trouvèrent de nouveau sa bouche, elle l'entrouvrit pour mieux accueillir sa langue…

Et, tout à coup, il s'écarta d'elle. Elle avait toujours les mains derrière sa nuque. Il les prit doucement dans les siennes et les en détacha. Sa respiration était haletante, ses yeux brillaient de mille éclairs.

— Nous n'aurions pas dû…

— Non ! Ne dis pas ça !

Rassemblant le peu de courage qu'il lui restait, elle lui sourit et ajouta :

— En cet instant précis, c'était ce qu'il fallait faire, au contraire…

Elle n'aurait pas pu supporter de l'entendre nier.

Réduire ce qu'ils venaient de partager à une erreur. Ne souhaitant pas voir sa réaction, elle tourna les talons pour s'éloigner de lui et de la tentation qu'il représentait.

Comme elle était faible face à cet homme ! Dire qu'elle n'avait accepté son invitation que pour se prouver à elle-même qu'elle pouvait surmonter l'attirance qu'elle éprouvait pour lui… Comme elle s'était trompée !

- 6 -

Erin avait les nerfs à vif quand elle regagna ses appartements. Elle arpenta rageusement le séjour de long en large pendant de longues minutes avant de réussir à s'asseoir pour réfléchir à ce qu'il venait de se passer.

De toute sa vie, elle ne s'était jamais montrée aussi intrépide, et son comportement lui paraissait à la fois choquant et admirable. Même avec le recul, elle ne regrettait rien de ce qu'elle avait fait. Mais Sam ? Qu'en pensait-il ?

Elle n'avait pas voulu l'entendre dire qu'ils n'auraient pas dû faire ce qu'ils avaient fait et, pourtant, elle ne cessait de se répéter les paroles qu'il avait prononcées. Avait-elle réellement bien agi ? N'avait-elle pas profité de lui ? De son chagrin ?

Troublée, elle secoua la tête. Elle était bien trop énervée pour s'endormir. Il fallait qu'elle trouve un moyen de se libérer de la tension qui la tenaillait. Pourquoi pas un bon bain chaud ? Satisfaite par cette idée, elle se leva pour aller vérifier si Riley dormait bien. Allongé dans son berceau, il respirait paisiblement, ses petits bras en l'air, ses petits poings serrés. En l'observant, elle sentit son cœur se gonfler d'amour.

Elle l'aimait tant qu'elle aurait donné sa vie pour lui sans hésiter un instant.

Comment se faisait-il que certaines femmes puissent ne pas ressentir la même chose pour leur enfant ? Cet amour inconditionnel, cet instinct protecteur. Cela lui paraissait tellement naturel ! Comment se faisait-il, alors, que sa propre mère n'ait pas su l'aimer et la protéger comme elle-même aimait et protégeait Riley ? Cette question, elle n'en connaissait pas la réponse mais, comme chaque fois qu'elle se la posait, elle sentit une douleur intense s'abattre sur ses épaules, anéantissant sur-le-champ le fragile sentiment d'assurance qu'elle avait acquis un peu plus tôt dans la soirée.

Pourquoi sa mère avait-elle passé son temps à lui hurler qu'elle n'avait jamais voulu d'elle ? Etait-elle si détestable ? Si minable ? Rien qu'à y repenser, elle se sentait anéantie. La douleur se fit plus violente encore, et elle dut se mordre la lèvre pour chasser le sanglot qu'elle sentait monter au fond de sa gorge.

Même son époux ne l'avait pas aimée comme elle aurait souhaité qu'il l'aime. Si James et elle s'étaient mis d'accord pour se marier, c'était parce que cela leur était apparu comme une solution convenable, pas parce qu'ils se sentaient unis par une passion dévorante.

Devait-elle voir en cela une explication au comportement qu'elle venait d'avoir ? Etait-ce parce qu'elle n'avait jamais connu une telle passion qu'elle avait ressenti ce besoin si fort de céder à ses instincts ? D'embrasser Sam Thornton, un homme qu'elle connaissait à peine ?

Dès le premier regard, elle avait ressenti quelque chose de viscéral pour lui. En sa présence, elle avait l'impression de revivre. C'était un sentiment enivrant, à la fois effrayant et exaltant. Elle était tellement attirée par lui qu'elle avait du mal à se contenir. Ce baiser avait été magique. Complètement fou. Et elle avait envie de recommencer, de l'embrasser de nouveau. Voire plus, si affinités… Etait-elle pour autant une personne mauvaise ? Cette question, elle n'en connaissait pas non plus la réponse.

A pas de loup, elle quitta la chambre de Riley et se dirigea vers la salle de bains. Quand elle ouvrit les robinets de la baignoire, un nuage de vapeur se répandit dans l'air. Quelque part dans un tiroir, elle devait avoir des sels de bain relaxants. C'était l'un des clients de la maison d'hôtes qui les lui avait offerts il y avait plusieurs années déjà, et elle n'avait jusqu'ici jamais éprouvé le besoin de les utiliser. Mais, aujourd'hui, tout lui semblait très différent. Et elle avait vraiment besoin de se détendre.

Elle ouvrit le tiroir et écarta d'un revers de main quelques flacons à demi entamés. Il fallait qu'elle fasse un peu de rangement dans cette salle de bains. Encore une tâche à ajouter sur sa longue liste de choses à faire…

Au fond du tiroir, ses mains tombèrent sur un objet qui ressemblait à une trousse de toilette. Elle était sur le point de le repousser quand une idée lui traversa l'esprit. Elle sortit l'objet du tiroir.

C'était une trousse de toilette, en effet.

La trousse de toilette de James.

Celle qu'elle avait ramenée de l'hôpital la nuit où il était décédé. Mais pourquoi donc l'avait-elle rangée ici ? Elle ne s'en souvenait pas, ce qui n'avait après tout rien d'étonnant. A cette époque, elle était si perturbée et fatiguée qu'elle faisait beaucoup de choses sans réfléchir. Tant et si bien qu'elle avait parfois l'impression d'agir comme une somnambule.

Machinalement, elle ouvrit la trousse. Et, tout à coup, elle sentit son cœur s'emballer : une brosse à dents ! La brosse à dents de James… Son cerveau se mit à fonctionner à toute allure. Cet objet devait comporter des traces d'ADN, ce qui signifiait qu'elle avait entre les mains un moyen de prouver que James était bien le père de Riley.

Tout excitée, elle se leva d'un bond et se hâta de gagner la cuisine pour ranger la brosse dans le sac hermétique qui lui avait été envoyé. Le lendemain, à la première heure, elle le réexpédierait au laboratoire, avec le test de Riley. En espérant que tous ses soucis disparaîtraient avec ces objets…

Le lendemain matin, quand Sam descendit l'escalier pour se rendre dans la cuisine, il avait l'impression que sa tête allait exploser. La nuit passée avait été un enfer. Un délicieux enfer, qui lui avait laissé un sentiment de frustration et de culpabilité mêlées. Ce baiser échangé avec Erin constituait à ses yeux une ultime trahison. Il avait sali la mémoire de Laura. Mais si ce qu'il avait fait était si mal, pourquoi se sentait-il si bien dans les bras d'Erin ? Pourquoi son baiser lui avait-il paru si bon, si juste ? Et pourquoi avait-il envie d'en avoir davantage ?

La repousser avait été l'une des choses les plus difficiles de toute sa vie. Il éprouvait pour elle un désir si fort, si puissant, qu'il se demandait comment il allait pouvoir l'ignorer pendant le reste de son séjour. Mais l'idée de partir lui paraissait bien plus terrible encore.

Les mots qu'elle avait prononcés en le quittant résonnaient encore dans son esprit.

« En cet instant précis, c'était ce qu'il fallait faire, au contraire. »

« En cet instant précis. » Mais la prochaine fois ? Et celle d'après ? Aurait-il la force de s'y opposer ? Et, de toute façon, en avait-il envie ? Il se donnait beaucoup de mal pour essayer d'ignorer ces questions. Mais sans qu'il pût rien y faire, elles ne cessaient de lui revenir à l'esprit.

Il devait se montrer honnête avec lui-même. Il avait envie d'Erin Connell. Mais elle, que ressentait-elle pour lui ? Sa réaction de la veille lui semblait être un indice très sûr : elle était tout aussi attirée par lui qu'il l'était par elle.

Il fallait faire un choix. Il ne pourrait pas vivre en paix avec lui-même tant qu'il serait en proie à ces émotions contradictoires qui assombrissaient chacune de ses pensées.

Perdu dans ses réflexions, il entra dans la cuisine et s'arrêta. La pièce était vide. Une note avait été laissée sur la table.

« Bonjour, Sam,

» Je vous ai servi le petit déjeuner dans la salle à manger.

Erin. »

La salle à manger ? Cette immense pièce qui semblait conçue et équipée pour réunir dix ou vingt personnes ? Elle cherchait à l'éviter, c'était sûr. Leur baiser l'avait donc affecté, bien plus qu'elle n'avait voulu le montrer. Il sourit. Bien. Il allait voir… D'un pas décidé, il se dirigea vers la salle à manger, où divers chauffe-plats avaient été disposés sur un buffet ancien. Rapidement, il attrapa un plateau et se servit des œufs brouillés, des galettes de pommes de terre et une tranche de bacon, ainsi qu'une tasse de café, et puis, avec tout autant de détermination, il retourna s'asseoir à ce qu'il considérait désormais comme sa place : à la table de la cuisine.

Il venait de terminer son café quand Erin entra dans la pièce, une grande enveloppe à la main. L'apercevant, elle tressaillit et faillit laisser tomber son courrier.

— Oh ! vous m'avez fait peur, dit-elle en tournant vivement l'enveloppe vers elle pour dissimuler l'adresse qui y était inscrite. Il y a un problème avec la salle à manger ?

— Aucun problème, rétorqua-t-il en secouant la tête. Je préfère juste être ici.

Il chercha son regard et ajouta :

— A moins que cela ne vous gêne, bien sûr.

— Mais pas du tout ! Ça m'est égal. Je pensais juste que vous préféreriez garder vos distances, après…

Il prit sa main dans la sienne. Ses doigts étaient longs et délicats, ses ongles, courts et soignés. Et il ne put s'empêcher de se souvenir de la façon dont ces mains l'avaient caressé, dont ces ongles s'étaient enfoncés dans le coton de sa chemise, lui procurant des sensations intenses et délicieuses.

— Après notre baiser, acheva-t-il de dire d'une voix douce. Ne vous inquiétez pas. Vous aviez raison. Nous avons tous deux traversé beaucoup d'épreuves et je pense que nous méritions ce moment de réconfort. Merci.

Il lâcha sa main et remarqua que ses doigts restèrent quelques instants recroquevillés avant de se détendre de nouveau. Avait-elle ressenti la même chose que lui, cette sensation intense et instinctive qui avait parcouru tout son corps ? Rien qu'en la regardant, il éprouvait une certaine excitation. Sa respiration était rapide. Il voyait sa poitrine se soulever et s'affaisser, et ce spectacle lui paraissait presque hypnotisant. Elle entrouvrit les lèvres…

— Bien, finit-elle par murmurer maladroitement. Je dois m'absenter pour la matinée. Avez-vous besoin de quelque chose ?

Il lui fallut se faire violence pour détacher son regard de sa bouche.

— Pour le moment, rien. Merci.

Il prit son plateau et se dirigea vers l'évier.

— Voyons, non ! protesta-t-elle. Vous n'avez pas à faire ça.

— Je peux tout de même rincer une ou deux assiettes.

L'air embarrassé, elle se mordilla la lèvre inférieure.

— Eh bien, si vous êtes sûr que cela ne vous ennuie pas…

— Si ça m'ennuyait, je ne le ferais pas.

Elle hocha la tête.

— Je vais faire un tour en ville avec Riley. Mais je serai rentrée pour le déjeuner.

— Ne vous faites pas de souci. Si vous n'êtes pas rentrée à l'heure, je me débrouillerai.

— Mais…

Il leva une main pour l'empêcher de protester.

— Sur votre site Web, vous vantez les mérites de la Maison Connell en mettant en avant l'ambiance familiale. Vous dites que vous vous êtes attachée à en faire un véritable foyer chaleureux. Vous savez, chez moi, je m'occupe tout seul de toutes sortes de choses.

Il lui adressa un sourire, avant d'ajouter :

— Et je serai ravi de faire la même chose ici.

— Très bien. Je vous crois, répondit-elle, en lui rendant son sourire.

Elle fit mine de s'en aller.

— Erin…

Elle se retourna vers lui. Du bout de ses doigts, il caressa la peau douce de sa joue.

— Soyez prudente sur la route, d'accord ?

— Promis, murmura-t-elle.

Une semaine s'était écoulée depuis leur baiser. Une longue semaine ponctuée de pensées et de sentiments à la fois confus et exaltants. De contacts physiques, fortuits ou non, qui avaient laissé Erin dans un état de nervosité et d'excitation qu'elle n'avait jamais connu jusqu'alors.

Il n'y avait pas eu d'autres baisers. Mais elle se surprenait souvent à repenser à ce moment. A le revivre. A espérer qu'il se reproduise.

Comme la veille au soir, par exemple, quand ils s'étaient assis par terre dans la bibliothèque, avec Riley entre eux. Il n'y avait qu'une petite lampe d'allumée, et la lumière des flammes dans la cheminée, derrière le pare-feu, créait une ambiance intime et chaleureuse. Ils avaient ri ensemble quand ils s'étaient aperçus que Riley s'était endormi sur son tapis, et leurs regards s'étaient tout à coup croisés. Le plaisir de l'anticipation s'était répandu dans ses veines à l'instant où il s'était penché vers elle et, instinctivement, elle l'avait imité, si bien que leurs corps formaient une sorte d'arche au-dessus de Riley. Comme elle écartait légèrement les lèvres, elle avait remarqué que son regard était fixé sur sa bouche et avait senti les battements de son cœur s'accélérer. Mais, soudain, il avait reculé et s'était excusé en prétextant qu'il avait du travail.

Mais son départ précipité n'avait rien fait pour apaiser ses nerfs ou calmer le désir qu'elle éprouvait pour lui. Oui, Sam Thornton occupait une grande partie de ses pensées et de ses rêves. Et, en sa présence, elle se sentait aussi excitée qu'une adolescente vivant sa toute première histoire d'amour.

D'ailleurs, ne s'agissait-il pas pour elle d'un premier amour ? Depuis quelques jours, elle se posait régulièrement la question. Et elle pensait avoir fini par trouver la réponse. Une réponse qui n'avait rien de réjouissant.

Elle n'avait pas aimé James comme elle aurait dû l'aimer. Avec le recul, elle comprenait mieux ce qui l'avait attirée chez lui. Il était plus âgé qu'elle, très stable, très sûr de lui et de son univers. Pour fuir l'horrible situation dans laquelle elle s'était mise à Sacramento, elle avait postulé à la Maison Connell, et, au fil des jours, il avait paru lui porter un intérêt croissant. Quand il avait fini par la demander en mariage, elle avait cherché à se convaincre qu'elle l'aimait. Mais, en réalité, c'était ce qu'il représentait pour elle qu'elle aimait. Au fond, elle savait qu'il allait lui permettre de mener une vie respectable, stable et sûre. Elle s'était accrochée à cette idée. Et elle n'en avait pas démordu.

Petit à petit, et bien malgré elle, elle avait détruit la spontanéité de sa vie de couple. En s'attachant à créer un foyer parfait, un mariage parfait, une famille parfaite, elle avait fini par faire fuir l'homme qui aurait pu rendre tout cela possible. Par l'envoyer tout droit dans les bras d'une femme qui lui avait offert le type de relation simple et passionnelle qu'il était en droit d'attendre de sa propre épouse.

Mais il lui restait une chance de se rattraper en tenant la promesse qu'elle avait faite à James sur son lit de mort : élever Riley à la Maison Connell. Lui insuffler l'amour que son père et ses ancêtres avant lui avaient éprouvé pour cette demeure.

Et cette chance résidait dans l'enveloppe qu'elle avait reçue le matin même et rangée dans la poche arrière de son jean en attendant le moment opportun pour l'ouvrir. Un moment où elle serait sûre de ne pas être dérangée. Elle réfléchit quelques instants : Sam était dans son bureau ; Riley venait de s'endormir… Elle ne trouverait sans doute pas de meilleure occasion.

Arrivée dans la cuisine, elle se servit une tasse de café. L'appréhension était forte. Malgré elle, elle ressentait un besoin instinctif de repousser cet instant décisif. Lentement, elle sortit la lettre de sa poche et la posa sur la table. Tout aussi lentement, elle tira une chaise et s'assit. Et puis elle perdit encore quelques secondes à observer le logo du laboratoire d'un œil distrait.

Prenant son courage à deux mains, elle se décida enfin à ouvrir l'enveloppe et se mit à lire avec beaucoup d'attention le contenu de la lettre. Plusieurs termes médicaux lui échappèrent et elle ne comprit pas le sens de certaines phrases.

Ce qu'elle comprit en revanche, quand, d'une main tremblante, elle replia la lettre et la rangea dans l'enveloppe, c'était que James Connell n'était pas le père de Riley.

- 7 -

Erin eut du mal à se lever. Elle avait les jambes en coton. D'un geste mal assuré, elle attrapa le téléphone, avant de partir s'enfermer dans sa chambre. Assise sur son lit, elle composa fébrilement le numéro de Morin & Morin.

— Erin, l'interpella Janet d'une voix chaleureuse et amicale, j'allais t'appeler. Comment vas-tu ?

— Pas très bien, admit-elle.

— Tu as les résultats ?

Le son de sa voix paraissait désormais beaucoup plus professionnel.

— Oui. Ils…

Elle étouffa un sanglot.

— Ils ne sont pas bons. James n'est pas le père de Riley.

— Je vois, répondit Janet, après un court silence. Ecoute, il faut que je te dise une chose : j'ai reçu un mandat de la cour. Ils exigent que tu fournisses des échantillons ADN de Riley à la partie adverse.

— Alors, je ne peux plus contester, maintenant ? demanda-t-elle d'une voix tremblante.

— Non. Plus avec ce mandat. Par ailleurs, les prélèvements devront être supervisés par les représentants légaux des deux parties. Si ça peut te remonter le moral, tu sais, on peut toujours demander à ce qu'ils soient effectués ici, à mon bureau.

Elle secoua la tête. Elle ne voyait pas comment quoi que ce soit aurait pu lui remonter le moral.

— Quand ?

— Il faut que cela soit fait dans les jours qui viennent. Je vais essayer d'organiser cela avec mon confrère et je te recontacterai. Y a-t-il un moment qui te conviendrait plus qu'un autre ?

— Absolument aucun, murmura-t-elle.

— Je suis désolée, Erin, répondit Janet d'une voix grave, mais nous n'avons pas le choix. Si ce type est le père de Riley, il a des droits, et tu ne peux pas l'en priver. Pas plus que tu ne peux priver Riley du droit de connaître son véritable père.

— Je sais, dit-elle d'une voix éteinte.

Elle demanda à Janet de l'appeler quand elle aurait la date du rendez-vous et raccrocha. Alors, désorientée, elle replia ses genoux sur son ventre et s'interrogea. Comment se pouvait-il que James ne soit pas le père de Riley ? Elle avait déjà subi plusieurs coups du sort mais, cette fois, c'était vraiment le coup de grâce. Comment une telle erreur avait-elle pu être commise ? Serrant ses genoux contre son ventre, elle dut lutter de toutes ses forces pour ne pas hurler.

C'était horrible, mais il fallait qu'elle garde son sang-froid. Et qu'elle garde cela pour elle. Au moins jusqu'à ce que les résultats du prochain test soient révélés. Lui restait-il encore un espoir ? Oui. Un infime espoir. Et si l'homme de la partie adverse n'était pas non plus le père de Riley ? Et si le père de Riley était un étranger qui n'éprouvait aucun désir de prouver sa paternité et de bouleverser leur existence ? C'était possible. Car, à ce qu'elle avait cru comprendre, les responsables de la clinique avaient commis de nombreuses erreurs.

Mais cette idée en amenait une autre. Et si le sperme de James avait été utilisé pour féconder l'ovule d'une autre femme ? Et si James avait un descendant direct, quelque part dans le pays ? Un enfant qui pourrait légitimement revendiquer son droit à l'acquisition de la Maison Connell ? Cette maison qui n'était déjà plus ni la sienne ni celle de Riley ?

A cran, elle se força à se lever. Il fallait qu'elle bouge, qu'elle s'active, qu'elle trouve quelque chose à faire pour ne pas trop réfléchir à la situation qu'il lui fallait désormais affronter. La seule chose qu'elle pouvait espérer, c'était que les prochains tests révèlent que la partie adverse n'était pas non plus le père de Riley. Si tel était le cas, elle ferait comme si elle n'avait jamais eu vent de cette affaire, et Riley et elle pourraient continuer de vivre dans la seule et unique maison qu'ils avaient jamais connue. Elle n'avait même pas envie d'imaginer ce qui se passerait si les avocats qui géraient les affaires de la famille Connell découvraient la vérité.

Plus jeune, elle avait vécu dans la rue. Et elle s'était juré que jamais, jamais, elle ne retomberait aussi bas. Pour l'amour de Riley, pour le bien de Riley, elle devait tout faire pour préserver le toit qu'ils avaient au-dessus de leur tête. Il était hors de question que son fils perde ce qui aurait dû être son héritage à cause d'une erreur idiote.

La colère commençait à prendre le pas sur la peur qui avait menacé de la submerger. La colère et la détermination. Elle allait se battre pour conserver ce que Riley et elle possédaient. Elle allait lutter de toutes ses forces. Jamais elle ne céderait.

Erin était encore très anxieuse ce soir-là, et son humeur semblait avoir déteint sur Riley, manifestement très disposé à mettre sa patience à l'épreuve. Quand vint l'heure de le coucher, ils étaient tous les deux à bout. Lasse, elle attacha le babyphone à sa ceinture. Il allait s'endormir, il le fallait. Elle pourrait alors finir de nettoyer et de mettre en ordre la maison, comme elle avait appris à le faire.

Certes, avant la maladie de James, les choses étaient plus faciles. Ils avaient trois employés à demeure, ainsi que plusieurs autres à temps partiel qui s'occupaient du ménage et du jardinage. Désormais, il ne restait plus qu'elle et il fallait qu'elle trouve le temps là où elle le pouvait. Ce n'était pas idéal, songea-t-elle en attrapant son chiffon à poussière, mais, tant qu'elle n'aurait pas mis assez d'argent de côté pour engager un employé, elle n'aurait pas d'autre choix que de se débrouiller seule. Et il fallait bien que les choses se fassent.

Perdue dans ses pensées, elle entra dans la bibliothèque et commença à astiquer les meubles. Quand elle avait été embauchée par la Maison Connell, elle avait eu l'impression d'arriver au paradis. La demeure n'avait rien de commun avec le minable camping où elle avait grandi, dans la banlieue de Sacramento, et moins encore avec l'immeuble délabré où elle avait vécu avec plusieurs autres squatteurs après avoir fui la violence de sa mère.

Cet horrible immeuble où les choses avaient si mal tourné… Rien qu'à y repenser, elle sentit la peur lui serrer le ventre. Attrapant le babyphone, elle en augmenta le volume : Riley s'était apparemment endormi. Mais la peur continuant de la tenailler, elle ne put s'empêcher de monter à l'étage pour aller vérifier. Elle ouvrit la porte et entra sur la pointe des pieds. Riley dormait comme un ange, ses longs cils effleurant ses joues encore un peu rouges.

Instinctivement, elle se rapprocha du berceau pour réajuster ses couvertures et laissa sa main s'attarder sur son petit ventre. Sa respiration était régulière. Il allait bien. Elle se sentait rassurée. Mais, malgré tout, elle ne pouvait s'empêcher de penser au passé. A ce bébé qu'elle avait connu et qui n'avait pas reçu autant d'amour que son petit garçon. Ce bébé qu'elle n'avait pas pu sauver…

Mais Riley allait bien. Elle ferait toujours tout ce qu'il faudrait pour lui. Jamais elle ne laisserait une telle abomination se reproduire.

Tout à coup, elle entendit un léger bruit en provenance de la cuisine. Doucement, elle déposa un baiser sur le front de Riley et quitta la pièce. Elle fut surprise de trouver Sam dans la cuisine. Ce soir-là, il avait demandé qu'on lui apporte son dîner dans son bureau. Il commençait enfin à avancer dans son travail et n'avait pas envie de s'arrêter sur sa lancée. Devant son apparence débraillée, elle dissimula son étonnement.

— La journée a été dure ? lança-t-elle en entrant dans la pièce.

— C'est peu de le dire.

— Qu'est-ce qu'il se passe ?

— Il se passe que je suis un véritable imbécile, dit-il en passant nerveusement une main dans ses cheveux ébouriffés. J'ai répondu non quand le programme m'a demandé si je voulais sauvegarder le fichier. Tout mon travail de la journée est perdu !

— L'erreur est humaine. Ne soyez pas trop dur avec vous-même. Et puis vous, qui êtes un génie de l'informatique, ne pouvez-vous pas récupérer votre fichier ?

Il eut un petit rire ironique.

— Vous croyez vraiment que c'est possible ?

— Si vous voulez mon avis, vous avez juste besoin d'une petite pause. Vous avez beaucoup travaillé, aujourd'hui… Et si vous veniez vous détendre un peu dans le séjour ? On pourrait prendre un café et bavarder quelques minutes ?

En disant cela, elle n'avait pu s'empêcher de penser à toutes les choses qui lui restaient à faire. Mais, à bien y réfléchir, tout cela importait peu face au réconfort dont il semblait tant avoir besoin. Et puis, après toutes les épreuves qu'elle avait endurées aujourd'hui, un peu de compagnie ne pourrait pas lui faire de mal à elle non plus.

— Ça me paraît être une très bonne idée, finit-il par dire.

— Un café, alors ? demanda-t-elle en se dirigeant vers la machine.

— En réalité, j'aurais préféré quelque chose d'un peu plus relevé.

— Un digestif ? Une liqueur ?

— Je me damnerais pour un whisky.

— Allez vous asseoir, dit-elle en riant et en lui indiquant le séjour. Je m'en occupe.

Elle se hissa sur la pointe des pieds pour attraper un verre dans le placard, puis ouvrit une bouteille de single malt et en versa une généreuse dose. Et elle était sur le point de le rejoindre avec le verre quand une idée lui traversa l'esprit. Elle n'avait pas bu une goutte d'alcool depuis le début de la procédure de fécondation *in vitro*. Et de toute façon, depuis son arrivée dans la Maison Connell, elle ne buvait quasiment plus. L'alcool lui avait occasionné assez de problèmes comme cela dans le passé. Mais, ce soir, la situation lui paraissait différente.

Après avoir réfléchi quelques secondes, elle reposa le verre de Sam pour se servir un doigt de pinot gris. Elle avait nourri Riley juste avant de le coucher et elle était quasi certaine qu'il ferait sa nuit. Par ailleurs, son médecin lui avait assuré qu'un verre de vin de temps en temps ne pouvait pas lui faire de mal, à condition qu'elle s'abstienne de boire dans les heures qui précédaient le repas de Riley.

Ce fut donc avec deux verres à la main qu'elle poussa la porte du séjour. Sam, au fond de la pièce, était en train d'observer des photos de Riley prises quelques semaines auparavant.

— Etonnant, non ? dit-elle en lui tendant son whisky.

Il prit le verre et le leva dans sa direction.

— La vie ne cessera jamais de m'étonner. Et, par ailleurs, je trouve que vous avez fait du très bon boulot.

— Jusqu'ici, répondit-elle prudemment, en prenant une petite gorgée de vin.

— Ne soyez pas si dure avec vous-même. Vous vous

débrouillez très bien avec Riley. Vraiment, j'admire ce que vous faites. Ça ne doit pas être facile d'élever seule un enfant.

— En effet. Mais ça en vaut la peine.

— Je comprends, dit-il, en buvant à son tour.

Elle lui fit signe de s'asseoir sur un canapé et prit place en face de lui.

— Avez-vous déjà pensé à vous remar…

Il s'interrompit et poussa un profond soupir avant de se reprendre :

— Je vous prie de m'excuser. Je ne sais pas pourquoi j'allais vous demander cela. Je déteste quand les gens m'interrogent sur mes projets d'avenir. Et je n'ai aucune envie de refaire ma vie. J'ignore pourquoi je me suis senti en droit de vous suggérer de le faire.

— Ce n'est rien. Vous n'avez pas à vous excuser. Et si vous voulez tout de même savoir, je n'envisage pas de me remarier avant que Riley ne soit en âge de reprendre les rênes de la Maison Connell. Voyez-vous, cette maison lui appartient. Elle a toujours été régie par des Connell, de génération en génération. Et j'estime que ma mission consiste à veiller à l'entretien de l'héritage de mon fils et à m'assurer qu'il lui soit bien transmis.

Il fallait qu'elle continue à y croire.

— C'est un véritable sacrifice. Vous mettez votre vie entre parenthèses pour celle de votre fils ? Et s'il n'avait pas envie de reprendre les rênes ?

— Je suis là pour lui insuffler ce désir, répondit-elle en haussant les épaules. Et, de toute façon, c'est notre maison et notre gagne-pain. Et je me battrai pour que cela continue.

— C'est votre raison de vivre ?

— Oui, mais je ne l'ai pas choisie. La gestion de la propriété se transmet de père en fils depuis des générations de Connell. Le père de Riley en était l'unique représentant de la dernière et Riley en sera l'unique représentant de la suivante. Cette maison, c'est son héritage.

Elle insista particulièrement sur ces derniers mots, comme s'ils avaient le pouvoir de changer la réalité.

Et si Riley n'était pas le fils de son mari ? pensa Sam. Qu'est-ce que cela changerait pour elle ? A bien y réfléchir, il n'était pas étonnant qu'elle cherche à retarder l'exécution des tests ADN. Cette maison était l'héritage de Riley. Elle lui revenait de droit, à la seule et unique condition qu'il soit bien le descendant direct du mari d'Erin.

Il chercha son regard et lui murmura doucement :

— C'est une lourde responsabilité.

— C'est vrai. Et c'est pour cette raison que je me donne tant de mal à relancer la maison d'hôtes. Je veux que Riley hérite de quelque chose qui en vaille la peine. James et moi avons cessé notre activité à l'époque où il est tombé malade. Ç'a été une décision difficile, mais je ne pouvais pas m'occuper de tout toute seule quand j'étais enceinte, et encore moins après la naissance de Riley. Quand nous avons appris que l'état de santé de James ne pourrait pas s'améliorer, il était trop tard pour changer d'avis.

— Vous n'aviez pas envie d'engager quelqu'un pour gérer les affaires à votre place ?

— Non. J'y ai pensé, mais James n'a pas voulu.

Pour lui, c'était à la fois un fond de commerce et une maison de famille. Il n'avait pas envie de voir un étranger prendre des décisions qu'il aurait dû prendre. Il était assez vieux jeu sur ce plan-là.

Il la regarda. Elle avait l'air fatiguée. Et même épuisée. Comme si tout le poids du monde reposait sur ses épaules. Il connaissait bien ce sentiment.

Tout à coup, elle mit sa main devant sa bouche et bâilla.

— Vous êtes fatiguée, lui dit-il, en se levant. Je vous retiens.

— Non, je vous assure, protesta-t-elle. Asseyez-vous. Finissez votre verre.

Il s'exécuta et la regarda prendre une petite gorgée de vin. Comme elle était gracieuse ! Elle avait toujours l'air survoltée, mais ses mouvements étaient empreints d'une fluidité qu'il trouvait particulièrement séduisante. Depuis le baiser qu'ils avaient échangé la semaine dernière, il se surprenait très souvent à l'observer. Il lui arrivait même de laisser la porte de son bureau ouverte quand il savait qu'elle allait venir nettoyer sa chambre ou changer son linge. De cette façon, il pouvait la regarder se pencher au-dessus de son lit et admirer le tracé parfait de ses hanches et la courbe ferme et arrondie de ses fesses. Une lente et silencieuse torture qu'il appréciait de plus en plus.

— Je ne devrais peut-être pas vous poser cette question, finit-il par dire en se penchant légèrement vers elle, mais vous me paraissez un peu distraite, ce soir. Quelque chose ne va pas ?

— C'est le moins que l'on puisse dire, répondit-elle en lui adressant un sourire un peu triste.

— Est-ce que je peux faire quelque chose pour vous aider ?

— Je ne suis pas sûre que vous puissiez m'aider. J'ai tellement l'habitude de m'occuper de tout toute seule ! Je vous remercie, mais ça va aller. Riley a été un peu dur, aujourd'hui. Et je dois admettre que je suis à cran.

— Je pourrais m'occuper un peu de lui de temps en temps. Si cela peut vous soulager…

Il sentit son cœur s'emballer. Qu'allait-elle répondre ? Jusqu'ici, elle s'était comportée en parfaite maîtresse de maison, s'assurant que les activités quotidiennes de Riley n'empiètent pas sur les siennes. Néanmoins, il avait très envie de passer davantage de temps avec le bébé. Plus les jours passaient, plus il était convaincu que Riley était son fils. Mais il lui fallait attendre, et encore attendre…

— Voyons, je ne peux pas vous demander cela ! Vous avez déjà assez de travail comme ça. Et puis vous n'avez aucune expérience avec les enfants. Je me trompe ?

Le sentiment de malaise que lui procura cette dernière remarque dut se lire sur ses traits, car elle se hâta d'ajouter :

— Je suis désolée. Je n'aurais pas dû dire ça.

— Ce n'est rien, lui assura-t-il. Mais permettez-moi d'insister : si vous avez des choses à faire, vous pouvez très bien me demander de garder Riley une heure ou deux. Ça ne me dérange pas, rassurez-vous.

— Vous êtes sérieux ? dit-elle en lui adressant un si beau sourire qu'il sentit son cœur bondir dans sa poitrine. Et s'il remplit sa couche ?

— Je ferai de mon mieux.

Oui. Il fallait qu'il fasse de son mieux. Il était bien décidé à jouer un rôle prépondérant dans la vie de son fils. Et il fallait qu'il s'entraîne dès maintenant.

— Eh bien, je vais y réfléchir, répondit-elle en lui décochant un autre sourire.

— Vous êtes très belle quand vous souriez, s'entendit-il dire. En réalité, vous êtes toujours très belle, mais plus encore quand vous souriez.

— Merci, répondit-elle en baissant les yeux. Je ne me rappelle même pas la dernière fois que quelqu'un m'a dit cela.

— Alors, rappelez-moi de vous le dire plus souvent.

Il termina son whisky et se leva.

— Bien ! Je ferais mieux d'aller voir si je peux récupérer ce fichier. Merci pour votre compagnie. Et pour le verre.

— Mais je vous en prie, dit-elle en se levant à son tour. J'avais oublié à quel point il pouvait être agréable de rester assis quelques instants à bavarder.

Elle lui adressa un nouveau sourire. Et, cette fois-ci, il ne put résister. Sans même y réfléchir, il prit l'une de ses mains dans la sienne et la porta à sa bouche.

— Mais cela pourrait être plus agréable encore…

Il leva les yeux vers elle juste au moment où ses lèvres touchaient sa peau. Elle ne protesta pas quand il tira doucement sur sa main pour l'attirer plus près de lui, et moins encore quand il baissa la tête vers elle pour céder à son envie de goûter de nouveau à ses lèvres pleines et sensuelles.

Aussitôt, il sentit le galbe de ses seins se presser contre sa poitrine, la douce chaleur de son ventre contre les muscles de ses abdominaux, la courbe parfaite de ses hanches contre son membre dur et excité. Il poussa un soupir de plaisir. C'était une folie. Il le savait. Mais il lui était désormais impossible de résister. Quand sa bouche se posa sur la sienne, elle écarta les lèvres et se mit à chercher sa langue de la sienne. C'était si bon ! Et, pourtant, il savait qu'il ne pourrait pas se contenter de cela. Ivre de désir, il la serra plus fort encore contre lui.

Laissant libre cours à sa passion, il glissa ses doigts sous son T-shirt et les fit lentement remonter le long de son dos. Sa peau était douce. Soyeuse. Et chaude. Et cette chaleur, il en avait tant besoin, après tous ces mois de souffrance ! Soucieux d'en profiter autant qu'il le pourrait, il continua de soulever son T-shirt et dut interrompre leur baiser pour le faire passer par-dessus sa tête.

Elle ouvrit les yeux, et il fut frappé par la vulnérabilité qu'il vit dans leurs sombres profondeurs.

— J'ai envie de toi, Erin, murmura-t-il. Si tu veux que j'arrête, dis-le-moi maintenant.

Il sentit son corps trembler et s'écarta d'elle pour lui donner l'espace dont elle semblait avoir besoin. Elle pouvait le repousser. Elle en avait le droit. Il comprendrait. Et puis il n'était pas homme à essayer de forcer les femmes à faire quoi que ce soit, aussi désirables soient-elles.

— Je… j'ai envie de toi aussi.

Elle avait prononcé ces mots d'une voix si douce qu'il n'était pas sûr de les avoir bien entendus.

— Erin…

— J'ai envie de toi, Sam, répéta-t-elle d'une voix

plus assurée. Mais j'ignore ce que tout cela représente pour toi. Ce que *je* représente pour toi.

Il sentit son cœur se serrer. Il comprenait ce qu'elle voulait dire. Tout comme lui, elle devait être en proie à des émotions contradictoires.

— Je ne sais pas, se vit-il contraint d'admettre. Mais ce que je sais, c'est que cela fait trop longtemps que je me sens seul. Et vide. Et je pense que tu sais parfaitement ce que je ressens.

Il s'interrompit quelques secondes et sentit les battements de son cœur s'accélérer un peu quand son regard rencontra le sien.

— Et je pense qu'ensemble nous pourrions faire disparaître tout ce vide. Pendant quelque temps. Nous en avons bien le droit. Tu ne crois pas ?

Il joignit ses lèvres aux siennes, comme pour mieux la convaincre de lui donner la réponse que son corps espérait tant recevoir.

— Et demain matin ? murmura-t-elle. Que ferons-nous ?

— Demain matin, tu seras ma première pensée. Cela, je peux te le promettre, Erin. Je n'arrête pas de penser à toi depuis le baiser que nous avons échangé la semaine dernière. Et je sais que tu ressens aussi quelque chose pour moi.

Il prit doucement sa main dans la sienne et la posa à plat contre sa poitrine. Sentait-elle les battements de son cœur ? Percevait-elle tout l'effet qu'elle lui faisait ? Comprendre qu'elle l'avait fait passer du statut d'ascète qui cherchait à échapper à la vie, à celui de bête sauvage gouvernée par ses instincts, ses besoins et ses émotions ?

Ses doigts se refermèrent sous les siens. Elle tremblait de tout son corps, désormais. L'avait-il poussée trop loin ? Venait-il de détruire la fragile et délicieuse intimité qu'ils venaient tout juste de commencer à explorer ?

— Embrasse-moi encore, murmura-t-elle.

- 8 -

Erin avait l'impression qu'elle venait de perdre l'équilibre et de plonger dans un précipice. Elle tombait, tombait, tombait, en se demandant quand s'arrêterait la chute. Mais, alors, les lèvres de Sam se refermèrent sur les siennes, et elle sut qu'entre ses bras l'atterrissage ne pourrait se faire qu'en douceur. Rassurée, elle s'accrocha à son cou et se blottit tendrement contre lui.

Tout en Sam lui semblait bon, juste. Tant et si bien qu'elle avait envie de se laisser tomber sur le tapis, avec lui, pour savourer le plaisir de l'instant. Mais, d'un autre côté, elle n'avait pas envie que leur première fois soit trop primaire ou bestiale. Cette pensée semblait d'ailleurs être la seule chose rationnelle qui pouvait encore lui traverser l'esprit. Aussi se décida-t-elle à rompre leur baiser et à lui prendre la main pour le conduire vers sa chambre. Quand ses lèvres quittèrent les siennes, elle ferma instinctivement les yeux, comme si ce geste pouvait l'aider à endurer la sensation de manque qui l'assaillit aussitôt.

Dans sa chambre, la petite lampe de chevet Tiffany était restée allumée. Sa douce lumière projetait des couleurs chatoyantes sur les murs et conférait à la pièce une ambiance chaude et délicate.

Elle referma la porte derrière elle pour leur permettre

de mieux savourer cette ambiance intime. Ce cocon de chaleur et de douceur où ils pourraient explorer la voluptueuse alchimie qui était presque palpable quand ils se retrouvaient seuls dans une même pièce. Le désir brûlant auquel ils allaient enfin pouvoir laisser libre cours. La lumineuse passion qui chasserait les ombres dans leurs cœurs…

De ses doigts tremblant de désir, elle entreprit de déboutonner lentement sa chemise, de haut en bas, révélant ainsi à ses yeux les muscles puissants de sa poitrine, ses tétons sombres et aussi durs que les siens, ses abdominaux fermes et bien dessinés. Quand elle eut terminé, elle fit glisser l'étoffe sur ses épaules et prit le temps d'admirer quelques instants la beauté de son torse. Mais, bien vite, elle céda à son désir de le toucher, de le caresser, d'en retracer les contours de ses mains, de plus en plus assurées à mesure qu'elles glissaient vers son pantalon.

Quand elle passa sa main sur son sexe dur, toujours enfermé dans son jean, il laissa échapper un grognement de plaisir. Elle sourit à l'idée qu'il avait envie d'elle autant qu'elle avait envie de lui. L'anticipation se faisait délicieuse torture. Leur union serait un pur moment de bonheur, elle le savait, elle le percevait. Mais comment ce bonheur allait-il se matérialiser ? Allaient-ils s'embraser comme une comète dans le ciel nocturne, ou bien frémir et se consumer comme un paisible feu de cheminée ?

De ses mains plus assurées, elle déboutonna sa braguette et libéra son sexe, avant de faire glisser son jean le long de ses jambes. Dans la lumière tamisée, elle aperçut une longue cicatrice qui lui barrait la cuisse et, pendant quelques instants, elle ne put s'empêcher de penser à toutes les autres blessures que cette marque symbolisait. Mais elle ne s'attarda pas sur cette triste pensée, préférant refaire glisser de ses mains son boxer. Pendant quelques instants, elle le caressa à travers cette fine barrière de tissu et se réjouit des soupirs de plaisir que ce geste lui arracha. Mais, tout à coup, elle sentit ses mains se refermer sur ses bras, l'empêchant de poursuivre.

— Ne me laisse pas gâcher cet instant en perdant le contrôle trop vite, murmura-t-il. Et puis c'est mon tour, maintenant.

Il passa un doigt sous la courbe de ses seins et elle sentit sa peau frémir. Lentement, le plaisir de l'anticipation se répandit dans tout son corps et sembla se matérialiser au creux de son ventre, dans toute sa brûlante intensité, quand, de ses doigts, il se mit à tracer les contours de son soutien-gorge. L'espace d'un instant, elle maudit cette fine barrière de tissu qu'il y avait entre elle et lui, mais, aussitôt, il fit glisser ses bretelles le long de ses épaules et libéra ses seins, les exposant à son regard intense.

Ses seins, avec lesquels elle nourrissait Riley. Elle était fière d'allaiter son enfant. Mais lui ? Qu'allait-il penser de cela ? Cette idée ne pouvait-elle pas lui inspirer un certain dégoût ? Elle n'eut pas le temps de se poser davantage de questions. D'un geste habile, il dégrafa son soutien-gorge et se mit à caresser de ses pouces la peau sensible de ses tétons.

— Est-ce que je peux t'embrasser là ? demanda-t-il, la voix chargée d'émotion.

— Oui, répondit-elle dans un souffle.

Cela faisait si longtemps qu'elle ne s'était pas sentie désirable et désirée ! Quand ses lèvres se posèrent sur sa peau, elle laissa échapper un petit cri de plaisir et, instinctivement, passa ses doigts dans ses cheveux courts pour mieux le rapprocher d'elle, savourer le goût de sa langue, la douceur de ses lèvres, le pur plaisir de sa caresse. Elle sentait ses doigts brûlants glisser le long de son buste et elle avait le sentiment d'être aimée, admirée, un sentiment. qu'elle n'avait pas eu l'occasion d'éprouver depuis bien longtemps.

Submergée par l'émotion, elle ressentit le besoin de reprendre son souffle. Rien ne pourrait gâcher cette nuit. Rien ni personne…

Ils étaient désormais tous deux sur un pied d'égalité, complètement nus, à l'exception des deux morceaux de tissu qui masquaient leur intimité. Mais il ne leur fallut que quelques secondes pour se débarrasser mutuellement de ces dernières barrières. Alors, elle fit glisser son regard le long de son corps, de son torse, qu'elle avait déjà caressé, puis elle baissa les yeux vers la preuve irréfutable de l'attirance qu'il éprouvait pour elle. S'abandonnant à son désir, elle enroula ses doigts autour de son sexe dur, et ferma les yeux pour mieux savourer la sensation de chaleur soyeuse qu'elle sentit sous sa peau. Aussitôt, elle entendit sa respiration s'accélérer. Il mordilla sensuellement sa lèvre inférieure puis rapprocha sa bouche de son oreille.

— Je vais chercher un préservatif, souffla-t-il. Dans mon jean.

— Alors, tu avais tout prévu ? dit-elle en riant.

— Disons qu'après le baiser de la semaine dernière je me suis dit qu'il valait mieux se montrer prudent.

La Maison Connell pense vraiment à tout ; j'ai été très impressionné de le découvrir. Et je me suis dit que la moindre des choses était de lui rendre la pareille.

En entendant cette référence au slogan de la Maison Connell et à sa volonté de s'assurer que ses clients ne manquent de rien, elle sentit le rouge lui monter aux joues. Etait-il en train de laisser entendre qu'il allait s'assurer qu'elle non plus ne manque de rien ? Un mélange de désir et d'une autre sensation, indéfinissable, se mit à courir dans ses veines. Comme il était agréable de se sentir désirée de la sorte ! D'un geste vif, elle tira sur le drap et se laissa tomber sur le lit, en prêtant une attention particulière à la sensation du coton contre sa peau. Elle ne se souvenait même plus de la dernière fois qu'elle s'était couchée nue dans des draps…

Pendant qu'elle s'abandonnait à cette douce rêverie, il s'était occupé du préservatif et s'était allongé sur le lit, à côté d'elle. Avec passion et sensualité, il s'était mis à caresser son ventre en descendant chaque fois un peu plus bas, un peu plus près de son intimité, qui, elle le savait, était brûlante de tout le désir qu'elle éprouvait pour lui. N'y tenant plus, elle rapprocha son corps du sien et se hissa un peu plus haut sur le matelas.

Quand ses doigts se glissèrent doucement entre ses pétales humides, elle se cambra contre lui. Un sourire se dessina sur ses lèvres et il se mit à caresser son bouton de rose, déjà tout palpitant de désir.

Elle vit des éclairs de lumière danser devant ses yeux quand l'extase s'empara de son corps, vive et intense. De sourds gémissements de plaisir s'échappèrent de sa gorge tandis que les vagues du plaisir la submergeaient. Un plaisir si intense que toute forme de pensée déserta son esprit pour laisser place à des sensations pures. Elle était encore sous l'emprise de l'orgasme quand elle sentit son corps se pencher vers le sien, l'envelopper de toute sa chaleur, de toute sa force.

Les battements de son cœur reprirent lentement leur rythme ordinaire et elle se rendit tout à coup compte que ses joues étaient humides. Se pouvait-il qu'elle ait pleuré durant leur étreinte ? Cela ne lui était jamais arrivé de sa vie. Mais, en même temps, rien de tout cela ne lui était jamais arrivé de sa vie. Non. Jamais elle n'avait vécu quelque chose de comparable.

— Tu vas bien ? lui demanda-t-il d'une voix basse et rauque.

— Je ne me suis jamais sentie aussi bien de ma vie, répondit-elle en lui adressant un sourire pour le rassurer sur la nature de ses larmes.

Quand il prit son visage entre ses mains et plongea son regard dans le sien, elle comprit qu'elle était tombée amoureuse de lui. Ce n'était pas tant le plaisir qu'il lui avait donné — bien qu'il ait été si intense qu'elle se demandait comment elle allait désormais pouvoir s'en passer. Non, il y avait autre chose. Son respect, son affection, sa considération, la façon dont il se comportait avec elle lui réchauffaient le cœur. Et quelle agréable sensation cela était, après tous ces mois passés dans le froid !

A la lumière de ces révélations, il lui parut tout naturel de basculer sur lui pour lui procurer autant d'attentions qu'il lui en avait accordé. Pour exprimer ce qu'elle n'était pas assez courageuse pour lui dire avec des mots. Après avoir positionné son intimité brûlante au-dessus de son membre durci, elle s'accroupit sur son corps. Une nouvelle vague de chaleur traversa ses veines quand elle le prit en elle pour l'accueillir au plus profond de son corps, de son âme.

Lentement, elle se mit à bouger au-dessus de lui, et il répondit avec passion à ses assauts. Elle ondula encore et encore, jusqu'à ce qu'elle se perde dans les brumes de l'extase, n'ayant plus conscience de rien d'autre que de l'homme qui se trouvait en elle et de la vague de plaisir qui montait en elle, ne cessant de prendre de l'ampleur. Enfin, ils parvinrent aux sommets de l'extase, corps, cris et souffles mêlés, dans un feu d'artifice de volupté si fort et si intense qu'il lui sembla que jamais elle ne pourrait s'en remettre.

Vaincue, elle se laissa tomber sur son torse puissant. Leurs corps étaient humides de transpiration, leurs souffles haletants. Leurs cœurs battaient la chamade, mais à l'unisson. Alors qu'elle se laissait peu à peu gagner par le sommeil, une pensée lui traversa l'esprit : le vide dont il avait parlé un peu plus tôt et qui avait trouvé un tel écho en elle avait disparu…

Quand elle se réveilla, elle regarda sa montre et remarqua qu'elle avait dormi une demi-heure environ. Son corps était encore chaud et vibrant de tout le plaisir reçu. Elle s'étira et s'aperçut que Sam était désormais couché à côté d'elle. Il avait dû la faire doucement rouler sur le côté pour aller jeter le préservatif, avant de se recoucher.

Elle l'observa, examinant chaque détail de son corps : les ombres que formait la barbe naissante sur ses joues, les rides qui marquaient d'ordinaire son front et les coins de ses yeux, et qui semblaient désormais moins prononcées. Elle pouvait aussi sentir son odeur, délicieux mélange de peau tiède, d'épices et d'essence virile.

Elle avait envie de le connaître davantage. Elle avait déjà une petite idée des plats et boissons qu'il aimait, et il lui avait déjà parlé de son enfance en Nouvelle-Zélande et de son arrivée à San Francisco. Mais tout cela restait très superficiel. Ce qu'elle voulait, c'était savoir ce qui le faisait rire, ce qui lui donnait envie de vivre, ce qui le rendait heureux — et triste… Elle savait que la perte de son épouse avait été pour lui un horrible drame. Instinctivement, elle fit glisser sa main le long de sa cuisse et caressa la longue marque qui la sillonnait.

Ce n'était pas sa seule cicatrice. A y regarder de plus près, sous la pâle lueur de la lampe de chevet, on pouvait en discerner d'autres. Une ligne droite, encore cernée de marques de points de suture, barrait son abdomen. Et il y avait sur son front une petite trace blanche qu'elle n'avait pas remarquée jusqu'à alors. Et une autre encore sur sa joue.

— Je ne suis pas trop moche ? lui demanda-t-il en ouvrant les yeux.

— Tu es très beau.

Elle le pensait.

— Je ne crois pas, non, répondit-il en secouant la tête.

— Je maintiens, insista-t-elle.

S'appuyant sur son coude, elle fit doucement glisser ses doigts le long des cicatrices de son ventre et de sa jambe.

— Tu portes juste les marques de ton passé.

— Au moins, comme ça, je ne pourrais jamais oublier à quel point je me suis montré égoïste et arrogant.

— Je ne connais pas cet homme que tu as été. Mais j'espère avoir le plaisir de mieux connaître celui que tu es aujourd'hui. Car cet homme-là, je l'apprécie déjà. Beaucoup.

Il lui adressa un sourire et elle sentit son cœur se serrer.

— Parle-moi de tes blessures, Sam, dit-elle en déposant un tendre baiser sur la cicatrice qui barrait son ventre. Parle-moi de celle-ci.

— Rupture de la rate, suite au choc. Cette saleté ne devrait plus me poser de problème, en tout cas. On me l'a retirée.

Il avait tenté d'adopter un ton détaché, sans toutefois réussir à masquer complètement la colère qu'il devait toujours ressentir au fond de lui.

— Et celle-ci ? lui demanda-t-elle en embrassant la cicatrice de sa joue.

— Mon téléphone portable. C'est curieux mais, quand une voiture est forcée de s'arrêter, elle s'arrête, alors que les passagers et tout ce qu'il y a dedans continuent leur course… Celle-ci, poursuivit-il en désignant une trace sur sa cuisse, c'est une fracture ouverte du fémur. Bref, avec tout ça, je suis resté à l'hôpital bien plus de temps que les médecins et moi-même ne l'aurions souhaité.

— Tu veux dire que tu n'es pas un patient très patient.

— La patience, ce n'est pas mon truc. Et puis j'étais tout seul, dans cette chambre. Ça me laissait trop de temps pour réfléchir à ce que j'avais fait. A ce que j'aurais dû faire. J'ai appris beaucoup sur moi durant cette période, mais je n'ai pas aimé ce que j'ai appris. Alors je me suis dit que, pour survivre, je devais changer. Que jamais plus je ne ferais passer mon travail ou moi-même avant ma famille.

Sa voix était désormais empreinte d'une détermination qui trouvait un écho tout particulier en elle. Elle comprenait ce qu'il ressentait. Jamais rien ni personne ne pourrait se mettre entre elle et son fils.

— Je suis désolée que tu aies dû endurer tout ça, murmura-t-elle en caressant son ventre du bout des doigts.

Sa convalescence avait dû être longue et difficile. Et son refus d'abandonner en disait long sur lui et sur la distance qu'il avait parcourue depuis cet horrible drame. Pouvait-elle caresser l'espoir de le voir choisir de terminer ce voyage à ses côtés ?

Sam, étendu dans le lit, était perdu dans ses pensées. La tentation de faire l'amour avec Erin ce soir-là avait été si forte qu'il n'avait tout simplement pas pu y résister. Il ne s'était pas préparé à cela, aux émotions que sa présence avait éveillées en lui, au désir qu'il avait ressenti pour elle. Et qu'il continuait de ressentir. Les sentiments qu'il éprouvait pour elle allaient bien au-delà de l'attirance physique qui les unissait de façon si évidente. C'était quelque chose qu'il n'avait jamais envisagé. Et il ne savait que faire de toutes ces émotions…

Il pensait avoir réussi à se couper du monde extérieur, à étouffer ses sentiments, à rester de marbre face à n'importe quelle situation. Il n'avait plus envie d'éprouver quelque émotion que ce soit. Mais tout cela, c'était avant de rencontrer Erin et Riley. En eux, il avait trouvé un espoir naissant. Le germe d'un rêve oublié qu'il avait jadis espéré partager avec Laura, mais qu'il avait fini par enterrer. Pour se punir de ce qu'il avait fait.

Il pensait toujours ne pas mériter d'être heureux, mais le sort en avait décidé autrement. En lui accordant une seconde chance en la personne de Riley, avec son visage d'ange. Pouvait-il, avec Erin et Riley, fonder une famille ? Pouvait-il saisir cette chance qu'il pensait avoir perdue pour toujours ? Avait-il le droit de prétendre à ce bonheur auquel il aspirait tant, mais qu'il pensait toujours ne pas mériter ?

Et pourquoi pas ?

Il chercha à tâtons son jean sur le sol et en sortit l'autre préservatif qu'il y avait rangé. S'il avait une seconde chance, elle commençait ici et maintenant, avec cette femme. La glace qui lui figeait le sang avait fondu, faisant place au désir ardent et pressant de s'enfoncer dans sa douceur, son accueillante chaleur…

Il se replaça au-dessus d'elle et se délecta de la voluptueuse sensation que lui procura l'union de leurs deux corps, peau contre peau. Elle était si réactive, si généreuse !

Cette fois-ci, ils firent l'amour lentement, tendrement. Il l'amena tout près du sommet de l'extase, puis la laissa redescendre avant de lui permettre de l'atteindre de nouveau. Et il avait tellement envie d'elle quand il ouvrit le sachet du préservatif de ses doigts tremblants qu'il faillit le laisser tomber sur le sol. Mais il parvint à l'enfiler et, ivre de désir, la pénétra.

Il s'enfonça très lentement en elle, luttant pour

parvenir à prolonger cet instant, lui retenant les hanches de ses mains pour l'empêcher de se cambrer et de l'envelopper dans sa chaleur. Et il lui fallut faire un effort pour prolonger encore cette douce torture, se contenir, se retirer pour plonger de nouveau en elle. Quand, n'y tenant plus, il s'enfonça au plus profond de son corps, elle replia ses jambes autour de ses hanches pour mieux l'accueillir. Quand il se mit à onduler au-dessus d'elle, il eut l'impression que leurs corps n'avaient ni début ni fin. Dans la perfection de l'instant présent, ils ne formaient plus qu'un.

- 9 -

Sam essuya ce qui restait de mousse à raser sur son visage et se regarda dans le miroir. Pour la première fois depuis bien longtemps, il avait l'impression d'être heureux. Et son bonheur se lisait sur son visage. Depuis la première fois qu'il avait fait l'amour avec Erin, deux semaines plus tôt, sa vie était devenue un véritable rêve. Un rêve qui ne s'était interrompu que le jour où Erin était partie chez son avocate avec Riley pour le prélèvement d'ADN. Sachant où ils allaient et pourquoi, il s'était senti tellement nerveux qu'il avait été incapable de faire quoi que ce soit durant leur absence. Mais, désormais, les choses étaient en bonne voie.

Il détestait attendre, mais il savait que chaque jour qui passait le rapprochait un peu plus de l'annonce du résultat qui, il l'espérait, serait une douce musique à ses oreilles. Et, entre-temps, il était déterminé à exercer son droit au bonheur, à entretenir un espoir en l'avenir.

Chaque journée était plus belle que la précédente, notamment parce qu'elle lui permettait de renforcer le lien qu'il avait commencé à tisser avec Riley. Il aimait le petit garçon d'un amour absolu et sincère. Souvent, il essayait de contenir ses sentiments, de peur qu'une fois encore tout son univers ne s'écroule autour de lui.

Mais, chaque jour, il découvrait en Riley quelque chose de lui ou de sa famille, qui ne faisait que renforcer sa conviction. Il n'avait plus besoin que d'une confirmation scientifique pour mettre ses nouveaux projets à exécution — des projets qui incluaient naturellement Erin et Riley.

La sonnerie de son téléphone l'arracha à ses pensées. En allant chercher ses vêtements, il avait laissé l'appareil dans sa chambre, où il n'avait pas dormi depuis un bon moment, songea-t-il avec un sourire.

Arrivé dans la chambre, il vérifia l'identité de son correspondant. David Fox, son avocat. Une décharge d'adrénaline lui traversa le corps. Il décrocha.

— Qu'est-ce qu'il se passe ? demanda-t-il aussitôt d'une voix tendue.

— Bonjour, Sam ! répondit Dave sur le ton de l'ironie.

— Viens-en au fait, Dave.

— Tu peux sortir le champagne. Les tests sont positifs.

Pendant quelques instants, il lui parut impossible de répondre. Et même de respirer. Les jambes tremblantes, il s'assit sur le rebord du lit.

— Sam ? Ça va ?

Il ravala sa salive avec peine et finit par réussir à demander :

— Il n'y a pas de doute possible ?

— Aucun. C'est bien ton fils.

Il était tellement sidéré qu'il avait du mal à réaliser. Depuis le jour où il avait été averti de l'erreur commise à la clinique, il s'était accroché au faible espoir que Riley soit bien son petit garçon. Et, désormais, il en détenait la preuve irréfutable. Il était le père de Riley. Riley était son fils !

— Qu'est-ce qu'on fait, maintenant ? demanda-t-il d'une voix tremblante.

— On informe sa mère de ces récentes découvertes et on essaie de la convaincre d'accepter la garde conjointe. Si elle refuse de coopérer, on engage une action judiciaire pour s'assurer que tes droits soient bien respectés.

— Attends un petit peu pour ça, d'accord ? Je… je préférerais réfléchir un jour ou deux.

Comment allait-elle prendre la nouvelle ? Mal, certainement. Mais si c'était lui qui la lui annonçait, en lui révélant en même temps les sentiments qu'il éprouvait pour elle et pour Riley ? Ne serait-ce pas mieux ?

— Bien sûr. Si ça peut te faire plaisir…

— Oui, répondit-il d'une voix ferme, sans se donner la peine de fournir davantage d'explications.

Il n'avait pas voulu informer Dave des démarches qu'il avait engagées pour retrouver Erin. S'il lui avait dit qu'il avait embauché un détective privé, il ne l'aurait sans doute pas approuvé. Mais peu importait. Il avait ressenti le besoin de voir l'enfant et de rencontrer sa mère. Et les événements s'étaient enchaînés de façon imprévue. Quoi qu'il en soit, la prochaine étape devrait être minutieusement orchestrée…

— Très bien. Alors j'attends tes prochaines instructions.

Toujours aussi bouleversé, il raccrocha. Il avait envie de descendre l'escalier en courant pour faire part de la nouvelle à Erin. Lui révéler qui il était vraiment et lui expliquer tout ce que cela signifiait pour eux en tant que famille.

Famille.

Le mot résonna soudain dans son esprit.

Une famille. *Sa* famille…

D'humeur joyeuse, Erin fredonnait dans la cuisine tout en remplissant le panier qu'elle avait prévu d'emporter pour le pique-nique. Avant de mettre le bateau au hangar pour l'automne, elle avait décidé de l'utiliser une dernière fois. Pour une balade romantique sur le lac. Juste Sam et elle. En amoureux.

Elle n'envisageait pas de rentrer avant le coucher du soleil car elle avait beaucoup de choses en tête. Et rien qu'à y penser, elle se sentait joyeuse. Après avoir fait faire à Sam le tour du lac, elle amarrerait le bateau dans une petite crique reculée et généralement déserte, où ils pourraient jouir d'une certaine intimité pour le déjeuner et tout ce qui pourrait s'ensuivre…

C'était là, dans ce somptueux paysage, qu'elle souhaitait lui révéler, avec ses mots et ses gestes, tout l'amour qu'elle avait pour lui. Oui, aujourd'hui, elle allait enfin lui dire ce qu'elle ressentait. Le moment était venu. Elle n'avait pas peur. Elle se sentait juste… heureuse.

— Qu'est-ce que c'est que cette agitation soudaine ?

Elle tressaillit. Sam, derrière elle, passa ses bras autour de sa taille et l'embrassa tendrement dans le cou. Un frisson lui parcourut le corps. Toujours aussi joyeuse, elle se tourna face à lui et déposa un baiser sur ses lèvres.

— Une surprise…

Il la regarda dans les yeux. Elle avait appris à mieux le connaître au fil des deux semaines qui venaient de passer. Mais, aujourd'hui, il lui semblait qu'il y avait en lui quelque chose de différent. On aurait dit qu'il dégageait une énergie nouvelle. Quelque chose qui scintillait dans ses yeux et illuminait ses traits.

— J'espère que tu n'avais pas prévu de travailler, aujourd'hui, poursuivit-elle. Parce que j'avais pour projet de t'enlever pour la journée.

— La proposition me semble intéressante, répondit-il en souriant. Et puis je suis sûr que Riley serait ravi d'aller faire une petite balade.

— Riley a rendez-vous avec sa copine Sasha, aujourd'hui.

Elle s'approcha tout près de lui et lui murmura, en détachant bien chaque mot :

— Je te veux pour moi toute seule.

Un sourire mystérieux aux lèvres, elle attrapa le panier et se dirigea vers la porte.

— Laisse. Je vais t'aider, lui dit-il, en faisant mine de lui prendre le panier.

— Ne t'inquiète pas ; ce n'est pas lourd. Je l'emmène au bateau et je reviens.

— Tu sais que ce n'est pas un crime d'accepter un petit coup de main de temps en temps ?

Il semblait avoir perdu un peu de son entrain. L'avait-elle vexé en refusant son aide ? Visiblement. Mais cela n'avait rien à voir avec lui. Elle s'était toujours débrouillée seule. Chez sa mère, qui ne s'était jamais occupée d'elle. Dans la rue, où elle avait dû apprendre à vivre et à survivre. Et même ici, durant son mariage avec James, où elle avait toujours conservé une certaine indépendance.

— Oui, je sais, lui répondit-elle en souriant. Mais j'ai plein de surprises pour toi. Et si je te laisse embarquer sur le bateau, qui me dit que tu ne vas pas aller fouiller pour voir ce que je t'ai préparé ?

Ses traits semblèrent s'adoucir.

— J'admets que tu as de bons arguments, répondit-il avec un sourire en coin.

— Si tu veux m'aider, tu n'as qu'à jeter un œil sur Riley. Il est dans le séjour, sur son tapis d'éveil.

— D'accord. Pas de souci.

— Super, merci, répondit-elle, en décrochant le babyphone de sa ceinture. Je reviens dans une minute. On partira quand Sash sera arrivée. Elle ne devrait plus tarder, maintenant.

Sam n'attendit pas qu'Erin ait quitté la maison. Il se dirigea droit vers le séjour, où Riley était en train de jouer avec les arceaux suspendus au-dessus de son tapis. En entrant dans la pièce, il sentit son cœur se serrer comme chaque fois qu'il voyait le petit garçon. *Son* petit garçon.

— Bonjour, jeune homme, dit-il en s'accroupissant près du bébé.

Riley agita gaiement ses bras et ses jambes.

Sam ne put s'empêcher de rire. Il était désormais sûr qu'il s'agissait bien de son fils. Et cette certitude comblait en lui un vide affreux qui, sans même qu'il ne l'eût réalisé, avait bien failli l'engloutir tout entier. Instinctivement, il prit le petit garçon dans ses bras et s'assit en tailleur sur le sol. Riley se mit à jouer avec sa montre en babillant.

Sam ne pouvait détacher ses yeux de lui. C'était désormais un bébé de près de cinq mois. Combien d'événements de sa vie avait-il manqués ? Les yeux fixés sur son petit visage poupin, il se jura à lui-même que, sauf en cas d'extrême nécessité, jamais plus il ne s'éloignerait de lui. D'ailleurs, quelques minutes plus tôt, il avait eu envie de dire à Erin qu'il ne voulait pas partir sans lui. Mais il était encore trop tôt pour cela. Il fallait d'abord qu'il lui révèle qui il était vraiment. Or, il était fort probable qu'elle prenne assez mal la nouvelle, surtout quand elle saurait qu'il l'avait fait rechercher par un détective privé pour contourner le système judiciaire.

Mais il ne regrettait rien. Absolument rien. Erin et lui étaient à l'aube d'une merveilleuse histoire. Ensemble, et avec Riley, ils allaient fonder une famille formidable. Elle était tombée amoureuse de lui, il le voyait dans son comportement, ses regards, ses petites attentions. Il le savait parce que lui-même ressentait des sentiments pareils aux siens.

Ces sentiments, il lui avait été très difficile de les admettre et de les accepter. Après Laura, il s'était juré de ne plus jamais tomber amoureux, et sa vie était devenue amère et vide d'émotions. Mais désormais, malgré lui, il ressentait de nouveau de l'amour. Un amour différent de celui qu'il avait partagé avec Laura, mais enrichi par toutes les épreuves qu'Erin et lui avaient dû traverser, par tout ce qu'ils avaient dû endurer pour en arriver là où ils en étaient aujourd'hui.

Le bébé bien calé dans ses bras, il ne put s'empêcher de sourire en pensant au miracle des cellules qui s'étaient développées pour former ce minuscule petit corps. Et ce, en partie grâce à lui. Et grâce au destin. Oui, Riley était un véritable cadeau du sort. Et une lourde responsabilité qu'il assumerait fièrement pour le restant de ses jours.

Il chatouilla le ventre de Riley, qui se mit à rire avec gaieté. Il rit à son tour.

— Tu sais que tu es un petit garçon vraiment exceptionnel ?

Riley rit de nouveau et lui prit le visage entre ses mains. Comme pour lui signifier son accord, il lui tapota les joues.

Ce fut à ce moment-là qu'Erin entra dans le séjour.

— On dirait que chacun est en admiration devant l'autre.

— Et quel est le problème ? répondit-il en souriant.

— Aucun.

Elle s'assit à côté d'eux.

— Je trouve que vous formez une parfaite équipe, ajouta-t-elle.

C'était on ne peut plus naturel, d'ailleurs. Mais elle ne pouvait pas le savoir. Pas encore.

Tout à coup, la clochette de la porte principale tinta. Aussitôt, des bruits de pas se firent entendre dans le grand hall.

— Nous sommes là ! cria Erin.

— Coucou, dit Sasha en entrant. Désolée pour le retard. Ma grande est un peu enrhumée, ce matin. Tony est resté à la maison pour la garder et…

Elle s'interrompit brusquement quand elle s'aperçut qu'Erin n'était pas seule.

— Oh ! Bonjour.

— Bonjour, répondit Sam. J'espère que ce n'est pas trop grave.

— Tu aurais dû appeler, lança Erin. J'aurais changé mes plans.

— Ne dis pas de bêtises ! Il y a un méchant rhume qui court en ce moment. Mais je ne me fais pas de souci. Avec un peu de repos, quelques médicaments et son papa pour elle toute seule, je suis sûre qu'elle se remettra en un rien de temps. Et puis papa est bien content de pouvoir jouer les infirmières.

— Tony est un superpapa, dit Erin en riant. Tu as beaucoup de chance.

— Oui, mais je pense qu'être parents est un travail d'équipe. Il faut savoir partager les tâches.

— Je suis tout à fait d'accord, dit Sam en se levant, le bébé toujours blotti contre sa poitrine.

Il avait hâte de trouver le moment opportun pour revendiquer sa place auprès de Riley. Car il avait très envie de s'impliquer dans sa vie quotidienne et son éducation.

— Vous feriez bien d'y aller, maintenant, les encouragea Sasha, en tendant les bras à Riley.

— Merci d'être venue, Sash, dit Erin.

— Mais tu sais bien que je l'adore, voyons, répondit-elle en prenant le bébé dans ses bras. Allez faire votre balade…

— Tu as entendu ? dit Erin en lui prenant la main. Au revoir, mon bébé chéri…

Elle déposa un baiser sur le front de Riley. Quand elle releva la tête, elle paraissait étrangement inquiète.

— Tu ne trouves pas qu'il est un peu chaud ? demanda-t-elle à son amie.

Sasha posa la main sur le front du petit et secoua la tête.

— Mais non, il va très bien. Ne vous inquiétez pas pour nous. Allez vous amuser.

Erin parut hésiter un moment et finit par répondre :

— Bon. N'hésite pas à m'appeler s'il y a le moindre problème.

Il se sentit extrêmement frustré de ne pas être en droit d'être consulté au sujet de la santé et du bien-être de Riley. Mais une idée plus rationnelle vint tempérer cette émotion : il savait qu'Erin ne serait pas partie si elle avait pensé qu'il puisse arriver quoi que ce soit à Riley. Malgré tout, et bien qu'il eût très envie de découvrir la surprise que lui avait préparée la jeune femme, il avait du mal à quitter le petit.

— Est-ce que je dois apporter quelque chose ? lui demanda-t-il quand ils arrivèrent dans la cuisine.

— Peut-être une veste. Il fait parfois un peu frisquet sur le lac, même quand le temps est magnifique, comme aujourd'hui.

— D'accord. Je te rejoins sur la jetée dans deux minutes.

Il monta les marches quatre à quatre et se hâta de sortir une veste de son placard. Mais, en redescendant, il fut pris d'une pulsion soudaine à laquelle il ne put résister : il fallait qu'il voie son fils une dernière fois avant de partir. En passant, il s'arrêta donc sur le pas de la porte du séjour. Assise sur un canapé, Sasha était en train de lire une histoire à Riley, confortablement installé dans ses bras.

— Vous n'êtes pas encore partis ? demanda-t-elle, en relevant la tête.

— J'y vais. Bonne journée. Et n'hésitez pas à appeler s'il y a un problème avec Riley.

— C'est promis, murmura-t-elle, en lui jetant un regard curieux.

Peut-être en ai-je trop fait, songea-t-il en quittant la maison.

Mais peu importait ce que pouvaient en penser les autres. C'était son enfant. Et il était convaincu que, quand il s'agissait de sa sécurité, mieux valait en faire trop que pas assez.

- 10 -

Tandis que le bateau voguait paisiblement vers la baie, Erin prit le temps d'admirer le paysage. Le soleil était désormais haut dans le ciel. Les reflets des grands pins, sur la surface lisse du lac, étaient à peine déformés. Sam était à la barre. Grand, fort, viril. Et, surtout, bien plus heureux que lorsqu'il avait passé le seuil de la Maison Connell pour la première fois. Son bonheur illuminait son visage de nuances nouvelles. Mais comment allait-elle faire quand il rentrerait à San Francisco ?

Son cœur était à lui, désormais. Et cette matinée passée en sa compagnie n'avait fait que renforcer cette conviction. Il y avait entre eux un sentiment d'unité qu'elle n'avait jamais ressenti avec personne d'autre auparavant. Cette journée avait quelque chose de féerique.

— Où veux-tu que nous jetions l'ancre ?

— Un peu plus loin.

Elle posa une main sur son épaule et lui indiqua de l'autre le lieu où elle comptait s'arrêter.

— Dans la crique, là-bas.

Il manœuvra habilement le bateau vers la petite plage, avant d'activer la manivelle pour jeter l'ancre. Une fois l'embarcation immobilisée, il éteignit le moteur.

— C'était super. J'avais oublié à quel point j'aimais faire du bateau.

— Tu te débrouilles très bien. Tu avais un bateau, quand tu vivais en Nouvelle-Zélande ?

— Oui. Tout aussi beau que celui-ci. D'ailleurs, il me manque. Il faudrait que je songe à en racheter un quand je serai de retour à San Francisco.

Ces mots lui firent l'effet d'une flèche lancée en plein cœur. Mais elle se força à lui sourire. Elle ne devait pas penser à l'avenir, à l'inévitable moment où il s'en irait. Non, ils étaient là pour profiter de l'instant présent.

— Tu as faim ? lui demanda-t-elle, en se dirigeant vers la cabine, où elle avait rangé son panier.

— Oui, très. Tu veux un coup de main ?

— Je veux bien que tu ouvres la bouteille de vin et que tu remplisses les verres. Pendant ce temps, je m'occuperai du repas.

Leurs corps se frôlèrent au moment où ils se dirigèrent ensemble vers la cabine. Et, aussitôt, ses sens entrèrent en éveil. Elle avait très envie de les satisfaire en le conduisant vers l'une des banquettes, mais elle avait si minutieusement planifié la journée qu'elle ne souhaitait pas la gâcher en cédant à ses pulsions. Un petit sourire se dessina sur son visage quand elle songea à ce qu'elle avait prévu.

— Pourquoi souris-tu comme ça ? lui demanda-t-il en posant les verres sur la table qu'elle avait dressée sur le pont.

— Tu verras tout à l'heure.

— Ah bon, répondit-il d'un air perplexe. Tu ne me donnes même pas un petit indice ?

— Non, fit-elle en secouant la tête. Ça gâcherait la surprise.

Il sourit et lui prit le visage entre ses mains. Instinctivement, elle tourna la tête et embrassa l'une de ses paumes.

— Il faudra te contenter de cela, pour le moment.

— J'ai hâte de connaître la suite, murmura-t-il d'une voix sensuelle.

Elle sentit ses joues rougir. Elle aussi avait hâte. Très hâte. Mais le plaisir de l'anticipation faisait partie du jeu. Rien ne pressait. Chaque chose en son temps. Résolue à ne pas céder, elle se hâta de disposer sur la table les plats qu'elle avait préparés : salade de papaye verte râpée et poulet rôti accompagné de sa spécialité, une délicieuse sauce au beurre. Elle avait également apporté un pain bien croustillant, ainsi qu'un large choix de fruits frais.

Tout en observant les mets d'un air ébahi, il s'assit à table et leva vers elle son verre de sauvignon blanc.

— A ma parfaite hôtesse.

— A mon parfait invité.

Quand elle porta son verre à ses lèvres, elle remarqua qu'il ne la quittait pas des yeux. Le désir et l'excitation qui bouillonnaient en elle depuis le début de la matinée reprirent le dessus. Il ne dit rien, mais elle savait exactement ce à quoi il pensait quand son regard se posa sur sa bouche. Pour mieux savourer le goût du vin, mais plus encore l'expression de son visage, elle se passa la langue sur les lèvres. Comme elle s'y attendait, elle vit ses pupilles se dilater et ses joues se mettre à rougir d'un feu qui n'avait rien à voir avec le soleil qui continuait de briller au-dessus d'eux.

Un frisson lui parcourut le dos, et elle baissa les yeux vers son assiette, jugeant préférable de commencer à manger avant que les choses ne dégénèrent. Il fit de même.

Le soleil était radieux et le paysage magnifique. Ils étaient seuls dans la baie et le clapotement de l'eau sur la coque du bateau avait quelque chose de très relaxant. Ils mangèrent dans un silence serein.

A un moment, il changea de position sur sa chaise. Et, malgré la lenteur de son mouvement, une expression de douleur vint subitement déformer les traits de son visage.

— Ça va ? lui demanda-t-elle.

— Oui, répondit-il, bien que sa souffrance fût presque palpable.

— Est-ce que les massages te font du bien ?

— Parfois, admit-il.

— Et si je t'en faisais un petit ? Qu'en dis-tu ? Tu as encore faim ?

Elle leva les yeux vers lui et perçut sa réponse. Oui, il avait faim. Mais la chair qu'il convoitait ne se trouvait pas sur la table…

— Allons dans la cabine, dit-elle. Je vais voir ce que je peux faire pour que tu te sentes un peu mieux.

Elle lui fit descendre les quatre marches qui menaient à l'intérieur du bateau.

— Tu peux te mettre à l'aise, maintenant, lui dit-il, un sourire coquin aux lèvres, quand ils furent parvenus à la petite chambre en forme de V qui occupait l'avant du bateau.

— A vos ordres, madame, répondit-il, avant de

déboutonner sa chemise et de se débarrasser de son jean et de ses chaussures. Cela vous convient-il ?

Lentement, elle fit glisser sa main le long de son torse puissant, des muscles bandés de sa poitrine, à ceux, plus fermes encore, de ses abdominaux.

— Pour l'instant, murmura-t-elle, en s'arrêtant juste à la limite de l'élastique de son boxer.

Tirant sur les pans de sa chemise, elle l'attira vers le petit lit. Une fois qu'il y fut assis, elle fit doucement glisser le tissu le long de ses épaules puis l'invita à s'allonger.

— Beau spectacle, déclara-t-il, quand elle s'accroupit au-dessus de son corps, après avoir attrapé la bouteille d'huile de massage qu'elle avait pris soin de déposer sur la table de chevet.

De ses mains, il se mit à lui caresser la taille et la poitrine, faisant naître de véritables décharges de plaisir dans tout son corps. Mais il n'était pas question que les choses se déroulent ainsi. Elle voulait que cette journée soit entièrement consacrée à lui et aux sentiments qu'elle ressentait à son égard. D'un geste déterminé, elle attrapa donc ses mains et les reposa le long de son corps.

— Détends-toi, murmura-t-elle. Laisse-moi m'occuper de toi, pour une fois.

Quand il leva la tête vers elle, son regard était si profond et si sensuel que, de nouveau, elle sentit un brusque torrent de désir déferler dans ses veines. Elle avait remarqué que, quand il faisait l'amour, il donnait toujours plus qu'il ne recevait. Il aimait contrôler les événements, imprimer son rythme et s'assurer qu'elle soit pleinement satisfaite. Et elle adorait cela. Jamais elle n'avait rien connu d'aussi fort. Jamais elle n'avait connu quelqu'un d'aussi généreux. C'est pourquoi elle était convaincue que le moment était venu de lui rendre la pareille.

Bien décidée à lui procurer autant de plaisir que possible, elle versa quelques gouttes d'huile au creux de sa main et veilla à la chauffer un peu entre ses paumes avant de l'étaler avec de longs et doux mouvements semi-circulaires le long de sa jambe blessée.

— Tu me dis si je te fais mal.

Rassurée par le soupir de plaisir qu'il laissa échapper en guise de réponse, elle accentua la pression, en s'efforçant de mettre en application tous les conseils qu'elle avait pu lire en préparant cette petite escapade. Après avoir de nouveau versé un peu d'huile dans ses mains, elle passa à l'autre jambe puis continua sa progression vers son torse.

L'huile douce qui glissait sous ses mains et sur sa peau brûlante lui procurait d'intenses et délicieuses sensations, et, penchée au-dessus de son corps, elle était de plus en plus consciente de son excitation. Et de la sienne. Ivre de désir, elle s'accrocha à ses épaules et se mit à masser doucement chacun de ses bras, avant de terminer par ses mains.

— Tout va bien ? lui demanda-t-elle, d'une voix basse et sensuelle.

— Mmm…

Il la regardait toujours par en dessous, les yeux mi-clos.

— Et ce n'est que le début, promit-elle, en attrapant l'élastique de son boxer. Lève un peu tes hanches.

Après avoir fait glisser le morceau de tissu le long

de ses jambes, elle se mit à caresser sensuellement l'intérieur de ses cuisses.

— Passons aux choses sérieuses, maintenant, murmura-t-elle contre sa chair tendue.

Joignant l'acte à la parole, elle prit dans sa main son sexe durci et se délecta de la délicieuse sensation que lui procura sa peau douce et soyeuse. Et puis elle se mit à jouer avec sa main, toujours enduite d'huile de massage, qu'elle fit lentement monter et redescendre sur toute la longueur de son membre. Il répondit à sa caresse en poussant un sourd grognement de plaisir.

— Tu aimes ?

— Beaucoup…

— Et ça ?

Elle se pencha vers lui et, du bout de sa langue, entreprit de faire le tour de son gland. Elle sentit son corps tressaillir et se tendre.

— Ça aussi, oui…

— Alors, je suppose que tu aimeras également ceci…

Elle referma ses lèvres autour de sa chair et se mit à sucer son membre avec gourmandise, comme s'il s'agissait d'un mets délicieux. D'une main, elle massait sensuellement ses bourses et, de l'autre, elle caressait la base de son sexe, en veillant à suivre le rythme de ses lèvres et de sa langue. Bien vite, elle sentit son corps frémir sous le sien. Au bord de l'extase, il s'accrocha à ses cheveux. Et, tout à coup, son corps se raidit, secoué par une série de spasmes. Il cambra les hanches.

Peu à peu, elle ralentit son mouvement et finit par relâcher son membre et laissa doucement sa tête retomber sur son ventre. Quand son souffle saccadé eut repris un rythme normal, il la fit rouler sur le côté, serra son corps brûlant contre le sien et captura sa bouche pour y déposer un baiser passionné. Folle de désir, elle sentit son sexe devenir humide d'excitation, et une tension brûlante envahir tout son corps.

— C'est à mon tour, il me semble, dit-il d'une voix sensuelle, en s'installant à califourchon sur ses hanches.

— Non, Sam. C'est à moi de m'occuper de toi. Je veux te montrer…

Sa voix se brisa. Le moment était enfin venu. Mais les mots qu'elle avait tant envie de partager avec lui restaient bloqués dans sa gorge. En réalité, elle avait un peu peur. Peur qu'il puisse les ignorer, ou même les retourner contre elle.

— Je veux te montrer toute l'importance que tu as à mes yeux, conclut-elle en lui prenant le visage entre ses mains et en espérant parvenir à lui communiquer, par le regard, tout ce qu'elle craignait de lui avouer.

— Erin, tu ne comprends donc pas ? Tu ne vois pas que tes sentiments sont partagés ?

Il rapprocha encore son visage du sien. Et son regard gris acier était si intense qu'elle avait du mal à le soutenir.

— Je pensais que jamais plus je ne pourrais ressentir cela. Pour personne. Et pourtant…

Il n'acheva pas sa phrase, mais déposa sur ses lèvres un baiser si tendre, si doux qu'elle en eut les larmes aux yeux.

La gorge serrée par l'émotion, elle essaya de se concentrer sur les voluptueuses et innombrables sensations que lui procuraient ses lèvres, avec lesquelles il se mit à tracer sensuellement les contours de son corps. Quand il dégrafa son soutien-gorge, elle sentit aussitôt la douce chaleur de ses mains sur ses seins. Et puis il y eut son souffle brûlant sur sa peau, avant même que ses lèvres ne se referment sur ses tétons durcis par l'excitation. D'abord l'un, puis l'autre… Il leur prodiguait tant d'attentions qu'elle ne pouvait s'empêcher de se tendre de plaisir, de cambrer ses hanches pour répondre à sa silencieuse supplique.

Ivre de désir, elle sentit son sexe, de nouveau durci, contre son corps et tendit la main pour le toucher. Mais il lui attrapa les poignets et les plaça de chaque côté de sa tête pour mieux l'assujettir à son regard et à ses caresses. Finalement ravie de se prêter à ce jeu, elle ouvrit les yeux. Et elle trouva dans les siens un respect nouveau quand il releva la tête vers elle, avant de tracer sur son corps un tortueux sillon de baisers.

Quand sa bouche se posa sur la fine dentelle de sa petite culotte, elle faillit hurler de plaisir en sentant la chaleur de son souffle. Tous les muscles de son corps se contractèrent sous l'effet d'une tension presque insoutenable. Rapidement, il fit glisser sa culotte le long de ses jambes et posa la bouche sur son intimité brûlante. Sa langue agaça plusieurs fois son clitoris en une exquise tourmente, avant de l'entourer de ses lèvres pour lui prodiguer la plus sensuelle des caresses. L'orgasme qui déferla en elle fut un véritable raz-de-marée de sensations, et il lui fallut un certain temps pour recouvrer ses esprits.

Quand elle rouvrit les yeux, il était allongé à côté d'elle.

— Tu as aimé ? lui demanda-t-il d'un air taquin, reprenant ses propres mots.

Elle ne put s'empêcher de rire. C'était incroyable. Il avait un véritable don pour la rendre heureuse.

— Beaucoup, finit-elle par répondre, tout comme lui précédemment.

Allongée près de lui dans la lumière dorée qui filtrait à travers les hublots, elle prit soudain conscience que jamais elle n'avait été aussi heureuse de sa vie. Et ce sans doute parce qu'elle n'avait jamais cru mériter un tel bonheur. Quand il se pencha vers elle pour l'embrasser de nouveau, elle constata que son corps avait immédiatement réagi, avide de découvrir tout ce qu'il avait encore à lui offrir. On aurait dit que plus il recevait de plaisir, plus il en réclamait et plus il avait envie d'en donner.

— Tu as des préservatifs ? lui demanda-t-il, après s'être écarté d'elle un instant.

— Dans le tiroir de la table de chevet.

Il s'empressa d'en prendre un et de le dérouler sur son sexe. Et puis il se glissa entre ses cuisses et la pénétra lentement, profondément…

— C'est si bon !

Ses lèvres, tout près de sa gorge, lui avaient effleuré la peau, ne faisant qu'ajouter à toutes les voluptueuses sensations qui menaçaient de lui faire perdre la raison.

Contractant ses muscles intimes, elle l'invita à s'enfoncer plus encore en elle. Ce qu'elle ressentait n'aurait pu être exprimé par des mots quand il se mit à aller et venir en elle, encore et encore. Elle répondit à chacun de ses assauts et, une fois encore, ils jouirent ensemble, dans une véritable explosion de plaisir et de sensations.

Quand les derniers frissons de l'extase furent passés, il se lova contre elle et elle l'enveloppa de ses bras, se délectant de la chaleur humide de sa peau contre la sienne.

— Je t'aime, murmura-t-elle, d'une voix si basse qu'elle se demanda si elle avait vraiment prononcé ces mots.

Et, aussitôt, elle ferma les yeux et se laissa emporter dans les brumes du sommeil.

- 11 -

Erin se réveilla en sursaut. Son téléphone était en train de sonner. La sonnerie s'arrêta quelques secondes puis reprit. Soudain prise de panique, elle se leva d'un bond et alla chercher l'appareil dans son sac. Complètement nue dans la petite chambre, elle observa l'écran. Sasha. Le cœur battant à tout rompre, elle décrocha.

— Sasha ? Excuse-moi, je n'arrivais pas à retrouver mon téléphone. Est-ce que tout va bien ?

En arrière-fond, elle entendait Riley. Riley, son petit garçon, qui poussait d'horribles cris de souffrance. De plus en plus affolée, elle resserra les doigts autour du téléphone.

— Non, ça ne va pas. Je suis désolée, Erin. Quand il s'est réveillé de sa sieste, il avait un peu de fièvre et il était grognon. Mais c'est de pire en pire. Et il n'arrête pas de se toucher l'oreille. Je pense qu'il vaudrait mieux l'emmener aux urgences.

— J'arrive. Je serai là dans un quart d'heure.

— Parfait. Veux-tu que je lui donne une dose d'antalgiques ? Ça devrait faire baisser sa fièvre.

D'ordinaire, elle était plutôt opposée à l'utilisation d'antalgiques chez les jeunes enfants. Mais les cris que poussait Riley étaient si déchirants qu'il lui semblait absolument nécessaire de soulager sa douleur.

— Oui, merci. Il y en a un flacon dans le placard, au-dessus du réfrigérateur.

— Très bien. Je me charge de ça, en attendant ton retour. A tout de suite.

Quand Sasha eut raccroché, Erin, désemparée, resta quelques instants immobile au milieu de la pièce, le téléphone toujours collé à l'oreille. Son bébé était en détresse. Il avait besoin d'elle. Et elle était là, sur le bateau, dans les bras d'un homme qu'elle venait à peine de rencontrer ! Jamais elle ne s'était sentie aussi coupable de sa vie.

— Qu'est-ce qui se passe ? Riley va bien ?

Sam avait déjà commencé à se rhabiller.

— Non. Sasha m'a dit qu'il avait de la fièvre quand il s'était réveillé et…

Sous le coup de l'émotion, sa voix se brisa. Elle avala sa salive avec peine, avant de poursuivre :

— Je l'entendais pousser des cris horribles. Jamais je ne l'ai jamais entendu crier comme ça. Jamais…

— Ne t'inquiète pas. Nous allons l'emmener aux urgences. On sera à la maison dans dix minutes. Et, en attendant, tu sais qu'il est entre de bonnes mains.

La culpabilité pesait sur ses épaules, comme un lourd fardeau. Et dire que, quelques minutes plus tôt, elle se disait encore qu'elle n'avait jamais été aussi heureuse de sa vie ! Comme elle avait été idiote de s'accrocher à cette idée, de penser qu'elle avait droit au bonheur ! Il y avait toujours un prix à payer. Elle avait dû s'en acquitter quand elle était enfant, quand elle était adolescente, quand elle était jeune mariée.

Oui, cela avait toujours été ainsi. Et il n'y avait pas de raisons que cela change maintenant.

Les mains tremblantes, elle ramassa ses sous-vêtements et les enfila. Mais elle était si nerveuse qu'elle n'arrivait pas à agrafer son soutien-gorge. Fort heureusement, Sam, constatant sa détresse, vint lui porter secours. D'un geste habile, il referma l'agrafe, avant de lui tendre son T-shirt et son jean. Elle leva les yeux. Il était déjà habillé.

— Ne t'inquiète pas pour le reste, lui dit-il en se dirigeant vers l'escalier qui menait au pont. Nous reviendrons plus tard.

Elle se hâta de le rejoindre à la barre et, complètement pétrifiée par la peur, resta immobile à son côté tandis qu'il levait l'ancre et rallumait le moteur. Le bateau s'éloigna de la crique, mais les choses n'allaient pas assez vite pour elle. Son bébé avait besoin d'elle. Il était malade. Il souffrait…

Quand le bateau fut enfin amarré, ils sautèrent tous deux sur la jetée et se mirent à courir vers la maison. On pouvait entendre Riley crier depuis le jardin.

— Enfin, vous voilà ! s'exclama Sasha d'un air soulagé, en les voyant arriver.

Sans répondre, Erin prit tendrement Riley dans ses bras et se mit à le bercer. Ses cris se changèrent peu à peu en sanglots.

— Ne t'inquiète pas, mon bébé chéri. On va t'amener chez le médecin. Ça va aller. Ça va aller.

Elle se laissa tomber dans un fauteuil et, dans un geste instinctif, souleva son T-shirt pour lui donner le sein. Mais Riley détourna son visage de sa poitrine et se remit à hurler.

— Est-ce que je peux faire quelque chose pour t'aider ? lui demanda tout à coup Sam, d'une voix inquiète.

— Si tu pouvais aller chercher son siège auto dans sa chambre…

— Bonne idée, lança Sasha. J'ai déjà préparé son sac à langer, au cas où vous auriez à attendre. Mais, vu son état, je pense qu'ils vont l'examiner rapidement.

Sam et Sasha ne tardèrent pas à rassembler tout ce dont elle avait besoin pour emmener Riley aux urgences, et ils sortirent tous ensemble. Sasha monta dans sa voiture et les quitta. Tenant à la main le siège dans lequel elle avait pris soin de bien attacher Riley, Erin se hâta vers son 4x4.

— Tu as tout ce qu'il te faut ? lui demanda Sam, qui la suivait avec son sac à main et le sac à langer de Riley.

— Je crois…

Elle lutta de toutes ses forces pour mieux réfléchir à la question, malgré les cris de Riley et l'anxiété qui ne cessait de monter en elle.

— Mes clés de voiture ! Elles sont dans mon cabinet de travail, j'en suis sûre. Sur le bureau. Est-ce que tu peux aller me les chercher ?

— Tout de suite !

Sam n'avait jamais vu Riley dans un tel état. Et il se sentait complètement déchiré à l'idée de ne rien pouvoir faire pour l'aider. D'un pas précipité, il monta l'escalier et ouvrit la porte du cabinet de travail. Pas de clés en vue. Les mains tremblantes, il commença à soulever des tas de documents qui semblaient avoir été jetés sur le bureau. Un léger sourire se dessina sur ses lèvres. La Maison Connell était tenue de façon irréprochable mais, pour ce qui était de la paperasse, les choses laissaient un peu à désirer, ce qui était à la fois touchant et rassurant. A y regarder de plus près, il y avait au moins une petite faille dans la remarquable organisation d'Erin…

Perdu dans ses réflexions, il déplaça une pile de papiers. Une enveloppe tomba sur le sol. En se baissant pour la ramasser, il aperçut enfin les clés, dissimulées derrière un tas de dossiers, dans un coin du bureau. Satisfait, il les attrapa d'une main et, de l'autre, s'apprêtait à reposer l'enveloppe quand son attention fut attirée par l'adresse de l'expéditeur : le laboratoire auquel David avait fait appel pour les tests ADN de Riley !

Pour quelle raison ce laboratoire avait-il écrit à Erin ? Cédant à sa curiosité, il sortit la lettre de l'enveloppe et la parcourut.

Une fois sa lecture achevée, il resta quelques instants figé, à s'interroger. Troublé, il décida de reprendre depuis le début, en s'attachant cette fois à lire lentement et attentivement. Non, il ne s'était pas trompé.

Ainsi donc, elle savait déjà que James Connell n'était pas le père biologique de Riley. Mais pourquoi, alors, ne lui avait-elle rien dit ? Pourquoi l'avait-elle fait attendre ? Pourquoi avait-elle essayé de faire traîner les choses en demandant davantage d'informations ? Pourquoi avait-elle attendu l'injonction de la cour pour accepter de soumettre Riley au test ? Alors que toutes ces questions se bousculaient dans son esprit, il sentit la colère monter en lui. Comment avait-elle osé lui cacher la vérité ?

Luttant pour se maîtriser, il rangea la lettre dans l'enveloppe et la reposa à l'endroit où il l'avait trouvée. Peut-être avait-elle ses raisons, après tout ? Quoi qu'il en soit, ce n'était pas le moment de l'interroger. La toute première des priorités, pour l'heure, était de conduire Riley aux urgences.

En sortant de la maison, il vit qu'Erin l'attendait à côté de la voiture. Il lui fit signe et déverrouilla les portières. Aussitôt, elle entreprit d'attacher le siège auto de Riley à l'arrière du véhicule.

— Voici les clés, lui dit-il en arrivant près de la voiture.

Elle se retourna vivement et les lui arracha presque des mains. Et puis elle s'empressa de prendre place sur le siège conducteur. Mais à peine s'était-elle assise que Riley se mit à hurler de nouveau. Un cri si puissant et si déchirant que Sam lui-même en eut les larmes aux yeux.

Et tout à coup, à sa grande surprise, Erin tapa violemment du poing sur le volant.

— Je ne peux pas, cria-t-elle, d'une voix entrecoupée de sanglots. Je ne pourrai pas conduire s'il est comme ça. Je ne pourrai pas le laisser. Je veux être avec lui, derrière. Il faut que tu nous emmènes.

Avant même qu'il n'ait eu le temps de protester, elle avait quitté le siège conducteur et s'était installée à côté de Riley.

— Sam, je t'en prie, l'implora-t-elle, en constatant qu'il n'avait pas bougé d'un pouce. Tu dois le faire.

— Erin, tu ne comprends pas. Je n'ai pas conduit depuis…

— Nous avons besoin de toi. S'il te plaît…

Des larmes roulaient sur son visage.

Serrant les dents, il essaya de contrôler l'angoisse qui, depuis quelques secondes déjà, ne cessait de monter en lui, menaçant de se muer en pure terreur. Des gouttes de sueur se mirent à couler sur son front quand, lentement, il prit place sur le siège conducteur. Il avait du mal à respirer, et ses muscles, littéralement pétrifiés, refusèrent d'obéir à son cerveau, qui leur intimait en vain l'ordre de tourner la clé de contact pour démarrer la voiture.

— Sam ?

— Oui ! cria-t-il, regrettant aussitôt le ton agressif de sa voix. Excuse-moi. Je… je vais y arriver. Laisse-moi juste une seconde.

La peur qu'il avait perçue dans la voix d'Erin eut un effet salvateur. Comme si les mécanismes de son cerveau s'étaient enfin débloqués, il avança lentement sa main vers le tableau de bord et tourna la clé de contact. Le moteur se mit en marche. Tout en bouclant sa ceinture de sécurité, il appuya sur l'accélérateur. La voiture cala. Il n'avait pas desserré le frein à main.

Du calme, se dit-il. Une chose après l'autre…

Un instant plus tard, la voiture avançait doucement. A l'arrière, les cris de Riley avaient cessé. Luttant de toutes ses forces pour ne pas céder à son envie de jeter l'éponge, il jeta un coup d'œil dans le rétroviseur. Erin était penchée au-dessus du siège de Riley. Elle releva la tête, et son regard rencontra le sien.

— Merci, Sam, dit-elle d'un air encourageant.

Mais il faudrait tout de même que tu ailles un peu plus vite…

Il baissa les yeux vers le compteur : 15 km/h. La situation était risible. Oui, il aurait presque pu en rire si la vie de son enfant et celle de sa mère n'avaient pas dépendu de la façon dont il allait réussir à conduire cette voiture.

Resserrant sa prise sur le volant, il appuya un peu plus fort sur l'accélérateur. La voiture bondit en avant puis ralentit brutalement alors qu'il relâchait la pression sur la pédale. Il n'était plus maître de ses mouvements. C'était atroce. Que se serait-il passé s'il avait fait ça sur l'affreuse route en lacets qui menait à la ville la plus proche ? Et s'il commettait de nouveau une erreur stupide, comme la dernière fois qu'il avait conduit ?

Il n'avait même pas eu le temps de dire à Erin la vérité, comme il avait prévu de le faire aujourd'hui sur le bateau. Mais, de toute façon, cela ne comptait plus vraiment, songea-t-il comme il repensait à l'enveloppe qu'il avait trouvée sur son bureau. En agissant comme elle l'avait fait, elle avait cherché à le priver de son droit de savoir si Riley était bel et bien son enfant. Et il fallait à tout prix qu'il tire cela au clair avec elle. Mais, pour le moment, la vie de son enfant dépendait de lui, et il allait se prouver qu'il était un père responsable qui ferait tout ce qui était en son pouvoir pour aider son fils.

Un immense sentiment de soulagement s'empara de lui quand il gara la voiture sur le parking de la clinique. Erin s'empressa de sortir Riley de son siège. Le petit s'était remis à hurler quand ils avaient emprunté la route sinueuse et vallonnée qui menait à la ville, et même sa mère n'avait pas réussi à le calmer.

— Tu peux prendre le sac à langer ? lui demanda-t-elle en se dirigeant déjà vers l'entrée de la clinique, le bébé bien calé dans les bras.

— Bien sûr…

Quand il sortit du 4x4, le sac à la main, elle avait déjà disparu derrière les portes vitrées. Submergé par l'émotion, il resta quelques instants adossé à la portière de la voiture, le sac dans une main, les clés dans l'autre. Il avait réussi. Il avait vaincu la pire de ses craintes, et il l'avait fait pour Riley. Saisi d'un étrange sentiment de fierté, il prit une profonde inspiration et se mit à marcher vers la clinique.

Quand il arriva à l'accueil, il ne trouva ni Erin ni Riley. La salle d'attente était d'ailleurs étrangement silencieuse. Tous les sièges étaient vides, à l'exception d'un seul, occupé par un homme dont le visage était dissimulé par un magazine qui paraissait avoir été beaucoup feuilleté.

— Puis-je vous aider ? lui demanda une jeune femme maigre qui apparut tout à coup derrière le guichet d'accueil.

— Je suis avec Erin Connell et Riley.

— Ah, oui, ce pauvre petit bonhomme ! Le Dr Stan vient de le recevoir.

— Puis-je aller le rejoindre ?

— Vous êtes son père ? C'est parfait ! Mme Connell n'a pas eu le temps de finir de remplir sa fiche. Pouvez-vous le faire et la signer ?

— Eh bien, je…

Il était sur le point de répondre qu'il n'avait pas le

droit de signer à la pace d'Erin quand quelque chose lui traversa l'esprit. Il était le père de Riley, qu'elle le veuille ou non. Il avait l'autorité parentale. Il avait tous les droits. Fort de cette conviction, il s'empara du stylo et termina de remplir la fiche. Et il venait à peine de rendre à la jeune femme le papier dûment complété quand son téléphone se mit à sonner.

Derrière le comptoir, l'infirmière lui indiqua une affiche qui stipulait que les téléphones portables devaient être éteints ou mis en mode silencieux. Hochant la tête, il sortit son téléphone de sa poche pour l'éteindre, mais ne put s'empêcher de vérifier l'identité de son correspondant.

C'était le détective privé qu'il avait engagé. Il n'avait pas eu de ses nouvelles depuis qu'il lui avait indiqué l'adresse où résidaient Erin et Riley. Et il lui avait alors demandé de poursuivre ses recherches pour collecter davantage d'informations. Son cerveau se mit à fonctionner à toute allure. Il fallait absolument qu'il réponde. Elle avait omis de lui parler du test ADN. Quelles autres choses encore pouvait-elle lui cacher ?

D'un geste déterminé, il appuya sur le bouton « décrocher » et se hâta de quitter les lieux.

— Sam Thornton, annonça-t-il, quand il fut sous le porche.

— Monsieur Thornton ! Je suis ravi de pouvoir vous joindre. J'espère que je ne vous dérange pas.

Un couple qui entrait dans la clinique lui jeta un regard curieux. La femme avait les yeux fixés sur le sac à langer qu'il tenait toujours à la main, et l'homme tenait un pack de glace sur sa joue.

— Pas du tout, répondit-il, en se dirigeant vers le parking. Je vous écoute…

— J'ai réussi à rassembler plusieurs autres informations concernant Erin Connell. Des informations qui, à mon sens, pourraient vous êtres très utiles s'il s'avérait que vous êtes bien le père de l'enfant et que vous souhaitiez en demander sa garde. Conjointe ou exclusive.

La garde exclusive ? Il n'avait jamais envisagé cette possibilité. Mais…

— Quelle sorte d'informations ? demanda-t-il d'une voix froide et distante.

A cet instant précis, il doutait qu'il puisse lui apprendre quoi que ce soit qui le surprenne.

— Il semble qu'elle ait eu un passé assez chaotique. Elle a vécu dans la rue. Quand elle avait seize ans, sa mère a déclaré aux autorités qu'elle avait quitté le domicile familial. Les services sociaux l'ont ramenée chez elle, mais, dès lors, elle a multiplié les fugues. Quand sa mère a succombé aux coups de l'un de ses compagnons, elle a de nouveau disparu.

C'était donc pour cela qu'elle semblait si déterminée à créer un foyer parfait, songea soudain Sam, qui demanda :

— Poursuivez, je vous en prie. J'imagine qu'il y a autre chose…

— Et vous avez raison. Son casier judiciaire est assez bien rempli. Elle a été arrêtée pour plusieurs petits délits : vols à l'étalage, vagabondage et vandalisme.

Il sentit un frisson lui parcourir le dos. Qui était cette personne que l'enquêteur était en train de lui décrire ? Et qui n'avait rien de commun avec l'Erin Connell qu'il pensait connaître, cette femme pour laquelle il avait commencé, à tort semblait-il, à développer des sentiments ? Jusqu'ici, il était disposé à s'expliquer calmement avec elle. A l'interroger sur les tests ADN qu'elle avait fait passer à Riley de sa propre initiative et à lui parler des résultats de ceux qui avaient été ordonnés par la justice. Mais maintenant ? Il n'était plus sûr de rien. Il ne savait plus quoi faire. Il avait perdu toute confiance en elle.

Retournant machinalement sur ses pas, il aperçut l'entrée de la clinique et se souvint de la raison pour laquelle il se trouvait ici : la santé de Riley. Il fallait qu'il s'assure qu'il allait bien et recevait les meilleurs soins possibles. Quel qu'en soit le coût.

— Puis-je vous rappeler demain ? demanda-t-il au détective.

— Bien sûr. Mais il y a deux autres choses que vous devez savoir. La propriété dans laquelle elle vit est en fidéicommis.

— En quoi ?

— En fidéicommis. Cela veut dire que l'arrière-arrière-arrière-grand-père de son mari, celui qui l'a fait construire, a pris des dispositions pour qu'elle ne puisse être habitée que par ses descendants directs. En gros, cela signifie qu'elle se retrouvera sans toit si vous réussissez à prouver votre paternité.

— C'est fait, répondit-il brièvement, concentré sur l'information qu'il venait de lui révéler.

Il avait longtemps réfléchi pour essayer de comprendre les raisons qui l'avaient poussée à différer les tests ADN mais, désormais, elles lui paraissaient évidentes. Elle était à prête à tout, y compris à frauder pour s'assurer de ne pas perdre sa maison. Et tout cela à ses dépens. La colère qu'il tentait de contenir depuis qu'il avait trouvé l'enveloppe se remit à bouillonner en lui, menaçant d'exploser.

— Dans ce cas, je crois que des félicitations s'imposent, lui dit le détective d'une voix hésitante.

— Merci…

Il était de plus en plus pressé de retourner à la clinique pour retrouver Riley.

— J'aurais une dernière chose à vous dire, monsieur Thornton.

— Je vous écoute, répondit-il, sans chercher à dissimuler son impatience.

— Erin Connell, à l'époque où elle portait encore le nom de Johnson, a été arrêtée et interrogée dans le cadre d'une affaire portant sur la mort d'un bébé.

- 12 -

Sam sentit les battements de son cœur s'accélérer, ses jambes vaciller. Resserrant les doigts autour du sac à langer, il alla s'appuyer contre le mur de la clinique.

— Qu'est-ce que vous dites ?

— Apparemment, elle vivait dans un squat avec plusieurs autres personnes, dont un couple avec un enfant. Le bébé est mort, et personne n'a rien voulu dire. La loi du silence. Ce qui faisait de chaque habitant de l'immeuble un suspect. La mort n'était pas accidentelle, mais aucune charge n'a été retenue et, pour autant que je sache, l'affaire n'est toujours pas résolue.

— Quand est-ce arrivé ? se força à demander Sam, alors que de nombreuses autres questions se bousculaient dans son esprit.

— Il y a dix ans, environ. Juste avant qu'elle ne parte pour le lac Tahoe.

Le lac Tahoe, où elle avait eu tôt fait de conquérir le cœur et le lit du propriétaire de la Maison Connell. S'agissait-il d'un plan ? D'un calcul ? C'était tout à fait possible, venant d'une femme qui pouvait assister sans rien dire au meurtre d'un enfant et refuser de témoigner pour le simple but de protéger les coupables. Mais la question la plus importante était celle-ci : quel impact cela pouvait-il avoir sur la sécurité de Riley ?

Il ne pouvait pas le déterminer avec certitude, mais il trouvait tout cela très inquiétant. Néanmoins, au fond de lui, il avait quand même du mal à y croire. Il l'avait vue avec Riley. Il avait vu sa détresse quand elle avait appris qu'il était malade. C'était une bonne mère, tendre et protectrice. Mais c'était aussi une femme qui avait sciemment dissimulé la vérité sur un certain nombre de sujets. Et cela, il avait bien du mal à penser qu'il réussirait un jour à lui pardonner.

— Pouvez-vous m'envoyer le dossier par e-mail ?

— C'est fait.

— Parfait. Merci beaucoup.

— Mais de rien, monsieur Thornton. Je suis payé pour ça.

Sam raccrocha. Oui, c'était bien pour cela qu'il avait payé le détective. Mais, à ce moment-là, il n'avait aucune idée de ce que celui-ci allait découvrir. Troublé, il secoua la tête. Et dire qu'il avait failli révéler ses sentiments à Erin ! Une chance que les circonstances l'en aient empêché, car ce qu'il savait d'elle désormais changeait la donne.

Peut-être avait-elle changé depuis cette époque où elle en avait été réduite à commettre de menus larcins pour survivre ? Mais peut-être pas. Impossible de savoir. Quoi qu'il en soit, rien ne pouvait justifier le comportement qu'elle avait eu à peine deux semaines plus tôt. Pourquoi lui avait-elle caché les résultats des tests ADN ?

La loyauté était une valeur essentielle à ses yeux. Il ne supportait pas de la savoir bafouée, à plus forte raison quand elle portait sur quelque chose d'aussi déterminant, d'aussi capital que l'identité du père d'un enfant.

Perdu dans ses pensées, il rangea son téléphone dans sa poche et retourna dans le hall de réception. Au fond de la pièce, une porte s'ouvrit sur Erin, qui tenait Riley dans ses bras. Le petit était un peu pâle, mais avait cessé de pleurer.

— Alors ? lui demanda-t-il, en posant sa main sur le front de Riley, qui lui parut un peu moins chaud.

— Otite et angine. Pauvre bébé ! Il a dû attraper froid quand nous sommes allés en ville, l'autre jour. Le médecin lui a donné quelque chose pour faire tomber la fièvre et lui a prescrit des antibiotiques.

Elle se tourna vers la jeune femme de l'accueil.

— Il me semble que je n'avais pas fini de remplir ma fiche de renseignements.

— Votre mari l'a fait, lui répondit-elle en souriant. Vous n'avez plus qu'à régler.

— Je m'occupe de ça, dit-il en sortant son portefeuille.

— Merci, dit-elle à voix basse. Mais où est-elle allée pêcher l'idée que tu étais mon mari ?

— Je t'expliquerai plus tard…

Après avoir récupéré sa monnaie, il la guida vers la voiture, où il la laissa attacher Riley dans son siège, tandis qu'il se rendait à la pharmacie proche de la clinique. Quand il ressortit du bâtiment, les médicaments à la main, elle était debout devant la voiture. Et le regarda droit dans les yeux. Pouvait-elle y lire ses sentiments ? Comprendre qu'il connaissait désormais la vérité ? Il n'avait jamais été très doué pour le poker. Il ne savait pas bluffer.

— Tu veux que je conduise ?

— Tu es sûre que Riley ne préfère pas que tu sois à côté de lui ?

— Sans doute que si. Mais…

— Ne t'inquiète pas. S'il y a un problème, je te le dirai.

Sans attendre sa réponse, il s'installa derrière le volant. Quand il démarra la voiture, la vieille angoisse, qu'il ne connaissait que trop bien, s'empara de lui. Troublé, il chercha à la repousser. Il en était déjà venu à bout aujourd'hui. Il n'y avait pas de raisons qu'il ne puisse pas vaincre sa peur.

Quand il s'arrêta devant la maison, il était complètement épuisé. Le niveau de concentration qu'il lui avait fallu pour conserver son sang-froid était si élevé qu'il avait consumé toutes ses forces. Mais il était heureux. Il avait réussi. Il avait vaincu les fantômes de son passé. Et, malgré la fatigue, il se sentait prêt. Prêt à se battre pour remporter la prochaine bataille.

Riley s'était remis à ronchonner. Avec une patience d'ange, Erin le sortit de la voiture en murmurant des paroles apaisantes.

— Je le mets au lit et je prépare le dîner, dit-elle en passant la porte d'entrée.

— D'accord, répondit-il, ravi de constater que les projets de la soirée allaient lui laisser un peu de temps pour réfléchir à ce qui venait de se passer et décider de ce qu'il allait faire.

Sans rien ajouter, il monta à l'étage. Arrivé dans sa chambre, il se débarrassa de ses vêtements. Peut-être n'était-ce qu'une impression, mais il lui semblait qu'ils avaient conservé l'odeur de la peur qui l'avait saisi quand il s'était vu contraint de conduire la voiture. Après une douche rapide, il se changea et redescendit l'escalier.

Quand il arriva dans la cuisine, Erin, occupée à verser le contenu d'un saladier dans un plat, leva la tête vers lui.

— Quelle journée, hein ? murmura-t-elle en mettant le plat au four.

— Je ne te le fais pas dire. Riley s'est endormi ?

— Oui. Je lui ai versé sa pipette d'antibiotiques dans la bouche pendant que je l'allaitais. Entre ça et l'antalgique qu'ils lui ont donné à la clinique, je pense qu'il devrait se réveiller en meilleure forme. Enfin, j'espère…

— Bon.

Il se sentait mal à l'aise. Peu sûr de lui. Et c'était le genre d'émotions qu'il n'avait pas l'habitude de ressentir. Réfléchissant à la façon dont il voulait orienter la conversation, il prit une profonde inspiration. Mais, aussitôt, Erin s'approcha de lui, lui passa ses mains autour de la taille et posa doucement son menton sur son épaule. Il se figea. Malgré tout ce qu'ils avaient vécu ensemble aujourd'hui, cette femme qui se lovait actuellement contre lui semblait être une parfaite étrangère.

— Merci pour tout ce que tu as fait aujourd'hui. Et surtout pour nous avoir conduits à la clinique et ramenés à la maison. Je comprends à quel point il a dû être difficile pour toi de prendre le volant.

Il dut, à son insu, émettre un léger son d'approbation, car elle le serra plus fort contre lui et poursuivit :

— Mais ce que tu as fait à la clinique… J'espère

que ce n'était pas illégal. Je crois que tu n'aurais pas dû signer ce papier.

Sentant la sueur perler à ses tempes, il se dégagea de son étreinte. C'en était assez ! Il devait lui dire la vérité, cette vérité qu'ils auraient connue depuis bien longtemps déjà si elle avait assumé ses responsabilités en acceptant aussitôt de soumettre Riley aux tests ADN. La colère qui coulait désormais dans ses veines n'avait plus rien de brûlant et d'impétueux. C'était une colère froide. Qui pénétrait son cœur et l'endurcissait, malgré la confusion qu'il lut dans ses yeux quand il se retourna lentement vers elle et glissa ses mains dans les poches de son jean.

— Je n'ai rien fait d'illégal.

— Tu crois ? Tu sais, tu n'as pas de lien de parenté avec Riley et…

— C'est là que tu te trompes, dit-il d'une voix déterminée. Je suis le père de Riley. La partie adverse, c'est moi.

A ces mots, Erin se figea. Avait-elle bien entendu ? Sam, la partie adverse ? D'une main tremblante, elle tira l'une des chaises de la cuisine vers elle. Elle sentait ses jambes vaciller. Il fallait qu'elle s'assoie.

— Ce n'est pas vrai ? balbutia-t-elle en s'y laissant tomber.

Sam la dévisageait. Son regard était totalement dépourvu d'expression. Où donc étaient passés la tendresse, la compassion, et même l'amour qu'elle avait cru y lire quelques heures à peine auparavant ?

— Si. Je ne plaisante pas. Je l'ai appris ce matin. Je voulais te le dire, quand nous étions sur le bateau. Je…

Sa voix se brisa. Il poussa un soupir d'exaspération et reprit :

— Et dire que j'ai été assez stupide pour penser que nous pouvions construire un avenir ensemble ! Tous les trois. J'y ai cru. J'en ai eu envie. Mais c'était avant que j'apprenne que tu savais depuis des semaines que James Connell n'était pas le père de Riley. Pourquoi est-ce que tu ne me l'as pas dit ? Tu n'avais pas le droit de me cacher cette information. Tu n'avais pas le droit !

Il était furieux. Elle le voyait dans la posture tendue de son corps, dans le rictus de sa bouche, dans les rides qui étaient réapparues sur son visage. D'un bond, elle se leva.

— Je ne te crois pas. Tu mens ! Tu n'as aucune preuve. Riley est mon fils. A moi ! J'ai le devoir de le protéger. Et de protéger ce qui est à lui.

— Mais il se trouve que tout ceci, dit-il en accompagnant sa parole d'un vaste geste circulaire de la main, n'est pas à lui, n'est-ce pas ? Car si James Connell n'est pas le père de Riley, toi, Erin Connell, tu es en situation de fraude !

— Comment oses-tu ?…

Elle s'interrompit et prit une profonde inspiration avant de poursuivre :

— Ce ne sont pas tes affaires. Va-t'en. Je ne veux plus te voir ici !

Des larmes roulaient sur ses joues. Des larmes de colère. Des larmes de peur.

— Tu sais très bien que tu vis dans l'illégalité. Que tes jours ici sont comptés. Vraiment, je ne comprends pas pourquoi tu refuses de lui octroyer une chance de connaître son véritable père.

Déstabilisée par ses paroles, elle se mordit la lèvre. Elle ne pouvait pas lui répondre. Il n'aurait pas compris. Comment lui expliquer que ceci était sa maison ? Son foyer ? Son sanctuaire ? Le seul endroit où, de toute sa vie, elle avait jamais connu la sécurité et la stabilité ? Mais il avait raison. Elle n'était pas chez elle. Pas plus que Riley. Et elle savait pertinemment qu'elle n'avait rien à quoi se raccrocher. La vérité, tôt ou tard, finirait par éclater. Tout espoir était vain.

— Tu n'as rien à me répondre, dit-il avec mépris. Je ne sais pas pourquoi, mais cela ne me surprend pas.

Où donc était passé l'homme avec qui elle avait fait l'amour un peu plus tôt dans la journée ?

— Je partirai demain, dans la matinée. Mais tu ne vas pas tarder à entendre parler de moi par le biais de mes avocats.

Il se dirigea vers la porte et s'arrêta. L'espace de quelques secondes, il sembla hésiter, puis il se retourna vivement vers elle. Comprenant d'instinct qu'elle allait devoir endurer de nouveaux coups, elle se recroquevilla sur elle-même.

— Tu sais, il y a quelques heures encore, j'envisageais de demander un simple droit de garde conjointe. Mais, comme tu as voulu me retirer ce droit, tu peux faire une croix dessus. Je vais demander la garde exclusive.

— Tu ne peux pas faire ça ! cria-t-elle, alors qu'il faisait mine de quitter la maison. Et, de toute façon, aucun juge au monde ne t'accorderait la garde d'un enfant ! Je te rappelle que tu as tué ta femme. Tu as toi-même admis que tu étais le seul et unique responsable de l'accident. Je ne vois pas comment on pourrait te considérer comme une personne de confiance et capable d'élever seule un enfant.

Il se tourna lentement vers elle. Son visage, désormais, apparaissait déformé par la colère. Terrifiée, elle recula d'un pas.

— Je vous déconseille de me jeter la pierre, Erin Connell. Je sais tout de votre passé. Les fugues, les vols à l'étalage. Et le reste, bien sûr…

Elle sut. Elle comprit qu'il connaissait son pire secret. Son pire cauchemar.

— Mais comment ?…

— Peu importe. Et je ne m'arrêterai pas là, Erin. Je suis sûr que j'ai encore beaucoup d'autres choses à découvrir sur toi. Et sur ton sulfureux passé. Des choses qui me permettront de te montrer sous un très mauvais jour quand nous nous présenterons devant le juge pour déterminer qui de nous deux peut être considéré comme un parent responsable !

- 13 -

Le four émit un long « bip » signalant qu'il avait terminé sa tâche, mais Erin l'entendit à peine. Complètement bouleversée par ce qu'il venait de se passer, elle s'effondra de nouveau sur sa chaise.

Les menaces proférées par Sam l'avaient terrorisée mais, dans son esprit, d'étranges et douloureuses images se bousculaient. Des images de son ancienne vie, avant son arrivée au lac Tahoe. Un passé trouble et sombre.

Elle pensait avoir laissé tout cela derrière elle. Elle pensait qu'en devenant une employée irréprochable, une citoyenne responsable, puis une épouse parfaite et une mère de famille modèle, elle avait payé sa dette. Mais son passé honteux l'avait rattrapée.

La mort de ce bébé, dans cet immeuble où elle vivait, avait déjà été un événement assez atroce en soi. Mais les choses ne s'étaient pas arrêtées là : elle avait été salie, accusée d'avoir délibérément dissimulé des informations sur le décès. Un véritable cauchemar…

Elle n'était même pas dans l'immeuble le soir où la petite fille avait succombé à ses blessures. Après avoir passé la soirée à boire, elle s'était assoupie dans une allée et n'avait été réveillée que le lendemain matin, par un balayeur. Quand elle était rentrée dans le squat, elle était tombée sur plusieurs policiers qui s'étaient empressés de l'arrêter pour la conduire au commissariat.

Devant le poste de police, des journalistes s'étaient déjà rassemblés. L'air crépitait de flashes. Elle s'était sentie désorientée. Et, surtout, elle avait eu peur. Très, très peur.

Elle n'avait pas volontairement conspiré avec les autres occupants de la maison. Non, elle avait été menacée. De façon très convaincante. On lui avait expliqué avec force détails ce qui pourrait lui arriver si elle se risquait à expliquer à la police ce qu'elle pensait qu'il avait pu se passer. Naturellement, ce n'était pas une excuse pour dissimuler la vérité, mais elle avait pensé que, de toute façon, personne ne l'aurait crue. Elle n'était qu'une sans-abri, après tout. Une fille qui vivait dans les rues et qui en était souvent réduite à voler pour trouver de la nourriture. Mais quoi qu'il en soit, dès lors, la culpabilité s'était mise à la hanter, réduisant à néant le peu de bonheur qu'elle avait trouvé lorsqu'elle avait quitté la maison de sa mère.

Et puis, à l'hôtel où elle résidait, elle avait trouvé l'annonce de la Maison Connell. Et, en la voyant, elle avait eu une révélation. Elle se trouvait à la croisée des chemins. Elle avait une chance, une seule, de changer de direction. De prendre un nouveau départ. De donner un sens à sa vie. Fermement décidée à saisir cette chance, elle avait pris la route du lac Tahoe. Voilà comment elle en était arrivée là où elle en était aujourd'hui.

Mais maintenant ? Qu'allait-il se passer ? Si Sam mettait ses menaces à exécution, s'il déterrait cet horrible événement et en faisait part à un juge, il était fort probable que ce dernier oublie l'image qu'elle souhaitait donner d'elle pour ne retenir que ses pires travers. Surtout s'il la comparait à l'homme qui se trouverait face à elle. Un homme sympathique et charismatique, qui dirigerait une entreprise de renommée mondiale. Elle avait mal agi en lui rappelant ses responsabilités dans la mort de sa femme. De toute évidence, il s'était lui-même sévèrement puni pour son erreur. Et, de toute façon, n'importe quel juge verrait en lui un homme responsable qui ferait un père merveilleux. Et ses avocats ne manqueraient pas de le présenter sous cet angle.

Les avocats ? Avant toute chose, il faudrait qu'elle engage quelqu'un pour défendre ses intérêts. Or, elle n'avait pas un sou de côté. Tout ce que James et elle avaient gagné grâce à la Maison Connell avait été réinvesti dans cette propriété censée constituer l'héritage de Riley. A défaut, et conformément à la volonté exprimée par l'homme qui l'avait bâtie, elle reviendrait à l'Etat de Californie…

Elle n'avait rien. Nulle part où aller. Pas d'emploi. Pas d'avenir.

On allait l'expulser de la Maison Connell, c'était certain. Elle n'aurait plus de toit. Et Sam ne manquerait pas d'utiliser cet argument supplémentaire pour la présenter comme une mère indigne. Elle avait envie de hurler. Et, surtout, de fuir. De faire ses bagages et d'emmener Riley aussi loin que possible, dans un endroit où jamais Sam ne pourrait les retrouver. Mais, au fond d'elle, elle savait qu'elle ne pouvait pas faire cela. Car ça ne serait pas juste pour Riley.

Alors, objectivement, que pouvait-elle faire ?

Si Sam était le père de Riley, il avait en effet des droits vis-à-vis de son fils. Mais tant qu'elle n'aurait pas la preuve formelle de ses droits, tant qu'elle n'aurait pas en main une décision de justice visant à les faire appliquer, elle ne quitterait pas son bébé des yeux. Or, pour le moment, Sam ne possédait rien de tout cela.

Ereintée, elle sortit le plat du four et le posa sur le plan de travail. Elle n'avait pas faim. Elle monta l'escalier d'un pas lourd, en s'accrochant fermement à la rampe, et alla se coucher. Mais, malgré la fatigue, le sommeil tarda à venir. Son esprit était trop agité. Oui, elle était terrifiée à l'idée de perdre son enfant.

Elle fut réveillée par les gazouillis de Riley. 7 heures ! Elle avait dû s'endormir aux alentours de 3 heures. Le corps et l'esprit engourdis par le manque de sommeil, elle se rendit dans la chambre du petit et constata avec un certain soulagement que sa température était redevenue normale et qu'il paraissait de bonne humeur.

Tendrement, elle prit le bébé dans ses bras et s'absorba dans ses tâches quotidiennes en s'efforçant de ne pas penser à ce qui allait se passer ensuite. Et, au moment où elle arriva dans la cuisine avec Riley, elle se sentait presque dans son état normal, malgré le poids de l'anxiété qui pesait toujours sur sa poitrine et son estomac.

Un instant plus tard, Sam entra dans la pièce.

— Mon chauffeur ne devrait pas tarder, dit-il simplement.

Elle se tourna, se forçant à chercher son regard. Mais il avait les yeux rivés sur Riley, qui, assis par terre dans son transat, se mit à babiller .

— Bonjour, mon petit garçon.

Il y avait quelque chose dans sa voix. De l'envie ? De la convoitise, de l'amour ? Elle les observa quelques instants et, tout à coup, fut frappée par quelque chose : le bas du visage de Riley. Il avait exactement la même forme que celui de Sam ! Certes, ses courbes étaient plus douces, moins angulaires. Mais on pouvait déjà deviner qu'avec le temps elles se durciraient un peu et suivraient un schéma similaire. Cette ressemblance… C'était évident ! Comment avait-elle pu passer à côté ? Sans se douter de rien, alors qu'il était arrivé à la maison d'hôtes un jour à peine après la lettre de l'avocat représentant la mystérieuse « partie adverse » ? Elle n'arrivait toujours pas à réaliser que Sam et cet inconnu étaient une seule et même personne. Il lui avait menti. Il l'avait trompée. Depuis le début.

— Je te prierai d'attendre à l'extérieur, lâcha-t-elle d'un ton amer.

— Je me doutais bien que tu dirais cela. Mais tu sais, tes désirs ne comptent pas, Erin. Ils n'ont jamais compté. L'important, c'est mon fils et moi.

Ces mots lui firent l'effet d'un coup de poignard lancé en plein cœur. On l'avait toujours rabaissée. Et c'était pour cette raison qu'elle avait tant lutté pour devenir autonome et indépendante. Créer sa propre vie, loin de son père, qui l'avait abandonnée quand elle n'était encore qu'un bébé. Loin de sa mère, qui n'avait cessé de lui reprocher son existence même. Et loin de tous ces gens qu'elle avait rencontrés sur son chemin et qui lui avaient répété qu'elle n'était rien et ne réussirait jamais rien.

Elle avait tout fait pour leur prouver qu'ils avaient

tort. Et elle avait, lui semblait-il, plutôt bien réussi. Elle s'était prise en main pour se sortir seule de sa difficile situation. Elle était devenue une femme forte, fiable, sérieuse. Une femme bien.

Carrant les épaules, elle lui répondit aussi calmement qu'elle le put :

— Je te remercie pour ta franchise. C'est sans doute l'une des seules vérités qui tu m'aies dites depuis le début de ton séjour. Maintenant, si tu veux bien nous excuser, Riley et moi allons prendre notre petit déjeuner dans nos appartements. Je te saurais gré de refermer la porte derrière toi en partant.

D'un geste précis et déterminé, elle détacha la ceinture de Riley, le prit dans ses bras et quitta la cuisine, en refermant la porte derrière elle. Une fois dans le couloir, elle tendit l'oreille. Aucun bruit. Mais, au bout de quelques secondes, elle entendit son pas irrégulier et la porte qui donnait sur le hall s'ouvrir et se refermer. C'était là une bien piètre consolation. Mais au point où elle en était, toute victoire, aussi petite soit-elle, lui paraissait bonne à saisir.

Un peu plus tard, dans la matinée, Sasha vint comme convenu frapper à la porte pour prendre des nouvelles de Riley. Elle parut ravie de constater qu'il s'était remis aussi rapidement. Mais son enthousiasme ne tarda pas à retomber quand Erin lui apprit l'horrible nouvelle.

— Quoi ? s'exclama-t-elle. Sam ? Le père de Riley ?

— C'est lui qui le dit. Mais tant que je n'aurai pas de preuve…

— Je suis d'accord avec toi. Mais…

— Mais quoi ? demanda Erin, les nerfs à vif.

— Mais je me rappelle que, la première fois que je l'ai vu, j'ai trouvé qu'il y avait chez lui quelque chose de familier. Avec le recul, je comprends mieux. Sa ressemblance avec Riley… C'est vraiment frappant.

Erin soupira. Ainsi donc, Sasha aussi l'avait remarqué. C'était fini. Elle n'avait aucun espoir de s'en sortir.

— Je suis fichue, dit-elle à son amie.

— Ne dis pas de bêtises ! Tu es toujours la mère de Riley.

— Mais il va réclamer la garde exclusive, et j'ai bien peur qu'il ne l'obtienne. Je… j'ai fait des choses dans mon passé… Des choses que je regrette profondément. Et le pire, c'est qu'il est au courant. Et qu'il veut les utiliser contre moi pour prouver que je ne suis pas digne de confiance. Et puis, avec son argent, il peut se payer les meilleurs avocats, les meilleurs conseillers, tout. Moi, je n'ai rien.

— Ne te fais pas de souci pour ça, lui dit Sasha en lui prenant la main. Au besoin, Tony et moi pourrions te prêter un peu d'argent.

Elle serra la main de son amie tandis que des larmes se mettaient à rouler sur ses joues. Elle avait envie de la remercier, mais elle avait la gorge serrée par l'émotion.

— Et puis nous pourrions aussi témoigner en ta faveur, poursuivit Sasha. Nous connaissions James depuis toujours et nous te connaissons depuis ton arrivée ici, toi, Erin. La maman épatante que tu es devenue, la personne que tu es aujourd'hui. Cela doit tout de même compter, non ?

Il fallait l'espérer.

*
* *

Après le départ de Sasha, la journée reprit son cours normal. Elle se souvint qu'il lui fallait nettoyer le bateau avant que les gens du port ne viennent le chercher pour l'amarrer au hangar où il passerait l'automne et l'hiver. Combien de temps s'était écoulé depuis la balade qu'elle avait faite avec Sam sur le lac ? Vingt-quatre heures. Cela lui paraissait désormais tellement loin ! Mais, en même temps, les souvenirs de cette journée comptaient parmi les meilleurs de sa vie — et parmi les pires…

Après avoir emmitouflé Riley dans des vêtements bien chauds, elle le déposa dans son landau et prit la direction du lac. Une fois sur le bateau, elle s'attacha à trouver un coin ensoleillé et à l'abri du vent, où elle laissa le petit. Et puis elle observa la scène.

Les restes de leur déjeuner avaient fait le bonheur des oiseaux, qui avaient laissé des signes peu ragoûtants de leur présence. Après avoir débarrassé, elle entreprit de nettoyer la table. Une fois cette tâche achevée, elle se redressa et observa la cabine. Il fallait y aller, se dit-elle, le cœur battant à tout rompre.

Après avoir jeté un bref coup d'œil à Riley pour s'assurer que tout allait bien, elle descendit les marches en soupirant.

Le lit était exactement tel qu'ils l'avaient laissé. Les draps étaient en désordre, et elle sentit une douleur s'installer dans sa poitrine quand elle se pencha pour les replier. Cette journée de la veille avait été une si belle promesse. Pleine d'espoir, d'amour… Et pourtant, aujourd'hui, ce n'était plus rien d'autre qu'un souvenir confus. S'efforçant de respirer par la bouche pour ne pas percevoir l'odeur de son après-rasage, elle rangea les draps dans le grand sac à linge sale qu'elle avait apporté.

Machinalement, elle prit aussi les couvertures et les oreillers. Elle les apporterait au pressing afin qu'ils soient bien frais pour la prochaine saison. La prochaine saison ? Mais pourquoi s'inquiétait-elle de cela ? Elle ne serait plus là. Elle aurait quitté la Maison Connell bien avant le retour des beaux jours.

Quelle horrible perspective ! Il fallait à tout prix qu'elle trouve une échappatoire. Un recours. Se pouvait-il qu'il y ait, dans l'épais mur judiciaire qui menaçait de se dresser contre elle, une faille qu'elle puisse exploiter ? Il fallait qu'elle se renseigne. Qu'elle contacte Janet.

De retour chez elle, elle constata que Riley s'était endormi. Un tendre sourire aux lèvres, elle le prit dans ses bras et le coucha dans son lit. Le petit ne bougea pas d'un pouce. Les antibiotiques semblaient avoir fait leur effet. Il avait retrouvé son rythme normal, ce qui constituait pour elle un véritable soulagement. Mais, d'un autre côté, et assez égoïstement, elle aurait bien aimé qu'il soit un peu plus vif aujourd'hui. De cette façon, elle aurait eu moins de temps à elle. Moins de temps pour réfléchir à l'horrible situation dans laquelle elle se trouvait.

Prenant son courage à deux mains, elle décida de se rendre dans la chambre de Sam pour éliminer toute trace de sa présence. Elle ouvrit la fenêtre en grand et s'efforça de tout ranger et nettoyer jusqu'à ce que, satisfaite de son travail, elle se laisse elle-même piéger par l'impression trompeuse que Sam Thornton n'avait jamais séjourné dans sa maison.

Il était désormais temps d'appeler Janet.

— Erin ? lui dit l'avocate, quand elle eut composé son numéro. J'ai des nouvelles pour toi. Je comptais t'appeler un peu plus tard.

— Tu as appris que Sam Thornton était la partie adverse, c'est ça ? Je le sais déjà.

— Non, ce n'est pas ça, répondit Janet d'un air troublé. Mais… qu'est-ce que tu dis ? Sam Thornton ? Ton client ? Ce serait lui ?

— Apparemment. Et si tu veux mon avis, son avocat ne va pas tarder à nous en apporter la preuve.

— Je suis stupéfaite. Comment est-ce que tu te sens ?

— Mal.

Elle prit une profonde inspiration et entreprit de lui expliquer la situation, en terminant par les menaces que Sam avait proférées à son encontre.

— Est-ce que tu penses qu'il puisse exister un moyen légal de contrer les termes du fidéicommis ? lui demanda-t-elle enfin.

— Honnêtement, je n'en sais rien. Mais je vais faire tout ce que je peux pour en trouver un, ne t'inquiète pas. J'ai un confrère, dans un autre cabinet, qui serait ravi de prendre en main ton dossier. C'est un spécialiste du sujet.

— Il est cher ?

— Il me doit une faveur. Ne te fais pas de souci pour l'argent.

Poussant un petit soupir de soulagement, elle se souvint tout à coup que Janet avait quelque chose à lui dire.

— Au fait, tu voulais me faire part de quelque chose.

— Ah, oui, c'est vrai. Ecoute, apparemment, il y a eu un problème avec ton test ADN. Il faut que tu en refasses un. Ils m'ont fait parvenir le kit dans mon bureau. Si tu pouvais passer avant la fin de la journée, ça m'arrangerait. Je pourrais envoyer les échantillons demain, avant la levée du courrier.

Erin avait trouvé étrange qu'on lui demande de passer un test ADN en même temps que Riley, mais Janet lui avait expliqué que l'objectif de la démarche consistait à obtenir un profil génétique complet des parents de Riley, et elle ne s'était pas posé davantage de questions. Elle jeta un coup d'œil à sa montre.

— Oui. Je pense que je pourrai passer quand Riley se sera réveillé de sa sieste.

— Parfait. A tout à l'heure, alors.

Elle raccrocha d'une main tremblante. Son univers était en train de s'effondrer autour d'elle, morceau par morceau. Et elle avait beau apprécier les encouragements et le soutien de ses amies Sasha et Janet, elle ne pouvait s'empêcher de craindre que les problèmes ne fassent que commencer.

- 14 -

Sam faisait les cent pas dans le bureau de David Fox.

— Tu vas finir par user mon tapis, si tu continues comme ça ! lui lança ce dernier.

— Au prix où je te paye, je pense que tu n'auras pas trop de problèmes pour le remplacer !

Le regard que lui jeta David lui fit regretter ses propos. Après tout, ce n'était pas sa faute s'il était dans un tel état.

— Je comprends que ce soit difficile à croire, murmura son avocat, mais c'est vrai : Riley est non seulement ton enfant, mais aussi celui de Laura.

En effet, c'était incroyable. Bouleversé, il ferma les yeux et essaya une fois encore de réaliser tout ce que cette nouvelle révélation impliquait. Comment une telle erreur avait-elle pu se produire ?

— Alors, il n'y a plus aucun doute ? Erin n'est pas la mère biologique de Riley ?

— Aucun doute.

David attrapa un papier sur son bureau et l'agita devant lui.

— De nouvelles investigations ont été menées sur les erreurs commises par la clinique. Comme Laura et toi n'avez pas pu aller à votre rendez-vous, votre embryon a été conservé sur place — et implanté par erreur à Mme Connell…

Abasourdi, Sam se laissa tomber dans l'un des fauteuils qui se trouvaient devant le bureau de Dave et se prit la tête entre les mains. Il n'arrivait pas à croire à ce qu'il venait d'entendre. Il avait été fou de joie le jour où il avait appris que Riley était son fils. Mais il ne savait pas comment réagir à cette dernière nouvelle. C'était trop. Il ne méritait pas tout ce bonheur, toute cette chance. Non, sans doute pas. Mais elle, si. Laura… qui aurait tout donné pour avoir un enfant. Retraçant dans son esprit les traits de sa défunte épouse, il se jura qu'il ferait tout ce qui était en son pouvoir pour que Riley sache à quel point sa mère avait été une personne merveilleuse.

— Quelle pagaille ! murmura-t-il.

— Tu trouves ? Pour ma part, je dirais que la situation est on ne peut plus claire.

— Et Erin ? Est-ce qu'elle est au courant ?

— On en a informé son avocate. J'imagine qu'elle a dû lui faire passer le message.

— Elle doit être dévastée.

— Ce n'est pas notre problème.

— Je te trouve vraiment injuste ! protesta-t-il. Je sais qu'elle a essayé de nous empêcher de découvrir la vérité, mais on peut tout de même tenter de se mettre à sa place. De voir les choses de son point de vue.

— Tu sais, je commence à avoir du mal à suivre tes sautes d'humeur. Il y a dix jours, tu étais si furieux que c'est à peine si tu ne m'as pas demandé d'organiser un kidnapping pour arracher ton fils à ses griffes maléfiques.

Sam se leva d'un bond.

— Je sais, dit-il en se remettant à faire les cent pas. Mais, depuis, j'ai réfléchi. J'ai pris du recul. Et j'ai compris qu'elle l'aimait. Enormément. Et que c'était pour ça qu'elle avait essayé de nous mettre des bâtons dans les roues. Ça me fait du mal de l'admettre, mais je crois qu'à sa place j'aurais agi de la même façon.

— Mais tu veux toujours la garde exclusive ?

David paraissait troublé. Il n'avait pas l'air dans son état normal. Mais qu'y avait-il de normal dans la situation qu'ils étaient en train d'affronter ?

— Bien sûr que oui, répondit-il d'une voix ferme et déterminée.

C'était la seule chose dont il était certain.

— Mais on pourrait peut-être lui proposer un droit de visite, ajouta-t-il. Elle l'a nourri et élevé pendant plus de six mois. On peut quand même faire preuve d'un peu de compassion, non ?

David ouvrit la bouche pour parler, mais Sam leva la main pour lui ordonner le silence. Il savait ce que son avocat allait dire : il n'avait pas besoin de se montrer juste ou raisonnable envers qui que ce soit ; il avait assez d'argent et d'influence pour faire ce qu'il avait envie de faire, et notamment pour demander la garde exclusive de Riley. C'était une évidence. Mais il y avait un problème : depuis qu'il avait quitté le lac Tahoe, il n'avait pas réussi à chasser Erin de ses pensées.

— Et on va ajouter une compensation financière. Généreuse. Je ne veux pas qu'elle se retrouve à la rue à cause de tout ça. Elle est tout aussi victime que moi.

— Tu es tombé sur la tête ? lui demanda Dave, éberlué.

Il lui jeta un regard glacial.

— Je sais, je sais, poursuivit Dave. C'est toi qui décides. Le client est roi. Bon, si tu es sûr à cent pour cent que c'est ce que tu veux, je vais m'en occuper. Tu sais, la situation juridique d'Erin Connell est assez vague. Mais il se peut qu'en tant que mère porteuse elle ait tout de même des droits. Droits qui ne lui ont cependant pas été octroyés formellement. Peut-être pourrions-nous exploiter cette faille en reconnaissant ces droits et en les définissant nous-mêmes. Je vais y réfléchir, mais, quoi qu'il en soit, il ne me faudra pas plus de quelques jours pour mettre tout cela par écrit et envoyer notre requête à son avocate. Combien comptais-tu lui donner, en compensation ?

Sam énonça un chiffre.

Dave pâlit.

— Tu es sérieux ?

— Je n'ai jamais été aussi sérieux de ma vie. Appelle-moi quand tout sera prêt.

Sans rien ajouter, Sam tourna les talons et quitta le bureau de David, tentant d'ignorer l'étrange malaise qui s'était emparé de lui. Il avait fait ce qu'il y avait de mieux pour son fils. Et Erin ne se retrouverait pas démunie. Avec la somme qu'il lui proposait, elle pourrait s'acheter une nouvelle maison et, si elle le voulait, tenter de concevoir un autre enfant par fécondation *in vitro*. Il ne pouvait rien faire de plus. Et pourtant…

Erin rentra à la maison, le courrier à la main. Elle savait qu'elle aurait dû aller le chercher plus tôt mais, depuis quelques jours, elle n'arrivait même plus à trouver la force de sortir de chez elle. Quand elle avait cessé de répondre au téléphone, Sasha était venue chaque jour lui rendre visite pour s'assurer qu'elle allait bien. Et si elle appréciait le geste de son amie, elle ressentait néanmoins le besoin régulier de s'isoler. De prendre du temps pour elle. Pour réfléchir. Pleurer. Faire le deuil de sa maison, de Sam, de son fils. De tout ce qui avait jamais compté dans sa vie.

Riley s'était endormi dans son transat et elle avait réussi à le transporter dans son berceau sans le réveiller. Ces derniers temps, il était absolument adorable. Un vrai petit ange. Jamais elle ne pourrait le laisser partir. Il fallait qu'elle se batte. Qu'elle trouve un moyen de contrer les arguments de Sam. Ce qui allait lui être très difficile, elle le savait. Car le notaire lui avait déjà intimé l'ordre de quitter la propriété afin qu'elle puisse être léguée à l'Etat de Californie.

Des dominos tombant les uns après les autres, voilà ce que lui évoquait sa situation. Et sa vie tout entière. Mais où donc la chute allait-elle s'arrêter ? Quand Janet lui avait expliqué que les termes du fidéicommis étaient indiscutables, elle avait compris que son temps ici était compté et que, tôt ou tard, Riley et elle seraient contraints de faire leurs bagages et de quitter la seule véritable maison qu'ils aient jamais connue.

D'un geste las, elle alluma la machine à express, puis elle s'installa à la table et entreprit de classer le courrier en trois catégories : celui de la Maison Connell, le sien propre et la publicité. Arrivée à l'avant-dernière lettre, elle hésita quelques instants. L'enveloppe était passée inaperçue dans le reste du courrier, mais si elle avait été en haut de la pile, elle aurait tout de suite reconnu son papier de grande qualité et son subtil logo.

Celui du cabinet de l'avocat de Sam… Rien qu'à l'observer, elle sentit son sang se glacer. D'une main tremblante, elle posa l'enveloppe sur la table et la repoussa sur le côté. Elle ne se sentait pas prête à lire noir sur blanc les menaces qu'il comptait désormais proférer. Peut-être aurait-elle dû écouter les messages que lui avait laissés Janet sur son répondeur. Deux en trois jours, c'était tout de même beaucoup.

Elle se leva machinalement et alla se verser une tasse de café avant de se rasseoir à la table. Devait-elle appeler Janet ? Sans doute était-ce la solution la plus raisonnable, car mieux valait prévenir que guérir. Mais, au fond d'elle, elle avait la conviction que, quoi que Janet puisse lui dire, cela ne changerait pas le contenu de la lettre qui se trouvait dans cette enveloppe. Il fallait qu'elle regarde la vérité en face. Aussi horrible soit-elle. Elle n'avait pas le droit de se voiler la face.

Les mains toujours aussi tremblantes, elle décolla le rabat de l'enveloppe et découvrit plusieurs feuilles de papier attachées par une agrafe. Elle les sortit minutieusement, les observa d'un œil morne et commença à lire la première page. Arrivée au bout, elle reprit sa lecture. Il devait y avoir une erreur. C'était impossible. Cela n'avait aucun sens.

Nerveusement, elle rejeta la première page sur le côté et passa à la suivante. Un tableau présentant des résultats de laboratoire. Les deux tests ADN qu'elle avait passés. Elle secoua la tête, ferma les yeux. Un nouveau domino venait de tomber, entraînant tout le reste de son univers dans sa chute : elle n'était pas la mère de Riley.

— Nooooon !

Le mot était sorti de sa gorge comme un atroce sanglot, un spasme de douleur plus dévastateur que tout ce qu'elle avait pu endurer dans sa malheureuse existence.

C'était un mensonge. Une machination. Riley était son fils. Elle le savait. Elle l'avait porté en elle, elle l'avait senti grandir en elle. Elle avait failli perdre la vie pour qu'il voie le jour. L'accouchement avait été difficile, les complications s'étaient multipliées et, en lui donnant naissance, elle avait perdu la possibilité de concevoir d'autres enfants. Mais, malgré toutes ses blessures, elle avait insisté pour s'occuper de lui et lui donner le sein. Dès ses premières heures de vie.

Une erreur de fertilisation était déjà assez grave comme cela. Mais comment les médecins avaient-ils pu lui implanter l'embryon d'un autre couple ? C'était impensable. Inimaginable. Riley était son bébé. Son fils. Elle en était absolument convaincue.

Et, pourtant, elle savait qu'elle détenait entre ses mains la preuve irréfutable du contraire. De froids calculs scientifiques certifiés par un obscur directeur de clinique. Elle avait mal, tellement mal qu'elle se demandait si elle allait jamais pouvoir s'en remettre.

Quand, enfin, elle réussit à trouver le courage de poursuivre sa lecture, son café était glacé. L'erreur, d'après la lettre, avait été commise délibérément. L'enquête avait révélé que c'était cet incident précis qui avait d'ailleurs poussé une jeune infirmière à révéler toute l'affaire. Le seul embryon viable d'Erin ayant été détruit par accident, on avait demandé à cette infirmière de trouver un embryon de remplacement afin de dissimuler l'erreur qui avait été commise. Malgré ses réticences, la jeune femme, craignant de perdre son emploi, avait choisi un embryon appartenant à un autre couple : un homme et une femme censés venir la veille pour l'implantation, mais qui n'avaient pas pu honorer leur rendez-vous à cause d'un accident qui avait coûté la vie à l'un d'entre eux…

Les pièces de l'horrible puzzle commençaient à se mettre en place. Les remords qu'éprouvait Sam à l'égard de la mort de sa femme, sa détermination à découvrir si Riley était bel et bien son fils… L'espace d'une seconde, elle se demanda s'il avait été aussi choqué qu'elle d'apprendre qu'elle avait porté l'enfant de Laura. La situation avait pris une telle ampleur qu'il était difficile de l'appréhender totalement.

Elle reposa la lettre, tandis que des larmes coulaient sur ses joues, bientôt suivies par des spasmes qui se mirent à secouer tout son corps. Pendant quelques minutes, elle pleura en silence. Mais, peu à peu, les spasmes se changèrent en sanglots. De violents et déchirants sanglots qui portaient en eux tout son chagrin. Toute son angoisse. Toute sa peur.

Quand, peu à peu, la réalité reprit ses droits, elle comprit qu'elle n'avait plus aucune carte en main. Plus aucune arme pour se battre contre Sam. Comment pourrait-elle l'empêcher de demander la garde exclusive d'un enfant qui était non seulement son fils biologique, mais aussi celui de sa défunte épouse ? Et en admettant que ce fût possible, comment pouvait-elle refuser à Riley le droit de vivre avec son véritable père, un homme qui, elle le savait, l'aimait de tout son cœur ?

Mais, tout de même, c'était elle qui avait mis Riley

au monde. Elle était la seule mère qu'il ait jamais connue et il dépendait d'elle.

« Rien ni personne n'est irremplaçable. »

Les mots résonnèrent dans son esprit comme si James lui-même venait de les prononcer. Il disait toujours cela quand l'un de leurs employés décidait de les quitter. Et il avait raison. Même si son cœur lui hurlait qu'elle était la mère de Riley, elle savait au fond d'elle qu'elle n'avait été qu'un pion. Elle avait porté l'enfant d'un autre couple, ce qui la réduisait au simple rang de mère porteuse.

Et cette idée lui était tout simplement insupportable. Alors qu'elle pensait avoir atteint le fond du gouffre, de toute évidence, elle s'était trompée. Malgré les larmes qui brouillaient son champ de vision, elle s'appliqua à tourner les pages pour parcourir les derniers documents. Le premier était intitulé « Propositions concernant les modalités d'exercice du droit de visite », le dernier, « Compensation financière ».

Compensation financière ? Avait-elle bien lu ? Vraiment, c'était le coup de grâce ! S'essuyant les yeux d'un revers de main, elle commença à lire le document. Quand elle arriva à la dernière ligne, son chagrin avait encore gagné en intensité, devenant presque insupportable. Mais il y avait autre chose… En résumé, il lui proposait de lui verser immédiatement un million de dollars pour la « dédommager » d'avoir porté Riley et de l'avoir élevé durant les six premiers mois de sa vie. Pour lui montrer sa « gratitude ».

« Gratitude » ? En relisant le mot, elle dut se mordre le poing pour ne pas hurler. Il lui était reconnaissant de lui avoir donné un fils qu'il allait désormais pouvoir emmener chez lui ? C'était cela qu'il voulait dire ? Comment osait-il réduire sa bouleversante et merveilleuse expérience de la maternité au simple rang de prestation ? Il fallait qu'elle repose cette lettre sur la table avant de la déchirer en mille morceaux.

Un million de dollars ? C'était donc à ce prix qu'il estimait la valeur de son enfant ? Il voulait la payer pour qu'elle le lui remette ? Jamais elle n'accepterait un cent de sa part. Comment pouvait-il chiffrer une vie humaine ? Mesurer ce qu'elle avait enduré ? Ce qu'elle allait perdre ? Ce qu'il allait lui prendre ?

Elle se leva d'un bond, si violemment que sa chaise vacilla et tomba avec fracas sur le sol. Elle avait l'impression que sa santé mentale ne tenait plus qu'à un fil. D'un geste vif, elle attrapa le téléphone et composa le numéro de Janet.

Ce fut sa secrétaire qui lui répondit. Janet n'était pas disponible, mais elle pouvait la recevoir le lendemain. Elle prit rendez-vous. Quand elle eut raccroché, elle alla se rasseoir à la table de la cuisine et s'attacha à relire les documents qu'elle avait reçus, plusieurs fois de suite, très lentement, jusqu'à ce qu'elle fût sûre d'avoir compris chacun des mots.

Elle ne pouvait pas contrer sa demande de garde exclusive, mais elle ne pouvait pas non plus rester passive. Il fallait qu'elle agisse. Qu'elle lui montre ce qu'elle pensait de sa proposition.

- 15 -

— Comment ça, elle ne veut pas de l'argent ? tempêtait Sam au téléphone. Mais pourquoi ? Elle trouve que ce n'est pas assez ?

— Elle ne veut pas d'argent. Pas d'argent du tout.

Le ton calme et posé qu'avait adopté David lui paraissait complètement aberrant au regard de l'information qu'il venait de lui communiquer.

— Mais elle est obligée de l'accepter !

— Non. Pas du tout. La seule chose qu'elle demande, c'est un délai de deux semaines, pour sevrer l'enfant.

— Riley. Il s'appelle Riley.

— Mais tu ne veux pas changer son nom ? Vous n'en aviez pas choisi un, Laura et toi ?

Pris d'un soudain élan de fureur, il serra le téléphone si fort dans sa main qu'il entendit le plastique craquer.

— Non, hurla-t-il, je ne changerai pas son nom !

Il fit une pause et ajouta, d'une voix plus posée :

— Mais je vais faire en sorte qu'Erin change d'avis au sujet de l'argent.

— Alors je te souhaite bien du courage. Car si j'en crois son avocate, elle est catégorique sur ce point.

Sam raccrocha au nez de Dave, et se mit à arpenter son bureau. Pourquoi ? La question revenait sans cesse dans son esprit. Elle n'avait pas fait de contre-proposition pour les modalités de garde, avait ignoré le droit de visite et refusé la compensation financière. Mais que lui arrivait-il donc ? Avait-elle perdu l'esprit ? Il était mieux placé que quiconque pour savoir qu'elle ne pouvait absolument pas se permettre de dédaigner cet argent.

Troublé, il s'arrêta devant la fenêtre qui surplombait Union Square et se mit à observer d'un œil distrait les cadres et employés de bureau qui se pressaient dans la rue, ignorant les mendiants et les sans-abri assis à même le sol sur les trottoirs. Qui, parmi tous ces gens, refuserait un chèque d'un montant d'un million de dollars ? Personne. Ou alors quelqu'un qui aurait perdu la raison…

Il fallait qu'il la voie. Qu'il lui parle. Qu'il lui fasse retrouver le sens commun. Il connaissait son passé. Il avait lu le rapport du détective. Elle avait vécu dans la violence et la misère. Elle avait fait plusieurs fugues, puis était devenue une sans-abri, réduite à voler pour se nourrir.

Après la mort du bébé, dans le squat, elle avait choisi de laisser son passé derrière elle et de faire tout ce qui était en son pouvoir pour devenir quelqu'un de bien. Pour se construire une nouvelle vie. Une vie qui lui permettrait d'obtenir et de garder tout ce dont elle avait toujours été injustement privée.

En lisant le rapport, il s'était peu à peu laissé gagner par un terrible sentiment de honte. Il s'était conduit avec elle de la même façon que les policiers qui avaient enquêté sur la mort de l'enfant. A ceci près que ces policiers, eux, ne la connaissaient pas. Quand Erin et lui s'étaient disputés, ce soir-là, il s'était laissé aveugler par la colère et la déception. Mais, avec le recul, il s'était vu contraint d'admettre qu'elle était bien la femme tendre et attentionnée qu'il avait appris à connaître depuis son arrivée au lac Tahoe.

Et il avait fini par comprendre pourquoi elle semblait si déterminée à s'accrocher à ses acquis. Pourquoi elle semblait prête à mentir au sujet de la paternité de Riley. Au fil des semaines, sa fureur initiale s'était peu à peu apaisée pour laisser place à un simple sentiment d'irritation. Mais il savait que tout cela n'était rien, comparé à ce qu'elle devait ressentir maintenant.

Il ne pouvait pas la laisser comme cela. Il allait se rendre à la Maison Connell, et il n'en partirait pas tant qu'elle n'aurait pas accepté sa proposition financière.

D'un pas déterminé, il avança vers son bureau et décrocha le téléphone.

— Julia, dit-il à son assistante, réservez-moi le prochain vol pour le lac Tahoe. Peu importe l'aéroport. Le plus rapide. Et louez-moi une voiture, pour mon arrivée.

— Une voiture ? Euh… Vous voulez aussi un chauffeur ?

— Non, je conduirai moi-même.

— Sam, vous êtes sûr ?

Il lutta de toutes ses forces pour réprimer le sentiment de peur qui s'était, comme par habitude, mis à couler dans ses veines.

— Absolument certain.

— Bon. Très bien.

Julia le rappela une demi-heure plus tard, afin de lui communiquer les détails de ses réservations. Sans même se donner la peine de retourner chez lui pour changer de vêtements, il appela Ray et lui demanda de le conduire directement à l'aéroport. D'une façon ou d'une autre, avant la fin de la journée, il aurait tiré les choses au clair avec Erin Connell.

La semaine qui venait de passer avait été un véritable enfer. Chaque fois qu'elle allaitait Riley, chaque fois qu'elle le serrait dans ses bras, Erin ne pouvait s'empêcher de penser au moment décisif et inéluctable où elle devrait s'en séparer. Lui dire au revoir. Pour toujours.

Elle avait ignoré les propositions de droit de visite que lui avait faites l'avocat de Sam. Car elle savait, au fond de son cœur, que les choses seraient mieux ainsi. Voir Riley quelques heures à peine toutes les deux semaines serait pire que de ne pas le voir du tout. C'était affreux, horrible, mais elle refusait de se soumettre à la torture qui consisterait à le quitter, régulièrement, en sachant qu'il était aimé et élevé par quelqu'un d'autre. Quelqu'un d'autre qu'elle.

Elle avait couché Riley pour la nuit un peu plus tôt dans la soirée et avait dû se faire violence pour quitter sa chambre. Elle avait encore envie de le serrer dans ses bras. De le regarder. Depuis le début de la semaine, de toute façon, elle avait du mal à se résoudre à le quitter, ne serait-ce que quelques secondes.

Peut-être était-ce à cause de cette lettre du notaire, par laquelle elle venait d'apprendre que les terres et la maison seraient données à l'Etat le jour même où la garde de Riley lui serait retirée. Les dominos continuaient de tomber, lentement, mais inexorablement. Pendant quelques heures, elle avait envisagé d'écrire au notaire pour lui demander s'il pouvait faire en sorte qu'elle conserve son poste de directrice. Mais elle avait fini par changer d'avis.

A bien y réfléchir, elle pensait qu'elle ne pourrait pas supporter de vivre dans la maison qui avait vu naître et mourir tous ses rêves. Il fallait qu'elle quitte les lieux. Cela serait très difficile, elle le savait, car, malgré la tristesse de ces quelques dernières semaines, elle conservait de bons souvenirs de cette maison. Mais l'idée d'y vivre sans Riley lui était insupportable.

Elle était en train de se rendre dans la cuisine pour se faire une tasse de café quand elle entendit un véhicule s'engager dans l'allée qui menait à la maison. Le conducteur ne s'arrêta pas devant l'entrée principale, mais contourna le bâtiment jusqu'à la porte de la cuisine, comme le faisaient d'ordinaire ses amis. Elle regarda l'horloge. Presque 20 heures. Elle n'attendait personne.

Elle tendit l'oreille et perçut un bruit de pas légèrement irrégulier. Elle ne connaissait qu'une seule personne, qu'un seul homme qui marchait de cette façon. Elle sentit son cœur bondir dans sa poitrine. Sam !

Mais que faisait-il ici ? Voyons, s'il avait fait toute cette route, cela ne pouvait être que pour une seule chose : lui refuser les deux semaines supplémentaires qu'elle avait réclamées pour le sevrage de Riley. Quatorze jours. C'était tout ce qu'elle avait demandé. Ce n'était rien, vraiment rien. Surtout pour lui, qui allait l'avoir pour le reste de sa vie.

Elle avait beau s'attendre à ce qu'il frappe, elle ne put s'empêcher de sursauter en entendant les coups sonores et déterminés portés sur la porte ancienne. Elle dut se forcer à se lever, forcer ses jambes à avancer et ses mains à tourner le verrou. Et même si elle savait parfaitement que c'était lui, ce fut un véritable choc que de voir son visage de nouveau. Son cœur se mit à battre à tout rompre et elle dut lutter de toutes ses forces pour garder son sang-froid, pour lui prouver que sa présence n'avait plus aucun effet sur elle.

— Qu'est-ce que tu veux ?

— Bonsoir.

Elle était là, de nouveau… Cette attirance. Si forte, si instinctive qu'il lui était impossible de la nier. Elle fit de son mieux pour l'ignorer. Mis à part cela, il n'y avait plus rien entre eux. Rien. Pas même l'enfant qu'elle avait mis au monde et aimé de tout son cœur.

Après l'avoir dévisagé quelques secondes, elle remarqua que ses rides étaient plus marquées que d'ordinaire, ce qui dénotait chez lui une certaine fatigue ou contrariété.

— Je ne reçois pas de clients, dit-elle d'un ton froid. Il va falloir que tu trouves un autre endroit où dormir.

Elle fit mine de fermer la porte, mais il l'en empêcha en lui saisissant vigoureusement le poignet.

— Je ne suis pas là pour dormir. Il faut qu'on parle.

— Nous nous sommes dit tout ce que nous avions à nous dire par l'intermédiaire de nos avocats.

— Je ne crois pas. Laisse-moi entrer, Erin. Je te promets que si tu ne me laisses pas entrer, je vais rester là à frapper jusqu'à ce que tu m'ouvres.

Son regard implacable ne faisait que confirmer ses intentions. Sans un mot, elle ouvrit la porte et le regarda entrer dans la cuisine. La pièce où il avait démoli son univers à peine trois semaines plus tôt. Son boitement était plus prononcé que d'habitude. Elle savait qu'elle n'aurait pas dû s'inquiéter de son bien-être, mais elle ne put s'empêcher de lui proposer de s'assoir.

Il s'effondra sur une chaise et se mit à masser sa jambe d'un air absent.

— Riley est déjà couché ?

— Oui.

Elle croisa les bras sur sa poitrine, appréhendant les mots qu'elle craignait tant d'entendre.

— Dommage. J'aurais bien aimé le voir.

— Alors tu aurais mieux fait de passer par ton avocat pour prendre rendez-vous.

Cette phrase lui avait échappé. Mais, depuis le début de leur entretien, elle sentait la colère bouillir en elle, et elle savait que ce sentiment continuerait de l'animer pendant les mois, les années à venir. Un long silence s'installa entre eux. On aurait dit qu'ils étaient arrivés au fond d'une impasse. Il la dévisagea et laissa échapper un discret soupir. Incapable de soutenir son regard, elle se détourna de lui.

— J'étais en train de me faire un café. Tu veux quelque chose ? proposa-t-elle à contrecœur.

Il parut surpris.

— Oui. Je veux bien un café aussi. Merci.

— Normal ou déca ?

— Plutôt normal.

Elle se dirigea vers la machine et commença à s'activer, tentant d'ignorer la question qu'elle voulait réellement lui poser et qui ne cessait de bourdonner dans sa tête comme une abeille affolée. Mais qu'était-il donc venu faire ici ?

Une fois le café prêt, elle posa les deux tasses sur la

table de la cuisine. Certes, elle aurait dû l'inviter à se mettre plus à l'aise dans le séjour ou la bibliothèque. Mais sa colère, toujours bien présente, l'empêcha de le faire. Ce n'était tout de même pas comme si elle l'avait invité !

Attendant qu'il parle en premier, elle s'assit face à lui en silence. Il but une longue gorgée de café, puis soupira.

— Ça fait du bien. Merci.

Le silence s'installa de nouveau. L'espace d'une seconde, elle envisagea de boire une gorgée de café à son tour. Mais elle remarqua que ses doigts tremblaient. Déterminée à ne pas montrer le moindre signe de faiblesse, elle dissimula ses mains sous la table et serra les poings.

— Pourquoi ne veux-tu pas accepter l'argent ? lui dit-il brusquement, après avoir pris une autre gorgée de café. Je sais que tu en as besoin.

— Ce n'est pas une question d'argent.

— Alors de quoi ? De fierté ? Tu ne peux pas te permettre de faire la fière, Erin. Tu sais que tu vas perdre le toit que tu as au-dessus de ta tête.

— Qu'est-ce que ça peut te faire ? Du moment que toi, tu as ce que tu veux.

Elle crut apercevoir une lueur de compassion dans ses yeux. Une petite étincelle qui disparut si vite qu'elle se demanda si elle ne l'avait pas imaginée.

— Tu mérites une compensation. Je t'en prie, laisse-moi faire ça pour toi.

— Une compensation ? répéta-t-elle en secouant la tête. Ai-je bien entendu ? Comment oses-tu me dire ça ? Tu penses vraiment que tu peux mettre un prix sur la tête de ton enfant ?

— Bien sûr que non ! protesta-t-il.

— Alors, pourquoi est-ce que tu me proposes ça ?

— Parce que je veux prendre soin de toi. Veiller à tes intérêts.

— Tu sais très bien que ce n'est pas vrai. Si tu avais voulu prendre soin de moi, tu te serais montré honnête avec moi dès le début. A ton arrivée ici, tu te serais présenté clairement au lieu de me faire…

Elle s'interrompit avant de dévoiler des sentiments qui n'auraient fait que la rendre plus vulnérable encore à ses yeux. Il était hors de question qu'elle mette son cœur à nu. Son cœur, qu'il avait déjà piétiné.

— De te faire quoi ?

— Rien, dit-elle en secouant la tête avec véhémence. Il ne s'agit pas de moi. Il ne s'agit même pas de Riley. Le problème, c'est toi. Tu essaies de soulager ta conscience. D'abord, pour le rôle que tu as joué dans la mort de ta femme. Et ensuite pour m'avoir dépouillé de la seule chose qui avait encore une signification à mes yeux.

Il pinça les lèvres et son regard s'assombrit sensiblement. Elle avait marqué un point.

— Très bien. Et si j'admettais que je me sens coupable, accepterais-tu l'argent ?

Elle ne put s'empêcher de laisser échapper un petit rire amer et ironique.

— Certainement pas. Est-ce que tous les gens qui ont de l'argent sont comme toi ? Pensent-ils tous qu'en versant une somme suffisante on peut régler n'importe quel problème ? Allons, tu ne comprends pas ? Cette proposition que tu m'as faite est une véritable insulte !

— Pourquoi ? Ce n'est pas assez ?

Elle perçut un début de colère dans sa voix. Ce qui, d'une certaine façon, la rassura. Un homme en colère valait toujours mieux que l'homme rationnel et dépourvu d'émotions qu'elle avait devant les yeux quelques minutes plus tôt.

— Cela ne pourra jamais être assez.

— Pourquoi ? Parce qu'on ne peut pas acheter un bébé ? Tu crois que c'est cela que j'essaie de faire ?

— Ce n'est pas moi qui l'ai dit. Et puis je ne vois pas pourquoi tu insistes. Avec ou sans cet argent, tu auras Riley. J'ai signé les papiers de ton avocat. J'ai abandonné mes droits.

Elle ferma les yeux et lutta pour recouvrer son sang-froid.

— As-tu la moindre idée de ce que cela me fait de devoir l'abandonner ? Quand j'étais enceinte, jamais je ne me suis vue comme une mère porteuse. J'étais convaincue que le bébé que je portais était le mien. Le mien et celui de mon mari. Jamais nous n'avons imaginé une seule seconde que cet enfant n'était pas le nôtre. Je ne l'aurais pas moins considéré comme mon fils s'il avait été la chair de ma chair. Mais je dois faire ce qu'il y a de mieux pour lui. Et je sais qu'il mérite, plus que quiconque, un père qui l'aime et qui fasse toujours ce qu'il y a de mieux pour lui. J'espère que tu ne le décevras pas.

— Je ne le décevrai pas, j'en suis certain. Si j'avais eu le moindre doute, je n'aurais pas fait autant d'efforts pour l'avoir. J'ai tiré les leçons de mes erreurs.

Aujourd'hui, une nouvelle chance s'offre à moi et il est hors de question que je passe à côté…

Il pencha légèrement la tête et ajouta :

— Ecoute, je sais que tu aimes Riley. Et je voudrais que tu conserves une relation avec lui.

— Une relation ? siffla-t-elle. Je ne veux pas d'une « relation » avec lui. Je veux être sa mère, faire partie intégrante de sa vie. Je ne veux pas être une femme qui vient lui rendre visite le week-end. Mets-toi à ma place. Ne le voir qu'une heure ou deux, s'en aller, puis recommencer, encore et encore, toutes les deux semaines… Savoir qu'il faudra partir de nouveau. Le quitter. Imagines-tu la souffrance que ce serait pour moi ? Te rends-tu compte à quel point ta proposition est cruelle ?

— Tu es en train de me dire que tu ne veux plus le voir ?

— C'est le mieux. Pour toi comme pour moi. Si tu te remaries, ta nouvelle femme deviendra la maman de Riley. En restant proche de lui, je ne ferai que rendre les choses plus confuses encore.

— Je n'arrive pas à croire que tu veuilles faire ça.

— Ecoute, tu ferais mieux de partir, Sam, dit-elle en secouant la tête. Je ne changerai pas d'avis.

— Mais moi, je veux que tu acceptes l'argent. C'est important pour moi. Et avant que tu ne me lances de nouveau cela au visage, je veux te dire que ce n'est pas pour soulager ma conscience. Rien ni personne ne pourra jamais me débarrasser du poids de mes responsabilités, pas plus qu'une somme d'argent pourra jamais te dédommager pour ce que tu as enduré. C'est pour cette raison que je veux absolument que tu acceptes mon offre. Dis-moi un chiffre. Ton prix sera le mien.

Elle secoua de nouveau la tête. Il ne comprenait donc pas ?

Sans paraître remarquer la tristesse qui, en elle, était en train de prendre le pas sur la colère, il poursuivit :

— Je veux que tu utilises cet argent pour acheter une nouvelle maison. Et puis si tu as envie d'un autre bébé, tu pourrais toujours faire une autre fécondation *in vitro*. Et…

A ces mots, elle sentit un nouvel élan de colère fuser dans ses veines.

— Et quoi ? l'interrompit-elle en tapant du poing sur la table. Tu penses qu'en ayant un autre enfant je pourrai oublier Riley, oublier ma grossesse, oublier le jour où je l'ai mis au monde, oublier à quel point je l'aimais ? Tu penses vraiment que c'est possible ? Que c'est aussi simple que cela ?

— Ce n'est pas ce que je voulais dire.

Il avait lui aussi haussé le ton.

— Tu peux garder ton sale argent !

— Tu ne comprends pas… Un autre bébé. Cela pourrait peut-être soulager ta peine.

— Je ne crois pas. Et, de toute façon, c'est impossible.

— Erin, je sais que ce n'est pas comme si tu avais perdu un chat et que je te proposais de t'en racheter un autre. Mais je trouve que tu es une mère formidable et que tu le mérites. Laisse-moi t'aider.

Sa voix, quand elle réussit enfin à lui répondre, était un murmure à peine audible.

— Tu ne pourras pas m'aider.

— Pourquoi ? Parce que tu ne me laisseras pas le

faire ? Je suis navré, mais si c'est ta colère qui te pousse à refuser ma proposition, je trouve que ce n'est pas une raison valable. Et si ce n'est pas ça, alors explique-moi. Explique-moi pourquoi tu refuses mon aide…

Tentant en vain d'ignorer la douleur qui commençait à se répandre lentement dans sa poitrine, elle ferma les yeux et poussa un profond soupir avant de répondre :

— Parce que je ne peux plus avoir d'enfant. Voilà pourquoi.

- 16 -

Sam en resta bouche bée. Elle ne pouvait plus avoir d'enfant ? Comment cette information avait-elle pu lui échapper ? Pourquoi ne figurait-elle pas dans le rapport du détective ? Et lui qui pensait tout savoir sur elle…

— Je préférerais que tu t'en ailles, maintenant, lui dit-elle, la voix toujours brisée.

— Je ne partirai pas tant que tu ne m'auras pas tout dit. Pourquoi ne peux-tu plus avoir d'enfant ?

— Si je te le dis, est-ce que tu partiras ?

Son visage était marqué par le chagrin, ses yeux, emplis de douleur. Emu, il se contenta de hocher la tête.

— Comme j'avais dépassé le terme, ils ont dû déclencher l'accouchement. Mon médecin voulait pratiquer une césarienne, mais j'étais réticente. Je trouvais qu'il y avait déjà eu assez d'interventions comme cela ; je voulais que le reste se déroule le plus naturellement possible.

Elle prit sa tasse et la porta à ses lèvres. Quand elle la reposa, elle ne la quitta pas des yeux pour éviter de le regarder, lui.

— Bref, le travail a commencé. J'avais si mal que j'ai fini par accepter la péridurale. Au bout d'un moment, on m'a donné le feu vert pour pousser. Et la douleur a été si intense que je l'ai ressentie dans tout mon corps, malgré l'anesthésie. J'ai compris que quelque chose n'allait pas et j'ai voulu le dire à l'infirmière, mais je n'en ai pas eu le temps : ils étaient déjà en train de me conduire au bloc. La douleur a perduré et j'ai fini par perdre connaissance. Quand je me suis réveillée, on m'a dit que Riley était né et qu'il était en soins intensifs.

Les yeux toujours fixés sur sa tasse, elle s'arrêta quelques secondes et reprit :

— On m'a aussi expliqué que la douleur était due à une rupture utérine. Le problème, c'est que, quand mon utérus s'est déchiré, Riley s'est retrouvé privé d'oxygène. Heureusement qu'ils ont agi vite pour le sortir et le réanimer. Ç'aurait pu être bien pire. Il a eu beaucoup de chance. Il est resté quatre jours en soins intensifs, mais il a fini par s'en remettre.

— Et toi ?

— Eh bien, je n'ai pas eu autant de chance. La déchirure était si importante que j'ai dû subir une hystérectomie.

Elle prit une profonde inspiration avant de lever les yeux vers lui.

— Voilà pourquoi je ne peux plus avoir d'enfant.

Lentement, elle se leva et se dirigea vers la porte de la cuisine. Ses épaules étaient affaissées, ses yeux, ternes. Elle ouvrit la porte et se tourna vers lui.

— Va-t'en, maintenant.

Il eut envie de lui répondre qu'ils n'en avaient pas encore fini, mais il lui avait dit qu'il partirait une fois qu'elle aurait répondu à sa question. Et il se devait de tenir sa promesse, même si son instinct lui criait de rester. La soirée avait été riche en émotions. Il avait désespérément envie de l'aider, mais il savait qu'il ne pouvait rien faire pour elle. Et ce sentiment d'impuissance était insupportable.

Il avait dit qu'il partirait, mais il n'avait pas dit qu'il ne reviendrait pas. Il repasserait la voir dès le lendemain matin, à la première heure.

Le niveau de standing de l'hôtel dans lequel il descendit était bien éloigné de celui de la Maison Connell mais, pour le prix de la chambre, on ne pouvait pas s'attendre à beaucoup mieux. En tournant un peu, il finit par trouver une épicerie ouverte, où il acheta quelques affaires de toilette ainsi qu'un paquet de boxers bon marché. Il n'était pas sûr que l'hôtel propose un service de blanchisserie. Et, au cas où il y en aurait eu un, il aurait de toute façon eu trop peur d'y laisser ses affaires et de ne pas pouvoir les récupérer à temps. Il ne pouvait pas se permettre d'être en retard le lendemain matin.

Après avoir appelé son assistante pour l'informer qu'il serait absent quelques jours, il alla se coucher. Mais il eut bien du mal à trouver le sommeil. Le secret qu'Erin lui avait confié ce soir-là rendait sa décision de cesser le combat pour la garde de Riley encore plus difficile à comprendre. Perplexe, il essaya de mettre ce fait nouveau en relation avec ce qu'il avait appris par le biais du détective privé.

En la traitant comme il l'avait fait, en ne considérant que la façade, en imaginant le pire, il avait commis une terrible erreur. Les choses auraient dû prendre un tour complètement différent. Avant qu'il ne découvre cette enveloppe sur son bureau, il se prenait parfois à rêver de passer le reste de ses jours avec elle. Et puis tout avait basculé. Mais, désormais, il comprenait pourquoi elle s'accrochait autant à cette vie qui lui avait coûté tant d'efforts pour la construire. Etait-il possible de remonter le temps ? De revenir en arrière ?

Sans doute pas. Il l'avait blessée. Blessée au plus profond de son âme. Pour quelles raisons aurait-elle dû lui faire confiance ? S'il avait été à sa place, si c'était elle qui s'était comportée de cette façon envers lui, jamais il ne lui aurait pardonné. Allongé dans son lit, les yeux grands ouverts, il essayait désespérément de trouver une solution qui leur convienne à tous les deux. Mais, au moment où l'aube commença à poindre à travers les fins rideaux de la chambre, il n'avait toujours pas trouvé de réponses à ses questions. La seule chose à faire était de lui demander pardon pour ce qu'il lui avait fait subir. Et d'espérer qu'elle accepterait de prendre un nouveau départ avec lui…

Plus la voiture se rapprochait de la Maison Connell, plus il espérait qu'il parviendrait à la convaincre. Car, quelque part dans la solitude des heures qui avaient précédé l'aurore, il avait fini par se rendre compte de quelque chose d'absolument déterminant, et qu'il avait ignoré jusqu'ici : il aimait toujours Erin Connell. Et peu lui importait son passé. Peu lui importait le fait qu'elle ait cherché à lui dissimuler la vérité sur la paternité de Riley. Il l'aimait. C'était aussi simple que cela. Et c'était tout ce qui comptait.

— Que veux-tu encore ? lança-t-elle, l'air irrité, quand elle lui ouvrit la porte.

Elle tenait dans ses bras Riley, qui, pour sa part, paraissait ravi de le revoir.

En voyant le petit garçon agiter ses bras et babiller joyeusement, il sentit son cœur se serrer. Il aimait Riley. Et Riley l'aimait. Une sensation de bonheur intense emplit son cœur, aussitôt tempérée par une pensée nouvelle : et si l'on venait à lui arracher son fils ? Comme il allait lui-même l'arracher à Erin ?

Il lui avait été très difficile de le quitter sans savoir quand il pourrait le revoir. Mais, au fond de lui, il savait qu'il finirait par l'avoir auprès de lui pour toujours, et il s'était accroché à cette idée. La lumière au fond du tunnel. Mais que se serait-il passé s'il était parti en sachant qu'il ne le reverrait jamais plus ?

C'était cela qu'elle devait ressentir. En mille fois plus douloureux, sans doute. Car, pour elle, il ne s'agissait pas d'une simple hypothèse. C'était la réalité pure et simple.

Etaient-ce les menaces qu'il avait proférées à son encontre qui l'avaient poussée à abandonner le combat ? Etait-ce pour cette raison qu'elle semblait avoir fait une croix sur son enfant ? Elle lui était toujours apparue comme une mère farouchement protectrice. Elle n'avait pas hésité à mentir à tout le monde pour garder Riley et garder leur maison. Quand avait-elle fini par jeter l'éponge ? Et, surtout, pourquoi ?

— Je peux ? finit-il par lui demander, en tendant les bras vers Riley.

Après ce qui lui parut être une éternité, elle acquiesça brièvement.

— Entre, murmura-t-elle, d'une voix mal assurée.

— Merci…

Elle le conduisit vers le séjour.

— Tu peux le déposer là, lui dit-elle en lui indiquant le tapis d'éveil.

A contrecœur, il avança vers le tapis et coucha Riley sur le dos. Mais aussitôt, sous ses yeux ébaubis, le petit roula sur le côté pour se mettre sur le ventre.

— Mais… il se retourne !

— Oui, depuis quelques jours déjà. Il est plutôt en avance.

Elle avait prononcé ces mots d'un air désabusé, aigri. Pourquoi ? Parce qu'elle avait été témoin de cette étape, mais savait qu'elle ne serait pas là pour assister à la prochaine, ni à toutes celles qui suivraient ? Oui, c'était cela qu'elle devait se dire. Et elle avait raison. Comme cela devait être horrible ! Douloureux. En y réfléchissant, il fut pris d'un besoin soudain de la protéger. Car, après tout, c'était de lui, et de lui seul que dépendait son bonheur. Et il pouvait encore inverser le cours des choses.

— Pourquoi es-tu revenu ? lui demanda-t-elle brusquement. Je pensais que les choses étaient claires entre nous.

— Oui. Mais je voulais m'excuser. Tu avais raison : je pensais qu'en te donnant cet argent je parviendrais à soulager ma conscience. Mais j'ai eu tort. Je ne voulais pas te blesser, Erin. Mais quand je suis parti, il y a trois semaines, j'étais si furieux que je n'arrivais à penser qu'à une seule chose : obtenir la garde de Riley. Et, durant tout ce temps, je ne me suis jamais interrogé sur ce que toi, tu allais ressentir. Je te demande pardon. Je me suis conduit comme un imbécile et un égoïste. Je suis désolé…

Elle ne lui répondit pas. Visiblement stupéfaite, elle se contenta de le dévisager.

— Comme je te l'ai déjà dit, poursuivit-il, j'ai tenté de rassembler des informations sur toi et sur ton mari. Je voulais savoir qui était la femme qui avait donné naissance à mon enfant. Mais ce n'est que le soir où nous avons amené Riley aux urgences que j'ai pris connaissance de ce que tu avais vécu durant ton enfance et ton adolescence.

Il se passa la main sur le visage et ajouta :

— Ç'a été une nuit horrible, n'est-ce pas ?

— Je suis également de cet avis.

— Je suis désolée, Erin. Si tu savais… Peu de temps avant, on m'avait confirmé que j'étais bel et bien le père biologique de Riley. Et je voulais te le dire. Je te jure que je voulais te le dire, le matin même, quand nous avons fait cette balade en bateau. Je pensais que ce serait l'occasion ou jamais. Mais, ensuite, nous avons reçu le coup de fil de Sasha. J'étais malade d'inquiétude. Et quand tu m'as demandé d'aller chercher tes clés de voiture, je suis tombé sur cette lettre du laboratoire. Celle par laquelle tu avais appris que ton mari n'était pas le père de Riley. Et j'ai vu la date. J'ai vu que tu l'avais reçue des semaines plus tôt. J'étais fou de rage. Mais j'ai dû attendre pour t'en parler, parce qu'il fallait absolument que nous conduisions Riley aux urgences. C'était plus important que tout.

— Et ensuite je t'ai fait conduire.

— Oui…

Un frisson de terreur et d'appréhension le parcourut. Une sensation qu'il connaissait bien, mais qu'il s'efforça d'ignorer. S'il avait vaincu sa phobie du volant, c'était grâce à elle. Sans elle, il n'aurait sans doute jamais reconduit de sa vie. Après l'accident, son permis lui avait été confisqué pendant six mois et il n'avait échappé à la prison ferme que grâce au talent de son avocat. Mais il n'avait pas éprouvé le désir de reprendre le volant. Il voulait continuer de se punir pour ce qu'il avait fait. Encore et encore.

Jusqu'à ce qu'il apprenne l'existence de Riley. Un petit être qui avait besoin de lui. Qui attendait qu'il fasse ce qu'il fallait pour lui.

Riley…

Cela avait tout changé.

Il prit une profonde inspiration avant de reprendre :

— Quand tu étais dans la clinique avec Riley, j'ai reçu un coup de fil du détective que j'avais engagé. Et c'est là qu'il m'a expliqué la vie que tu menais avant d'arriver au lac Tahoe.

— C'est ce que j'ai pensé, répondit-elle en croisant ses bras sur sa poitrine, comme pour se protéger de ce qui allait venir. Et je sais que ma vie à cette époque n'avait rien de… d'exemplaire.

— Mais je t'accorde que tu n'as pas bénéficié de toute la tendresse et l'attention dont un enfant a besoin pour s'épanouir normalement. Tu n'avais aucun endroit où aller, je me trompe ?

— Certes. Mais il y a beaucoup de gens qui quittent leur famille sans pour autant se retrouver dans un pétrin semblable à celui dans lequel je me suis fourrée.

A ces mots, il sentit son cœur se serrer. Et puis se gonfler d'amour. Il l'aimait, oui. Pour tout ce qu'elle était. Et aussi parce qu'elle ne se cherchait pas d'excuses. Mais n'était-ce pas également une partie du problème ?

Sans doute. Elle était si dure avec elle-même qu'elle était prête à abandonner Riley. Sans se battre.

— Tu peux me parler un peu de ça ?

— De quoi ? De ma merveilleuse enfance ou de ma palpitante vie dans la rue ? Tout cela n'a pas le moindre intérêt. Et, de toute façon, tu sais déjà tout !

— Oui, mais je voudrais connaître ton point de vue. Ta vision des choses.

Il attendit, l'incitant silencieusement à commencer son récit. Son regard restait fixé sur Riley, qui se mit de nouveau à rouler sur le côté. Lentement, elle se leva pour replacer le petit sur son tapis. Et ce ne fut qu'après avoir regagné sa place qu'elle se mit à parler :

— Ma mère n'a jamais voulu de moi. Elle m'a toujours reproché le départ de mon père, qui l'a quittée pendant sa grossesse. On vivait dans la misère, et elle mettait un point d'honneur à me rappeler que ça aussi, c'était ma faute. J'ai mis du temps à comprendre que ce n'était pas normal. Que les mamans des autres enfants n'étaient pas aussi méchantes. Et j'ai dû apprendre à me cacher quand elle rentrait ivre du café du coin. Mais, parfois, je n'en avais pas le temps…

Il comprit ce que sous-entendaient ses mots et il sentit une sourde colère monter en lui. Si cette femme n'avait pas été capable de procurer à sa fille le confort et la sécurité dont elle avait besoin, pourquoi ne l'avait-elle pas confiée à quelqu'un d'autre ? C'était atroce, innommable. On n'avait pas le droit d'infliger cela à un enfant.

— Alors, poursuivit-elle, dès que j'ai pu partir, je suis partie. J'ai fait un bref séjour dans une famille d'accueil, mais ma mère s'est battue pour me récupérer. Je ne comprends toujours pas pourquoi elle a fait ça. Après ça, j'ai fait encore trois fugues mais, chaque fois, la police a fini par me ramener chez moi. La quatrième fois, je me suis cachée du mieux que j'ai pu. Peu de temps après, j'ai appris que ma mère était morte. Et plus personne ne s'est soucié de moi.

— Parle-moi du bébé, dans le squat…

Elle baissa les yeux et, d'une voix tremblante, continua son récit :

— Je ne connaissais pas très bien ses parents. A cette époque, je vivais dans un immeuble abandonné avec pas mal de gens. Il y avait beaucoup d'allées et venues, et personne n'était vraiment ami avec personne. Un jour, un nouveau couple est arrivé avec une petite fille qui ne devait pas avoir plus de six mois. Le bébé était un objet de chantage entre eux. C'était bizarre. Je ne les ai jamais vus la frapper. Non, c'était plus vicieux que ça. Leur truc, c'était plutôt de la laisser dans une couche sale, et puis d'accuser l'autre de ne pas l'avoir changée ou de ne pas avoir acheté de couches. Parfois aussi, quand l'un d'entre eux la tenait dans ses bras, l'autre la pinçait pour la faire pleurer. On voyait tous ce qu'il se passait.

Sa voix se brisa. Elle s'interrompit quelques instants avant de poursuivre :

— J'ai essayé d'aider la mère, mais il m'en a empêché.

— Qui ?

— Le père. C'était un petit homme maigre, mais il n'hésitait pas à utiliser la force pour prouver qu'il n'avait rien à envier à ceux qui étaient plus forts que lui. Et un soir, il m'a menacée. Il m'a jetée contre un mur et m'a tordu le bras dans le dos en me disant que si je continuais à me mêler des affaires de sa famille, il me tuerait. Il m'a dit que, de toute façon, cela passerait complètement inaperçu, parce que personne ne s'intéressait à moi. Et je savais qu'il avait raison.

Elle reprit son souffle et, d'une voix brisée par l'émotion, poursuivit :

— Bref, je me suis retrouvée forcée de suivre son conseil. Un soir, je suis sortie avec des gens que je connaissais et j'ai bu. Beaucoup trop. Je me suis réveillée dans une ruelle, au petit matin et, quand je suis arrivée à l'immeuble, la police était là. Le bébé avait été grièvement blessé. Nous avons tous été interrogés. Et nous nous en sommes tous sortis indemnes. Pourtant, nous n'étions pas innocents. L'un d'entre nous aurait dû confondre les parents ou appeler les autorités. Faire quelque chose. N'importe quoi…

Elle soupira, puis leva de nouveau les yeux vers lui, avant d'ajouter :

— Tu sais, j'ai toujours pensé que ma mère était une personne mauvaise mais, à cette époque, j'étais pire, bien pire qu'elle. J'ai préféré fermer les yeux sur cette horreur. Alors que si j'avais agi, cette petite fille aurait peut-être eu une chance de vivre une vie meilleure. Que dis-je ? De vivre tout court. Si seulement j'avais fait quelque chose. Parlé à quelqu'un. Ça aurait tout changé…

Elle secoua la tête et dit d'une voix plus basse :

— Quand les policiers m'ont libérée, je me suis promis de me racheter. J'ai juré que, si un jour j'avais un bébé, je serais la meilleure mère qu'un enfant puisse avoir. Que je l'aimerais, que je le protégerais, qu'il ne manquerait de rien. Alors, quand je suis arrivée ici et que j'ai rencontré James, j'ai eu l'impression que mes rêves étaient devenus réalité. J'ai voulu créer une vie parfaite. Et j'ai réussi. Mais, apparemment, elle était trop parfaite pour James, qui a fini par se réfugier dans les bras d'une autre.

— Il t'a trompée ? lui demanda-t-il, surpris, en se redressant dans son fauteuil.

D'un revers de main, elle essuya une larme qui commençait à couler sur sa joue.

— Quand je l'ai découvert, dit-elle en hochant la tête, nous avions déjà commencé la procédure de la FIV. Je lui ai demandé de choisir entre notre couple et elle. Il a choisi notre couple. Mais, hélas, il est tombé malade. Et tu connais la suite…

Sam était bouleversé par cette histoire. Mais il savait que ce n'était rien, comparé à ce qu'elle devait ressentir. Elle, qui l'avait vécue.

Elle avait souffert. Beaucoup souffert. Et pourtant, au final, elle avait décidé de devenir quelqu'un de bien. Rien d'étonnant à ce qu'elle ait cherché à dissimuler la vérité pour conserver cette demeure qui représentait tant à ses yeux.

— Tu es une femme formidable, Erin Connell.

— Je ne crois pas, non.

— Je le pensais déjà avant de découvrir cette lettre. Et, maintenant que je sais ce que tu as vécu, je le pense de nouveau. Je maintiens : tu es une femme formidable, qui suscite en moi toutes sortes d'émotions.

— D'émotions ? répéta-t-elle en plongeant son regard dans le sien.

— Je suis tombé amoureux de toi, Erin.

A sa grande consternation, il vit que son visage avait encore pâli.

— Pourquoi est-ce que tu me dis ça ? demanda-t-elle d'une voix tremblante.

— Eh bien, parce que j'espère que tu partages mes sentiments.

- 17 -

Toujours allongé sur son tapis d'éveil, Riley se mit à gémir en se frottant les yeux.

— Ça va être l'heure de sa sieste du matin. Je vais chercher son biberon.

Elle se leva d'un bond et prit la direction de la cuisine. Elle cherchait à fuir, c'était évident. Se pouvait-il qu'il se soit trompé ? Qu'elle ne soit pas tombée amoureuse de lui ? Troublé, il s'agenouilla près du tapis et prit tendrement Riley dans ses bras.

— Ne t'inquiète pas, mon petit bonhomme. Maman va apporter le casse-croûte.

Elle revint deux minutes plus tard, avec un biberon chaud à la main, qu'elle lui tendit.

— Tiens. Tu ferais mieux de commencer dès maintenant à t'entraîner.

Son visage ne comportait plus aucune trace de la vulnérabilité qui lui semblait encore si évidente quelques minutes plus tôt. Manifestement, durant le court instant où elle était restée dans la cuisine, elle avait réussi à reconstituer ses défenses. Un peu déstabilisé, Sam prit le biberon et le tendit à Riley, qui ouvrit aussitôt la bouche et se mit à boire goulûment, en serrant ses petites mains autour des siennes. Ce fut un instant magique, même si, au fond de lui, il ne pouvait s'empêcher de songer au gouffre qu'il était en train de creuser entre Erin et Riley.

— Tu ne lui donnes plus le sein ? demanda-t-il sans réfléchir.

— C'est ton avocat qui a demandé à ce qu'il soit sevré avant que tu n'en obtiennes la garde.

Elle avait dit cela d'une voix plate, d'un ton purement factuel, réussissant presque à dissimuler le chagrin qu'elle devait ressentir. Et ces mots lui firent l'effet d'une gifle. Un sentiment d'intense culpabilité s'abattit sur lui et, incapable de lui répondre, incapable de la regarder, il baissa les yeux vers Riley, qui, les yeux mi-clos, avait cessé de téter.

— Je lui fais quand même faire son rot ? demanda-t-il, soudain nerveux. Ça ne risque pas de le réveiller ?

L'ampleur de la tâche qu'il allait devoir assumer lui paraissait tout à coup immense. Elle avait tout fait si parfaitement qu'il allait avoir bien du mal à prendre le relais. Bien sûr, il embaucherait une nourrice pour l'aider, mais il avait néanmoins beaucoup de choses à apprendre.

Sans répondre à sa question, elle alla chercher un torchon qu'elle plaça sur son épaule.

— Ne t'inquiète pas, finit-elle par dire. Il ne se réveillera pas.

Quand il eut fait son rot, il le tendit doucement à Erin, qui prit aussitôt la direction de sa chambre.

— Ça doit être dur pour toi, lui dit-il, quand elle réapparut dans le séjour.

— Dur ? Le mot est faible.

— Pourquoi as-tu arrêté de te battre ?

— Je te demande pardon ? s'exclama-t-elle, en lui jetant un regard surpris.

— Pourquoi as-tu arrêté de te battre pour la garde de Riley ?

— La réponse ne te paraît pas évidente ?

— Pas vraiment. Tu n'as pas d'argent et tu vas bientôt devoir quitter ta maison. Mais aucun de ces problèmes ne me semble insurmontable.

Il réfléchit quelques instants, et ce fut finalement avec beaucoup de réticences qu'il lui demanda :

— Pourquoi as-tu abandonné, Erin ?

Il n'avait pas envie de remuer le couteau dans la plaie. Mais il voulait obtenir la réponse la plus honnête possible.

Ses mains se replièrent sur les accoudoirs du fauteuil. Lentement, elle tourna la tête vers lui. Ses yeux étaient brillants de colère.

— Comment oses-tu me demander ça ?

— Ecoute, Erin, j'ai besoin de savoir.

Plongeant son regard dans le sien, il répéta sa question, en prononçant bien les mots, comme pour mieux l'encourager à répondre :

— Pourquoi as-tu abandonné ?

— Parce que c'était ce qu'il y avait de mieux pour Riley, finit-elle par répondre.

— Qu'est-ce que tu veux dire par là ? Que tu ne te trouves pas à la hauteur ? Ecoute, cesse de me mentir. Je t'ai vue à l'œuvre. Je sais que tu es une mère irréprochable et dévouée.

— Mais ça ne suffit pas, tu le sais bien ! Ce n'est pas ça qui me permettra de lui acheter à manger, de l'habiller, de lui offrir une bonne éducation. L'amour est une chose ; la sécurité en est une autre.

Elle se leva et se dirigea vers le pêle-mêle de photos de Riley. Du bout du doigt, elle se mit à caresser pensivement les contours du visage du petit, sur un cliché où il ne devait pas avoir plus d'un jour ou deux.

— Tu ne comprends donc pas ? C'est moi qui lui ai donné naissance, mais c'est ton enfant. Tu veux le prendre avec toi. Tu t'es battu pour lui. Et je sais que tu veilleras toujours à ce qu'il ne manque de rien. Je sais que tu l'aimes et que tu t'occuperas bien de lui. Je n'ai aucune inquiétude. Mais si j'avais eu le moindre doute, le moindre soupçon, je me serais battue. Crois-moi. Bec et ongles.

Et, tout à coup, il comprit. Pourquoi elle avait cessé le combat. Pourquoi elle avait signé l'accord sans contester. Il était en mesure de fournir à Riley tout ce dont elle-même avait manqué au cours de sa vie : l'amour, la tendresse, la sécurité. Un avenir…

Sous le coup de l'émotion, il sentit son cœur se serrer. Il avait envie d'offrir tout cela à Riley. Mais aussi à Erin. Sans même y réfléchir, il se leva et la rejoignit. Tendrement, il posa ses mains sur son cou et tourna son visage vers lui. Ce fut alors qu'il remarqua qu'elle avait beaucoup maigri. Elle lui avait paru fatiguée, mais il n'avait pas réalisé qu'elle avait perdu autant de poids.

Il allait remédier à cela. A cela et à tout le reste. Il fallait qu'il réussisse, à tout prix !

— Erin, je t'ai demandé tout à l'heure si tu étais tombée amoureuse de moi et j'aimerais savoir si c'est le cas.

— Pourquoi ? Pour que tu puisses accrocher une autre épée de Damoclès au-dessus de ma tête ? Pour mieux me détruire, petit à petit ? Ne te donne pas autant de mal. Je n'en vaux pas la peine.

Sa voix était étrange, comme étouffée. Elle évitait son regard, mais il pouvait néanmoins voir qu'elle avait les larmes aux yeux. Certes, il comprenait la souffrance qu'avait provoquée en elle sa demande de garde exclusive, mais son chagrin semblait aller bien au-delà de cela. C'était le chagrin de devoir abandonner Riley, mais aussi celui de ne pas avoir pu sauver ce bébé mort dans un squat. Les fugues qu'elle avait faites durant son adolescence perturbée. La douleur de toute une vie, qui avait commencé par un père qui ne se souciait pas assez d'elle pour assister à sa naissance, et par une mère qui ne l'avait jamais aimée…

— Je me suis trompé sur ton compte, Erin. J'ai commis une erreur, une grave erreur, mais je veux y remédier. Tu es tout ce que j'avais imaginé la première fois que je t'ai rencontrée : une mère aimante et protectrice, et une femme magnifique, pleine de ressources et de talent.

Elle essaya de secouer la tête, mais il lui maintint fermement le menton entre ses mains et plongea son regard dans le sien avant de poursuivre :

— Je suis tombé amoureux de toi dès l'instant où je t'ai vue. J'ai essayé de lutter contre mes sentiments. Je me suis battu contre eux. Je me complaisais tellement dans l'enfer où je vivais, et je croyais avoir tant de bonnes raisons de m'y complaire que je pensais ne plus mériter d'aimer. J'ai essayé de faire taire mes émotions, d'ignorer tout ce que je ressentais pour toi, mais mon cœur n'a pas voulu m'écouter.

Il reprit son souffle et ajouta :

— Cette nuit où tu m'as embrassé, j'ai ressenti tant de choses. Et la première fois où nous avons fait l'amour… Oui, j'aime penser que nous avons fait l'amour. Il ne s'agissait pas simplement de sexe. Tu ne t'imagines pas tout ce que j'ai éprouvé et… Je t'aime, Erin.

— Non, c'est impossible. Je suis quelqu'un de mauvais. Je me suis mal conduite. J'ai essayé de t'éloigner de ton enfant. Tu ne peux pas m'aimer !

C'était là tout son problème. Elle se considérait comme indigne d'être aimée. Son père l'avait abandonnée, sa mère l'avait détestée. Même son mari l'avait trompée. Elle avait vécu beaucoup de coups durs. Mais tout cela allait bien vite se terminer. Car, à compter de ce jour, il allait faire tout ce qui était en son pouvoir pour s'assurer qu'elle mène une vie agréable. Une vie tranquille et heureuse. Il ne lui restait plus qu'à la convaincre de la sincérité de ses intentions et de ses sentiments.

— J'aime la femme que j'ai devant moi, reprit-il, l'Erin que je connais, celle que tu es réellement. J'ai douté de moi et de mon jugement. Je me suis laissé influencer par les informations que l'on m'a transmises sur ton passé, sans penser à tous tes efforts pour laisser tout cela derrière toi. Pour devenir la personne que tu as toujours mérité d'être.

Il lui caressa la joue avant de continuer :

— Je suis vraiment désolé pour tout ce que je t'ai fait endurer. Tu mérites mieux que ça. Mieux que moi. Mais je voudrais que tu m'accordes une seconde chance. Que tu me laisses l'occasion de te montrer à quel point je t'aime, à quel point j'admire ta force et tout ce que tu as réussi à bâtir à partir de rien.

Il posa un genou à terre. Manifestement stupéfaite, elle écarquilla les yeux.

— Erin, tu m'as montré que je pouvais aimer de nouveau, tu m'as montré que l'on pouvait changer pour devenir quelqu'un de bien. Tout le monde, y compris les gens comme moi qui ont commis de graves erreurs au cours de leur vie. Tu as fait de moi un homme meilleur. Un homme qui t'aime de tout son cœur. Veux-tu m'épouser ? Veux-tu devenir ma femme et rester la maman de Riley ? Pour toujours ?

Erin sentit ses jambes vaciller. Mais elle savait que Sam serait là pour la soutenir. Maintenant, et à jamais.

— Tu… tu es sûr de toi ?

— Je n'ai jamais été aussi sûr de moi de toute ma vie.

Elle plongea son regard dans le sien et comprit aussitôt qu'il disait la vérité. Son cœur se mit à battre à tout rompre. La souffrance et la peine des semaines qui avaient passé disparurent soudain, laissant place à quelque chose d'intense et de nouveau. Il était amoureux d'elle. Elle, Erin ! Elle arrivait à peine à y croire.

— Je t'aime, Sam, s'efforça-t-elle de murmurer, malgré les émotions qui lui nouaient la gorge.

Il lui adressa un sourire. Son beau sourire étincelant qui avait toujours eu le don de faire fondre son cœur.

— Alors ? C'est oui ?

— Oui. Mais pas parce que tu es le père de Riley, je veux que les choses soient très claires sur ce point.

Je veux t'épouser parce que je t'aime, de tout mon cœur. Je veux être ta meilleure amie, ta complice, ta maîtresse. Pour le reste de ma vie…

Tendrement, il la prit dans ses bras, lui enveloppant le cœur et le corps de toute sa chaleur protectrice.

— Tu n'auras plus jamais à te faire de souci pour quoi que ce soit, Erin. Je serai toujours là pour toi. Toujours.

Elle joignit ses lèvres aux siennes pour mieux goûter sa promesse. Elle savait désormais qu'elle allait recevoir tout l'amour qui lui avait tant manqué. Qu'elle avait un avenir. Qu'ils avaient un avenir, tous les trois, Sam, Riley et elle. Ensemble. Et elle était convaincue qu'avec Sam à son côté, cet avenir ne serait qu'un long moment de pur bonheur.

CHARLENE SANDS

Troublante parenthèse

Passions

éditions HARLEQUIN

Titre original : WORTH THE RISK

Traduction française de AGNES JAUBERT

83-85, boulevard Vincent-Auriol, 75646 PARIS CEDEX 13.

Service Lectrices — Tél. : 01 45 82 47 47
www.harlequin.fr

- 1 -

Jackson Worth ouvrit un œil et esquissa un sourire satisfait. Par terre, à côté du lit, il reconnut les bottes cavalières en cuir souple, couleur chocolat, ornées d'un élégant motif féminin.

Le corps engourdi de sommeil, il s'étira sans un bruit. Il ne voulait pas réveiller sa compagne endormie. Un frisson de volupté le secoua. Un flot d'images affluait à sa mémoire. Comme elle était sexy, hier soir, avec ses bottes ! Comment aurait-il pu résister à cette vision enchanteresse ? A l'excitation intense qui l'avait poussé à les faire glisser le long de ses jambes interminables ? Et, si sa mémoire ne lui jouait pas de tours, elle n'avait pas opposé beaucoup de résistance quand il lui avait retiré sa jupe courte et son haut à col bateau.

Ce n'était pourtant pas la première fois qu'il rencontrait Sammie Gold, la meilleure amie de sa belle-sœur. Mais, hier soir, en la voyant, avec sa taille de guêpe et son adorable sourire, s'avancer vers lui dans le vestibule de l'hôtel d'une démarche chaloupée, chaussée de ces bottes étonnantes, il avait été submergé par une vague de désir implacable.

Sans aucune explication.

Un soleil éblouissant filtrait à travers les rideaux.

Jackson ferma les yeux, essayant de chasser le mal de tête dont il sentait monter l'emprise. La jeune femme qui reposait à son côté dans l'immense lit s'agita dans des effluves de jasmin qui mirent tout son corps en émoi.

Il étouffa un soupir accablé. C'était bien la première fois qu'il se laissait aller à mélanger business et plaisir, mais il s'était surpassé. Avoir séduit cette femme n'était pas franchement malin. Et il allait le payer cher. Non seulement il allait avoir droit à un sermon de la part de ses frères, Tagg et Clay, mais il ne couperait pas non plus à la fureur de sa belle-sœur, Callie. Pour sûr, elle allait lui arracher les yeux et menacerait de le renier.

Sammie se retourna dans un murmure ensommeillé ; il sentit son bras s'appuyer sur son torse, ses doigts se poser en éventail sur sa peau, à la fois doux et possessifs. Ses cheveux courts, parsemés d'épis, châtains avec des reflets d'ambre et de caramel, évoquaient une pierre précieuse. Certes, c'était un joli brin de fille, mais au fond pas du tout son genre. Il se maudit intérieurement.

Il ne s'était pas contenté de *sortir* avec elle, il avait *couché* avec elle.

Ah, oui, il pouvait s'attendre aux foudres de Callie : il était censé lui rendre service, pas profiter de la situation ! « Sammie sort d'une période difficile, lui avait-elle avoué. Elle a perdu son père, et sa société a fait faillite. Prends-la sous ton aile, Jackson. Aide-la. Je t'en prie. C'est très important pour moi. »

La femme de Tagg lui avait fait confiance, et il n'avait rien trouvé de mieux que de trahir cette confiance.

Sammie semblait émerger à présent. Lentement, elle

souleva la tête de son oreiller et, l'air un peu perdu, elle le fixa de son regard brun, empreint de gravité.

— Jackson ?

— Bonjour, ma belle.

Manifestement désorientée, elle balaya la pièce et sa décoration raffinée de regards perplexes, battit des paupières, puis secoua la tête comme pour s'éclaircir les idées. Soudain, elle pâlit et ses yeux se firent aussi ronds que des jetons de poker. Elle se redressa, le drap glissa sur son corps nu, dévoilant ses adorables petits seins fermes. Jackson étouffa un râle. Avec n'importe quelle autre femme, il serait de nouveau au septième ciel ce matin.

Elle poussa un petit cri d'effroi avant d'agripper le tissu pour se couvrir.

— Oh, non ! s'exclama-t-elle en lui lançant un regard effaré. Ne me dis pas que…

Interdit, il la dévisagea. Ses conquêtes ne l'avaient pas habitué à ce genre de réaction au réveil d'une nuit de sexe torride.

— J'ai bien peur que si.

Elle laissa échapper un grognement pas très féminin et parcourut la chambre d'un regard éperdu, comme pour se raccrocher à quelque chose de familier.

— Où sommes-nous ?

— A Paris.

Elle inspira profondément et demanda d'une voix blanche :

— En France ?

Amusé, il haussa un sourcil sceptique. C'était encore pire que ce qu'il pensait.

— Las Vegas, fit-il, laconique.

Elle s'écroula de nouveau dans le lit, sa tête plongeant sur l'oreiller en plumes d'oie. Les yeux rivés au plafond, la main toujours agrippée au drap remonté jusqu'au menton, elle murmura :

— Comment est-ce arrivé ?

C'était une question purement rhétorique, bien entendu. Mais Jackson se devait d'y répondre. Il prit appui sur un coude et, le menton calé sur sa paume, il fixa ses yeux brûlant de curiosité. Il opta pour la seule explication plausible.

— Les bottes.

Le cerveau embrumé de Sammie commençait à s'éclaircir. Elle était venue à Las Vegas pour assister à un congrès de la chaussure. Callie Worth, sa meilleure amie, lui avait fait savoir que son beau-frère, Jackson, se trouvait aussi dans la plus grande ville du Nevada. Ils s'étaient déjà rencontrés à son mariage, lui avait-elle rappelé, insistant pour qu'ils se revoient. Jackson, excellent homme d'affaires, saurait lui donner des conseils avisés pour l'aider à sortir de sa dramatique situation financière. En effet, son ex, un comptable véreux, non content de lui briser le cœur, l'avait dépouillée de toute sa fortune.

Comme elle s'en était voulu d'avoir été aussi stupide et crédule ! Elle s'était sentie tellement nulle. Et ce qui venait de se passer avec Jackson Worth ne risquait pas de l'aider à retrouver confiance en elle.

Certes, depuis la mort de son père, quelques mois auparavant, elle avait commis bien des erreurs. Mais c'était la première fois qu'elle faisait preuve d'une telle bêtise. Qu'est-ce qui avait bien pu la pousser à coucher avec le beau-frère de sa meilleure amie ?

Elle aperçut alors ses vêtements par terre, témoins de l'attirance foudroyante qui les avait poussés vers le lit. Son chemisier, sa jupe, son soutien-gorge, son string étaient égrenés là, comme séchant sur un fil imaginaire. Un gémissement de panique monta de sa gorge.

— Combien de coupes de champagne ai-je bues hier soir ?

De plus en plus mortifiée, elle le regarda, attendant sa réponse. Il semblait compter mentalement.

— Pas tant que ça. Deux, peut-être.

Un instant stupéfaite, elle répondit.

— D'habitude, je ne bois pas. L'alcool me monte vite à la tête. Ça me rend …

Il lui jeta un regard entendu.

— Passionnée, sexy ?

— Oh, non ! Alors c'est moi qui vous ai séduit ?

Il esquissa un petit sourire.

— Nous y avons tous deux mis du nôtre, Sammie. Tu as oublié ?

Elle se rappelait au moins une chose : sa prévenance. Ils avaient passé la moitié de la nuit à discuter au bar. D'affaires sérieuses, bien sûr, mais ils avaient aussi beaucoup ri. Puis il avait commandé du champagne. Si la première coupe ne l'avait pas grisée, elle n'aurait jamais dû, en revanche, en boire une seconde. Avec sa sensibilité à l'alcool et sa constitution chétive, elle aurait dû se méfier.

Quelques mois auparavant, elle était venue de Boston pour assister au mariage de Callie et de Tagg. C'était à cette occasion que, pour la première fois, elle avait rencontré Jackson Worth. Bien sûr, le physique de rêve du beau cow-boy blond ne lui avait pas échappé. Le nouveau beau-frère de Callie était tout simplement sublime. Le genre d'homme qui ne regardait même pas les filles banales comme elle. Ils avaient discuté et avaient sympathisé. Jamais elle n'aurait pu imaginer autre chose entre eux.

Et pourtant… Jackson était là, tout près d'elle, probablement nu comme un ver sous les draps de soie de leur luxueuse chambre d'hôtel. Elle avait beau essayer de reconstituer la soirée de la veille…, elle perdait le fil quelque part entre le moment où ils avaient pris l'ascenseur pour gagner sa suite et celui où Jackson lui avait retiré ses bottes…

— Non, franchement, je ne me rappelle pas grand-chose. Je n'aurais jamais dû boire cette seconde coupe de champagne, ajouta-t-elle dans un soupir accablé.

Jackson caressa son bras, traça du doigt de petits cercles juste au creux de son coude. A son contact, un frisson la traversa et, l'espace d'une seconde, ses pensées confuses s'éclaircirent. Elle se rappelait… quelque chose : oui, c'était cela, ce tourbillon de sensations divines, elle l'avait déjà ressenti quand les mains vigoureuses de Jackson avaient vogué sur son corps.

— Il est un peu tard pour cet aveu, fit-il remarquer.

Il avait raison. Que de chemin parcouru depuis leur première rencontre ! Hier soir, au bar, elle avait envoyé valser sa prudence habituelle, si lasse de se comporter toujours en petite fille modèle, d'être toujours la demoiselle d'honneur mais jamais la mariée, fatiguée de nier que Jackson Worth était l'homme le plus sexy de la planète. Alors, cessant de se censurer, sous le coup d'une véritable impulsion, elle s'était plaquée contre lui sur la piste de danse et l'avait embrassé. A revoir la scène, la honte la submergea. Il avait dû la croire terriblement en manque pour agir ainsi, la trouver pitoyable.

— C'est… c'est tout moi, bredouilla-t-elle. J'ai toujours un train de retard.

— Sammie, soyons bien d'accord. Tu voulais monter dans ce train.

Sa voix rauque, vibrante de désir, lui fit comprendre ce qu'elle ratait en refoulant le souvenir de la nuit passée ensemble.

— Euh, hum… Je sais.

Quelle femme normalement constituée aurait refusé d'embarquer avec lui ?

Elle ferma les yeux. Et laissa de nouveau s'exprimer la voix de la raison : elle aurait dû se montrer plus prudente. Comment avait-elle pu se conduire ainsi ? Elle ne voyait qu'une explication : elle avait eu besoin de réconfort. N'avait-elle pas tout perdu en l'espace de peu de temps ? Son père, son affaire ? D'un autre côté, si elle voulait voir la réalité en face, elle devait accepter la vérité. Hier soir, elle avait aussi eu besoin de flatter son ego. Et Jackson Worth, Adonis à la carrure athlétique, aux yeux bleu indigo, aux cheveux couleur paille, était l'homme qui tombait à pic pour la sortir de son marasme. Non seulement il était d'une beauté à couper le souffle, mais il s'était montré gentil, attentionné : une combinaison irrésistible.

Et si, bien sûr, avoir couché avec lui était idiot, en avoir perdu le souvenir était carrément stupide. A quoi bon cette culpabilité si elle n'avait même pas un détail piquant, coquin, pour l'alimenter ? Ainsi, elle ne conserverait même pas la mémoire de cette sensation unique, toutes les fibres de son corps vibrant au creux des bras de ce dieu vivant. Une chance comme la nuit dernière ne se représenterait pas de sitôt…

Dire qu'elle était venue au congrès annuel de la chaussure dans l'espoir de susciter un peu d'intérêt pour son affaire en faillite ! Mais, sur un marché en berne, seules les entreprises prospères avaient une chance de survivre et, malgré son originalité, sa petite affaire n'intéressait personne.

Personne, à l'exception de Jackson Worth.

Soudain, l'évidence la frappa. Sous le choc, prise d'un vertige, elle écarquilla les yeux.

— Mon Dieu, Jackson ! Nous sommes… associés.

Une lueur taquine dans le regard, Jackson répondit d'un ton ironique :

— C'est exact. Avant de trinquer, nous avons conclu un marché, ma belle. Et tu as signé en bas de la feuille. Boot Barrage m'appartient, désormais.

De la salle de bains lui parvinrent le grincement du robinet puis le bruit du jet d'eau. Toujours allongée, Sammie n'avait pas besoin d'imaginer à quoi ressemblait Jackson Worth en costume d'Adam. Il venait de bondir du lit pour gagner la salle de douche d'un pas nonchalant.

— Tu es sûre de ne pas vouloir y aller la première ? avait-il demandé.

Feignant d'ignorer le frisson d'excitation au creux de son ventre à la vue de son hâle parfait et de ses fesses musclées, elle s'enfonça plus loin sous les draps en secouant la tête.

— Non, non, vas-y d'abord. Je préfère attendre.

Son pouls battant à ses tempes, elle tendait l'oreille. Pour une fille qui voulait prendre un nouveau départ, c'était une réussite !

Le corps secoué de petites convulsions, elle prit la pleine mesure de son coup de folie. Les nerfs tendus comme des cordes, elle essaya d'inspirer longuement. En vain. Elle semblait incapable de calmer son souffle saccadé.

Elle se rappela soudain ses cours de yoga. Cela l'avait beaucoup aidée quand cette ordure d'Allen l'avait quittée, emportant avec lui la totalité de l'argent qu'elle avait gagné à la sueur de son front. Lentement, elle se redressa dans son lit et pivota pour poser les pieds sur le sol. Elle se leva, forma un cercle de ses bras au-dessus de sa tête, s'étirant jusqu'à ce que les extrémités de ses doigts se touchent, et inhala lentement, emplissant ses poumons d'oxygène. Puis, se pliant en deux pour frôler ses orteils, elle expira. Ça allait déjà beaucoup mieux. Sentant sa tension se relâcher, elle répéta le mouvement plusieurs fois. Ses idées s'éclaircirent un peu et les battements accélérés de son cœur s'apaisèrent.

Encore une fois, elle était bluffée par l'efficacité du yoga. Même si le répit était de courte durée, c'était déjà ça de gagné.

Bien sûr, elle n'avait pas d'illusions. Elle connaîtrait d'autres moments d'anxiété. Sa vie n'était-elle pas sur le point de basculer ? Maintenant que Jackson et elle étaient en affaires, elle allait devoir traverser les

Etats-Unis pour redémarrer de zéro dans une ville inconnue. Sans compter qu'avoir passé la nuit avec son nouvel associé n'était pas le scénario idéal pour une fille qui sortait tout juste d'une histoire d'amour ratée.

Elle ferma les yeux et prit sa tête entre ses mains. Sa nouvelle vie ne commençait pas vraiment sous les meilleurs auspices !

Le bruit de l'eau qui coulait se tut et la porte de la douche s'ouvrit. Elle se laissa retomber dans le lit et remonta les draps jusqu'à son menton. Au lieu de ramasser ses vêtements pour s'habiller, elle s'était concentrée sur son yoga. Dont le bénéfice fut, de fait, de courte durée : Jackson sortait de la salle de bains d'un pas décidé, vêtu d'un peignoir moelleux bleu marine, une couleur qui rehaussait l'éclat de son visage.

Avec la barbe de trois jours qui ombrait ses joues, ses cheveux blonds, mouillés, qui bouclaient sa nuque, on eût dit qu'il sortait d'un magazine de mode. D'accord, admit-elle en son for intérieur, ce n'était pas un scoop : Jackson Worth s'habillait avec élégance, il avait un sourire à faire fondre la banquise, et son charme faisait succomber toutes les femmes. Il était aussi sublime que dangereux. Elle poussa un soupir accablé. Hélas, la veille au soir, aucun de ses signaux d'alarme n'avait fonctionné.

Il lui lança un peignoir d'un blanc immaculé.

— Tu pourrais peut-être t'habiller, suggéra-t-il. Il faut qu'on parle.

Sans attendre sa réponse, il s'avança vers la fenêtre et tira les rideaux qui dévoilèrent la réplique de la Tour Eiffel. Elle lui jeta un coup d'œil surpris. Son assurance habituelle semblait légèrement ébranlée…

Pourquoi ? Enfin, puisqu'il regardait dehors, elle en profita pour enfiler le peignoir. D'un geste preste, elle le noua autour de sa taille puis, ramassant ses vêtements au sol, elle se dirigea vers la salle de bains.

Elle se doucha rapidement. En d'autres circonstances, elle se serait prélassée dans l'immense baignoire en marbre, aurait pris tout son temps sous le jet puissant digne d'une cascade, aurait fait mousser sur son corps un gel aussi doux que la soie, aurait enduit sa peau de lotion au délicieux parfum d'agrumes. Mais Jackson attendait, et il avait raison : ils devaient avoir une conversation sérieuse.

Ses vêtements de la veille étaient un peu froissés. D'un geste rapide, elle disciplina ses épaisses boucles châtain foncé. Même quand rien n'allait plus, il était important d'avoir de beaux cheveux.

Quand elle sortit de la salle de bains, pieds nus, elle était prête à affronter Jackson. Toujours posté à la fenêtre, celui-ci tenait à la main une tasse de café. Le service d'étage avait dû passer pendant qu'elle prenait sa douche. Chez les riches, tout se faisait comme par magie, ce qui ne laissait pas de l'étonner. Sans parler du fait qu'ils considéraient cela comme tout à fait naturel. Un simple claquement de doigts et ils voyaient leurs souhaits exaucés.

Cela dit, elle n'allait pas se plaindre que Jackson soit riche. Lui au moins n'avait pas dédaigné ses sollicitations et avait accepté de devenir son associé. Pour autant, elle n'avait aucune illusion sur ses motivations car, pour un gros éleveur de bétail qui avait pour habitude d'investir dans des projets immobiliers de première importance et dans d'énormes actions en Bourse, elle n'était qu'une modeste marchande de bottes. Et s'il ne l'avait pas envoyée balader, c'était uniquement par égard pour Callie, elle le savait bien. Elle leva le menton d'un air résolu. Qu'à cela ne tienne ! Sa détermination à faire prospérer sa petite entreprise n'en était que décuplée. Non seulement elle ne voulait pas décevoir Callie, mais il était hors de question que les Worth aient l'impression de lui faire la charité.

Le couvert était mis pour deux sur une nappe en lin blanc, décorée d'un joyeux bouquet et couverte d'un copieux petit déjeuner. Si le fait de se réveiller à côté de Jackson lui avait coupé l'appétit, sa douche l'avait quelque peu revigorée et les muffins à la framboise et au chocolat blanc étaient à présent vraiment trop tentants…

Jackson fit enfin volte-face. Leurs yeux se croisèrent. Il caressa son corps du regard et l'ombre d'un sourire plana sur ses lèvres. Il s'empressa de boire une gorgée de café.

— Qu'y a-t-il ? demanda-t-elle.

Il hocha vivement la tête.

— Je préfère ne rien dire.

— Si, vas-y ! insista-t-elle.

Une fois de plus, elle sentit son regard glisser sur elle de la tête aux pieds, puis il haussa les épaules d'un air résigné.

— Tu es adorable.

— Adorable ?

Elle jeta un coup d'œil à la jupe plissée crème et marron dans laquelle elle avait glissé son chemisier ivoire. L'ensemble devait être complété par des bottes cavalières, choisies avec soin dans sa collection personnelle pour mieux prouver aux participants du congrès qu'avec les bottes adéquates vous aviez le monde à vos pieds.

Elle agita ses orteils nus. Son blazer était jeté sur une bergère dans un coin de la pièce et ses bottes gisaient sur le sol, à côté du lit. Sans elles, elle n'avait aucun pouvoir. Elle était juste « adorable ».

— Tu as faim ? demanda-t-il avec un coup d'œil en direction de la table.

— Oui. Très.

Il lui fit signe de s'asseoir la première. Elle traversa la pièce et s'installa. Toujours en peignoir, il prit place à côté d'elle, et remplit sa tasse de café. Elle but deux gorgées, se délectant de la perfection de la torréfaction et du goût du breuvage si réconfortant.

Un peu mal à l'aise, elle se tortilla sur son siège. Il l'observait avec intérêt.

— Qu'y a-t-il ? répéta-t-elle.

Jackson sourit de nouveau, de ce sourire ravageur et énigmatique.

— Cette fois, il vaut vraiment mieux que tu ne saches pas.

Elle avala son café si vite qu'il lui brûla la gorge et, malgré elle, ses yeux se posèrent sur le bas-ventre de Jackson…

Bien entendu, il avait surpris son coup d'œil.

— Ecoute,lâcha-t-il en se tournant sur sa chaise de façon à lui faire face, je ne suis pas du genre à me vanter de mes exploits. Tout particulièrement cette fois. Etant donné nos liens respectifs avec Callie, je pense qu'il vaut mieux oublier ce qui s'est passé la nuit dernière. C'était une erreur, j'en assume l'entière responsabilité.

Sammie dissimula sa grimace. Même si elle comprenait ce qu'il voulait dire, il n'était jamais facile d'entendre un homme vous dire qu'avoir couché avec vous était une erreur. Et quand l'homme était Jackson Worth, c'était vraiment une grande claque pour l'ego.

— Ce n'est pas entièrement ta faute, Jackson. J'ai ma part de responsabilité. Même si je ne me souviens pas de… de tout.

Les yeux brillant de ce qu'il était manifestement seul à savoir, il prit une profonde inspiration.

— C'est sans doute une bonne chose.

Elle fut surprise. Sa réponse était pour le moins sibylline. Que voulait-il dire par là ? Que leur nuit avait été extraordinaire ? Ou épouvantable ? Elle n'avait pas le cran de le lui demander.

Les femmes qui faisaient l'amour avec Jackson Worth, elle était prête à le parier, n'oubliaient en général rien de l'expérience. En tout cas, si son amnésie temporaire le vexait, il n'en laissait rien paraître. Comme elle regrettait de n'avoir aucun souvenir de ce qui, pour elle, était un rêve devenu réalité ! Mais elle se reprit. Inutile de se lamenter en vain. Il y avait plus important pour le moment.

— Je tiens plus que tout à prendre un nouveau départ en Arizona, affirma-t-elle. L'amitié de Callie est importante pour moi. Nous allons nous voir souvent, je préférerais ne pas lui mentir. Mais ne rien dire, ce n'est pas vraiment mentir, n'est-ce pas ?

— Non. C'est exact. Ce sera notre petit secret.

Personne n'a besoin de savoir ce qui s'est passé entre nous.

— D'accord, nous allons garder le secret. Je ne suis pas du genre à me vanter non plus. Après tout, ce n'était jamais qu'une nuit de sexe. N'est-ce pas ?

Après avoir acquiescé d'un hochement de tête, Jackson fit la moue.

— Je ne parlerai qu'en présence de mon avocat. Aucun homme sensé ne peut répondre à cette question.

Pour la première fois depuis qu'elle s'était réveillée, Sammie sourit.

— Tu es un homme avisé.

— Vraiment ?

Sous son regard brûlant, elle sentit toutes les parcelles de sa peau s'embraser.

— Tu me trouves adorable ? demanda-t-elle en reprenant ses mots.

— Ça peut être sexy d'être adorable, répondit-il, un lent sourire gourmand se dessinant sur ses lèvres.

— Manifestement.

Dissipant la sensualité de l'instant, il partit d'un petit rire.

Elle mordit dans un muffin à pleines dents. Leur explication l'avait rassérénée. Pour lui comme pour elle, ce qu'ils venaient de vivre était une aventure sans lendemain. C'était une première victoire. Il ne lui restait plus qu'à se rappeler à chaque instant que Jackson Worth était son associé en affaires, rien de plus. Même pas en rêve. Elle pouvait y arriver. Elle le devait. Elle n'avait pas le choix.

Son petit déjeuner fini, Jackson retourna dans la salle de bains et en ressortit vêtu d'un jean noir et d'une chemise western. Il avait proposé de l'emmener jusqu'au Motor Hotel pour qu'elle fasse sa valise, avant de la conduire à l'aéroport où elle devait prendre son avion pour Boston. En vrai Worth, il enfonça son Stetson sur sa tête et, bras croisés, debout devant le lit, il la regarda enfiler ses longues bottes.

Elle finit de tirer la fermeture Eclair, se leva de toute sa taille pour les ajuster, avant d'enfiler son blazer.

— Je suis prête, annonça-t-elle alors en rejetant ses cheveux courts en arrière.

Il jeta un coup d'œil à ses bottes et laissa son regard remonter le long de ses jambes. Une fraction de seconde, il arbora une expression étrange qui s'évanouit aussi vite. La prenant par la main, il l'entraîna vers la porte.

— Allons-y !

Ils avaient passé un pacte et le vieil adage se confirmait : « Ce qui se passe à Vegas reste à Vegas… »

Partager un secret avec Jackson Worth aurait pu être exaltant. Si seulement cela n'avait pas été par nécessité absolue.

- 2 -

A Boston, quand l'automne arrivait, les feuilles changeaient de couleur, drapant la ville d'un manteau flamboyant d'orange et de jaune. C'était, de loin, la saison préférée de Sammie. L'air vif chassait la moiteur de l'été, une brise fraîche faisait bruire les arbres. Mais, dans l'Arizona, les arbres ne frissonnaient pas. Pas aujourd'hui, du moins. Pas un souffle d'air ne venait agiter la maigre végétation qui parsemait la terre aride du désert.

Sa ville natale allait lui manquer, pour sûr, mais sa vie était ici désormais. Après avoir atterri à Sky Harbor Airport la veille, dès qu'elle avait posé un pied sur le sol de l'Arizona, elle avait ressenti une bouffée d'excitation, un enthousiasme qu'elle n'avait pas éprouvé depuis longtemps. Une nouvelle chance s'offrait à elle, son unique chance de prendre un nouveau départ. Désormais, c'était là qu'elle allait vivre et elle avait la ferme intention de regarder vers l'avenir.

Debout au milieu de la spacieuse boutique, elle promena son regard sur le parquet brillant, les murs propres, vierges de tout ornement. Une légère odeur de peinture fraîche vint lui chatouiller les narines. Elle leva les yeux vers les épaisses poutres de bois au plafond, qui conféraient à la pièce un charme rustique.

Tout était parfait : c'était là la patte de Jackson Worth. Il avait choisi un bel endroit, au cœur de Scottsdale, le quartier commerçant le plus chic de Phoenix.

Elle se dirigea vers la porte d'entrée, en faisant claquer les talons de ses bottes, un écho familier à sa solitude, qui lui rappelait tout ce qu'elle avait perdu et le vide qu'elle combattait depuis tant d'années. Mais, aujourd'hui, pas question : elle ne laisserait pas ses pensées dériver vers le vague à l'âme. Elle avait trop de raisons d'être joyeuse et reconnaissante, et Dieu sait qu'elle avait déjà versé assez de larmes pour une vie entière.

En jetant un coup d'œil au-dehors, elle remarqua à quelques pas de sa boutique un restaurant branché, à l'architecture arizonienne typique, puis, les uns à côté des autres, un magasin de tabac, une élégante boutique de puériculture, un petit café et ses tables en terrasse. Son cœur se gonfla d'allégresse.

— Je suis chez moi, désormais, murmura-t-elle.

La veille, Tagg et Callie avaient insisté pour venir la chercher à l'aéroport et la conduire à son nouvel appartement. Callie avait dû lui proposer une bonne douzaine de fois d'habiter chez eux, au ranch Worth, mais elle n'avait pas voulu en entendre parler. Elle ne voulait à aucun prix leur imposer sa présence. Son amie était enceinte de huit mois, son mari et elle devaient pouvoir profiter de leur intimité jusqu'à l'arrivée du bébé.

Grâce aux conseils de Jackson, elle avait trouvé, *via* internet, un meublé dans un immeuble de style hispanique, avec des arcs trilobés et un patio pavé de dalles rouges. Elle avait vendu tout ce qu'elle possédait à Boston. Un acte symbolique, marquant la rupture définitive avec son passé : la page était tournée pour de bon. Elle avait mis néanmoins certaines pièces de son maigre héritage au garde-meubles : des bibelots ayant appartenu à ses parents dont elle refusait de se séparer, le fauteuil préféré de son père, une horloge.

Une voix masculine interrompit le fil de ses pensées. Elle sursauta.

— Bienvenue dans l'Arizona, voisine.

Arborant fièrement un tablier de cuisinier, un homme approchait. Il venait du restaurant voisin. Son visage régulier à la peau mate était fendu d'un large sourire. Arrivé à sa hauteur, il lui tendit la main.

— Bonjour, je suis Sonny Estes, déclara-t-il avec un soupçon d'accent espagnol. Le propriétaire du café Sonny Side-Up.

— Bonjour. Sammie Gold. J'ai justement remarqué votre vitrine ce matin. Très jolie !

— Merci, répondit-il avec une poignée de main ferme. Vous allez ouvrir un magasin de chaussures ?

Surprise, elle répondit :

— C'est exact. Comment le savez-vous ?

— Jackson est un ami. Et mon propriétaire, accessoirement. Même s'il m'arrive de l'oublier…, par exemple quand je lui mets sa raclée sur le terrain.

Elle fronça les sourcils. A quoi pouvait bien ressembler son cow-boy d'associé en short blanc ?…

— Au tennis ?

— Non, au basket, répondit-il d'un air amusé.

— Ah, je vois…

— Il m'a prévenu que vous alliez passer voir la

boutique. Qu'en pensez-vous ? demanda Sonny en jetant un coup d'œil par-dessus son épaule.

— C'est super ! Du moins, ça le sera quand j'aurai mes affaires. J'ai déjà ma petite idée sur la décoration.

— La localisation est incomparable, vous savez ? Nous avons les clients fidèles du quartier, mais nous faisons aussi de bonnes ventes auprès des touristes. Scottsdale, c'est tout simplement le Beverly Hills de l'Arizona.

Elle lui adressa un sourire entendu. Ce n'était pas la première fois qu'elle l'entendait dire.

— En voilà une bonne nouvelle. Tant mieux, alors !

— Je suis content que la famille Worth se soit enfin décidée à ouvrir une boutique ici. Ce n'est pas bon pour les affaires d'avoir des commerces vides dans l'avenue.

— Vous avez raison.

— Passez au restaurant un de ces jours, je vous inviterai. Je dois regagner ma cuisine, ajouta-t-il avec un clin d'œil, en reculant. En général, nous affichons complet pour le déjeuner.

Après lui avoir adressé un petit salut de la main en guise d'au revoir, elle rentra et se dirigea vers l'arrière-boutique, où elle avait l'intention d'installer son bureau. Une chaise d'enfant vert fluo y avait été abandonnée, relique de l'ancienne activité des lieux, qui avaient abrité une garderie. Selon Jackson, l'idée était bonne mais l'endroit mal choisi. Boot Barrage lui semblait bien plus prometteur.

Elle eut un petit sourire en coin. Jackson aimait les bottes sur les jambes des femmes. Mais à quoi bon se raconter des histoires : Jackson aimait les femmes, voilà tout ! Et elles le lui rendaient bien.

Songeuse, elle s'assit. Elle devait vraiment oublier leur aventure de Las Vegas. Plus elle y pensait, plus elle se félicitait de n'avoir gardé aucun souvenir précis de sa nuit passée avec lui. Ainsi, elle n'avait rien à regretter : cette amnésie tombait à pic, au fond.

Soudain, la porte de l'arrière-boutique grinça faiblement, elle tourna la tête. Jackson se tenait sur le seuil. Il s'avança, un sourire parfaitement détendu aux lèvres.

— Bonjour, Sammie.

— Oh ! Bonjour !

Elle tressaillit. Si seulement elle n'avait pas le souffle coupé chaque fois qu'elle le voyait ! Mais c'était plus fort qu'elle. Quelle que soit l'expression de son visage, les vêtements qu'il portait, il était d'une beauté époustouflante. Aujourd'hui, il était en jean, avec une chemise de coton blanc sous une veste noire et un Stetson sur ses magnifiques cheveux blond foncé. D'un regard malicieux qu'elle commençait à connaître, il fixait ses boots en cuir souple.

Couleur moka, elles étaient agrémentées de lanières et de clous argentés. Le bas de son jean était rentré à l'intérieur, lui donnant une allure de cow-girl plus que de bourgeoise de Boston.

— Pas mal ! lança-t-il en guise de compliment.

Soudain gênée, elle se leva et le fixa sans ciller.

— Merci, fit-elle, la voix hachée. Je suis une publicité ambulante pour mes bottes.

— Un régal pour les yeux ! fit-il remarquer en laissant sans pudeur son regard redescendre sur ses jambes avant de se poser sur ses seins pour, finalement, se planter dans le sien.

Troublée par son ton suggestif, elle bredouilla :

— Je ne m'attendais pas à te voir, ce matin.

— Il est presque midi.

Elle haussa les épaules. Le moment était mal choisi pour pinailler sur les mots avec lui.

— C'est vrai. J'étais occupée, je n'ai pas vu l'heure passer.

— Occupée ? A quoi ? s'étonna-t-il avec un regard à la ronde. La boutique est vide.

— Oui, c'est vrai, mais je réfléchissais à quoi elle ressemblerait quand elle ne le serait plus.

— Pourquoi ne pas coucher tes idées par écrit ?

— C'est déjà fait. J'ai laissé mes notes dans mon appartement.

— Tu me montreras ?

Elle eut un mouvement de recul.

— Mon appartement ?

— Je parlais de tes notes. Mais ton appartement aussi, j'aimerais bien le voir ! Sois sans crainte : je n'ai pas oublié notre pacte…

Feignant de ne pas remarquer son trouble, il reprit :

— Les ouvriers sont à ta disposition. Ils sont prêts à te construire des rayons, un comptoir, tes désirs seront des ordres. Mais, avant de lancer le chantier, j'aimerais bien savoir un peu ce que tu as en tête. Qu'est-ce que tu en penses, ça te convient ?

Elle hocha la tête. Il était grand temps de jouer le jeu. Même s'il la taquinait un peu, il était manifeste que d'être en face d'elle ne posait aucun problème à Jackson. Elle devait agir de même : prendre sur elle et s'astreindre à ne voir en lui qu'un associé brillant, doué pour les affaires.

— Oui, bien sûr, répondit-elle. Je pensais juste que tu n'aurais pas beaucoup de temps à consacrer à Boot Barrage, mais je me trompais.

D'un geste nonchalant, il repoussa son chapeau en arrière et répondit :

— Voir l'une de mes entreprises démarrer du bon pied est toujours une bonne affaire, Sammie. Je n'investis pas que mon argent, mais aussi mon temps, mes idées. Alors voici ce que je te propose : nous passons à ton appartement prendre tes brouillons et nous en discutons pendant le déjeuner.

Elle tressaillit. Jackson voulait déjeuner avec elle ? Elle allait avoir du mal à éviter de passer du temps en sa compagnie. D'un autre côté, cet homme était un symbole de réussite. S'il pouvait l'aider à lancer sa boutique à Scottsdale, elle ne pouvait que lui en être reconnaissante.

— Entendu, répondit-elle.

— Encore une chose, fit-il alors en lui prenant la main.

A son contact, elle sentit comme une décharge électriser tout son corps. Elle lui jeta un regard intrigué. Il l'entraîna par la porte arrière qui donnait sur le parking.

— C'est pour toi, annonça-t-il avec un sourire triomphant, des fossettes se creusant dans ses joues.

— C'est la première fois de ma vie que je conduis un 4x4.

Folle d'excitation, Sammie roulait dans les rues de Scottsdale au volant de la Lincoln Navigator. L'odeur du cuir neuf flottait dans l'habitacle et le tableau de bord scintillait dans le soleil de ce début d'après-midi. Elle savourait cette sensation de richesse et de luxe du monde auquel appartenait l'homme à son côté.

— Tu t'en sors très bien, Sammie, lança-t-il d'un ton détaché.

Il ne semblait pas inquiet du tout. Pourtant, jamais elle n'avait conduit une aussi grosse voiture que la Navigator.

— Tu avais besoin d'un véhicule avec un coffre volumineux pour les cartons et les échantillons, reprit-il. Mais j'ai pensé qu'un pick-up serait exagéré.

Elle lui jeta un coup d'œil de côté.

— Tu ne t'es pas trompé. J'aurais la frousse si je devais conduire un camion.

— Ce n'est pas si difficile que ça.

Toujours concentrée sur la route, elle répliqua :

— Tu n'arriveras pas à me convaincre. Toi, je parie que tu conduis le pick-up de ton père depuis que tu as quinze ans, mais moi…

Il répondit dans un petit rire :

— Treize ans, même. Mon père nous a appris les rudiments, puis il nous laissait nous entraîner au ranch.

— C'est une supervoiture, Jackson, fit-elle d'une voix un peu étranglée.

Depuis que Jackson lui avait annoncé que le 4x4 était pour elle, elle avait la gorge nouée par l'émotion. La première minute de stupéfaction passée, elle se sentait pleine de gratitude mais un peu gênée. Jackson ne devait pas offrir des voitures à ses associés tous les jours. Elle profitait vraiment de la promesse qu'il avait faite à Callie. Il se montrait d'une générosité qui lui allait droit au cœur. Si elle ne pouvait pas refuser son cadeau, cela renforçait sa détermination : elle ferait de son entreprise une réussite.

— Rassure-moi juste sur un point : cet achat passera en frais de société ?

— En effet, officiellement, c'est la voiture de société du Boot Barrage. Mais elle est à toi.

Un peu rassérénée par son explication, elle opina d'un signe de tête.

— D'accord. J'en prendrai le plus grand soin.

Ils firent une première halte à son appartement. Jackson insista pour le visiter. Son expression rassurante suffit à la persuader qu'il n'y avait aucun risque. S'il éprouvait une attirance irrésistible pour elle, il n'en donnait aucun signe. Tous deux contrôlaient la pulsion qui semblait les aimanter l'un vers l'autre, savaient se retenir de se toucher.

Après avoir inspecté les lieux, il déclara :

— C'est sympa. Même si c'est un peu étroit.

Debout, au milieu du living, les plans de la boutique à la main, elle regarda instinctivement son jean moulant. Il était bien étroit, lui aussi. Un frisson d'excitation inopportun naquit au creux de son ventre.

— Ça me suffit amplement, répondit-elle, faisant son possible pour dissimuler son trouble.

L'appartement lui convenait parfaitement : une salle de séjour, une cuisine fonctionnelle, deux chambres qu'elle n'avait aucune intention de lui montrer. Mais, sans attendre son invitation, il s'engagea dans le couloir et passa la tête par les portes entrebâillées.

— Il a du potentiel, déclara-t-il en revenant vers elle d'un pas nonchalant.

— C'est encore le bazar. J'ai fait venir quelques affaires de Boston, mais je compte presque tout racheter.

Il regarda les cartons de vêtements qui encombraient le sol à ses pieds, les cadres de photos et la pile d'assiettes posée à la hâte sur le comptoir de la cuisine.

— Tu as un lit ? s'enquit-il.

— Comment pourrais-je me passer d'un lit ?

— Tu as tout compris, fit-il en l'enveloppant d'un regard brûlant.

Ses yeux bleus s'étaient obscurcis d'un coup pour devenir presque noirs. Elle se rappela qu'elle avait affaire à un don Juan. Pour lui, faire du charme à une femme était aussi naturel que respirer. Il n'était pas un salaud pour autant. Il aimait vraiment la compagnie des femmes. Et elle ne pouvait le blâmer ni pour sa beauté ni pour son charme irrésistible.

Tant qu'elle n'oubliait pas qu'elle ne devait pas le prendre au sérieux, tout irait bien.

Il souleva un couvercle de carton.

— Tu as apporté tes bottes ? s'étonna-t-il.

Sans lui préciser qu'elle avait emballé trois cartons de bottes, elle répondit :

— Une autre chose dont je ne peux pas me passer.

— Espérons que les femmes de Scottsdale partageront ton avis, fit-il avec un sourire.

— J'y compte bien.

D'une main ferme posée sur sa chute de reins, il la poussa vers la porte. Avant de la refermer, Sammie jeta un dernier coup d'œil aux murs crépis et aux hautes portes en arrondi typiques des architectures de l'Arizona et du Nouveau-Mexique. Elle exhala un long soupir.

Tout était allé si vite, tout était si nouveau. Elle avait rendu son appartement de Boston, avait laissé son monde familier derrière elle. A cette pensée, des frissons d'appréhension lui parcouraient le dos. Elle avait l'impression de ne plus rien posséder. Elle était fille unique et, en l'espace de très peu de temps, voilà qu'elle s'était retrouvée orpheline et ruinée.

— Tu te sentiras chez toi avant même de t'en rendre compte, lui assura-t-il comme s'il lisait dans ses pensées.

Au lieu de la réconforter, sa sollicitude la fit paniquer : en aucun cas elle ne voulait que Jackson devine le blues qui la guettait. En aucun cas elle ne voulait se montrer faible devant lui. Elle était partie à cinq mille kilomètres de la mer, dans une ville qui lui était étrangère à bien des égards. Mais elle oubliait Callie, sa meilleure amie. Et les Worth. Ils étaient sa famille désormais, à commencer par Jackson. A cette pensée réconfortante, elle sentit le nœud dans son estomac se relâcher. S'armant de courage, elle s'admonesta mentalement. Elle allait y arriver, sa boutique serait une réussite, son pari allait marcher.

— Tu as raison, répondit-elle avec un sourire résolu.

Ils regagnèrent la voiture neuve. Un parfum de pêche flottait dans l'air. Or, Jackson ne l'ignorait pas, les pêchers ne poussaient pas sur le sol désertique de l'Arizona. Ce parfum exquis ne pouvait donc émaner que de Sammie.

— Tu sens délicieusement bon.

— C'est ma crème pour les mains, expliqua-t-elle. J'en ai mis un peu pendant que nous étions dans l'appartement, mais elle sent très fort. J'espère que cela ne te donne pas trop faim…

Il lui coula un regard en coin. Si, il mourait de faim, mais c'était de son corps qu'il était avide. Il regarda les bottes qui épousaient le galbe de ses mollets. Même sous le jean qui couvrait ses jambes, elles l'excitaient.

Quel dommage ! Il avait fait le pacte de ne plus la toucher. D'un ton faussement désinvolte, il répondit :

— Heureusement que c'est l'heure de déjeuner. Je prendrai une tarte aux pêches pour le dessert.

Heureusement aussi qu'il avait repris ses esprits. Il n'aurait jamais dû toucher Sammie. Il avait fait la liste des raisons qui l'y avaient poussé une bonne centaine de fois, pour arriver à la conclusion qu'il n'avait pas été séduit que par ses bottes.

Le soir où il attendait Sammie dans ce bar de Las Vegas, un ami lui avait appris le retour de Blair Caulfield à Red Ridge. Au prétexte de s'occuper de sa tante Muriel, qui était souffrante, la belle et sournoise Blair, la femme qu'il avait aimée jadis, s'apprêtait à revenir faire des ravages dans la ville qui l'avait vue naître.

Jackson s'était convaincu de l'avoir oubliée. Pourtant, à peine avait-il appris cette nouvelle qu'il était allé chercher du réconfort dans les bras de Sammie Gold.

Si seulement la délicieuse Sammie avait pu se douter combien, ce soir-là, il avait eu besoin d'oublier que Blair lui avait brisé le cœur. Alors quand, sur la piste de danse, elle avait noué ses bras autour de son cou et l'avait embrassé, il n'avait pas eu besoin d'encouragements. Faire l'amour avec elle l'avait apaisé. Elle était tombée à pic. Mais, le lendemain matin, étonné par le violent désir qu'elle lui inspirait, son bon sens revenu, il s'était empressé de dresser un mur entre elle et lui.

— Tu conduis, cette fois, lui enjoignit alors Sammie, le tirant de ses réflexions. Cela me permettra de repérer un peu le coin sans être obligée de me concentrer sur la route.

Sans lui laisser le temps de protester, elle s'installa sur le siège de droite et s'attacha.

Docile, Jackson prit place au volant. Sammie avait raison. Après tout ce qu'elle venait de traverser, elle faisait au mieux pour gérer les changements dans son quotidien. Comment lui reprocher son appréhension à l'idée de conduire une énorme voiture neuve dans une ville qu'elle ne connaissait pas ?

Il posa les plans sur ses genoux et mit le contact. Au moins, quand il conduisait, il était obligé de regarder droit devant lui. Quand elle était au volant, à l'aller, il en avait profité pour l'observer à son insu. C'était une jolie fille. Un corps mince, un joli minois avec quelques taches de rousseur sur le nez. Pourtant, elle n'avait rien des femmes par lesquelles il était attiré d'habitude. Alors que diable lui trouvait-il ?

— Tu aimes l'épicé, le corsé ? demanda-t-il à brûle-pourpoint.

— Je... euh... bégaya-t-elle en se tournant vers lui. Que veux-tu dire ?

Charmé par son innocence, il sourit. Encore une de ses qualités qui venait allonger une liste déjà longue.

— Je parlais juste de manger cajun. Je connais un superrestaurant à la sortie de la ville.

— Oh ! Ça me paraît très bien.

De la voir tellement soulagée lui donna envie de rire.

Comme il était rafraîchissant d'être avec une femme aussi candide ! Une femme dont l'expression trahissait la moindre de ses pensées. Il n'en avait pas l'habitude : en général, il tombait plutôt sur des timides ou des arrogantes.

Une heure plus tard, assis sur la banquette de cuir, à côté d'elle, Jackson étala les croquis sur la table vide du restaurant.

— Ce poulet m'a mis la bouche en feu, fit-elle en buvant une grande gorgée de thé.

— Je croyais que tu aimais manger cajun.

— Je n'avais jamais essayé, en fait, avoua-t-elle avec un regard penaud. En général, je n'aime pas trop ce qui est épicé.

Il repoussa ses pensées coquines.

— Ah bon ? Alors pourquoi as-tu accepté de venir ?

Elle le fixa sans ciller.

— Je me suis dit que c'était l'année de mes premières expériences.

Elle avait prononcé ces mots en laissant son regard s'attarder sur sa bouche, assez longuement et fixement pour que Jackson sente son sexe se durcir. L'odeur sucrée de pêche qui se mêlait à un parfum acidulé d'agrumes s'insinua de nouveau dans ses narines.

— En général, je ne franchis pas les limites de ma zone de sécurité, reprit-elle.

— Vraiment ?

— Vraiment. Mes goûts ne sont pas très aventureux.

— Et tu te sens prête à en changer ?

Elle secoua la tête, dérangeant un bref instant ses mèches courtes.

— Il y a assez de changements dans ma vie en ce moment.

Jackson finit son thé et demanda :

— Nous parlons toujours gastronomie ?

Après une courte hésitation, Sammie leva un regard timide vers lui.

— En fait, que ce soit clair, je ne suis pas le genre de fille qui… fait des expériences… juste parce qu'elles se présentent.

Il comprit qu'il ne s'était pas trompé. Elle ne parlait plus de gastronomie.

— Je le savais déjà.

— Parfait, alors. Parce que je ne pense pas renouveler l'expérience des spécialités cajun. Même si je trouve la présentation très réussie.

Jackson dissimula son sourire. A mots couverts, elle était tout simplement en train de lui rappeler leur pacte de Las Vegas. Ils s'étaient mis d'accord pour ne plus jamais coucher ensemble mais, manifestement, elle avait besoin d'insister.

— D'accord, plus de nourriture cajun pour toi. Et, maintenant, voyons un peu tes dessins, dit-il en montrant les papiers sur la table.

Elle hocha la tête, et sourit, soulagée.

Les journées suivantes défilèrent à toute allure. Sammie n'avait jamais été aussi occupée de sa vie. Elle avait téléphoné à ses fournisseurs et négocié les prix, avait préparé un fichier Excel pour son inventaire, avait pris rendez-vous pour faire décorer ses vitrines, et avait organisé des entretiens pour recruter des vendeuses à mi-temps. Le soir, une fois rentrée chez elle, elle déballait ses cartons, faisait des lessives et se préparait une salade, avant d'aller se coucher.

Côté affaires, elle discutait avec Jackson tous les jours. Il ne la décevait pas. Il n'avait pas menti en lui disant qu'il allait se donner les moyens de lancer la boutique. Bien démarrer était crucial en la matière, et il connaissait les filons du métier. Il était passé même chez elle une fois pour s'assurer que les choses avançaient bien.

Ce matin-là, alors qu'elle se garait sur le petit parking derrière Boot Barrage, elle aperçut son énorme pick-up Ford. Il était arrivé avant elle.

Quand elle entra par la porte de derrière, elle l'aperçut en train de mesurer un mur à l'aide d'un gros mètre en chrome. Il lui tournait le dos.

— Bonjour, lança-t-il sans prendre la peine de la regarder. Les ouvriers seront là dans quelques minutes. Je voulais finaliser avec le chef de chantier.

Un instant, elle resta bouche bée. Puis elle finit par murmurer du bout des lèvres :

— Bonjour.

Furieuse, elle referma la porte derrière elle. Elle devait vraiment faire un effort pour ne pas rester béate à le regarder. Il portait un T-shirt en coton qui épousait ses épaules et un jean assez moulant pour que le souvenir de son corps nu lui revienne à la mémoire. A la taille, il avait en outre ce jour-là une ceinture à outils en cuir.

Elle réprima un soupir. Chaque fois qu'elle le voyait, elle se sentait un peu plus attirée par lui. Bien sûr, ce n'était dû qu'à son physique exceptionnel. Comment pouvait-on rester indifférente à un homme aussi canon ?

— C'est super. J'ai hâte qu'ils démarrent.

Après avoir acquiescé d'un signe de tête, Jackson recommença à noter des chiffres sur son bloc. Il lui avait fait livrer une table et une chaise de son propre bureau. Elle y avait installé son portable et y travaillait chaque fois qu'elle le pouvait.

— Tu viens dîner chez Callie et Tagg ? demanda-t-il, sans lever le nez de ses chiffres.

Elle poussa un soupir. Callie avait été d'une patience d'ange. Elle l'avait invitée tous les soirs de la semaine, mais, trop occupée, elle avait décliné chaque fois. Ce soir, elle lui avait promis de venir. Son amie lui manquait et elles avaient toutes les deux hâte de passer du temps ensemble. Ce qu'elle ignorait jusqu'alors, c'était que Jackson était invité aussi.

— Oui, répondit-elle.

— Inutile de prendre deux voitures, alors, dit-il en mesurant un autre mur. Je te conduirai à Red Ridge.

— Oh, non ! protesta-t-elle vivement. Ce n'est pas la peine…

Jackson se retourna vers elle et elle sentit de petites décharges électriques sur sa peau. Grand et blond, les épaules charpentées, des yeux d'un bleu perçant, avec sa ceinture à outils à la taille, il était l'incarnation même de l'homme idéal. Jusqu'à sa rencontre avec lui, elle s'était toujours félicitée de ne pas être une femme frivole. Mais Jackson Worth échappait à toutes les règles. D'un autre côté, elle s'était rappelé une bonne centaine de fois qu'elle ne voulait pas mélanger affaires et plaisir. Elle était bien la dernière à pouvoir se permettre une telle erreur.

Allen Marksom, son ordure d'ex, lui avait appris sa leçon.

— C'est Callie qui t'a demandé de m'accompagner ? reprit-elle, comprenant soudain.

— Le covoiturage, c'est bon pour l'environnement.

— Callie s'inquiète trop pour moi.

— C'est ton amie, fit-il remarquer.

— Mais je suis sûre que si tu n'y allais pas à cause de moi, tu ne ...

— Deux choses, Sammie, répliqua-t-il d'un ton très sérieux. D'abord, j'aime passer du temps en famille. Ensuite, je ne contrarie jamais une femme enceinte. Autant que tu le saches !

— Je comprends, reconnut-elle avec un petit hochement de tête.

Ils furent interrompus par l'arrivée de l'équipe de Justin Cervantes, le chef de chantier. Les présentations faites, ils passèrent les plans en revue tous ensemble pour s'assurer qu'ils étaient bien sur la même longueur d'ondes. Pleine d'enthousiasme, Sammie comprit que sa vision de Boot Barrage allait enfin se concrétiser.

Elle allait faire de sa boutique un lieu unique, regorgeant de bottes d'une facture et d'une qualité incomparables, sans oublier sa touche personnelle et la garantie de suivi de toutes ses ventes. Elle était incollable sur ses produits et sur leur longévité.

Elle s'occuperait de ses clientes avec le même soin qu'elle mettait à gérer sa collection de bottes personnelle.

— Une fois que nous aurons démarré, vous ne pourrez plus entrer. Pour des raisons de sécurité, leur annonça Justin.

— Vous pensez en avoir pour combien de temps ? s'enquit-elle.

— Nous devons poser l'enduit sur les murs, construire les rayons, le comptoir, faire les peintures. Et M. Worth a insisté pour que ça aille vite. Si nous travaillons tout le week-end, je pense que nous pourrons avoir fini en milieu de semaine prochaine. Nous ne pourrons pas aller plus vite. Je vous tiendrai au courant au jour le jour.

— Ça me semble très bien, admit Jackson.

Son téléphone portable sonna. Il jeta un rapide coup d'œil à l'écran et s'excusa.

Après avoir remercié le chef de chantier, Sammie lui donna son propre numéro de portable. Elle était sur un petit nuage. Son projet prenait enfin vie : elle avait une nouvelle boutique dans laquelle avait été investie une somme suffisante pour lui permettre de partir du bon pied. C'était comme une seconde chance de réaliser son rêve. Non seulement elle avait trois fois plus d'espace qu'à Boston, mais ils allaient en faire un endroit luxueux et confortable. Elle avait l'intention d'y passer le plus clair de son temps. Venir travailler serait un plaisir.

Elle gagna l'arrière-boutique, qui ne tarderait pas à devenir un bureau et une salle de repos pour ses vendeuses. Jackson, qui l'y avait précédée, venait de raccrocher.

— Que se passe-t-il ? demanda-t-elle.

— C'était mon frère, Clay. Il nous invite à un petit spectacle qu'ils donnent à Penny's Song demain soir. Il a appris que nous allions dîner au ranch et suggérait que nous y passions le week-end.

Si Jackson, l'homme d'affaires de la famille, avait élu domicile dans la banlieue cossue de Phoenix, Tagg, l'éleveur de chevaux, et Clay, de bétail, se partageaient l'immense propriété familiale, qui comptait plusieurs bâtisses. Tagg et Callie habitaient le ranch d'origine, construit vers 1800, au pied de la chaîne des Ridge Mountains ; Clay et sa femme, un autre ranch plus éloigné dans les terres.

Penny's Song, un troisième ranch du domaine, avait été transformé par les trois frères en une fondation ayant pour mission d'aider les enfants convalescents à se réadapter à la société. Sammie l'avait visité lors du mariage de Callie et Tagg. En d'autres circonstances, elle se serait réjouie à la perspective d'être de nouveau témoin du bonheur des jeunes enfants.

Pourtant, en entendant la proposition de Jackson, elle sentit une appréhension inexplicable lui étreindre la poitrine. Saurait-elle s'en tenir à sa décision de garder autant de distance que possible avec lui ? Aurait-elle la détermination et la force suffisantes pour remporter cette bataille ?

A son anxiété venait s'ajouter de la culpabilité. Elle redoutait, elle devait bien le reconnaître, de se trouver en présence de Callie et de Jackson réunis. Bien sûr, elle n'avait pas menti à Callie au sujet de Las Vegas. Elle n'avait donné aucune précision, voilà tout. Quand elles en avaient parlé ensemble, elle avait préféré faire diversion. Néanmoins, c'était la première fois qu'elle cachait la vérité à son amie.

— Je suis sûr que tu as déjà des projets pour samedi soir, avança-t-elle, pleine d'espoir.

Jackson secoua la tête avec un haussement d'épaules nonchalant.

— En fait, non.

Se composant un visage de marbre, elle fit en sorte de ne rien laisser paraître de sa frustration. Pourquoi diable n'avait-il pas un rendez-vous, par exemple ?

La sonnerie de son portable vint interrompre ses sombres pensées. Sans avoir à regarder l'écran, elle devina que c'était Callie. Elle commençait à comprendre ce qu'était la vie dans une petite ville : les nouvelles allaient à la vitesse de l'éclair, surtout dans une famille soudée. Elle décrocha et, comme elle s'y était attendue, entendit la voix familière lui dire :

— Tu vas dormir à la maison. Jackson sera chez Clay et Trish.

— Callie, je t'aime beaucoup, mais je ne veux pas m'imposer, répondit-elle avec patience.

— Pas du tout. Un peu de compagnie féminine me fera le plus grand bien. Allez ! s'il te plaît. Viens donc passer le week-end à la maison !

Oubliant sa réticence, elle accepta, de guerre lasse. Il n'était pas question de décevoir sa meilleure amie. Il ne lui restait plus qu'à faire son possible pour supporter la proximité de Jackson pendant quarante-huit heures d'affilée.

C'était sans doute le plus grand défi qu'elle ait jamais eu à relever dans sa vie.

- 3 -

Sans même laisser à Sammie le temps de frapper, Callie ouvrit la porte d'entrée, sortit dans la véranda et l'enlaça tant bien que mal, son ventre proéminent les séparant d'un bon mètre.

— Je suis aux anges que tu sois là pour tout le week-end ! s'exclama-t-elle.

Elle avait le regard brillant, le visage radieux d'une femme sur le point d'être mère.

— Depuis quand dis-tu : « Je suis aux anges » ?

Le rire de Callie résonna à travers l'immensité du domaine.

— Tu sais, j'ai grandi à Red Ridge. A Boston, nous étions « trop contentes » mais, ici, nous sommes « aux anges ». Tu vas voir, tu ne vas pas tarder à parler notre jargon du Grand Ouest sauvage. Ce week-end, nous allons redevenir « colocs ». Tu m'as tellement manqué. Je n'ai qu'une hâte, m'asseoir et rattraper tout ce temps perdu.

Elle était ivre de joie. Sammie sentit des larmes lui picoter les paupières. Callie était comme une sœur pour elle. La chaleur de son accueil la touchait au plus profond de son cœur. Elle n'avait pas ressenti autant d'amour depuis la mort de son père, un homme que son veuvage précoce avait poussé à consacrer beaucoup de temps à sa fille. Si un instant plus tôt elle doutait encore d'avoir fait le bon choix en venant dans l'Arizona, c'était bien fini. Elle savait désormais qu'elle avait pris la bonne décision.

— Toi aussi, tu m'as manqué, affirma-t-elle.

— J'espère juste que votre visite ne perturbera pas votre emploi du temps. Je sais que Jackson et toi avez beaucoup de travail.

En entendant son nom associé à celui de Jackson, elle sentit les battements de son cœur s'accélérer, mais eut vite fait de se ressaisir. Elle ne voulait pas passer son temps à appréhender que leur secret soit découvert. Elle tenait à garder le silence, quitte à endurer les accès de culpabilité qui la rongeaient chaque fois qu'elle entendait prononcer son nom.

— Ne t'inquiète pas, nous sommes parfaitement au point, répondit-elle.

Elle était sincère. Son week-end au ranch ne l'empêcherait pas d'apporter les dernières touches à l'installation de son appartement quand elle rentrerait dimanche soir. Elle avait presque fini d'accrocher ses tableaux et de ranger sa cuisine. Quant à Boot Barrage, les travaux seraient terminés dans le courant de la semaine et elle n'attendait son stock que vendredi.

Elle jeta un coup d'œil à Tagg, qui avait rejoint Jackson devant le pick-up. Les deux frères étaient en grande conversation. Jackson sortit sa petite valise de l'arrière de la cabine et, en se retournant, il surprit son regard. La gorge sèche, elle fut comme transpercée d'une nouvelle flèche de désir brûlant.

Un instant, il fixa ses bottines noires. Rehaussées

de talons de trois centimètres, elles étaient ornées de lanières qui se croisaient sur les mollets, à la grecque.

Il semblait fasciné. Lentement, ses yeux remontèrent sur sa robe à fleurs blanches et noires, pour s'arrêter sur la fine chaîne en argent qui tombait entre ses seins, et sur ses boucles d'oreilles assorties. Puis, sans ciller, il planta son beau regard indigo dans le sien.

Le temps se figea. Son corps, tendu comme une corde, semblait ignorer le serment qu'elle s'était fait de ne plus jamais se laisser émouvoir par ses regards insistants. Elle aurait sans doute à se le répéter des dizaines de fois avant la fin du week-end, mais elle devait à tout prix se ressaisir. Dire qu'elle allait devoir subir ces yeux brûlant de convoitise, veiller à masquer en permanence sa propre vulnérabilité, le tout en priant chaque seconde pour que Tagg et Callie ne découvrent pas la vérité !

La première, elle détourna la tête. Si elle ne savait pas encore comment elle allait s'y prendre, elle se promit de faire de son mieux pour surmonter les émotions contradictoires qu'il lui inspirait.

— Rentrons, l'invita Callie en la prenant par la main. Je veux te montrer la chambre du bébé. Tagg a tout aménagé selon nos souhaits à tous les deux.

Saisissant cette diversion bienvenue, elle s'empressa de répondre :

— Je te suis. Je brûle de curiosité.

A mesure qu'elles s'avançaient dans le couloir, elle sentait un léger parfum de talc pour bébé se rapprocher. Quand elle pénétra dans la chambre ensoleillée, à la suite de Callie, elle resta bouche bée d'admiration.

C'était un véritable royaume de bébé cow-boy.

Les murs crème étaient décorés, d'un côté, d'une barrière blanche derrière laquelle s'ébattaient d'adorables agneaux, chevreaux et poussins, de l'autre, de taureaux et d'étalons bondissant dans une arène de rodéo. Au-dessus du berceau, l'artiste avait peint une boucle de ceinturon de cow-boy sur laquelle s'étalait le nom Rory Worth.

Une décoration d'un goût parfait, idéale pour un petit Worth.

— Callie, c'est magnifique ! s'exclama-t-elle. C'est la plus belle chambre de bébé du monde.

— Merci. J'avoue que nous sommes plutôt satisfaits du résultat, admit son amie dans un accès de fierté.

— Je n'ai jamais rien vu de tel. C'est toi qui as tout imaginé ?

— Oui, c'était mon idée. Tagg a donné son avis, bien sûr. Nous nous sommes beaucoup amusés à choisir les meubles. Et nous avons engagé un artiste peintre. Maintenant que tout est prêt, j'ai hâte que le bébé arrive.

Les yeux ébahis de joie, elle tapota son ventre et lui prit la main.

— Oh ! Sens mon ventre. Il vient de me donner un coup de pied.

Docile, Sammie posa une main sur le ventre rebondi.

— Waouh ! s'exclama-t-elle. Cet enfant est prêt pour le rodéo.

— Je sais. Il est très actif. Il me tient éveillée presque toute la nuit.

Une douce émotion envahit Sammie. Sentir la vie bouger à l'intérieur du corps de son amie l'émerveillait. Bien sûr, elle n'avait pas renoncé elle-même à l'idée d'avoir des enfants. Pourtant, plus le temps passait, plus elle se demandait si elle serait maman un jour. Refusant de se laisser aller à de vains regrets, elle préférait parfois se résigner, sous couvert de pragmatisme. Sa priorité n'était-elle pas de s'adapter à la vie en Arizona et de monter son affaire ? Les enfants viendraient plus tard. Ou jamais. A cette pensée, une infinie tristesse s'empara d'elle, qu'elle chassa bien vite avant de reprendre :

— Ton bébé est vigoureux. Il est en pleine forme, Callie.

— Oui, je crois. Je fais de mon mieux.

— Je n'en doute pas. Ton père a fait de toi une battante.

Le sourire éclatant de Callie disparut.

— En effet, répondit-elle, s'assombrissant.

Sammie comprit soudain sa gaffe. Quelle écervelée elle faisait ! Comment avait-elle pu oublier qu'avant de se marier son amie avait été déchirée entre son amour pour Tagg et son affection pour son père, Hawk Sullivan. Les deux hommes, rivaux en affaires, se détestaient.

— Oh, pardon ! Je suis navrée d'avoir réveillé un souvenir aussi douloureux.

— Ne t'inquiète pas ! lui assura son amie. Si les choses n'ont pas vraiment évolué avec papa, je pense toutefois qu'il commence à s'adoucir. J'espère qu'une fois le bébé né il comprendra ses erreurs et reprendra sa place dans notre vie de famille.

— Tagg est d'accord ?

— Je crois qu'il devient raisonnable. Il fait confiance à mon jugement en ce qui concerne papa, ce qui, pour moi, vaut tout l'or du monde. Mais, quoi qu'il arrive, notre bébé passe en priorité.

— Tant mieux, Callie ! Tagg et toi revenez de loin. Tu as une belle vie, ici !

— Je sais, répondit-elle dans un soupir. Après avoir surmonté nos difficultés, Tagg et moi avons réussi quelque chose d'exceptionnel.

Sammie fixa Callie sans ciller. Son amie l'enveloppait d'un regard plein de bonté. Leur complicité était telle que les mots devenaient inutiles. Son amie, elle le comprenait et la savait sincère, lui souhaitait tacitement de vivre un jour le même bonheur. Au bout de quelques instants chargés en émotion, Callie la prit par la main.

— Allons dans la cuisine. Je dois préparer le déjeuner. Tu pourras tout me raconter sur Boot Barrage. Je veux tout savoir. Ça va être nickel !

— Entendu. Mais à une condition : tu arrêtes d'utiliser ce genre d'expression : « Ça va être nickel. » Ça te ressemble tellement peu…

Bras dessus, bras dessous, elles sortirent de la future chambre du bébé en riant.

Jackson s'avança vers Callie, occupée à couper un concombre, et déposa un baiser sur sa joue.

— Comment va ton petit Rory Rodéo aujourd'hui ?

Sa belle-sœur se détourna du plan de travail avec une moue charmante.

— Arrête de l'appeler comme ça et il ira très bien.

— Je suis payé par Tagg pour l'appeler comme ça.

— Je te donnerai plus.

— Ah bon ? Tu proposes combien ? plaisanta-t-il.

Sammie, qui coupait les tomates, ne perdait pas une miette de leur badinage. Callie se tourna vers elle.

— Imagine un peu ! Ce sale type est en train de négocier sur le dos de son futur filleul.

Feignant un air consterné, Sammie secoua la tête et répondit :

— Franchement, ce n'est pas joli, joli. Jamais je ne ferais une chose pareille. Rory fera vite la part des choses entre sa marraine et son parrain.

Le coup d'œil surpris de Jackson ne lui échappa pas. Son sens de la repartie semblait l'étonner. Mais elle apprenait vite. Cela valait mieux pour elle si elle voulait rester en phase avec les Worth.

Il piqua une tranche de concombre, la porta à sa bouche et recula pour esquiver le coup de Callie.

— Hé, c'est ton mari le coupable. Pas moi.

Elle mit la laitue dans un saladier. Sammie ajouta les tomates, se réjouissant de voir qu'elles travaillaient au coude à coude, comme à l'époque où, étudiantes, elles partageaient le même appartement.

Tagg surgit alors sur le seuil et, les bras croisés, s'adossa au chambranle de la porte. Devant le regard adorateur dont il enveloppait Callie, Sammie réprima un petit soupir. Les frères Worth étaient d'une beauté renversante et, quand ils regardaient une femme ainsi, c'était le paradis.

— Débrouille-toi tout seul, mon vieux, ironisa-t-il à l'intention de son frère. N'oublie pas que j'habite ici.

Le regard espiègle, Jackson riposta.

— Rory aussi. Pauvre gamin ! Quand il sera au lycée, il rêvera encore des agneaux et des chevreaux sur les murs de sa chambre.

Son visage se fendit d'un sourire ravi. Il semblait satisfait de sa blague. Alors que Callie secouait la tête avec affliction, Tagg riposta :

— Peut-être rêvera-t-il plutôt de rodéo.

— Je te défends d'aller mettre des idées de rodéo dans la tête de ton fils ! le rabroua Callie. Ce ne serait plus un rêve mais un cauchemar.

— Moi ? Jamais de la vie ! affirma son mari en enlaçant sa taille arrondie. Mais, chérie, tu sais bien que ce garçon va mater des chevaux sauvages. Peut-être même mater certains de mes étalons, ici, au ranch.

Le regard débordant d'amour que Callie adressa à son mari fit fondre Sammie de tendresse. Elle la regarda frôler les lèvres de Tagg d'un rapide baiser.

— Le dîner est prêt, lança-t-elle alors. Jackson et Sammie, allez vous mettre à table, Tagg va m'aider.

— Non, je vais t'aider, protesta Sammie en s'emparant des gants. Ça me rappellera le bon vieux temps. Cela fait bien huit mois que je n'ai pas un peu chouchouté ma vieille amie.

— Ne t'inquiète pas, je ne me suis pas privée de me faire chouchouter, lui assura Callie.

— Mais pas par moi.

— Eh bien, surtout, ne te gêne pas, lança Tagg.

Il ouvrit la porte du réfrigérateur, en sortit deux bières et en lança une à Jackson, qui l'attrapa avec le plus grand naturel. Puis les deux frères gagnèrent la salle à manger.

Sammie savoura sa petite victoire. Non seulement, en aidant Callie, elle avait l'impression de faire partie de la famille, mais, à présent que Jackson était sorti de la cuisine, elle allait avoir quelques instants de répit.

Hélas, son sentiment de satisfaction fut de courte durée. Elles étaient seules depuis quelques secondes à peine quand la question de Callie fusa.

— Vous avez l'air de bien vous entendre, Jackson et toi, non ?

Elle ne répondit pas tout de suite, feignant de se concentrer sur le rôti qu'elle sortait du four. Les idées se bousculaient à toute vitesse dans sa tête. Qu'elle le veuille ou non, elle n'allait pas pouvoir éviter cette conversation. La curiosité de Callie était bien naturelle, après tout, songea-t-elle en déposant le plat sur le plan de travail.

— Oui, plutôt, répondit-elle, laconique.

— Il a le sens des affaires. Entre ton intelligence et son soutien financier, vous allez faire des merveilles avec Boot Barrage.

— Merci, se contenta-t-elle de dire.

Elle ne tenait pas à s'étendre sur le sujet ni, surtout, à mentir à Callie. Elle se sentait déjà bien assez minable de lui avoir caché leur aventure de Las Vegas.

— Jackson est un chic type, il fera un bon associé.

— Oui, fit-elle.

Prenant son air le plus affairé, elle souleva la feuille d'aluminium du rôti et agita la main pour chasser le nuage de vapeur. Une puissante odeur d'oignons, d'herbes et de lard emplit la pièce.

— Ç'a l'air délicieux, fit-elle remarquer.

— C'est le plat préféré de Jackson. Mon beau-frère est parfois ronchon, mais il a très bon cœur.

Elle réprima un soupir résigné. Callie semblait avoir décidé d'insister. Pas moyen d'éluder la conversation.

— En tout cas, sans vous deux, jamais je n'aurais pu remonter une affaire. J'ai une dette envers vous.

— Tu m'as assez remerciée, Sammie. Tu ne me dois rien du tout. Et si Jackson n'avait pas pensé sincèrement que tu avais ta chance dans l'Arizona, il n'aurait pas pris le risque de s'associer avec toi, j'en suis sûre.

— Ah bon ? s'étonna-t-elle. Je croyais que c'était ton intervention qui avait fini par le convaincre.

Après avoir recouvert une corbeille de pain d'une serviette à carreaux rouges et blancs, Callie entreprit de tourner la salade.

— En partie, oui, reconnut-elle en riant. Il ne refuse rien aux femmes enceintes ! Du moins, c'est ce qu'il m'a dit à plusieurs reprises. Avec lui, j'ai carte blanche. J'ai appris à aimer Jackson comme un frère. Et tu sais combien je tiens à toi. J'ai pensé que vous pourriez vraiment vous entendre sans problème.

Sammie lui jeta un regard intrigué. Que diable voulait-elle dire par là ?

— Quel genre de problème ? demanda-t-elle, cédant à la curiosité.

L'air entendu, Callie prit la corbeille à pain.

— Le genre de problème qui consisterait à avoir une aventure avec lui. Mais tu es bien trop maligne pour ça.

— Oh, ça ! fit-elle de son ton le plus dégagé.

Sans rien ajouter, elle prit les couverts à découper et se concentra sur le rôti.

— Il est très beau, reprenait son amie, il a un charme démoniaque, mais il n'est…

— Pas mon type, coupa Sammie.

Ce n'était pas un mensonge. Jackson était tellement

loin du genre d'homme qu'elle pouvait espérer séduire un jour que c'en était risible.

Callie laissa échapper un soupir de soulagement.

— Je suis heureuse de l'entendre. Jackson est plein de bonnes intentions, il ne veut faire souffrir personne. Mais c'est un sacré bourreau des cœurs depuis son histoire avec cette fille dont il était fou à l'école, Blair Caulfield. Depuis qu'elle l'a quitté quand il avait dix-sept ans, il a la phobie des relations à long terme. Pourtant, il plaît aux femmes. Tu imagines, avec ce physique ! Mais il n'a jamais voulu se fixer. Et il a réduit à néant les espoirs de bon nombre d'entre elles.

Sammie sentit son cœur se serrer. Ce qui s'était passé à Las Vegas entre Jackson et elle appartenait au passé. Elle ne pouvait rien y changer. De toute façon, elle avait tout oublié de sa nuit dans ses bras, même le plus agréable. Malgré son sentiment de culpabilité, elle devait rassurer Callie, lui affirmer que tout irait bien.

— Si tu cherches à me mettre en garde contre Jackson, ce n'est pas nécessaire. Je comprends.

Bien sûr, elle aurait payé cher pour en savoir plus sur Jackson et Blair Caulfield. Mais le moment était mal choisi pour approfondir le sujet.

— C'est pour ton propre bien, chérie. Après tout ce qui s'est passé avec cette ordure d'Allen et…

— Et la mort de mon père ? interrompit Sammie.

Elle reconnaissait bien là la délicatesse de son amie adorée. Pas un jour ne passait sans qu'elle pense à son père. Et, quand les souvenirs affluaient, elle essayait de se concentrer sur les années heureuses, avant sa maladie. Or, Callie était assez sensible pour savoir que sa douleur, intacte, était tapie au fond de son cœur.

— En effet, reprit Callie. Tu as traversé bien assez d'épreuves, je ne supporterais pas de te voir souffrir de nouveau. Après tout, maintenant, tu fais partie de ma famille.

Son malaise se dissipant, Sammie sentit la joie l'inonder. Que pouvait-elle souhaiter de plus qu'être acceptée en tant que membre de la famille ?

— Vraiment ?

— Vraiment, fit Callie en hochant la tête avec vigueur. Et, maintenant, allons servir nos hommes. Les frères Worth sont de mauvaise humeur quand ils ont faim.

Fièrement chargées des différents plats du dîner, elles s'avancèrent vers la salle à manger.

— Et si vous dansiez, tous les deux ? suggéra Callie.

Jackson eut un petit rire. La dernière fois qu'il avait dansé avec la jolie brune à la taille svelte, elle avait fini dans son lit.

— Non, merci, dit-il en jetant un coup d'œil éloquent à Sammie. Tagg et moi nous contenterons de vous regarder.

Il s'adossa au canapé du salon et allongea les jambes.

— Tu as une meilleure partenaire de danse que moi, maintenant, chérie, renchérit Tagg.

— Tu as raison, mon cœur, admit Callie. Sammie et moi dansions beaucoup quand nous étions étudiantes.

Face à face devant la cheminée, un verre de cidre à la main, les deux amies oscillaient en mesure. La voix de baryton de Clayton Worth s'échappait de la chaîne hi-fi. Avant de se consacrer au ranch familial, Clay avait fait une carrière de superstar pour adolescentes. Ses chansons faisaient désormais partie des classiques du country et tous ses fans en connaissaient les paroles par cœur.

Après avoir échangé un signe de connivence avec Callie, Sammie déclara, une lueur taquine dans les yeux :

— Si cela peut calmer Rory, en bonne marraine, je veux bien danser. Comme je le disais tout à l'heure, ce bébé saura vite faire la part des choses entre sa marraine et son parrain.

— Tu te crois drôle ? riposta Jackson du tac au tac.

Avec un haussement d'épaules désinvolte, elle but une gorgée et recommença à se balancer d'avant en arrière. Jackson étouffa un juron. Elle était tellement sexy dans sa petite robe d'été et ses boots.

Callie s'empressa de voler au secours de son amie.

— Non seulement elle est drôle, mais elle assure sur une piste de danse.

Comme pour illustrer ses paroles, toutes deux se mirent à tournoyer en cadence. Puis elle reprit, une main sur son ventre :

— En tout cas, Rory adore. C'est agréable de ne pas sentir ses coups de pied. Je crois qu'il veut sortir.

Jackson buvait son vin rouge à petites gorgées. Il avait le plus grand mal à détacher les yeux de Sammie. Ce qui, pour les deux amies, n'était qu'un petit jeu innocent, mettait tous ses sens au supplice.

Malgré lui, ses pensées le ramenèrent à la nuit où il avait fait l'amour avec elle : il revoyait ses mains voguer sur son corps magnifique, éprouvant la fermeté de sa peau satinée. Il avait caressé ses petits seins ronds, admiré leur perfection, avant de les embrasser, savourant leur goût. Il l'avait désirée avec une avidité d'une violence qu'elle avait su assouvir. A ce souvenir, il frissonna de tout son être et sentit poindre un début d'érection.

— Quelque chose ne va pas ? chuchota Tagg en le dévisageant avec attention. Tu transpires à grosses gouttes.

Il s'empressa de détourner les yeux. Les deux femmes avaient dansé jusqu'à la fenêtre. Elles ne pouvaient plus les entendre.

— Non, non, ne t'inquiète pas, lui assura-t-il en s'essuyant le front d'un revers de main. Tout va bien.

— Tu es sûr ? Je t'ai déjà vu cette expression.

Il ne put retenir un geste d'humeur. Son frère commençait à l'énerver avec sa sollicitude !

— C'est bon, je n'ai rien, Tagg ! lâcha-t-il. Et si c'était le cas, ce ne serait pas ton problème.

— Donc il n'y a pas de problème ? insista ce dernier.

De plus en plus agacé, il prit la bouteille de vin et remplit les deux verres vides.

— Ce n'est pas ce que j'ai dit, riposta-t-il.

— Très bien !

Les dernières notes de la chanson laissèrent place au silence et les deux amies vinrent les rejoindre sur le canapé. Callie leur lança un regard curieux.

— De quoi parliez-vous ?

— Je m'apprêtais à demander à Jackson s'il avait du nouveau concernant le terrain qu'il rêvait d'acheter.

— Ah, oui, c'est vrai. Tu en es où ?

— Ça n'avance pas vraiment, répondit-il. J'ai découvert hier à qui appartenait cette terre.

— Quelle terre ? s'enquit Sammie avec curiosité.

— Raconte, Jackson.

Répondant à l'invitation de sa belle-sœur, il se carra au fond du canapé, mettant un peu d'espace entre Sammie et lui. Malgré ses joues encore rosies d'avoir dansé et son parfum sucré qui le grisait, il parvint à se concentrer sur son récit.

— Mon père a essayé pendant des années d'acheter le lopin qui s'étend sur l'autre rive d'Elizabeth Lake. C'est un très beau terrain, qui faisait partie du domaine familial autrefois et qui a été un jour cédé par erreur. Mais le propriétaire, un vieil entêté, n'a jamais voulu s'en séparer. Ce qui était à lui le resterait et aucune somme d'argent ne le ferait vendre, affirmait-il à qui voulait l'entendre.

— Nous ne voulons pas non plus qu'elle soit exploitée par des promoteurs, expliqua Tagg.

— Certains sont intéressés ? demanda Sammie.

— La rumeur dit que oui. Qu'il y aurait un projet de construction de logements sur la rive du lac. Il ne s'est jamais concrétisé mais, maintenant, il y a du nouveau. Le vieux Pearson Weaver a finalement vendu, expliqua Jackson avec un rictus de dégoût.

— Et as-tu découvert le nom de l'acquéreur ? demanda Tagg, intrigué.

L'œil sombre, la mâchoire crispée, Jackson ne répondit pas tout de suite. Oh, oui, il l'avait découvert ! Et, depuis, il n'avait de cesse de se répéter qu'elle ne lui était plus rien. Mais, même s'il vous a brisé le cœur, on n'oublie pas son premier amour.

Il avait entendu dire qu'elle était revenue voir sa tante Muriel à plusieurs reprises entre deux mariages.

Pourtant, depuis qu'elle avait quitté la ville plus de quatorze ans auparavant, il ne l'avait jamais revue.

Or, non seulement elle était revenue à Red Ridge, mais elle était la nouvelle propriétaire de la terre qu'il convoitait. Il détestait penser à elle et encore plus prononcer son nom.

— Blair Caulfield, lâcha-t-il dans un souffle.

- 4 -

Sammie avait passé la matinée suivante avec Callie, profitant enfin de chaque minute d'intimité avec son amie. C'était bon de se confier après ces mois éprouvants : elle lui avait raconté ses projets pour Boot Barrage, son installation dans son nouvel appartement ; elle lui avait aussi parlé de son ex, de la façon dont il l'avait dépouillée et lui avait brisé le cœur. Comment elle était tombée sous son charme, sans se douter une seconde qu'elle avait affaire à un arnaqueur professionnel dont la seule intention était de l'embobiner et de filer avec son argent. Inquiète pour sa prochaine victime, elle avait communiqué à la police tous les détails le concernant. Elle espérait bien qu'il se ferait pincer un jour.

Puis, laissant son amie se reposer, elle était sortie. Adossée à la barrière du corral, elle regardait une fougueuse jument caracoler. Son nom, Ruby, faisait référence à une légende qui remontait à la fondation du ranch et dans laquelle il était question d'un collier de rubis.

Après qu'elle se fut rappelé encore une fois à quel point l'histoire de leur famille comptait pour les Worth, ses pensées dérivèrent vers Blair Caulfield. Que s'était-il passé et que restait-il entre l'aîné des frères

Worth et cette femme ? Jackson l'impassible, dont le visage ne trahissait jamais la moindre émotion, avait paru vraiment contrarié quand, la veille, il avait fait référence à Blair. Etait-ce uniquement parce qu'elle l'avait doublé pour l'achat de cette terre ? Ou était-il troublé par le retour de son ex à Red Ridge ? Elle tressaillit. Inutile de se mentir. La question lancinante qui l'obsédait depuis la veille, lui étreignant le cœur d'une angoisse inexplicable, était de savoir si Jackson avait encore des sentiments pour cette femme. Pouvait-il encore aimer une femme qui lui avait brisé le cœur, avait bafoué sa fierté, lui laissant une blessure à vie ?

— Où est Callie ?

Surprise, elle sursauta. Elle avait reconnu la voix de Jackson. Elle se retourna vivement. Il s'approchait de son pas nonchalant. Et, comme toujours à sa vue, l'émotion l'étreignit.

— Je pensais que vous ne vous quitteriez pas d'une semelle, aujourd'hui, reprit-il de sa voix caressante.

— Et tu ne te trompais pas. Mais Callie se repose. Tout à l'heure, nous irons faire des courses à Red Ridge.

Il s'adossa à la barrière, à côté d'elle. Ruby donna un petit coup de naseau amical à Freedom, le palomino de Callie, et les deux juments renâclèrent doucement.

— Ah, oui ? Vous avez besoin de quelque chose en particulier ? s'enquit-il.

— Non. En général, les femmes n'ont pas besoin de quelque chose de particulier pour faire du shopping, fit-elle avec un sourire narquois.

Il secoua la tête d'un air faussement accablé.

— Tu es loin d'être aussi gentille que tu en as l'air, Sammie.

— J'espère bien ! Déjà que l'on m'a prise pour une ado de quinze ans…

Elle frissonna à cette pensée.

— Et alors, pour toi, ce n'est pas un compliment ? s'étonna-t-il.

— J'avoue que non, je ne l'ai pas pris comme ça.

— Et je te rassure, tu n'as pas l'air d'avoir quinze ans. Franchement pas, ajouta-t-il dans un soupir en laissant ses yeux s'attarder sur elle avec désinvolture.

Elle tenta de calmer les battements désordonnés de son cœur. Elle avait une conscience aiguë de son regard sur elle, comme s'il la déshabillait. Même si, concrètement, il l'avait déjà fait, elle préférait ne même pas y penser.

Les sentiments contradictoires se bousculaient en elle. D'abord, que faisait-il ici ? N'était-il pas descendu chez Clay et Trish ? Par ailleurs, elle était l'invitée du clan Worth. Elle pouvait difficilement lui demander de la laisser tranquille. Puisqu'elle était parvenue à discipliner son trouble, pourquoi ne pas plutôt profiter de sa compagnie ? Il était son plaisir coupable. Encore ce sentiment de culpabilité… mêlé toutefois d'une force, d'une certitude nouvelle. Son attirance incontrôlable pour Jackson lui donnait comme une audace que jamais elle n'aurait soupçonnée en elle.

— Donc, d'après toi, je ne suis ni si drôle ni si gentille que ça. Je commence à me demander ce que je suis, railla-t-elle en feignant une assurance qu'elle était loin de ressentir.

Il lui décocha l'un de ses sourires ravageurs.

— Tu cherches les compliments, Sammie ?

Après une courte hésitation, elle répondit avec franchise :

— Peut-être.

Jackson regarda son blue-jean impeccablement rentré dans des bottes à mi mollet, de couleur crème. Entre eux, la tension était soudain tangible. Les paupières mi-closes, il lui répondit avec une gravité inattendue :

— Si je te dévoilais le fond de ma pensée, je serais obligé de te tuer.

Elle le fixa, comme enchaînée à son regard brûlant. Puis, d'une voix un peu saccadée, elle murmura :

— Tu es un dégonflé.

— Je ne suis pas un dégonflé, Sammie. Et, pour te le prouver, je vais te faire un aveu qui va peut-être te surprendre : je ne couche pas avec n'importe quelle femme. Je suis sélectif.

Elle sentit un pincement au cœur.

— Donc, avec moi, tu as fait une exception à ta règle.

— Absolument pas ! se défendit-il. Et tu le sais très bien.

Elle s'était juré de ne plus en parler. N'avaient-ils pas passé un pacte à Las Vegas ? Pourtant, elle semblait incapable de changer de sujet.

— Tout ce que je sais, c'est que, ce soir-là, je t'ai fait des avances. Mais peux-tu m'en blâmer ? Tu avais tout du remède idéal pour femme en manque d'affection.

La mâchoire de Jackson se contracta.

— J'ose espérer que je suis un peu plus que ça, argua-t-il, se rembrunissant.

Elle se rabroua intérieurement. Et voilà ! Encore une fois, elle avait tout gâché. La plupart des hommes auraient pris l'honnêteté de son aveu comme un compliment. Mais Jackson était sans doute las de toutes ces femmes qui se jetaient à sa tête. Il devait s'attendre à une attitude plus élégante de sa part. Elle aurait dû ménager sa susceptibilité. D'un autre côté, qu'y pouvait-elle s'il était l'incarnation même du fantasme de toutes les femmes ?

— Jackson, je suis navrée. Je me suis mal exprimée. Je sais que tu es beaucoup plus que…

D'une main levée, il l'interrompit.

— Tu n'es pas obligée de me croire, mais je te signale que je te trouve charmante, mignonne et très drôle. J'avais envie de toi, ce soir-là, Sammie. Et si les circonstances étaient différentes…

Il marqua une pause et, encore une fois, regarda ses bottes. Gênée, elle se dandina et croisa les chevilles.

— Quoi ?

Elle réprima un soupir. Si les circonstances étaient différentes, il voudrait avoir une aventure avec elle ? Une liaison à court terme ? Elle aurait donné cher pour connaître ses pensées.

— C'est délicat, finit-il par dire.

— En effet, répondit-elle avec un faible sourire.

Pour ajouter à son trouble, il la dévorait toujours de son regard à l'expression insondable.

— Je suis certain d'une chose, je ne veux pas te faire de peine. Je commence à devenir nerveux quand une femme veut que je rencontre sa famille. Ou parle d'acheter des meubles ensemble, voire de passer des vacances avec moi. Je ne suis pas fait pour les relations sérieuses. Je ne suis pas du genre… permanent. Je laisse le « ils se marièrent et vécurent très heureux » à mes frères.

Elle afficha un visage serein. En théorie, le fait de rencontrer sa famille ne serait pas un problème. Elle n'en avait plus. Elle avait tous les meubles dont elle avait besoin et n'avait pas prévu de longs voyages dans l'avenir. Elle comptait rester à Red Ridge. Mais le message de Jackson était clair. Cela rejoignait ce que Callie avait essayé de lui expliquer la veille.

Pourtant, entendre que Jackson la trouvait séduisante la stupéfiait. Ou que, tout au moins, malgré ses hanches étroites et ses cheveux courts, il l'avait trouvée assez désirable pour passer une nuit avec elle à Las Vegas. Elle trouvait presque plus rassurant de penser qu'elle ne lui faisait aucun effet.

Perdue dans ses pensées, elle sursauta lorsqu'une voix grave lança :

— Salut !

Ils tournèrent la tête. Tagg traversait la cour dans leur direction.

Discrètement, Sammie fit un pas en arrière.

— Bonjour, Tagg, répondit-elle avec un grand sourire.

Il leur jeta tour à tour un regard interrogateur.

— Tu es prêt pour notre balade à cheval ? s'enquit Jackson d'un ton dégagé.

— Bien sûr, acquiesça son frère. Il y a un moment que nous n'en avons pas fait ensemble.

Se tournant alors vers elle, il ajouta :

— Je t'aurais bien proposé de te joindre à nous. Mais Callie t'attend pour aller faire des courses. Elle doit encore avoir quelques boutiques pour bébés à dévaliser.

— J'ai entendu dire que tu n'étais pas le dernier ! lança-t-elle, taquine.

Avec un sourire bienveillant, il répondit :

— Je l'avoue. Mais dites-moi, vous aviez l'air en grande conversation. Ai-je interrompu une discussion d'affaires importante ?

— Non, rassure-toi. Nous bavardions de la pluie et du beau temps, répondit Jackson. Tu es prêt ?

— Oui. Je vais prendre Wild Blue. Tu peux monter Freedom. Elle s'ennuie depuis que Callie ne sort plus.

— Je ferai de mon mieux pour la réconforter.

— C'est ta spécialité, ironisa Tagg.

Son frère le fusilla du regard, mais ne répondit rien.

— A tout à l'heure, Sammie ! lança-t-il alors en portant une main à son Stetson.

— Dis à ma femme d'éviter de vider le compte en banque, ajouta Tagg avec un clin d'œil.

Elle éclata de rire.

— Tu peux compter sur moi. Bonne promenade !

Laissant les deux frères se diriger vers l'écurie, elle regagna la maison, le cœur soudain plus léger. Elle était ravie de faire une escapade en ville avec sa meilleure amie. Au moins, cet après-midi, elle allait échapper aux regards insistants de Jackson.

La soirée serait déjà bien assez longue.

Sammie balaya les lieux d'un regard admiratif. Jackson au volant du pick-up, ils avaient pris la direction de Penny's Ranch, suivis par Tagg et Callie et, après avoir garé les voitures, s'avançaient vers le petit ranch.

— J'aime ce que vous avez fait de cet endroit, déclara-t-elle.

Baignés par la lumière rose du crépuscule, les lieux débordaient d'activité. En pleine répétition pour le spectacle, des enfants d'âges divers en costumes de western évoluaient dans une harmonie parfaite, dirigés par leurs instructeurs bénévoles.

— C'est surtout l'œuvre de Clay et de Trish, expliqua Jackson. Tagg, Callie et moi donnons un coup de main de temps en temps.

Sa petite fille adoptive dans les bras, Trish s'avançait vers eux, suivie de son mari.

— Bonjour, leur lança-t-elle, avec un sourire affable.

— Trish, je te présente Sammie Gold, fit Jackson.

— Je suis contente de vous rencontrer enfin. Et je vous félicite d'avoir lancé votre boutique de bottes. Je suis une fan. J'en porte presque tout le temps.

— Dans ce cas, nous n'allons pas manquer de sujets de conversation, répondit Sammie avec enthousiasme.

Elle dirigea alors son attention vers l'adorable bébé blond qui, de ses yeux aussi clairs que l'eau d'un lac, la dévisageait.

— Comme elle est belle ! s'exclama-t-elle.

— Merci. C'est aussi notre avis. Elle s'appelle Meggie.

— Bonjour, Meggie, dit-elle alors, souriante.

Jackson caressa doucement la tête du bébé. Puis, se penchant, il déposa un baiser plein de tendresse sur sa joue.

— Comment va ma petite crevette aujourd'hui ?

Sammie lui lança un coup d'œil stupéfait. Il avait parlé avec une telle douceur qu'elle se sentit envahie d'une émotion indicible. Mais elle devait faire barrage à toute forme d'attendrissement. Si Jackson était capable de tendresse, elle ne voulait rien en savoir. Avec lui, elle avait atteint ses limites.

— Tout va bien, oncle Jackson, répondit Trish pour sa fille.

— Surtout, n'oublie pas : pas de petits amis avant la fac, ironisa-t-il alors feignant un air grave.

— Pas avant ses trente ans et uniquement si le type me plaît, indiqua Clay.

— Quelle chance elle a d'avoir un père comme toi ! renchérit Jackson avec un sourire entendu.

Son frère se rengorgea.

— Tu sais, c'est une expérience fabuleuse. Tu devrais essayer un jour.

Jackson secoua la tête.

— J'ai Meggie et Rory à gâter. Ça m'occupera assez. A propos, ajouta-t-il en tirant une petite boîte en métal de sa poche et en la tendant à Trish, j'ai trouvé ça pour ta fille. Tu veux l'ouvrir ?

— Tu lui as encore acheté un cadeau ? s'étonna sa belle-sœur.

Avec un haussement d'épaules dégagé, il répondit :

— A quoi servent les oncles ?

— Tu n'as pas besoin de lui faire des cadeaux, tu es déjà un oncle fabuleux !

— Mais cela ne peut pas faire de mal. J'assure mes arrières. Je veux être son oncle préféré.

Sammie n'avait pas perdu une miette de la scène. Elle brûlait de savoir ce que contenait la boîte.

Avec un sourire indulgent, la maman ouvrit l'écrin qui renfermait un ravissant bracelet pour bébé. Après l'avoir glissé au poignet délicat de sa fille, elle se hissa sur la pointe des pieds pour embrasser la joue de son beau-frère.

— C'est magnifique, Jackson ! Merci.

— Oui, merci, lâcha Clay.

Cette touchante scène familiale inspirait à Sammie un mélange d'émotion et d'envie. A voir le regard brûlant d'amour de Jackson, il n'était pas difficile de comprendre que, pour lui, sa nièce comptait plus que tout.

Luttant contre son trouble, elle se jura de se tenir à l'écart de lui le reste de la soirée. Hélas, le destin en avait décidé autrement. En effet, Clay voulut les présenter à la douzaine d'enfants présents à Penny's Song ce jour-là. Ils arpentèrent le centre pour rencontrer les filles, les garçons et les nombreux parents venus les accompagner. A son grand désarroi, elle fut prise plusieurs fois pour la femme de Jackson. Trop embarrassée pour réagir, elle le laissa volontiers éclaircir le malentendu, ce qu'il fit avec sa décontraction et son charme habituels.

L'odeur de son parfum boisé la suivait partout et, de temps à autre, quand il se penchait pour parler à un enfant, leurs épaules se frôlaient, mettant ses nerfs à vif. Elle s'efforça pourtant d'afficher un visage serein.

Au demeurant, il régnait à Penny's Song une atmosphère si particulière qu'elle ne tarda pas à se détendre. La famille Worth avait mis toute son énergie, toute son âme, dans le projet. Son succès était leur récompense, une preuve véritable de la générosité et de la gentillesse des Worth. Si elle ressentait déjà une immense fierté d'être traitée en membre de la famille, le bonheur que Penny's Song apportait aux petits convalescents ne faisait que renforcer ce sentiment.

Quand l'heure arriva d'assister au spectacle du soir, elle prit place sur l'un des longs bancs de bois des gradins, entre Jackson et Tagg. Assise à côté de son mari, Callie était au bord de l'allée de façon à pouvoir étendre ses jambes.

Elle mordilla sa lèvre inférieure avec nervosité. Et si la même configuration persistait à se répéter ? Tagg avec Callie, Clay avec Trish… et, inévitablement, Jackson avec elle. N'étaient-ils pas les deux cœurs à prendre ? Du moins, tant que l'un ou l'autre ne ferait pas une rencontre importante.

Ce qui, dans son cas, ne risquait pas d'arriver. Non seulement elle ne cherchait pas à se caser mais, en plus, elle n'avait pas une seconde à elle. Comment, dans ces conditions, aurait-elle pu rencontrer un type bien ? Quant à Jackson, ne venait-il pas de lui exposer sa phobie de l'engagement ? Il était peu probable qu'il amène un jour une femme à Penny's Song.

Sa belle voix grave vint interrompre le fil de ses pensées.

— C'est une belle soirée pour un spectacle, fit-il en étendant un bras nonchalant sur le dossier du banc, derrière elle.

C'était un geste plein d'innocence. Mais, quand il frôla sa nuque, elle sentit tout son corps se raidir.

— Détends-toi, Sammie, lança-t-il d'un air narquois.

— Je suis tout à fait détendue, siffla-t-elle à travers ses dents serrées.

En entendant son petit rire, elle sentit son sang bouillonner et se tourna vers Callie.

En attendant le début du spectacle, elle allait l'ignorer, voilà tout. Puis elle s'émerveilla devant les différents numéros : chansons de feux de camp, rap, danse classique, sketches parodiques. Pour des amateurs, c'était une véritable réussite, en dépit des quelques couacs : une panne d'éclairage, une fillette effarouchée qui se mit à pleurer avant d'être réconfortée par une plus grande…

Une fois les derniers applaudissements taris, elle se dirigea vers les voitures avec les autres. Jackson, qui avait reçu un coup de téléphone, était resté en arrière.

Encore impressionnée par la qualité du travail des petits convalescents, elle s'exclama :

— Les enfants ont été fabuleux !

— Oui. Avec l'adoption de Meggie, c'est ce qu'on a fait de mieux dans la vie, répondit Clay.

— Vous avez fait un travail formidable, déclara-t-elle. Meggie va grandir dans un environnement merveilleux.

Son bébé profondément endormi dans ses bras, Trish sourit et déposa un baiser sur le petit crâne blond.

— Oui, admit-elle, cette fondation est une sacrée réussite.

— Sammie ! appela soudain la voix de Jackson.

Elle sursauta et fit volte-face. Il s'avançait vers elle à grandes enjambées. Soudain inquiète, elle lui lança un coup d'œil surpris. Pourquoi avait-il l'air si grave ?

— Quelque chose ne va pas ?

— Ne panique pas, d'accord ?

Elle sentit un pincement au cœur. Combien de fois avait-elle entendu cela dans sa vie ? « Ne panique pas, ton père est en train de mourir. Ne panique pas, ton petit ami t'a piqué toutes tes économies. »

— Je ne peux pas te le promettre. Qu'est-ce qui ne va pas, Jackson ?

Avec un rictus, il plissa les yeux, comme s'il hésitait à lui annoncer la nouvelle. Puis, après avoir poussé un profond soupir, il déclara :

— Justin vient de me téléphoner. Un incendie s'est déclaré à la boutique. Ils avaient tout juste fini de travailler. Ils ont appelé les pompiers. Selon lui, il y a eu un court-circuit. Une étincelle, et tout a pris feu.

Soudain affolée, elle s'exclama :

— Oh, non ! Personne n'est blessé ?

L'expression de Jackson se détendit.

— Non, heureusement. Mais je dois aller sur place. Si tu veux, tu peux rester ici avec Callie.

— Non, protesta-t-elle, je veux y aller avec toi. Je veux me rendre compte par moi-même de l'étendue des dégâts.

— D'accord, acquiesça-t-il en hochant la tête. Je m'en doutais.

Après avoir pris congé, ils firent une première halte chez Clay et Trish pour récupérer le sac de Jackson, puis chez Tagg et Callie pour prendre le sien, avant de se mettre en route. Le long trajet de retour à Scottsdale se fit dans un silence presque total, rompu de temps à autre par la voix de Jackson, qui cherchait à la rassurer.

Mais, malgré ses paroles de réconfort, elle était incapable de faire taire son angoisse. Elle redoutait le pire. Pourvu que, pour une fois, le fameux « ne panique pas » ne soit pas de trop mauvais augure !

*
* *

Jackson gara le pick-up devant la boutique, en descendit et laissa échapper un juron. Les pompiers étaient déjà repartis et l'équipe de Justin s'efforçait de réparer tant bien que mal la vitrine qui avait explosé. Les cloisons intérieures étaient en ruines et les travaux de rénovation, réduits à néant.

Devant ce spectacle de désolation, Sammie fut gagnée d'une tristesse infinie. Boot Barrage, son rêve le plus cher, n'était plus qu'un tas de cendres. Une répugnante odeur avait envahi les lieux. La fumée lui piquait les paupières et lui brûlait les yeux. Au moins, elle avait une bonne excuse pour ses joues humides de larmes, se dit-elle en tordant un mouchoir entre ses doigts.

Jackson, qui venait d'inspecter les locaux, le lui prit des mains.

— Ne pleure pas, plaida-t-il en lui tapotant les joues.

— J'essaye, renifla-t-elle. Mais c'est une telle catastrophe.

Rassemblant tout son courage, elle reprit un peu contenance.

— Hé ! Tout ici peut être réparé ou reconstruit ! fit-il avec douceur.

— Vraiment ?

— Justin l'a dit.

— Ça va être cher.

— Oui, reconnut-il en lui tamponnant de nouveau les yeux.

Elle hocha la tête et reprit d'une voix altérée :

— Ç'aurait pu être pire. Personne n'a été blessé. Et nous sommes assurés, n'est-ce pas ?

Il sourit.

— Oui, nous sommes assurés.

Elle le savait déjà, bien sûr. Mais cela la réconfortait de l'entendre de la bouche de Jackson. Si les fils électriques étaient en faute, il y aurait contestation, mais c'était un autre problème et, demain, il ferait jour.

— Demain, l'équipe nettoiera tout. Cela ne devrait pas beaucoup nous retarder. Ce n'est pas la fin du monde.

— Ce n'est pas la fin du monde, admit-elle.

Pourtant, chaque fois qu'elle progressait d'un pas, elle avait l'impression d'avoir à reculer de deux.

— Nous allons repousser notre inauguration de quinze jours, reprit-il. Ce n'est pas un problème.

Elle lui jeta un regard surpris. Pour un peu, elle aurait oublié ce détail.

— Ah, oui, c'est vrai, l'inauguration, reprit-elle. J'ai déjà commencé la promotion. J'ai fait imprimer des prospectus et passer de la publicité dans les journaux.

— Il suffira de prévenir du changement de date.

Elle approuva d'un signe de tête. Elle ne se sentait pas mieux pour autant.

Avec un profond soupir, il reprit :

— Nous devrions sortir d'ici. La fumée est très épaisse. J'ai besoin d'un verre. Tu as de l'alcool chez toi ?

Dans des circonstances normales, jamais elle n'aurait tenté le sort en acceptant de boire un verre avec Jackson dans l'intimité de son appartement. La dernière fois qu'ils s'étaient retrouvés seuls, n'avait-elle pas fini dans son lit ? Mais, ce soir, elle avait vraiment besoin d'un ami et Jackson avait les épaules assez solides pour en tenir lieu. Elle réfléchit un instant et répondit :

— J'ai du vin.

— Merci. Tout à fait ce qu'il me faut.

Il la prit par la main et l'entraîna hors du bâtiment. Le problème de Justin, des pompiers et de la compagnie d'assurances attendrait demain. Ce soir, un verre de merlot rouge s'imposait.

Dès qu'elle franchit la porte de son appartement, Sammie se sentit rassérénée. Elle n'était dans l'Arizona que depuis peu mais rentrer chez elle lui procurait de plus en plus ce sentiment familier que l'on attend d'un foyer.

— Installe-toi, lui lança-t-elle. Tu peux laisser mon sac ici.

Jackson déposa la besace qu'il avait rapportée de la voiture mais, au lieu de s'asseoir, il la suivit dans la cuisine et s'adossa au comptoir.

Elle attrapa une bouteille d'un vin rouge de trois ans d'âge sur une étagère et chercha un tire-bouchon dans un tiroir.

— Laisse-moi faire, fit Jackson en le lui prenant des mains.

Sans protester, elle lui tendit la bouteille et ouvrit un placard. Voyant qu'elle n'en sortait qu'un verre, il s'étonna.

— Tu ne bois pas de vin ?

— Non.

Après avoir rempli son verre, elle s'éloigna, installant une distance respectueuse entre eux. Mieux valait pour elle ne pas mélanger le vin et Jackson Worth.

— C'est ridicule, dit-il en prenant un autre verre. Je ne veux pas boire seul.

Elle s'apprêtait à protester. Mais était-ce vraiment

nécessaire ? Elle pouvait tout de même boire un verre de vin avec Jackson sans risquer de perdre la tête et de se retrouver au lit avec lui.

Son hésitation ne lui échappa pas.

— Nous avons un pacte, rappelle-toi.

Un peu vexée, elle lui prit le verre des mains.

— D'accord, je sais, je suis ridicule.

Il lui décocha son sourire renversant.

— Je préfère ça !

Et elle préférait ne pas trop penser à la tendresse avec laquelle il avait essuyé ses larmes. A la façon dont il était parvenu à la réconforter, au sentiment de sécurité qu'elle ressentait en sa présence.

— Assieds-toi, le pria-t-elle en passant dans le living.

Il se carra confortablement dans un fauteuil et elle s'installa sur le canapé. La lumière tamisée de la pièce, le silence de la nuit au-dehors…, elle avait un peu l'impression d'être dans un cocon.

L'air plus détendu, Jackson but une gorgée de vin. Elle l'imita.

— Tu as passé un bon moment au ranch, ce week-end ? demanda-t-il.

— Oui. J'ai été heureuse de retrouver Callie. Même quand nous ne nous voyons pas pendant longtemps, j'ai toujours l'impression que nous nous sommes quittées la veille. Comme toutes les vraies amies.

Il hocha la tête d'un air entendu.

— Oui, les femmes disent toutes ça.

— Je vais la voir souvent désormais. Et, quand le bébé naîtra, je vais devenir un vrai boulet. Je ne la lâcherai pas d'une semelle.

— Je sais, tu vas me voler la vedette en tant que parrain.

Elle but une nouvelle gorgée de vin et répondit dans un petit rire :

— J'ai hâte.

— De me faire passer pour le méchant ?

— Hâte de voir le bébé, idiot ! Et tu sais bien que je blaguais. Je sais faire, moi aussi…

Il prit son air le plus innocent.

— Ah bon ?

— Nous ne sommes pas en compétition, reprit-elle avec le plus grand sérieux.

— Mais un peu de compétition pimente la vie.

Les yeux pétillants, il fixa sa bouche avec gourmandise et, l'estomac noué par le tourbillon de sensations indésirables qui se bousculaient en elle, elle dut, d'un geste furtif, presser une main sur son ventre. Se penchant vers elle, les bras croisés sur ses genoux, il demanda d'une voix caressante :

— Tu veux t'amuser ?

Sentant sa gorge se dessécher, elle lutta contre le désir fulgurant qui montait en elle.

— Bien sûr. Je n'ai pas peur de me frotter à toi.

Il haussa les sourcils et son regard glissa sur elle, aussi brûlant que le miel chaud.

— C'est une façon de parler.

Elle posa son verre sur la table basse. Elle avait bu assez d'alcool pour ce soir. Jackson était bien assez tentant comme ça pour ne pas risquer de voir toutes ses défenses fondre comme neige au soleil.

— Je suis un peu fatiguée, Jackson.

— C'est le signal que je dois partir, répondit-il en vidant son verre et en se levant. La soirée a été longue.

Elle le raccompagna jusqu'à la porte.

— Merci pour ton réconfort. Je sais que tu étais contrarié aussi. Tu as été vraiment d'un grand soutien et…

— Sammie, l'interrompit-il en se retournant sur le seuil et en lui enlaçant la taille.

De ses lèvres, il frôla les siennes. La sensation divine se propagea jusqu'au creux de son ventre. Son cœur s'affola. Sa bouche était comme du velours sur la sienne et, la première surprise passée, elle s'abandonna à son baiser.

Elle sentit le sol se dérober sous ses pieds. Elle n'entendait, ne voyait plus rien, se sentait enveloppée d'une chaleur bienfaisante. Jackson, de toute sa force, la retenait prisonnière, sa bouche moelleuse se mouvant sensuellement sur la sienne, prenant son âme au piège. Elle se pressa contre ses hanches et le monde bascula.

Il laissa sa main glisser sur sa gorge et caressa son épaule. Envahie par une myriade de sensations exquises, elle ne pensait plus à rien, s'abandonnait sans retenue. Ses mains s'aventurèrent bientôt entre ses seins. Il en caressa la peau douce et taquina un mamelon qui se durcit de désir. Encouragé, il prit au creux de sa paume la chair frémissante de l'un de ses seins, le palpant en une caresse délicieuse.

Ivre de désir, elle voulait maintenant sentir ses mains partout. Son corps sur le sien. Savoir enfin ce que c'était que d'avoir Jackson Worth en elle. Un petit râle s'échappa de ses lèvres et, s'arrachant à son baiser, elle murmura :

— Nous ne pouvons pas faire ça. Nous avons passé un pacte.

Il cligna les yeux, une expression douloureuse se peignit sur son visage. Son front contre le sien, elle sentait son souffle chaud sur ses joues.

— Je sais, tu le croiras ou pas, chuchota-t-il. Je voulais juste te dire bonne nuit.

— Je sais, fit-elle. Un sacré « bonne nuit ».

Elle palpitait encore de tout son être. Il avait pris le contrôle de son corps. Où avait-elle puisé la volonté de l'interrompre, elle ne le saurait jamais.

— J'aimerais pouvoir te promettre que cela ne se reproduira plus.

— Jackson, lâcha-t-elle.

— Je suis honnête, Sammie. Tu ne m'as pas donné l'impression d'être contre. Et ne me dis pas que c'était le vin.

— Ce n'était pas le vin, admit-elle.

— Bien.

Il étouffa un profond soupir et lui lança un regard qui semblait dire : « A quoi bon se mentir ? »

— Je suis content de voir que tu as eu le bon sens de m'arrêter. Parce qu'une minute plus tard je t'aurais soulevée dans mes bras et portée jusqu'à ta chambre.

Elle déglutit. Des images toutes plus osées les unes que les autres se succédaient dans son esprit. Elle l'imaginait — l'ayant déjà vu nu, ce n'était pas bien difficile — dans son lit, en train de lui faire l'amour.

— Tu pourrais peut-être te montrer un peu moins direct ? suggéra-t-elle.

— Ecoute, nous allons oublier que je t'ai embrassée

ce soir. Il ne sera pas dit que je ne peux pas respecter un pacte.

A part, bien sûr, qu'il lui avait déjà fait l'amour. Mais l'évoquer ne serait bon ni pour elle ni pour lui.

Son corps vibrait encore du goût de paradis qu'il lui avait laissé entrevoir, mais faisant appel à tout son bon sens, elle déclara.

— D'accord. Je peux oublier le baiser.

— Parfait, ma belle. C'est un nouveau pacte.

— En effet.

Il avait encore une fois changé les termes de leur relation. Mais une chose n'avait pas changé. Les sentiments qu'il lui inspirait. Désormais, chaque fois qu'elle regarderait ces lèvres, elle se souviendrait de leur goût sous l'emprise de la passion. Et aurait envie d'y goûter de nouveau.

Et si elle était sûre qu'il avait bien d'autres tours dans son sac pour combler une femme, elle préférait ne même pas y penser. Cela ne pouvait que lui apporter des ennuis.

— A demain, murmura-t-elle. Jackson ?

— Oui ?

— Ce baiser m'a au moins fait oublier l'incendie.

— Ravi de t'avoir rendu ce service, mon cœur, répondit-il sans une once de son ironie habituelle.

Après un dernier coup d'œil éloquent à ses lèvres, puis à ses bottes, il secoua doucement la tête, comme résigné, et s'éloigna.

- 5 -

Jackson fit claquer la portière de sa voiture et traversa le parking pour gagner son bureau. Il sortait d'un déjeuner avec un politicien local. Un rendez-vous d'un ennui mortel auquel il n'avait pu échapper. Plus tôt dans la matinée, il avait discuté des réparations avec Justin Cervantes, le chef de chantier de Boot Barrage, puis avait vérifié auprès de son agent d'assurances que les pertes seraient couvertes. Il passa rapidement en revue la liste des tâches qui l'attendaient et soupira : elle était interminable. Pourtant, depuis son réveil, il ne pensait qu'à une chose : le baiser de la veille qui avait bien failli le mener tout droit au lit de Sammie Gold.

Il aurait voulu l'effacer de sa mémoire, passer à autre chose. Il voulait oublier ce baiser, se dire qu'en la séduisant il avait outrepassé les limites autorisées, ni plus ni moins. C'était aussi simple que ça. Même si Sammie était assez grande pour se défendre, il refusait de profiter de la vulnérabilité de sa situation. Elle avait besoin d'un associé en affaires fiable, solide. Pas d'un amant.

Après le fiasco de son histoire d'amour au lycée, il s'était juré de ne plus jamais se montrer aussi sensible et naïf avec les femmes. Or, avec Sammie, il avait déjà brisé cette règle une fois. Oui, ses bottes lui faisaient perdre la tête, il l'avait compris. Mais c'était sa propre faiblesse qu'il craignait le plus. Jackson aimait les défis, il aimait gagner. Certes, Sammie était pour lui un fruit défendu, la seule fille dans l'Arizona qu'il ne pouvait pas draguer. N'était-ce pas là une raison suffisante pour renforcer son attirance pour elle en dépit du bon sens, et au point de mettre en péril sa relation avec Tagg et Callie ?

Il n'était sûr que d'une chose. Il ne ferait pas de mal à Sammie. Sinon, Callie et Tagg le tueraient et jetteraient son cadavre dans le lac.

Il n'avait même pas le cœur à sourire de sa blague.

Toujours plongé dans ses pensées, il prit l'ascenseur jusqu'à la réception de ses bureaux. Betty Lou, sa fidèle secrétaire, était déjà à son poste de travail.

— Bonjour, Jackson, lui lança-t-elle. Comment s'est passé votre déjeuner ?

— Un déjeuner avec un conseiller municipal n'est jamais passionnant, répondit-il avec un haussement d'épaules. Il m'a fait son numéro de charme pour l'aider à financer sa réélection.

— Et vous allez le soutenir ?

— Je n'en suis pas sûr. Je dois y réfléchir.

Avec un hochement de tête entendu, elle lui tendit trois messages.

— Vous avez reçu ces trois appels en votre absence. Et…

Elle s'interrompit, s'éclaircit la voix puis, avec un coup d'œil anxieux en direction de la porte de son bureau, elle ajouta :

— … quelqu'un vous attend.

Il lui jeta un coup d'œil interrogateur. Il voulait plus de détails.

— Elle n'a pas voulu prendre rendez-vous. Elle a insisté sur le fait que vous voudriez forcément la voir. En fait, Jackson, quand je l'ai reconnue, j'ai pensé que vous souhaiteriez la recevoir dans votre bureau.

Betty Lou, la mère de l'un de ses copains d'enfance, était au courant de tout ce qui se passait à Scottsdale. Jackson admirait sa loyauté et avait une confiance aveugle dans son instinct.

— Elle ? s'étonna-t-il.

— C'est moi, Jackson, lança une voix féminine.

L'intonation mélodieuse fit remonter à sa mémoire un flot de souvenirs. Certains précieux, d'autres douloureux. Il fit volte-face. Souriante, l'air assuré, elle s'appuyait au chambranle de la porte, le dos cambré.

Il refoula son exaspération. Décidément, sa journée allait de mal en pis.

— Salut, Blair..., lâcha-t-il du bout des lèvres.

La bouche voluptueuse esquissa une moue déçue.

— Je m'étais attendue à un accueil plus chaleureux.

Juchée sur des chaussures rouges à plates-formes et à talons hauts, elle portait une robe de la même couleur qui épousait chacune de ses formes, suggérant la naissance de ses seins de manière juste assez aguichante pour donner envie à un homme de les toucher. Son visage éclairé de grands yeux myosotis frôlait la perfection. Son rouge à lèvres carmin faisait ressortir la blancheur laiteuse de sa peau de porcelaine. Il se rappelait avoir laissé cette longue et soyeuse chevelure de la couleur du miel filer entre ses doigts, d'avoir embrassé cette bouche pulpeuse, jusqu'à en avoir mal.

Une sensation électrique parcourut tout son corps. Elle était encore plus belle que dans son souvenir.

— Eh bien tu t'es trompée.

— J'aimerais te parler, annonça-t-elle, sans se laisser déstabiliser le moins du monde par sa réponse.

— Je suis occupé.

— Je peux attendre ici jusqu'à ce que tu aies un moment.

Son sourire sensuel, la façon dont elle faisait onduler son corps, auraient donné des palpitations à n'importe quel homme.

Avec un soupir résigné, il déclara à l'intention de Betty Lou :

— Vous voulez bien prendre mes appels ?

Sa secrétaire regarda Blair. Devant l'air triomphant de la visiteuse, elle répondit d'un ton sans réplique :

— Entendu. Mais n'oubliez pas que vous avez ce rendez-vous très important dans une demi-heure.

Il opina d'un signe du menton. C'était un code entre sa secrétaire et lui. Le prétexte du rendez-vous était leur secret pour se débarrasser des indésirables. Il était manifeste que Betty Lou n'était pas enchantée de voir leur visiteuse dans les parages. Hélas, tout Red Ridge savait que Blair Caulfield avait brisé le cœur de Jackson.

— Pas de problème, Betty Lou. Ce ne sera pas long.

Ignorant l'air inquiet de sa secrétaire, il fit entrer Blair dans son bureau. Après avoir fermé la porte derrière eux, il lui fit signe de s'asseoir dans le fauteuil, face à son bureau.

Puis il se dirigea vers la fenêtre. Il avait besoin d'une minute pour rassembler ses esprits. Située au premier étage, la pièce surplombait la ville animée. Au loin s'étendaient le désert et les montagnes pourpres qui fermaient l'horizon. Pendant quelques minutes, il se concentra sur le panorama, faisant provision de patience.

— Que veux-tu, Blair ? finit-il par demander.

— Je crois déceler à ta voix que tu ne m'as pas pardonné.

La mâchoire crispée, il se tourna vers elle.

— C'est pour ça que tu es ici ? Après combien de temps ? Quatorze ans ? Pour me demander mon pardon ?

Elle croisa les jambes, sa jupe découvrant ses cuisses.

— Plus ou moins.

Pas question de laisser deviner à Blair à quel point sa trahison lui avait fait mal. Il ne lui donnerait pas ce plaisir. Et, pourtant, Dieu sait si sa peine avait été profonde et déterminante dans sa vie. Depuis, il s'était interdit toute implication dans une relation, tout engagement avec une autre femme, de peur de voir sa blessure se rouvrir.

— Très bien. Je te pardonne. Maintenant, si c'est tout ce que tu veux, je suis très occupé, aujourd'hui.

Elle se leva d'un bond.

— Tu ne m'as pas pardonné. Tu es toujours en colère.

— En colère ?

Il partit d'un éclat de rire. Le mot était bien mal choisi pour décrire ce qu'il ressentait pour elle.

— Parce que tu as couché avec l'associé de mon père et que tu es partie avec lui le soir de la remise des diplômes du lycée de Red Ridge ? Tu avais tellement allumé le pauvre homme qu'il en avait perdu le sens de son âge, de l'honneur et de la dignité. Je ne vois pas pourquoi cela devrait encore me contrarier. Alors tu peux tirer un trait sur tout ça. C'est le passé. As-tu dit à ton mari que tu venais me demander pardon ?

Blair avait été élevée par des parents désargentés, qui ne s'étaient pas occupés d'elle. Jackson était tombé fou amoureux d'elle et il avait été son premier amant. Il avait bâti des projets d'avenir avec elle, avait voulu lui faire oublier son enfance malheureuse, l'aider à réaliser tous ses rêves. Il appartenait au clan Worth, une famille riche qui avait fait fortune à la sueur de son front. Ils s'étaient promis de s'aimer jusqu'à la mort. Hélas, cela n'avait pas suffi. Le soir de la remise de leurs diplômes, la sublime Blair Caulfield avait voulu tourner une page définitive sur sa pauvreté en partant avec un homme qui avait l'âge d'être son père. Elle avait pris Red Ridge en haine. Elle avait voulu quitter tout ce que Jackson aimait, avait préféré la grande vie et les voyages à travers le monde. Les seules choses qu'il n'avait pas pu lui donner.

— Mon mari ? répéta-t-elle avec un dédain non dissimulé. Il est à des kilomètres d'ici. Nous ne sommes plus ensemble, ajouta-t-elle en baissant les paupières.

Au moins, c'était là une nouvelle sans surprise. Jackson connaissait assez la vie conjugale de Blair pour savoir qu'elle en était à son troisième mari. Il en concluait que ses mariages duraient moins de quatre ans. Lui, au moins, avait le bon sens de ne pas se marier. Le mariage n'était pas pour lui et il le savait. Visiblement, Blair n'avait pas encore eu cette révélation.

Pour un peu, il se serait senti désolé pour les pauvres imbéciles qui l'avaient épousée.

Il garda le silence, bien que curieux de savoir ce qu'elle avait à dire. Mais, quand elle voulait quelque chose, elle ne laissait rien se mettre en travers de son chemin.

— Tu es beau, Jackson.

Sans répondre, il fixa ses magnifiques yeux bleus.

Elle s'approcha d'un pas, dans un nuage de parfum. Un parfum de luxe qui témoignait de l'importance de son changement au cours des dernières années. Elle était très différente de celle dont il était tombé amoureux au lycée.

— Tu n'as rien à me dire ?

— Tu commences à comprendre, répondit-il avec un sourire ironique.

— Je suis désolée, Jackson. Je sais que je t'ai fait beaucoup de mal.

— Tout est oublié depuis longtemps.

Elle jeta un coup d'œil à sa main gauche et haussa les sourcils.

— Tu ne t'es jamais marié ? s'étonna-t-elle.

— Le mariage, ce n'est pas fait pour moi.

— Ça l'était à une époque, répondit-elle d'une voix douce.

Une fraction de seconde, il crut déceler du remords dans sa voix.

— Et, maintenant, si tu me disais ce qui t'amène vraiment, Blair ?

Elle leva la tête et répondit, d'un air de défi :

— Toi, Jackson. Je veux te récupérer.

Il la scruta du regard, sans rien laisser paraître de sa perplexité. Son aveu le surprenait. A quel jeu jouait-elle ? Elle venait d'acheter un terrain qu'il convoitait depuis longtemps et, pourtant, pas une fois elle n'y avait fait allusion…

— Dîne avec moi, suggéra-t-elle. Donne-moi une chance de faire amende honorable.

Il tiqua. Même s'il trouvait très difficile de l'admettre, la revoir, se trouver dans la même pièce qu'elle, lui était insupportable.

— Tu n'en as pas besoin, Blair.

— D'accord. Dans ce cas, dîne avec moi en souvenir du bon vieux temps.

— Ce soir, je ne peux pas. Je te tiendrai au courant de mes disponibilités.

Il était temps maintenant de la congédier. Il se dirigea vers la porte et la lui ouvrit.

Elle s'avança de cette démarche pleine d'assurance des femmes qui se savent désirables. En passant devant lui, elle lui glissa dans la main un morceau de papier avec son numéro de téléphone.

— Je suis chez ma tante, murmura-t-elle. Appelle-moi. Quand tu voudras.

Il la suivit des yeux. Elle était élégante en toutes circonstances, et si fière, avec sa démarche altière et sa chevelure blonde cascadant sur ses épaules ! Tous les employés de Worth Enterprises, hommes et femmes réunis, se retournèrent sur son passage.

Il referma doucement la porte de son bureau en étouffant un juron. Puis il prit son téléphone portable. Il devait appeler Sammie. Inutile de s'interroger sur sa motivation. Il agissait par pur instinct et il espérait sincèrement que ce dernier ne le trompait pas.

*
* *

— Je ne comprends pas, Jackson. Pourquoi avais-tu besoin de me voir ce soir ? s'étonna Sammie.

Leur baiser de la veille l'avait tenue éveillée une bonne partie de la nuit. Elle aurait apprécié que Jackson lui laisse un peu de répit et pourtant, quand il lui avait téléphoné cet après-midi, il avait insisté pour qu'ils dînent ensemble.

— Je te l'ai dit. Nous devons discuter de la progression des réparations et de l'inauguration, répondit-il.

Assise en face de lui de l'autre côté de son bureau, elle le regarda saisir de ses baguettes un morceau de porc à la sauce aigre-douce. L'Arizona n'était pas réputé pour sa cuisine asiatique, mais Jackson s'était fait livrer par le meilleur restaurant chinois de la ville, et le goût âcre de son poulet pimenté Kung Pao et du riz frit lui plaisait.

Depuis qu'elle était arrivée, trois quarts d'heure auparavant, la conversation avait porté sur tout sauf sur les affaires. Ils avaient même parlé base-ball et football, des sports qu'elle connaissait un peu. Aucune allusion n'avait été faite aux réparations ni à Boot Barrage. Après avoir avalé un autre morceau de poulet, elle reprit :

— Je ne pense pas que tu m'aies invitée pour parler affaires. Tu voulais juste manger chinois. Et ne pas dîner seul.

— Tu te méfies trop, Sammie, fit-il en pointant une baguette vers elle.

Elle cligna les paupières.

— Si seulement c'était vrai !

S'adossant à son fauteuil de cuir, il reprit, sa baguette toujours pointée vers elle.

— Tu fais allusion à ce salaud qui t'a larguée ?

Elle acquiesça d'un hochement de tête.

— J'ai été naïve.

— Tu n'avais aucune raison de te méfier. Ce type a abusé de ta confiance. Qui peut te le reprocher ? Tu t'es seulement montrée humaine, Sammie.

Les yeux plongés dans son plat de poulet, elle répondit :

— Je n'ai rien vu venir et je me suis fait avoir.

— Tu n'es pas la seule, déclara-t-il.

Elle le fixa droit dans les yeux. D'après ce qu'elle savait, lui aussi avait souffert.

— Je ne suis pas la seule ?

Il parut se ressaisir et son expression se durcit.

— Disons juste que c'est un sentiment qui ne m'est pas étranger. Ce sera suffisant. Tu veux un *fortune cookie* ?

Sans attendre sa réponse, il en lança un dans sa direction et elle l'attrapa d'un geste sûr. Un instant, elle examina le biscuit chinois, avant de le briser pour en extraire le ruban de papier.

— Incroyable ! fit-elle après avoir lu la prédiction.

— Qu'est-ce que ça dit ? demanda-t-il avec curiosité.

— C'est toi qui l'as truqué ? Tu as fait mettre ce message dans mon *fortune cookie* ?

— Tu plaisantes ? Tu étais ici quand ils ont livré. Alors, qu'est-ce que ça dit ? demanda-t-il en se penchant, les yeux brillant d'intérêt.

Sammie fronça les sourcils.

— Ça dit : « La chance est de votre côté. Misez sur votre associé. »

— Pas possible ? s'exclama-t-il en éclatant de rire.

— Je ne rigole pas, fit-elle avec un sourire. Lis toi-même.

Après qu'il eut vérifié, elle lança :

— A ton tour, maintenant.

— « Intelligent, vous avez aussi la beauté », lut-il sans se faire prier.

Relevant la tête vers elle, il lui décocha l'un de ses sourires dévastateurs qui mettaient tous ses nerfs à vif.

— Tu inventes.

— Pas du tout, ma belle !

— Je ne te crois pas. Laisse-moi voir.

Elle tendit le bras mais, la prenant de vitesse, Jackson referma sa main sur le ruban de papier.

Il se fichait d'elle. Et elle ne le laisserait pas s'en tirer à si bon compte. Elle avait son côté joueur, elle aussi…

— Si tu disais la vérité, tu me le montrerais sans hésiter. Je parie que ça ne dit pas ça du tout.

— Que veux-tu parier ? demanda-t-il avec un regard pétillant.

— Je ne veux pas parier, je veux gagner, riposta-t-elle.

— Waouh ! Je ne savais pas que tu avais un tel esprit de compétition, Sammie. Je suis impressionné.

— Alors ? Que parions-nous ? demanda-t-elle, prête à lui prouver qu'il se trompait.

— Si tu gagnes, je te fais à dîner.

— Ce n'est pas un prix, dit-elle en secouant la tête. Tu ne sais pas cuisiner.

— Exact. Mais je vais haïr chaque seconde passée à apprendre.

Cela devenait intéressant. L'idée de Jackson peinant

aux fourneaux lui plaisait assez. Même si la prudence lui soufflait de laisser tomber le pari et de ne pas tenter le destin, sa nature compétitive prit le dessus.

— D'accord, et si par hasard c'est toi qui gagnes, et je sais que ce ne sera pas le cas, c'est moi qui cuisinerai pour toi. Tout ce que tu voudras.

— Tout… hum. Entendu. Marché conclu !

Ils se serrèrent la main par-dessus le bureau. Puis, le visage fendu d'un sourire satisfait, il poussa le papier vers elle. D'un geste impatient, elle le ramassa et lut. Il n'avait pas menti. Mais, quand elle vit la suite, elle se sentit triompher.

« … Et, pourtant, il faut savoir rester humble. »

— Je suis désolée, Jackson, fit-elle en prenant un air faussement compatissant. Tu as perdu.

— Comment ça ? répondit-il, sourcils froncés. Nous avons parié que le message ne parlait ni de ma beauté ni de mon intelligence. Or, c'est exactement ce qui est écrit.

Elle leva les yeux au ciel. Une telle logique la confondait.

— Absolument pas, Jackson. Et tu le sais très bien. Tu as omis la partie la plus importante. Qui en change tout le sens.

— Tu coupes les cheveux en quatre.

— Tu ne peux pas penser sérieusement que tu as gagné !

— J'ai gagné, affirma-t-il en hochant la tête.

— Non. Je ne te concède pas la victoire, déclara-t-elle en croisant les bras d'un air déterminé.

Devant la lueur d'amusement dans ses prunelles, elle demanda :

— Qu'y a-t-il ?

— Tu es mauvaise perdante.

— Non. Tu as perdu ton pari. Je ne cuisinerai pas pour toi.

A vrai dire, c'était un soulagement. Elle n'avait jamais épaté personne par ses talents culinaires. Et inviter Jackson dans son appartement pour un dîner en tête à tête n'aurait pas été la décision la plus intelligente.

— Il n'est pas question non plus que je te fasse à dîner, répondit-il.

— Tant pis, ça ne me dérange pas.

— Bien.

Un long moment, ils se dévisagèrent, leurs mentons crispés prouvant leur détermination. La tension était tangible.

Jackson finit par briser le silence.

— Tu aimerais faire quelque chose ce soir ?

Surprise par le changement de sujet, elle renversa la tête en arrière.

— Quoi, par exemple !

— Je ne sais pas, dit-il avec un haussement d'épaules. Aller au cinéma ?

— Au cinéma ? Mais je croyais que nous étions censés discuter de l'inauguration ?

Se levant de sa chaise, il contourna son bureau et lui prit la main.

— Ça attendra. Il y a un film d'aventures à l'affiche, avec Bruce Willis.

— Super !

Jackson lui ouvrit la porte, s'effaça devant elle, et ils quittèrent son bureau.

*
* *

Jackson avait envie de voir ce film d'aventures, là était l'unique raison de son invitation. Il lui avait demandé de l'accompagner parce qu'elle était là quand l'idée d'aller au cinéma lui avait traversé l'esprit. Il était évident que s'il avait eu un copain sous la main, il n'aurait même pas pensé à elle, mais elle était « disponible ». Et puis, Sammie devait bien l'admettre, cette séance de cinéma était tout à fait supportable.

Jackson lui avait offert les pop-corns et les sodas et, au moins, avec les films d'action, on n'avait pas besoin de sortir les mouchoirs. Il suffisait de garder la tête froide devant les images sanguinolentes.

Le film terminé, Jackson se leva et s'étira longuement. Tout comme sa démarche, chacun de ses gestes exprimait une grâce et une assurance toutes félines qu'il était difficile d'ignorer.

Oubliant son trouble, elle se leva à son tour et passa son sac en bandoulière.

Les spectateurs sortaient du cinéma sans se bousculer, mais il n'avait pas l'air pressé de les suivre. Il se tourna vers elle.

— C'était bien, fit-il d'un ton très satisfait.

— Oui, reconnut-elle.

La neutralité de sa réponse le fit rire.

— Tu as détesté.

— Mais non. L'histoire n'était pas dénuée de… d'originalité.

— D'originalité ? répéta-t-il avec un coup d'œil dubitatif. Tu n'es pas obligée de mentir. La prochaine fois, c'est toi qui choisiras le film. Mais je te préviens, les histoires sentimentales, très peu pour moi… sauf s'il y a Jennifer Aniston.

La prochaine fois ? Elle n'était pas sûre d'avoir bien entendu. Sans relever, elle tripota la bride de son sac.

— Oh… euh…

Hélas, son cerveau engourdi semblait incapable de lui souffler un prétexte pour refuser. Vexée, elle dut se rabattre sur un piètre :

— Quelle heure est-il ?

Jackson jeta un coup d'œil à sa montre.

— Il est — c'est-toujours-l'heure-des-glaces — moins le quart.

Malgré elle, elle sourit. Elle savait toutefois qu'elle ne devait pas baisser sa garde. Il ne s'agissait pas d'un rendez-vous galant. En tout cas, Jackson avait dû avoir une journée difficile car, ce soir, il allait au gré de ses envies.

— Je parie que tu sais où se trouve le meilleur glacier de la ville, affirma-t-elle.

Sans répondre, il sourit, et l'entraîna vers son pick-up.

Une demi-heure plus tard, ils étaient installés au Sonny Side Up devant une sélection de six parfums de glaces.

— Ma préférée, c'est la Cherry Chip Jubilee, annonça-t-elle.

— Et moi, la Five Times Fudge, répondit Jackson en s'adossant à sa chaise.

Savourant le goût des cerises, des noix et de la vanille crémeuse, elle demanda :

— Tu es sûr que Sonny se fiche que nous débarquions chez lui au beau milieu de la nuit, comme ça ?

— Bien sûr, il s'en fiche.

— Qu'est-ce qu'il a fait, il a perdu un pari ?

Jackson se mit à rire.

— Tu comprends vite.

— Je ne suis pas née de la dernière pluie, rétorqua-t-elle d'une voix teintée d'ironie.

— Manifestement, non, répondit-il en agitant sous son nez un porte-clés en argent et cuir, gravé des initiales JLW. C'était un pari de basket. Il perd si souvent qu'il a fini par me donner les clés de son restaurant.

— C'est un bon arrangement. Chaque fois que tu gagnes, tu peux venir t'empiffrer de glaces à l'œil.

Jackson approuva, une lueur énigmatique dans les yeux.

— Mais j'en profite rarement.

Cela la surprenait. Il semblait être parfaitement chez lui dans ce restaurant.

— Pourquoi ?

— Je ne sais pas. Gagner un match est plus important que satisfaire ma gourmandise. Il faut que je sois d'humeur à manger des glaces, ajouta-t-il avec un petit haussement d'épaules.

Ou d'humeur morose, devina-t-elle. Elle sentait décidément qu'il avait besoin de compagnie, ce soir. Et sa bêtise l'avait poussée à accepter de jouer le bouche-trou.

— Et si tu perds ?

Avec un soupir accablé, il se frotta la nuque.

— Je préfère ne pas te le dire.

Intriguée, elle scruta son visage. Pourquoi semblait-il si réticent à l'idée de répondre à une question aussi innocente ?

Elle le scruta du regard.

— Oh, que si ! je veux savoir, insista-t-elle.

— Je pourrais mentir.

— Je le verrais.

Il poussa un soupir résigné.

— Sans doute, dit-il d'un ton dégoûté. Ce n'est pas grand-chose en fait. Si je perds, je prête mon duplex à Sonny pour une nuit ou deux.

Sammie sentit ses joues s'empourprer. Il n'avait pas besoin de lui faire un dessin.

— Je vois. J'imagine que ce n'est pas pour regarder le sport sur écran géant.

Même si elle ne l'avait jamais vu, elle était prête à parier que le duplex de Jackson était un repaire de don Juan, où rien ne manquait pour séduire une femme. Son imagination s'emballa. Elle se surprit à vouloir en savoir plus. Elle demanderait à Callie. Elle esquissa un sourire narquois.

— Pour la petite histoire, il n'en a jamais profité, lui assura Jackson.

— Il n'a jamais gagné ?

— Ça viendra peut-être, railla-t-il.

Elle hocha lentement la tête.

— Eh bien, tu n'as pas besoin de t'inquiéter. Je ne dirai rien. C'est un truc de mecs, n'est-ce pas ?

Malgré elle, elle avait posé la question d'un ton accusateur. Il haussa les épaules. Sans chercher à se défendre, il lui dit, comme s'il essayait de la mettre en garde à mots couverts :

— Je suis célibataire, Sammie. Cela fait partie du tableau.

Il ne lui apprenait rien. Elle aurait été curieuse de

savoir combien de femmes pensaient pouvoir amadouer Jackson et se faire épouser. Elle devait faire bien attention à ne jamais tomber dans cette catégorie.

Il était temps de changer de sujet. La conversation porta enfin sur l'inauguration de la boutique. Ils passèrent le reste de la soirée à discuter de ses projets. Elle se sentait soulagée d'être revenue en terrain solide. Jackson lui ayant garanti que Boot Barrage ouvrirait à la date prévue, elle pouvait se concentrer sur la réussite de son lancement.

Puis il la ramena chez elle et, après l'avoir remerciée pour l'agréable soirée passée en sa compagnie, ils plaisantèrent sur la quantité de glaces qu'ils avaient mangée. Elle lui fut reconnaissante de ne pas s'attarder. Bien sûr, il faisait toujours battre son cœur, elle ne pouvait le nier. Mais cela n'avait rien de sentimental. C'était un trouble lié à son physique irrésistible, à son charme renversant.

Quoi de plus normal pour une femme d'éprouver un désir aussi violent pour un homme ? C'était parfaitement sain. Il aurait même été étrange de sa part de ne pas trouver Jackson attirant. Forte de cette certitude, Sammie alla directement se coucher, la tête remplie de souvenirs de cerises pulpeuses, de fudge et de caramel.

Ce soir, elle ferait de beaux rêves…

Son réveil sonna à 6 heures précises. Elle ouvrit les yeux sur de minces rayons de lumière qui filtraient à travers les stores de la pièce. C'était l'automne dans le désert, où les températures étaient toujours supérieures à la moyenne nationale. Inondée de soleil, sa chambre se réchauffait facilement. Une nouvelle fois, elle pensa aux feuilles qui changeaient de couleur dans le Massachusetts. Elle n'était pas sûre d'aimer le climat sans saisons de l'Arizona.

Balayant la tentation de se blottir sous la couette pour dormir une heure de plus, elle se leva. Après avoir pris un petit déjeuner léger de flocons d'avoine et de myrtilles, accompagné d'un jus de fruits, elle passa des vêtements de travail : un pantalon de jogging et un débardeur. Puis, les cheveux retenus par un serre-tête, elle se lava le visage. Vingt minutes plus tard, une banane autour de la taille, ses lunettes de soleil sur le nez, elle s'élançait à petites foulées à travers les rues résidentielles de Scottsdale.

Toutes ses années de lycée et d'université, elle avait fait du jogging. Mais, avec tous les chamboulements dans sa vie, elle commençait à se laisser aller. Il était donc temps de s'y remettre. Elle salua au passage ses voisins aussi matinaux qu'elle, d'autres joggeurs ou des gens qui promenaient leurs chiens.

Les cheveux au vent, ses pieds frappant le goudron des trottoirs, elle profitait pleinement de sa course. Elle avait parcouru environ deux kilomètres et était en train de couper à travers un magnifique parc quand elle se trouva nez à nez avec Sonny Estes, qui arrivait dans la direction opposée. Il lui fallut une seconde pour le reconnaître. Il portait des lunettes de soleil noires, un T-shirt blanc et un pantalon de jogging bleu. En la voyant, il ralentit, fit demi-tour et lui emboîta le pas.

— Alors comme ça, tu cours ? s'enquit-il.

— Je courais. J'essaye de reprendre, répondit-elle, le souffle court.

— Tu es une championne ! lui lança-t-il, admiratif.

Elle aurait aimé le croire. Mais le dernier kilomètre l'avait achevée. Elle eut un pincement au cœur. Avant, elle courait cinq kilomètres sans même se sentir essoufflée.

— Merci. Mais tu as dû passer à une vitesse d'escargot pour courir avec moi. Je n'ai pas couru de façon sérieuse depuis des années.

— Eh bien, dans ce cas, tu m'as bluffé.

— Je ne plaisante pas. Je suis épuisée. Je vais avoir des courbatures partout, demain.

Il se mit à rire. Ils passèrent devant une aire de jeux avec des toboggans bleus et orange, des balançoires, des cages à écureuil, des bacs à sable. Dans quelques heures, le parc s'animerait des cris et des rires d'enfants joyeux. Mais, pour le moment, il était calme et désert.

— Tu cours tous les jours ? s'enquit-elle.

— Sauf le dimanche. Je viens souvent par ici.

— Bonne nouvelle, je prends note !

Il lui coula un long regard et, avec un sourire suggestif, demanda :

— Ça te dirait de courir avec moi ?

Sammie évita son regard. Elle n'avait pas eu l'intention de le draguer. Mais Sonny avait dû mal interpréter sa réponse.

— Je ne pourrais jamais tenir ton rythme, mais merci quand même.

— Je parie que si, dit-il avec un hochement de tête approbateur.

Heureusement, il n'insista pas. De toute façon, jamais elle n'aurait pu soutenir la foulée énergique qu'il avait en arrivant à sa hauteur.

Ils continuèrent côte à côte un moment. Sa respiration était saccadée. Ses jambes la brûlaient de fatigue. Elle aspira de longues bouffées d'oxygène, luttant pour ne pas s'arrêter. Elle ne tenait que grâce au souvenir des mots de son père, qui lui répétait souvent avec fierté qu'elle était une battante, et parcourut un autre kilomètre à côté de Sonny. Quand, enfin, elle ralentit, il l'imita. Ils avaient contourné le parc et repartaient en direction de son appartement.

— Je suis presque épuisée. Je ne peux pas aller plus loin. Je vais marcher jusqu'à la maison.

— Je t'accompagne, répondit-il d'un ton résolu.

— Non, ce n'est pas la peine. J'ai déjà gâché ton entraînement.

Il se mit à rire.

— Mais non. J'avais presque fini quand nous nous sommes croisés. J'ai couru deux kilomètres de plus que d'habitude. Moi aussi, je suis crevé.

Elle lui jeta un coup d'œil sceptique. Il n'en donnait pas du tout l'impression. Il transpirait à peine, n'était pas le moins du monde échevelé. En revanche, il était musclé, bronzé, beau. Et pourquoi pas ? se dit-elle soudain. Il était sympa, et l'idée d'avoir un ami ne lui déplaisait pas.

— D'accord. Je t'invite à boire un coup chez moi. Mais tu ne dois pas aller ouvrir Sonny Side Up ?

Avec un sourire réjoui, il secoua la tête.

— Bobby, mon petit frère, fait l'ouverture le matin.

Ils firent le reste de la route en discutant. Quand ils arrivèrent devant son immeuble, il était presque 8 heures. Dix minutes plus tard, après lui avoir montré son petit appartement et offert un verre d'eau fraîche, elle le raccompagna à la porte d'entrée.

— Je te dois un déjeuner dans mon restaurant, n'oublie pas, lança-t-il sur le seuil.

— J'y suis déjà allée. Hier soir. Nous avons mangé des glaces avec Jackson. Apparemment, tu avais perdu un pari.

Jovial, il répondit :

— Ah bon, c'était toi ?

Elle se sentait un peu coupable de ne pas lui en avoir parlé avant. Mais le moment ne s'était pas présenté.

— Tu le savais ? s'étonna-t-elle.

— Il m'a envoyé un SMS pour me prévenir qu'il était dans mon restaurant hier soir. Il n'a pas précisé qu'il était en galante compagnie, mais je m'en suis douté.

— Ce n'était pas du tout ce que tu crois ! se récria-t-elle un peu trop vivement.

Devant le regard intrigué de Sonny, elle précisa :

— Nous sommes allés voir un film, puis avons eu envie d'une glace.

— Donc tu ne sors pas avec Jackson ?

— Pas du tout, bien sûr que non. Nous sommes en affaires ensemble et je suis une amie proche de la famille. C'est tout.

Elle parlait d'un ton si résolu que c'en était humiliant. Mais la vérité était que jamais, même dans ses rêves les plus fous, elle n'aurait osé imaginer vivre une histoire sérieuse avec Jackson Worth. Le fait qu'il ait pu la trouver assez attirante pour passer une nuit avec elle l'étonnait déjà assez. Certes, quand il lançait son opération charme, avec son physique de rêve et son accent traînant, si sexy, il était difficile pour n'importe quelle femme de garder la tête froide. De ne pas carrément la perdre, d'ailleurs. Pourtant, depuis le dérapage de Las Vegas, il avait fait attention avec elle. C'était fini, elle savait qu'il ne lui ferait plus jamais d'avance. Mais la solide relation professionnelle qu'ils avaient développée ces dernières semaines la satisfaisait amplement : leur seul but commun était de lancer Boot Barrage en fanfare.

— Je n'ai personne dans ma vie, précisa-t-elle alors.

Elle ne voyait pas comment elle aurait pu avoir rencontré quelqu'un ici, de toute façon. Elle était dans l'Arizona depuis si peu de temps. Si certaines femmes attiraient les hommes comme le miel attire les mouches, c'était loin d'être son cas. Elle n'était pas une femme fatale. Sa seule fantaisie et son seul atout séduction, c'étaient ses bottes.

— Je suis heureux de l'apprendre, Sammie.

A la lueur qui s'alluma dans ses yeux et à son sourire désarmant, elle comprit qu'il flirtait ouvertement avec elle.

— J'ai bien aimé courir avec toi. Nous nous rencontrerons peut-être de nouveau par hasard, un de ces jours.

Elle sourit. Que Sonny Estes lui fasse ainsi la cour n'était pas désagréable.

— Peut-être bien, oui…

Elle aussi avait apprécié leur jogging. Grâce à lui, elle avait amélioré son rythme et, malgré la fatigue, s'était finalement arrêtée avec un profond sentiment de satisfaction. Une fois Boot Barrage lancé, elle réfléchirait à courir régulièrement avec lui. Mais, pour le moment, elle avait bien assez de choses à gérer.

Sonny parti, elle alla se doucher. Ce matin, elle devait faire passer des entretiens. Elle avait l'intention de recruter des vendeuses à mi-temps d'ici la fin de la semaine.

Le jet puissant la revigora. Elle s'attarda sous l'eau chaude, la laissant détendre ses muscles et son corps. Elle s'était sentie très raide ces derniers temps, une tension sans doute due à tous les changements dans sa vie.

Puis elle se sécha à l'aide d'une serviette-éponge moelleuse. Devant son reflet dans le miroir, elle partit d'un éclat de rire. Avec ses cheveux se dressant en piques sur sa tête, elle ressemblait à Lady Gaga.

Une fois prête, elle passa un pantalon noir et un chemisier blanc cintré, sous un gilet sans manches, gris. Elle choisit une paire de bottines en daim, à semelles à plates-formes et talons hauts. Satisfaite, elle examina son image en pied dans le miroir. Sa tenue était à la fois branchée et professionnelle.

Un coup à la porte d'entrée la fit sursauter. Qui pouvait bien frapper chez elle à 9 heures du matin ? Elle n'attendait personne.

Elle regarda par le judas et, immédiatement, sentit sa respiration s'arrêter, comme chaque fois qu'elle posait les yeux sur Jackson Worth. Se ressaisissant, elle se houspilla mentalement. Elle ne supportait plus cette réaction.

— Sammie, c'est moi. Ouvre !

- 6 -

— Comment ça, tu as repoussé mes entretiens ?

Jackson à peine entré, le trouble de Sammie s'était dissipé. Il venait de lui annoncer qu'il avait demandé à Betty Lou de réorganiser ses rendez-vous du matin, dans les bureaux de Worth Enterprises.

— Je te rappelle qu'il s'agit de *nos* entretiens, fit-il remarquer.

— En théorie, c'est faux, riposta-t-elle.

Elle était un peu vexée qu'il ait pris la liberté de réorganiser son emploi du temps sans lui en parler au préalable. Il était certes un associé extrêmement disponible, mais Sammie préférait se débrouiller seule. C'était sa seule façon de tenir aussi sa place dans leur association sans avoir l'impression qu'il lui faisait la charité.

— Tu devais donner ton approbation finale après la présélection des candidates, non ? Qu'est-ce qui t'a poussé à prendre l'initiative d'annuler ?

Quand elle vit son regard se poser sur ses cheveux toujours hirsutes, elle frémit. Elle avait oublié les pointes folles et son visage sans une trace de maquillage.

— C'est un nouveau look ? s'enquit-il avec curiosité.

Elle fulmina intérieurement. Pourquoi diable était-il

arrivé sans s'annoncer ? Elle le détestait. Mais elle ne lui donnerait pas la satisfaction de la voir déstabilisée.

— Et si c'était le cas ?

Il jeta un coup d'œil à sa tenue et à ses bottes italiennes en daim, couleur argent. Après les avoir examinées une seconde, il répondit :

— Je dirais fonce !

— Menteur.

Avec un petit sourire espiègle, il reprit :

— Ça te change.

Elle leva les yeux au ciel. Il pouvait vraiment se montrer exaspérant, parfois !

— Attends-moi ici, lui enjoignit-elle.

Sans chercher à dissimuler sa mortification, elle se dirigea vers la salle de bains, prit sa brosse à cheveux et sursauta. Le beau visage de Jackson se reflétait dans le miroir. Pourquoi diable l'avait-il suivie ?

— Ne t'ai-je pas demandé de m'attendre ? siffla-t-elle entre ses dents.

Bras croisés, il s'adossa au chambranle et partit d'un rire sonore qui résonna dans la petite pièce.

Elle ne pouvait lui reprocher de trouver la situation cocasse. Ses cheveux se dressaient sur sa tête comme si elle avait mis le doigt dans une prise électrique. Elle regarda son reflet, puis se tourna vers lui et, à son tour, éclata de rire.

— D'accord, je sais que j'ai l'air ridicule. Donne-moi une minute pour arranger tout ça. Tu pourras en profiter pour m'expliquer pourquoi diable tu as repoussé ces rendez-vous ?

— Tagg et moi devons faire un aller-retour en avion à Tucson aujourd'hui.

C'était donc ça ?

— Je suis tout à fait capable de faire passer ces entretiens de recrutement sans toi, Jackson.

Il hocha la tête.

— Je n'en doute pas, Sammie. Mais laisse-moi t'expliquer. Tagg a téléphoné tôt ce matin. Il s'inquiète de devoir laisser Callie. Elle a des problèmes hormonaux, comme vous dites, mesdames, et il préfère ne pas la savoir seule à Red Ridge toute la journée. Il a besoin de toi. Tu serais d'accord pour lui tenir compagnie pendant son absence ?

Un peu prise au dépourvu, elle lui lança un regard surpris. Bien sûr, elle était heureuse de pouvoir aider Callie.

— Pourquoi ne me l'as-tu pas dit tout de suite ?

— J'ai été distrait, répondit-il avec un sourire éloquent.

Il n'avait pas besoin d'ajouter « par ta drôle de coiffure », elle avait compris. L'air décidé, elle répondit :

— Bien sûr, je vais y aller. Callie doit avoir son bébé dans quinze jours. Je ne tiens pas à ce qu'elle soit seule. Pourquoi ne m'as-tu pas téléphoné ?

— Je t'ai téléphoné ce matin. Mais tu n'as pas répondu.

— Oh ! c'est vrai, j'étais sortie.

Et elle n'avait pas pris la peine de vérifier si elle avait des messages. En général, personne ne l'appelait avant 8 heures.

Avec un froncement de sourcils surpris, il demanda :

— Si tôt ?

Elle acquiesça d'un hochement de tête et haussa les épaules. Jackson la dévisagea d'un regard appuyé. Il était évident qu'il attendait une explication. Elle décida de ne pas lui en fournir. Il n'avait pas besoin de tout savoir sur elle. Une femme devait avoir quelques secrets.

Quand, enfin, il comprit qu'elle n'en dirait pas plus, il reprit :

— Bon, alors j'ai eu raison de repousser les entretiens. Comme je n'ai pas réussi à te joindre, j'ai supposé que tu serais d'accord pour passer du temps avec Callie.

Sans lui accorder un regard, elle se concentra sur sa coiffure et ignora son commentaire.

— Je ne m'étais pas trompé, ajouta-t-il d'un ton enjoué.

Elle imaginait sans peine son grand sourire satisfait.

C'était étrange de sentir Jackson la regarder. Quelle excitation un homme pouvait-il tirer de la vue d'une femme mettant du spray sur ses cheveux, du mascara sur ses cils, et choisissant la couleur de rouge à lèvres seyant à sa tenue ? Mais elle ne voulait pas lui répéter d'aller attendre dans le living. Discuter avec lui était une perte de temps. Aussi, elle endura sa curiosité en se répétant qu'elle s'en fichait. Le plus important, aujourd'hui, c'était d'aller tenir compagnie à Callie, à Red Ridge.

— Est-ce que Tagg a précisé si quelque chose contrariait Callie ? s'enquit-elle, soudain inquiète.

— Selon lui, dès qu'il regarde le ventre de sa femme enceinte, elle se met à pleurer toutes les larmes de son corps.

Se penchant vers le miroir, elle appliqua son rouge à lèvres avec soin. Puis elle serra les lèvres et les tapota avec un mouchoir. Elle avait une conscience aiguë du regard de Jackson sur ses moindres gestes. Le maquillage de sa bouche semblait décupler son intérêt.

Elle se tourna vers lui. Il fixait ses lèvres colorées de rose avec une gourmandise avide. Un lent frisson la parcourut et une petite boule de chaleur fusa au creux de son ventre. Se faisant violence pour calmer son émoi, elle se concentra sur ce qu'il venait de dire. C'était Callie qui importait, pas la façon dont il la regardait.

— J'espère qu'il exagère, fit-elle d'une voix qu'elle s'appliqua à garder calme et posée.

— Il ne se plaignait pas. Je dirais plutôt qu'il ne sait pas comment l'aider.

Elle était pleine de compassion. Pauvre Callie ! Elle portait un bébé de la taille d'une pastèque. Quoi de plus normal pour elle d'avoir des accès de larmes, des sautes d'humeur ?

Une fois prête, elle se retourna. Jackson continuait à l'envelopper d'un regard approbateur. De sa coiffure à son maquillage léger, en passant par sa tenue à la fois branchée et professionnelle, et ses bottes en daim argenté, aucun détail de sa nouvelle apparence ne parut lui échapper. Un petit sifflement admiratif s'échappa de ses lèvres.

— Pas mal du tout !

Malgré elle, le compliment la combla d'aise. Sans doute n'était-ce que flatterie de séducteur, qu'elle n'aurait pas dû prendre au sérieux, mais Jackson semblait sincère. Au fond, elle préférait mille fois quand il l'agaçait. Au moins, elle avait une bonne raison de lui rendre la pareille, tout en se répétant qu'il était bien trop canon pour une fille aussi banale qu'elle. Mais quand il la regardait comme une reine de beauté… Elle se réprimanda. Non, elle ne devait pas s'aventurer sur ce terrain.

— Tu veux que nous y allions ensemble, je suppose…

Il hocha la tête.

— C'est le mieux, vu le prix de l'essence.

C'était un prétexte, elle le savait. Même s'il lui était plus facile d'aller à Red Ridge avec Jackson, elle savait bien que, pour des gens aussi riches que les Worth, la question de l'argent ne comptait pas. Le moment était de toute façon mal choisi pour cette discussion.

— Et Tagg veut m'éviter tout désagrément, c'est ça ? renchérit-elle d'une voix teintée d'ironie.

— Tu lui rends service. Par conséquent, il veut te faciliter les choses, c'est normal.

— Quel homme attentionné, railla-t-elle. A quelle heure est votre réunion à Tucson ?

— A 13 heures. Ensuite, nous déjeunerons tard et espérons être au ranch à 18 heures. Je sais que Tagg sera impatient de rentrer chez lui. Si sa présence n'était pas si importante, j'irais seul. Mais il est l'homme des chiffres et c'est une réunion capitale pour Worth Enterprises. Si c'est trop tard pour toi, nous pouvons passer la nuit au ranch.

Oh, non ! il n'était pas question qu'elle et lui — « nous » — passent la nuit au ranch ! Elle secoua la tête.

— Je ne peux pas. J'ai rendez-vous avec un fournisseur local très tôt, demain matin. Mais, si c'est un problème, je serais ravie d'y aller par mes propres moyens.

Jackson se redressa, décroisa les bras et répondit d'un ton sans réplique :

— Il n'y a aucun problème. Nous rentrerons ensemble.

Sammie se raisonna. Elle devait tout simplement apprendre à accepter tous ces « nous ». Jackson et elle n'étaient pas un couple, en aucune façon. Pourvu qu'une fois Boot Barrage lancé elle sorte du champ de son attention ! Mais elle déchanta vite. Elle avait oublié la naissance de Rory. Les réunions familiales allaient se succéder chez les Worth, elle était donc condamnée à passer de nombreux moments en sa présence.

Décontenancée, ne sachant si elle devait se réjouir ou se désespérer, elle rassembla ses affaires.

— Je suis prête.

Posant une main au creux de ses reins, il la guida dehors. Au contact des doigts dans son dos, une myriade de picotements parcourut son corps.

Elle réprima un soupir. Autant s'y résigner : toute sa vie, l'homme le plus inaccessible du monde attiserait son désir.

Une fois qu'ils furent sortis de la ville, le trajet jusqu'à Red Ridge se déroula sans encombre. Il n'y avait pas foule sur l'autoroute, pas d'embouteillages comme à Boston, où l'on n'avançait qu'à huit kilomètres à l'heure… quand du moins on avançait ! Laissant Jackson passer des coups de fil professionnels grâce au haut-parleur de son portable, Sammie admira le paysage.

La lumière du soleil de ce milieu d'après-midi illuminait la terre aride et les montagnes à l'horizon de magnifiques teintes rougeoyantes et cuivrées. Le bleu cobalt du ciel contrastait avec la palette chromatique de l'Arizona.

Grisée par la beauté du panorama, Sammie comprit à l'odeur si caractéristique de bétail et de cuir qu'ils entraient sur les terres du ranch Worth. C'était aussi l'odeur de la fortune, de la persévérance, de la loyauté, de l'histoire d'une grande famille. Elle enviait Jackson pour cela. Il avait toujours su qui il était, d'où il venait, quand elle ne faisait que rêver de racines familiales profondes et rassurantes.

Quand elle était enfant, puis adolescente, elle avait cru que sa vie serait pleine de belles surprises. Rien ne s'était déroulé comme elle l'avait imaginé. Mais inutile de s'attarder sur le passé. Elle avait déjà effacé de son esprit son horrible expérience avec Allen. Malgré son amertume, elle en avait tiré une leçon. Et plus jamais, elle le savait, elle n'accorderait sa confiance à personne : un résultat bien désolant, certes, mais pragmatique. Elle avait perdu beaucoup plus que de l'argent dans cette histoire, en restait blessée dans son identité, dans son âme. En entendant la voix de Jackson, elle s'extirpa de ses sombres pensées.

— Tu as un plan pour embobiner Callie ?

Secouant la tête, elle se mit à rire. Comme il était bête ! Il était irrésistible. Depuis leur pacte, il s'était montré on ne peut plus décent et délicat avec elle. Pourquoi ne pouvait-il pas se comporter en salaud pour qu'elle ait une bonne raison de lui en vouloir ?

— Parfois, il suffit de ne rien faire pour se sentir mieux, répondit-elle. Nous nous contenterons sûrement de passer du temps ensemble et de papoter.

Jackson lui jeta un regard en coin, comme pour la mettre en garde.

— Ne t'en fais pas, nous ne parlerons pas de toi, s'empressa-t-elle de lui assurer.

— Je ne m'en fais pas, chérie. Nous avons notre petit secret. Et je te fais confiance pour le garder.

Encore ce « nous ». Sammie esquissa une petite grimace. Quand ce petit jeu finirait-il ?

Elle avait souvent été tentée de dire la vérité à Callie. Après tout, elle était sa meilleure amie, et son secret était bien lourd à porter. Mais son bon sens l'avait emporté sur son sentiment de culpabilité. Et puis, aujourd'hui, son seul but était d'aider Callie à se sentir mieux. Et si elle n'y arrivait pas, elle trouverait un moyen de la distraire.

Lorsqu'ils se garèrent devant la maison, Callie en sortit, suivie par Tagg, une mallette de cuir noir à la main, le visage inquiet. Il semblait aussi heureux de quitter sa femme que s'il était allé à l'échafaud.

Jackson sauta de son pick-up et, sans laisser à Sammie le temps de dire ouf, vint ouvrit sa portière. Elle le remercia. Sa galanterie était loin de la laisser insensible.

Après l'avoir serrée sur son cœur, Callie la rabroua gentiment :

— Je me réjouis de ta visite, Sammie, mais je sais pourquoi tu es ici. Tu n'avais pas besoin de perdre ton temps si précieux à venir me pouponner. Je vais bien.

Sammie lui rendit son étreinte. Il lui suffit d'un coup d'œil au visage de Callie pour savoir que son amie lui mentait : elle était d'une pâleur extrême et ses yeux rouges indiquaient qu'elle avait pleuré. Elle comprenait la frustration du pauvre Tagg, impuissant à l'aider. Les hommes étaient souvent bien démunis devant les caprices hormonaux des femmes : ils n'y comprenaient rien. Elle réfléchit rapidement. Callie ne serait pas dupe si elle lui répondait qu'elle avait eu envie de venir la voir. Elle allait essayer de retourner la situation.

— Je ne suis pas venue te pouponner, déclara-t-elle. En fait, j'ai besoin de ton aide. Si tu as du temps, plus tard, j'aurai besoin de quelques conseils.

Le regard plein de gratitude de Tagg ne lui échappa pas. Callie, qui n'avait pas remarqué, s'exclama, le visage soudain réjoui :

— Vraiment ?

— Oui. Vraiment.

— Il faut y aller, les pressa alors Jackson en regardant sa montre.

— D'accord, acquiesça son frère avec un soupir à fendre l'âme. Oui, il est temps de nous mettre en route. Je t'aime, ajouta-t-il, d'une voix rauque en se tournant vers sa femme.

— Moi aussi, répondit Callie.

Il la prit dans ses bras. Devant la tendresse qu'exprimait son regard, Sammie sentit ses yeux se mouiller, avant de détourner la tête devant la ferveur de leur baiser. Elle ne voulait surtout pas faire intrusion dans leur intimité. Jackson la fixait avec intensité, une lueur énigmatique dans ses prunelles bleues. Leurs regards s'enchaînèrent et un long frisson la traversa. Pourvu qu'il ne devine rien de son trouble ! Elle savait qu'elle avait le plus grand mal à dissimuler ses émotions.

Mais déjà, rompant le charme, le beau cow-boy

lui adressa un clin d'œil narquois et s'avança vers sa voiture.

Le cœur un peu lourd, elle regarda Tagg embrasser le ventre arrondi de sa femme avec une douceur infinie.

Elle se surprit soudain à envier tous ceux qui avaient connu le grand amour. Non qu'elle jalousât Callie et Tagg. Ils étaient parfaits l'un pour l'autre. Et, après avoir surmonté tant d'épreuves, ils méritaient amplement leur bonheur. Máis les voir aussi bien ensemble la ramenait immanquablement à elle-même : pourrait-elle un jour partager une telle félicité avec quelqu'un ? Et où rencontrerait-elle un tel homme ? Autant de questions sans réponses…

— Sois bien sage et ne bouge pas jusqu'au retour de papa, disait Tagg. N'oublie pas que je t'aime.

Les yeux toujours embués, elle vit la main de Callie se poser sur la tête de son mari et ses doigts caresser ses cheveux bruns. Ce vieux désespoir qu'elle avait si bien appris à dissimuler enfla en elle, en une violente nostalgie qui menaçait de détruire la perfection de l'instant. Elle parvint, non sans mal, à refouler ses larmes.

— Il attendra, lui assura Callie.

— Je ne serai qu'à quelques heures d'avion. Surtout, appelle-moi si tu as besoin de moi, reprit Tagg avec une infinie douceur.

Un long moment, ils se fixèrent. Enfin, Callie donna une petite bourrade à son mari.

— Va ! Tout ira bien. Sammie est avec moi.

Après les avoir saluées une dernière fois, les deux frères prirent place dans le pick-up, qu'elles regardèrent s'éloigner.

A cet instant précis, Sammie comprit à quel point elle avait besoin d'être aimée de la sorte. Un amour comme celui-là, elle ne demandait rien de plus à la vie. Elle voulait se sentir liée à un homme comme Callie l'était à Tagg. Le chérir et se sentir chérie. Elle ne voulait rien tant que connaître le bonheur de donner son cœur, sa confiance, à celui qu'elle aurait choisi, de manière inconditionnelle.

C'était décidé, elle ne ferait aucun compromis.

Avec un soupir, elle passa un bras autour des épaules de Callie et, côte à côte, elles s'avancèrent vers la maison.

Une heure plus tard, elle remuait une salade composée : œufs durs, carottes râpées, cœurs de palmier, asperges, olives vertes, cornichons et rosbif.

— La salade de Madame est prête, déclara-t-elle en posant le saladier de bois sur la table. J'y ai mis tous tes ingrédients préférés. Et il en restera.

Son amie jeta un coup d'œil au saladier.

— Tu as oublié les pépites de chocolat ?

Sammie se mit à rire. Elle était contente d'être venue aujourd'hui. Et la future maman semblait déjà de meilleure humeur.

— La prochaine fois, promis.

— J'ai peine à croire que tu vas manger ça avec moi, fit Callie, un pichet de citronnade à la main.

— Pourquoi pas ? répondit-elle en posant deux assiettes sur des sets de table. C'est une création originale, après tout.

— Mais pour quelqu'un qui n'a pas des envies de femme enceinte, c'est plutôt écœurant, non ? Tu ne devrais pas te sentir obligée.

— Ne t'inquiète pas et sers-toi, répondit-elle en s'asseyant à table.

Sa salade se révéla plutôt bonne. En tout cas, Callie sembla l'apprécier, ce qui était le principal. Au bout d'un moment, cette dernière demanda :

— Alors, comme ça, tu as besoin de mon conseil au sujet de quelque chose d'important ?

— Ce n'est pas une question de vie ou de mort. Mais… oui. J'ai quelque chose à te demander. Tu connais Sonny Estes ? De Sonny Side Up ?

— Je l'ai vu une ou deux fois. Il a l'air plutôt sympa. Je crois que Jackson est son propriétaire.

— En effet. Son restaurant est dans la rue de Boot Barrage. Je suis tombée sur lui ce matin, en faisant mon jogging. Du coup, nous avons couru ensemble.

— Et alors ? demanda Callie avec curiosité, en posant sa fourchette.

— Je ne sais pas, répondit-elle avec un haussement d'épaules. Je crois qu'il m'a draguée. Mais peut-être pas. J'ai tellement souffert que je ne suis même pas sûre de pouvoir encore décrypter ce genre de signes. Ce matin, il m'a demandé si je voulais courir avec lui de façon régulière.

— Et tu as peur d'entamer une nouvelle relation, c'est cela ? s'enquit Callie.

Sammie poussa un soupir. Elle n'était pas sûre de savoir encore s'y prendre avec les hommes. Mais, au moins, cela faisait du bien d'en parler.

— Je pense qu'il veut sortir avec moi. Or, je ne sais pas si je suis prête.

D'un geste réconfortant, Callie lui frôla le bras.

— Tu le sauras quand tu seras prête, je n'en doute

pas. Après ce que tu as traversé, quoi de plus naturel que d'avoir une certaine appréhension des hommes ?

— Et je vais être si occupée, avec le lancement de Boot Barrage…

Elle se cherchait des excuses.

— Il ne t'a pas demandé en mariage, Sammie, la rabroua gentiment son amie. Il t'a demandé de courir avec lui le matin. Tu peux toujours accepter et voir comment ça se passe. Je t'en prie. Ce n'est peut-être pas une si mauvaise idée, après tout.

— Je ne sais pas.

Soudain, le visage de Jackson passa devant ses yeux. Qui croyait-elle berner ? Depuis Las Vegas, il avait occupé toutes ses pensées et, à la simple idée de démarrer une relation avec un autre homme que lui, elle se sentait frémir de dégoût. Elle avait dû passer trop de temps en sa compagnie ces derniers temps. Et cela l'irritait. Même si, à ses yeux, aucun homme ne lui arrivait à la cheville. Pour autant, s'abandonner à ses sentiments pour Jackson serait la pire des imbécillités. Qu'il aille au diable, après tout !

— Je peux demander à Jackson ce qu'il en pense, si tu le souhaites, suggéra alors Callie. Ils sont copains depuis un moment.

— Oh, non ! s'empressa-t-elle de répondre. Ce n'est pas la peine. Je vais réfléchir, je voulais juste avoir ton avis.

— Très bien.

Callie sourit et se frotta doucement le ventre. Sa peau se tendait quand le bébé bougeait. La naissance approchait maintenant. Le petit Rory serait bientôt là.

— Si tu as besoin de parler, tu sais que je suis là. Tu peux tout me dire, ajouta-t-elle.

A ces mots de son amie, Sammie se sentit immensément reconnaissante. Combien elle aurait aimé que ce soit vrai ! Hélas, il lui suffisait d'entendre le nom de Jackson pour que sa culpabilité resurgisse et vienne gâcher la sincérité de ce moment. Ce n'était pas tant le fait d'avoir couché avec lui. Mais, en taisant l'aventure à Callie, elle avait l'impression de trahir sa meilleure amie. Elle qui avait toujours mis un point d'honneur à se montrer honnête en toutes circonstances !

— A propos de Jackson, comment allait mon beau-frère, aujourd'hui ? reprit Callie.

— Aujourd'hui ? Bien, je pense. Pourquoi ?

— Parce que j'ai entendu dire que l'amour de sa vie lui avait rendu visite.

Une sourde angoisse lui étreignant soudain le cœur, Sammie répondit :

— Il n'y a fait aucune allusion.

— Non, je suppose que c'est normal. Après tout, tu es nouvelle à Red Ridge. Tu ne connais pas le passé des Worth. Mais il en a discuté avec Tagg. Et puisque tout le monde au bureau a vu Blair Caulfield hier après-midi, ce n'est pas un secret. Avec Betty Lou, la moitié de la population de Red Ridge est sans doute déjà au courant.

— Hier ? répéta Sammie incrédule.

De peur d'éveiller les soupçons de Callie, elle s'empressa de répéter d'une voix posée :

— Il l'a vue hier ?

Callie acquiesça d'un signe de tête.

Soudain, tout était clair. La raison pour laquelle

Jackson avait insisté pour la voir, la veille. Pour dîner chinois, aller au cinéma, l'inviter à déguster des glaces à l'issue de la séance. Profondément perturbé par la visite de son ex, il avait eu besoin d'une diversion. C'était aussi simple que ça. Ou, tout au moins, de se changer les idées après une entrevue pour le moins difficile. Pourquoi donc est-ce que cela la mettait en colère ? Oui, c'est comme si Jackson s'était servi d'elle, tout simplement : elle avait juste été là, disponible pour l'aider à surmonter une sale journée.

— A ce qu'il paraît, Blair est arrivée sans prévenir, poursuivait Callie. Et, attends, ce n'est pas fini… Elle a déclaré vouloir le récupérer. Après ce qu'elle lui avait fait. Après toutes ces années. Tu te rends compte ?

Paniquée, Sammie sentit son cœur cogner à grands coups dans sa poitrine.

— Et il lui a dit non, bien sûr ?

— D'après Tagg, il ne lui a rien dit. Pour être tout à fait franche, je ne comprends pas qu'il ne l'ait pas chassée de son bureau. Il est assez grand pour gérer seul cette situation, mais, quelquefois, je dois dire que je m'inquiète pour lui.

Sammie était bouleversée. Jackson n'avait pas dit non ? A une femme qui l'avait presque détruit, qui avait ruiné sa capacité d'aimer ? Il ne pouvait y avoir qu'une raison. Il avait décidé de réfléchir à la possibilité de reprendre sa vie avec elle. Il était toujours amoureux d'elle.

Pourquoi diable réagissait-elle aussi violemment ? Ce qui s'était passé entre elle et Jackson était une erreur, c'était oublié. Sa jalousie n'avait pas lieu d'être et, pour tout dire, l'effrayait.

Heureusement, Callie avait déjà changé de sujet. Après le déjeuner, Sammie aida la future maman à plier et à ranger les vêtements de bébé. La joie et l'excitation de son amie agirent comme un baume sur ses nerfs en pelote.

Il était grand temps de chasser Jackson de ses pensées. L'enjeu était bien trop démesuré pour se laisser dominer par ses émotions. Et puis, avec le lancement de son affaire, le moment serait bien mal choisi pour prendre des risques inutiles.

Plus tard, ce même soir, Sammie était assise, très raide, dans le pick-up de Jackson. A plusieurs reprises, il se tourna vers elle pour lui poser des questions sur sa journée mais, refusant de le regarder, elle se contenta de lui donner des réponses laconiques.

— Tu as passé un bon moment avec Callie, aujourd'hui ?

— Oui.

— Elle avait l'air en forme quand nous sommes partis. Tu as dû lui remonter le moral.

— Je pense que oui.

— Qu'avez-vous fait, toutes le deux ?

— Parlé, surtout.

— C'est vrai, tu avais des conseils à lui demander. Ou était-ce un prétexte ?

— Ce n'était pas du tout un prétexte.

Jackson remarqua son ton haché et prit sa main.

— Hé, qu'est-ce qui ne va pas ? Quelque chose te dérange ?

A son contact, tout son corps frémit. S'il avait pu se douter à quel point elle lui en voulait ! Il avait tellement de chance de pouvoir la toucher sans rien sentir, quand elle était si sensible à sa seule présence. Dire que quand il était revenu avec Tagg, tout à l'heure, il lui avait suffi de poser les yeux sur lui pour sentir son cœur s'affoler, ses poumons manquer d'air. Elle n'avait jamais autant détesté l'effet qu'il produisait sur elle. Mais il émanait de lui une séduction diabolique à laquelle elle était incapable de résister.

Avant de monter en voiture, il avait retiré la veste de son costume noir et sa cravate. A présent, les deux premiers boutons de sa chemise défaits, les manches retroussées sur ses avant-bras bronzés, il tenait le volant de sa main libre. Les vitres étaient baissées, le toit ouvert et le vent ébouriffaient ses cheveux de la couleur des blés mûrs.

Sammie jeta un coup d'œil à la main qui couvrait la sienne. Ses doigts fins, aux ongles soignés, étaient un peu rêches sur sa peau douce.

— Non, rien, je suis juste un peu lasse.

Lasse de prétendre que jamais elle n'avait croisé un homme au physique aussi exceptionnel que Jackson Worth.

Lasse de lutter contre ses sentiments pour lui.

Lasse d'être faible quand elle aurait dû être forte.

Il lui pressa affectueusement la main.

— Et si tu essayais de dormir un peu ? Quand tu te réveilleras, nous serons arrivés.

Elle ignora le « nous » et suivit son conseil. Cela semblait une bonne idée. La journée avait été longue et animée, et le lendemain promettait de l'être tout autant. Laissant aller sa nuque contre l'appui-tête, elle ferma les paupières et s'assoupit.

A peine cinq minutes plus tard, elle fut tirée de sa torpeur par le juron de Jackson.

— Bon sang !

Ballotté par un vent violent, le pick-up penchait dangereusement d'un côté. Il s'empressa de fermer le toit et les vitres, atténuant les hurlements des rafales. Elle se redressa dans son siège et le fixa avec inquiétude.

— Que se passe-t-il ?

L'expression de son visage ne lui disait rien qui vaille. Et quand elle suivit son regard, ses yeux s'écarquillèrent d'étonnement.

— Seigneur !

Un mur de poussière d'un bon kilomètre de long se dirigeait droit sur eux. Il tourbillonnait du sol vers le ciel telle une immense couverture gris-rouge et, filant plus vite que des nuages d'orage, balayait tout sur son passage. Jamais elle n'avait rien vu de tel. Elle avait déjà fait l'expérience de cyclones et même, une fois dans sa vie, d'une petite tornade, mais ce n'était rien en comparaison du monstre qui approchait.

— Tiens bon ! lui lança Jackson.

Sans demander son reste, elle s'agrippa aux bords de son siège.

— Nom d'un chien ! je n'ai rien vu venir. Et, tout à coup, je me suis retrouvé face à cette muraille de poussière. Le vent est d'une violence inouïe !

C'était peu dire. Les arbres bordant la route étaient pliés, luttant contre les bourrasques. Et ils fonçaient droit dans la tourmente.

— Pouvons-nous faire demi-tour ? fit-elle d'une petite voix.

— Nous ne pouvons pas l'éviter, répondit Jackson. Ça va secouer.

La poitrine soudain oppressée, elle se figea, refoulant sa panique. Ils étaient seuls sur la route.

— Jackson ?

— N'aie pas peur, Sammie. J'ai une idée.

Il était trop tard pour tenter de la rassurer. Elle était déjà pétrifiée de terreur.

— D'accord.

Il scruta la route, dont on distinguait à peine le tracé. Tout était sombre. Le moindre panneau, arbuste, avait été avalé par le monstre de poussière. Tandis que le pick-up était de plus en plus ballotté par les rafales, Jackson bifurqua sur un chemin de traverse. Concentré sur la route qui s'offrait à lui, il murmura :

— Si mes souvenirs sont bons, nous ne sommes plus très loin.

Elle ne voyait pas du tout de quoi il parlait, mais ne posa aucune question. Hormis le faisceau lumineux des phares, ils étaient plongés dans une nuit d'encre.

De violents tremblements secouaient tout son corps. Elle était en proie à la terreur la plus totale. Toujours agrippée à son siège, elle priait en silence. Elle les imagina avalés, puis recrachés par l'abominable bête. Sa seule consolation était la détermination qu'elle lisait sur le visage de Jackson.

— Je crois que nous y sommes presque. Comment te sens-tu ? s'enquit-il sans la regarder.

Comment pouvait-il s'attendre à une réponse ? Pourtant, malgré ses dents, qui claquaient, elle parvint à prononcer quelques mots. Elle ne voulait pas qu'il se déconcentre en la regardant.

— Ne… ne t'inquiète pas pour moi.

A ce moment précis, il s'arrêta au beau milieu de la route.

— Voilà, ça devrait être là.

Elle jeta un regard affolé à la ronde. Avait-il perdu la raison ? Ils étaient au milieu de nulle part, au cœur d'un désert désolé.

— Ou sommes-nous ? fit-elle d'une voix tremblante.

— Ne bouge pas, Sammie. Je vais voir. Je reviens tout de suite.

— Voir quoi ?

Il descendit de voiture, luttant pour refermer sa portière. A la faible lumière des phares, elle le vit vaciller dans le vent, puis il disparut de son champ de vision.

Une minute plus tard, la portière se rouvrit.

— Prends tout ce dont tu as besoin, cria-t-il pour couvrir les hurlements de la tempête.

A peine avait-elle eu le temps de saisir son sac qu'il l'avait soulevée dans ses bras, avant de refermer la portière d'un coup de pied.

— Plaque-toi bien contre moi et baisse la tête, cria-t-il, cherchant toujours à couvrir le fracas du vent.

Puis, protégeant son corps du sien, il l'emporta dans l'obscurité.

- 7 -

Sammie collée contre lui, Jackson descendit l'escalier étroit du bunker. Il sentait sa peur. La pauvre était pétrifiée. Ce n'était pas le commencement idéal pour sa nouvelle vie dans l'Arizona. Il lui avait confié son téléphone et, d'une main tremblante, elle éclairait les marches. Il en avait déjà compté huit. Bientôt, il atteignit la dernière, Sammie toujours accrochée à lui comme si sa vie en dépendait.

— Tout va bien, chérie. N'aie pas peur.

— Je n'ai pas peur, répondit-elle en s'agrippant plus fort à son cou.

Malgré lui, il sourit. C'était sa première tempête de poussière. Pas étonnant qu'elle soit terrorisée. Il était vrai qu'il avait rarement eu à en affronter une d'une telle violence. Le mur de poussière s'était dressé comme une immense chape maléfique, sombre et menaçante, les isolant du reste du monde. Même après avoir fermé et sécurisé la trappe d'accès au bunker, il entendait encore le fracas des rafales qui soulevaient le sable à des kilomètres à la ronde.

Il savait néanmoins qu'ici ils étaient en sécurité.

— Je vais te poser, maintenant, lui annonça-t-il, rassurant.

Dans la pénombre, elle murmura d'une toute petite voix :

— D'accord.

— Tu es sûre ?

Il sentait ses mèches courtes lui chatouiller le menton et la fraîcheur de son parfum de pêche contrastait avec l'odeur de renfermé de l'abri.

Il la déposa avec délicatesse et, une fois ses pieds sur le sol, l'aida à se redresser. Sentant qu'elle flageolait encore sur ses jambes, il suggéra :

— Je vais te tenir un moment.

Sans attendre sa réponse, il la plaqua contre son torse, s'appliquant à lui communiquer sa chaleur. Docile, elle se blottit contre lui, son corps toujours agité de légers tremblements. Son silence le surprit. Elle devait être vraiment secouée pour rester si longtemps sans parler.

— Où sommes-nous ? finit-elle par murmurer.

— Dans le bunker de Benjamin Stubbing, répondit-il d'une voix apaisante.

— Comment… comment connais-tu cet endroit ?

— Je venais y jouer avec ses fils. Le père était un survivaliste. On se retrouvait ici en secret quand on avait dix ans. Plus tard… Non, ça n'a pas d'importance.

— Tu amenais des filles ? lâcha-t-elle d'une voix étouffée.

Il hocha la tête.

— Juste pour leur en mettre plein la vue. Elles étaient fascinées.

— Ce n'est pas plutôt toi qui les fascinais ?

Il esquissa un sourire. Il ne pouvait le nier. Néanmoins, si sa réputation avec les femmes était fondée, la vive imagination de Sammie dépassait de loin la réalité. Enfin, le moment était mal choisi pour se justifier de son passé de bourreau des cœurs.

— La batterie est presque à plat, ma belle, dit-il en lui prenant son téléphone. Je dois jeter un coup d'œil aux lieux.

S'avançant un peu, il se cogna à un meuble. Il rattrapa de justesse un objet qui vacillait, se félicitant de voir qu'il s'agissait d'une torche à piles.

— Nous avons de la chance ! s'exclama-t-il en l'allumant. Nous avons de la lumière.

Le meuble se révéla être un placard. Il l'ouvrit et se trouva devant une réserve de boîtes scellées contenant de la nourriture, de l'eau et des couvertures.

— Au moins, nous n'allons pas mourir de faim.

— Manger est le dernier de mes soucis, chuchota Sammie.

Ses tremblements avaient repris. Il devenait évident qu'elle ne tremblait pas que de peur. Il faisait très froid dans le bunker. Il s'empressa de déballer une couverture de survie.

— Je peux te réchauffer, suggéra-t-il.

— Je n'en ai jamais douté, répliqua-t-elle, à sa grande surprise.

Il dirigea sa torche vers elle. Malgré sa vulnérabilité évidente, elle gardait son sens de la repartie. Puis, dirigeant le faisceau vers le mur du bunker, derrière elle, il déclara :

— Il me semblait bien me souvenir d'un lit de camp.

— Tu crois qu'il est solide ?

— Si tu avais connu Ben, tu n'en douterais pas une seconde. C'était un perfectionniste, il n'investissait que dans du solide. S'il savait que c'est à moi que son abri sauve aujourd'hui la vie, il se retournerait dans sa tombe. Il nous a menacés d'une sacrée raclée le jour où il nous a surpris, ma bande de copains et moi, dans son bunker.

— Bien entendu, vous ne l'avez pas écouté.

— Non, ça ne nous a jamais empêchés de revenir. Mais nous avons fait en sorte de ne jamais plus nous faire pincer, ajouta-t-il en se rengorgeant.

Il dirigea la lampe vers le visage de Sammie. A l'incertitude qu'il décela dans ses prunelles écarquillées, il comprit qu'elle n'était pas si sûre d'être en sécurité.

— Tout ira bien, lui assura-t-il encore une fois.

— Combien de temps allons-nous rester ici ? murmura-t-elle.

Il entendit le fracas de la trappe luttant contre le vent.

— Je n'ai jamais vu des bourrasques pareilles. Elles doivent aller à quatre-vingts kilomètres à l'heure. Je propose de nous installer aussi confortablement que possible et d'attendre. Ça peut durer toute la nuit.

Elle le fixa, une lueur d'anxiété dans le regard :

— Toute la nuit ?

Il savait ce qu'elle pensait. Ils étaient loin de tout, coupés du monde. La priorité était toutefois d'assurer la sécurité de Sammie. Si cela impliquait de passer la nuit avec elle dans un bunker, ils devraient faire contre mauvaise fortune bon cœur.

— Il faudrait téléphoner à Tagg ou à Clay, reprit-elle. Les prévenir que nous sommes ici.

— Je vais voir. Mais mon téléphone est presque déchargé et je doute que nous ayons du réseau.

— Je vais essayer le mien, dit-elle en tirant son portable de son sac. Je n'ai pas de réseau non plus.

— Le vent empêche toute communication. Les routes sont trop dangereuses pour rouler. Tagg saura que je t'ai mise à l'abri, Sammie.

— Et eux, Jackson ? Callie est-elle en sécurité là-haut ?

— Oui, je pense que tout ira bien. Tagg est avec elle. Il ne laissera rien lui arriver.

Sammie était soulagée. Tant que Rory attendait pour naître.

— Nous ferions aussi bien de nous asseoir, reprit alors Jackson.

Prenant sa main, il l'attira à côté de lui sur le lit de camp. Ils s'enfoncèrent dans le matelas avec un craquement. Il posa la lampe électrique par terre, à côté d'eux.

Il ouvrit alors un paquet plat et en tira une couverture d'urgence qu'il enroula autour de Sammie. Puis il la serra contre lui.

— Pose ta tête sur mon épaule et détends-toi.

Elle mordilla un moment sa lèvre inférieure, comme hésitante. Puis, avec un hochement de tête, elle obtempéra. Quand elle ouvrit la bouche, il sentit son souffle froid sur son visage.

— M'appuyer sur toi et me détendre ne sont pas très compatibles, tu sais ?

Bien sûr, il savait. Il en avait même une conscience aiguë. Ils étaient coincés dans ce bunker, ensemble. Sentir son parfum frais qui flottait dans l'air et ses petits seins fermes contre ses aisselles le mettait au supplice.

— Avec la couverture de survie, tu ne vas pas tarder à te réchauffer.

Elle se pelotonna tout contre lui et, machinalement, il fit courir ses doigts sur ses bras.

— Je pense que tu accordes trop d'importance à la couverture, murmura-t-elle.

— Vraiment ? fit-il en baissant les yeux vers elle.

Sa tête inclinée de côté, ses lèvres délicieusement entrouvertes appelaient les baisers. Il rassembla tout son courage. Il n'était pas question qu'il profite de la situation. Pas avec elle. Et il se fichait bien que Tagg l'apprenne. Mais il ne voulait pas la décevoir. Il ne la toucherait pas, car ce ne serait pas juste envers elle.

— Tu sais, j'ai d'autres idées pour l'inauguration de Boot Barrage, avança-t-elle. Et puisque ce soir, nous avons tout ce temps à tuer, j'aimerais te les exposer.

Il s'installa de façon à ne plus sentir la douce pression de ses seins, qui menaçait de lui donner une érection, et s'obligea à ignorer la tendre invitation de ses lèvres. S'il ne succombait pas à la tentation ce soir, il mériterait une médaille.

Un fracas de fin du monde réveilla Sammie. Elle leva la tête et ouvrit grand les yeux. Peu à peu, elle prit conscience de la faible lumière, des odeurs de terre et du violent sifflement du vent. S'extirpant des brumes du sommeil, elle se rappela tout soudain.

Elle était dans un bunker, à l'abri d'une tempête de poussière, appuyée au corps de l'homme le plus sexy de la planète, sous une couverture d'astronaute. Sa tête reposait sur son torse puissant. Elle gémit et Jackson resserra son emprise.

En un instant, son corps s'emplit d'un désir brûlant. Ils avaient dû finir par s'assoupir. Il devait être tard. Pourtant l'aube ne se lèverait pas avant de longues heures. Mais si elle avait craint de voir la trappe céder sous les assauts du vent et de mourir emportée par une tornade, toutes ses peurs s'étaient évanouies. Elle se sentait en sécurité avec Jackson Worth.

La lueur de la torche éclairait partiellement sa figure, accentuant les angles, taillés à la serpe, de ses mâchoires. Il avait de très beaux traits, un visage viril et buriné, pour lequel n'importe quelle femme se serait damnée.

Pourtant, elle voyait au-delà de sa beauté. Que lui avait-il dit, déjà ?

« J'ose espérer que je suis un peu plus que ça. »

Bien sûr, il était bien plus qu'un simple fantasme masculin incarné. Et, ce soir, il avait prouvé quel homme il était vraiment. Quand il avait vu sa panique dans le pick-up, il l'avait rassurée. Puis il avait trouvé une solution pour les mettre à l'abri de la tornade. Il avait réagi au quart de tour, l'avait protégée et sauvée du danger.

Devant le grand corps athlétique endormi, un long soupir lui échappa. Qui sait, peut-être maintenant courait-elle un autre genre de danger. Son bras était toujours enroulé autour d'elle en un geste possessif. Le contact de son corps pressé contre le sien mettait tous ses nerfs à vif.

Elle avait déjà dormi avec Jackson une fois, mais n'en avait pas des souvenirs très clairs. Son corps, lui, n'avait pas oublié. Il lui parlait. Lui criait son besoin. Ce soir, elle aurait pu mourir sans jamais connaître l'ivresse de sentir tout son être frémir sous les mains d'un homme comme Jackson Worth. Elle savait que, cette fois, elle ne laisserait pas la raison lui dicter sa conduite. Son corps prit les commandes.

Son instinct lui soufflait qu'elle devait faire l'amour avec Jackson Worth. Une telle chance ne se représenterait pas.

Elle avait besoin de connaître les sensations oubliées de cette nuit, de se créer un souvenir concret plutôt que des images fugaces et floues. Elle savait depuis longtemps qu'elle finirait par succomber. Elle allait enfin savoir ce qu'elle ne faisait que deviner. Elle ne désirait rien de plus au monde.

Portant son doigt à sa bouche, elle suivit les contours de ses lèvres. Elle le laissa courir le long de sa joue jusqu'à la ligne de son menton, qu'elle sentit se raidir, lui arrachant un soupir somnolent.

Au contact de sa peau, elle sentit son cœur faire un bond et en absorba la délicieuse chaleur, en apprécia la légère rugosité sous ses doigts.

N'écoutant que son audace, elle leva la tête vers lui et, sans hésitation, le couvrit d'une pluie de petits baisers. Elle ne voulait surtout pas l'effaroucher.

Il ouvrit les yeux, ses iris bleu nuit se plantant dans les siens. Une lueur dangereuse y brillait.

Elle sentit son sexe se durcir à l'instant précis où il se rendit compte qu'elle était plaquée contre lui.

Elle le fixa sans ciller. Avait-elle dépassé les limites ?

Elle ne tarda pas à être rassurée. Il passa une main derrière sa nuque et embrassa ses lèvres avec une fougue qui ne laissait aucun doute sur son besoin, son avidité, la puissance de son désir. Puis, s'arrachant à sa bouche, il lui murmura à l'oreille :

— Tu es sûre ?

Oh, oui ! Ce soir, elle voulait connaître la communion de leurs deux corps, être à lui. Elle n'était qu'à mi-chemin du paradis, ce n'était pas suffisant.

Elle hocha la tête et répondit sans une once d'hésitation :

— Oui. Toi… aussi ? demanda-t-elle.

De ses deux mains, il ébouriffa ses boucles courtes sans quitter son regard. Elle retint son souffle, attendant sa réponse. Et s'il refusait ? Si elle avait mal jugé la situation ? Elle allait mourir de honte, ne pourrait plus jamais le regarder dans les yeux.

Mais il ne lui laissa pas le temps d'hésiter trop longtemps. Glissant ses mains le long de ses épaules, il descendit plus bas et les plaqua sur ses fesses. Les prenant en coupe, il les pressa doucement, une caresse possessive qui se répercuta dans son corps. Ses lèvres s'entrouvrirent en un sourire coquin. Il déclara d'un ton calme mais résolu :

— J'attendais que tu te réveilles.

Dans un immense soulagement, elle déglutit et hocha la tête. Elle se sentait beaucoup plus légère, soudain. Plus libre, pleine d'une passion sans contraintes. Elle ne gâcherait pas cette nuit.

Elle se frotta contre lui, lui arrachant un gémissement.

— Ma douce Sammie, murmura-t-il d'une voix hachée, tu risques de le regretter.

— Je ne veux pas que tu changes d'avis, chuchota-t-elle. Et je ne veux pas changer d'avis.

L'attirant à lui, elle comprit à la passion de son baiser qu'elle comptait sincèrement pour lui.

— Je n'ai plus les idées très claires, tu n'as pas à te soucier de ça, lui assura-t-il.

Elle fit glisser ses mains sur son torse, se délectant de la chaleur et de la puissance de son corps, vibrant de vie. Il l'embrassa de nouveau, plus profondément, avec une pointe d'avidité qui lui rappela le besoin incontrôlé, entier, qu'elle avait de lui.

Elle sentit un frisson de plaisir s'emparer d'elle, alors que sa bouche voletait sur son épaule, dessinant un chemin sinueux le long de sa clavicule. Comme c'était érotique d'être allongée sur Jackson, de sentir son désir le consumer dans cette frénésie de baisers. Chaque frôlement de langue lui envoyait comme des décharges électriques au creux du ventre, chaque gémissement de plaisir qui s'échappait de sa gorge intensifiait encore sa fièvre.

— Je veux te revoir nue, dit-il avec un sourire à la fois langoureux et canaille. Je veux que tu enlèves tout, sauf tes bottes !

Joignant le geste à la parole, il lui retira sa veste et entreprit de déboutonner son chemisier.

Le cœur de Sammie se mit à battre à se rompre. Il l'avait déjà vue nue, mais elle n'en avait aucun souvenir. Elle voulait faire de cette nouvelle expérience un moment fabuleux. Lui plaire comptait autant que le plaisir que ses doigts et sa bouche si habiles allaient lui procurer. Et il voulait lui faire l'amour sans qu'elle retire ses bottes.

— Ça devrait être possible, chuchota-t-elle.

Le souffle saccadé, elle défit les boutons de sa

chemise, en écarta les pans et se pressa contre lui, se délectant de la douce sensation de sa peau contre la sienne, de ses seins pressés contre son torse musclé. Elle voulait le toucher, explorer ses abdominaux, ses fesses splendides.

En un tour de main, il l'avait déshabillée et elle se retrouva nue, à l'exception de ses bottes italiennes. A peine lui avait-elle retiré sa chemise, qu'il l'allongea sur le dos et se positionna sur elle. Les flammes du désir dansaient dans son regard indigo, embrasé. Son hâle était parfait, ses muscles lui faisaient un corps de dieu grec. Elle éprouva la puissance de ce torse d'athlète, en caressa le velours parfait.

Puis, posant une paume à plat sur son cœur, elle sentit ses battements précipités. L'ivresse la saisit. Jamais elle n'aurait pu imaginer un jour avoir le pouvoir d'exciter un homme comme Jackson Worth ! C'était une sensation divine.

— J'aime quand tu me touches, murmura-t-il en prenant sa main pour embrasser l'extrémité de ses doigts.

— Je ne me souviens de rien, chuchota-t-elle. Ce n'est pourtant pas faute d'avoir essayé.

Se penchant vers elle, il la regarda comme s'il essayait de déterminer quelle partie de son corps il allait dévorer en premier. Elle se sentit soudain timide, reconnaissante pour la lumière tamisée. Mais l'incroyable avidité qu'elle lisait dans son regard attisait son propre désir.

— Ferme les yeux. Je vais faire en sorte que tu te souviennes, cette fois, chuchota-t-il avec une douceur qui la fit fondre de l'intérieur.

Elle obtempéra. Ses lèvres se mirent alors à courir du creux de son poignet à son coude, lui arrachant des gémissements de plaisir. Elle se remit à trembler et il continua, ses mains ouvrant un chemin à ses lèvres le long de son corps, son ventre, ses seins. Partout où il la touchait, elle sentait ses muscles se contracter, le plaisir monter. Il s'empara de nouveau de ses lèvres, qu'il dévora, tandis que sa main prenait l'un de ses seins en coupe. Envahie par une myriade de sensations exquises, elle sentit le vide se faire dans son esprit et gémit quand, de sa paume, il en cajola le mamelon aussi dur qu'une perle.

Mais son avidité était loin d'être assouvie. Quand il s'arracha à son baiser pour baisser la tête et mordre ses seins gonflés et douloureux, lui arrachant des cris d'extase, projetée dans un autre espace-temps, elle comprit qu'elle n'oublierait jamais un seul instant de cette nuit.

Il laissa alors glisser ses mains sur son ventre, sous son nombril, encore plus bas. Mais il ne s'arrêta pas à l'endroit où son corps le réclamait avec le plus de violence, ne lui prodigua pas la caresse exquise qu'elle attendait. Au lieu de cela, il lui prit les mains et les amena sur sa tête. Elle s'abandonna à ses fantasmes. Hormis les bottes, elle était complètement nue, se sentait exposée, vulnérable. Il se pencha sur elle, une lueur gourmande dans le regard.

Ses doigts s'attardèrent sur ses cuisses, descendirent le long de ses jambes. Il concentra toute son attention sur l'une, puis sur l'autre, caressant sa peau moite, embrassant ses genoux, juste au-dessus de ses bottes. Des frissons la parcoururent de part en part, réveillant en elle des sensations dont elle ignorait jusqu'à l'existence. Elle sentit le creux de son ventre palpiter, et s'abandonna à la magie de l'instant.

— Jackson, supplia-t-elle.

Répondant à sa supplique, il laissa une main remonter le long de sa cuisse, se rapprochant peu à peu de l'endroit qui le réclamait. Dehors, le vent hurlait et elle avait envie d'en faire autant.

— Sois patiente, ma chérie, lui enjoignit-il d'une voix rauque de désir, qui fut loin de l'apaiser.

— J'ai besoin de toi, supplia-t-elle de nouveau.

— Je suis là, répondit-il.

Enfin, elle sentit ses doigts habiles s'insinuer entre ses cuisses et venir cajoler les replis palpitants de sa féminité.

La respiration de plus en plus saccadée, elle ferma les yeux et vit des étoiles danser sous ses paupières closes. D'une caresse exquise, il frôla son sexe humide de désir. Le sang lui battant aux temps, elle se pâmait de volupté.

Le souffle coupé, elle se délecta de la chaleur de sa bouche, qui avait pris le relais de ses doigts, de la pression rythmée de sa langue, en un tourment exquis, à la limite du supportable. Il savait exactement comment la satisfaire, lui donner du plaisir, et elle ondulait sous sa caresse experte, jouissant autant qu'elle le pouvait de la promesse de volupté qu'il lui faisait vivre avec une telle adresse. Au moment précis où, le corps moite, prêt à voler en éclats, elle se sentit atteindre le point de non-retour, il intensifia encore la délicieuse torture et elle sentit le monde exploser autour d'elle.

— Oh ! Mon Dieu, haleta-t-elle.

— Je te l'avais dit, marmonna-t-il en retirant son pantalon et en se plaçant sur elle, tandis qu'elle l'agrippait par les cheveux et, attirant son visage à ses lèvres, lui donnait un baiser fiévreux.

Un besoin violent, impérieux, était venu se substituer à la tendresse. C'était au tour de Jackson de gémir maintenant, de frissonner, tandis qu'il s'installait entre ses jambes, éperdu d'un désir qui éveillait l'animal en lui.

Il semblait anticiper ses moindres désirs. Mais ses yeux fascinés revenaient toujours sur ses bottes.

A présent, ses mains remontaient sur ses épaules, puis il reprit sa bouche. La fièvre courait dans ses veines et elle sentit son désir se décupler. Son baiser fougueux s'intensifia, le ballet de leurs langues gagnant en volupté. La plénitude de ses sensations la laissa pantelante et la boule de feu fusa entre ses jambes, l'embrasant de nouveau.

Les mains vigoureuses de Jackson voguèrent du haut au bas de son dos, avant de se poser sur ses fesses et de la plaquer contre lui, ne lui laissant rien ignorer de son excitation.

Elle n'avait plus froid, soudain. Ses seins épousaient son torse vigoureux. D'une main qu'il avait posée sur sa nuque, il la pressa contre lui et glissa sa langue dans sa bouche chaude, odorante, cherchant les caresses et le plaisir.

— Tu as un goût de pêche.

Elle le fixa, hébétée par l'émotion qui l'emplissait et le regarda avec surprise.

— De pêche ?

— Aussi voluptueuse, aussi sucrée…, fit-il en reprenant sa bouche avec frénésie, sans lui laisser le temps de protester.

Il l'embrassa encore avec voracité. Elle poussa un soupir d'aise, et une délicieuse chaleur se propagea en elle.

— Encore, fit-elle en un gémissement rauque.

Mais il était inutile de le préciser. Ils savaient tous les deux que la nuit était loin d'être finie.

Le regard ténébreux, il répondit d'une voix profonde :

— Tout ce que tu veux, mon cœur.

Avec des gestes d'une grâce féline, il se débarrassa du reste de ses vêtements. Il y avait quelque chose de terriblement attirant chez un homme aussi bien dans son corps.

Enfin, se positionnant sur elle, lentement, il s'introduisit en elle, pénétrant inexorablement sa chair souple et chaude, tandis qu'elle s'ouvrait pour lui. Il glissa ses doigts entre eux, exacerbant son plaisir et il se retrouva enfoui en elle, tout son corps sur le point d'exploser, alors que ses hanches se soulevaient vers lui et que le lent frisson de son orgasme se répercutait en lui.

Avec réticence, il arracha sa bouche de la sienne et relâcha son étreinte de fer. Il devait la laisser maintenant, pour se prouver qu'il le pouvait.

Il n'y aurait pas de médaille pour lui, ce soir. Pas même une mention honorable. Quand il avait senti sur lui le corps nu de Sammie, il n'avait pas hésité à se griser de son parfum de pêche, se délecter de ses seins fermes pressés contre son torse. Il n'avait pas lutté contre les mèches courtes qui chatouillaient son menton, le souffle doux qui caressait son visage. Et quand elle avait commencé à le couvrir de baisers chastes mais audacieux, sa volonté avait fondu comme neige au soleil.

Elle lui avait chuchoté à l'oreille à quel point elle avait envie de refaire l'amour et cela avait suffi à lui faire oublier toute raison.

Le désir qui s'était emparé de lui était puissant, insatiable. Il en était même surpris. S'il avait sincèrement souhaité respecter leur pacte, son corps ne semblait pas partager cet avis. C'était ainsi qu'il avait cédé et l'avait attirée contre lui, assouvissant enfin la faim qu'elle lui inspirait.

Et, maintenant, elle était à califourchon sur ses cuisses puissantes et il lui encerclait la taille de ses mains, pour redescendre jusqu'aux douces rondeurs de ses fesses. Tour à tour, il prit chacun de ses seins dans la moiteur de sa bouche et les suça. Elle eut un petit cri de volupté.

Ses mains effleurèrent les contours de son torse vigoureux et sa bouche prit le relais, sa langue léchant son mamelon d'homme et le faisant gémir doucement. Elle posa sa main sur son sexe dur et referma les doigts autour. D'un geste vif, il lui captura le poignet et la regarda, tremblant d'un désir sauvage.

Puis, lui écartant les jambes, il recommença à caresser le cœur de sa féminité. Les mêmes flammes ardentes qui dansaient dans son regard brun couraient dans ses veines, leurs deux corps oscillaient en cadence en un lien nouveau d'une intensité mystérieuse, alors qu'il faisait durer le plaisir jusqu'à l'insoutenable.

Les yeux dans ses yeux, il se délectait de son regard

brûlant. Il sentit la fièvre s'emparer de lui, plus violente encore que la tornade qui, dehors, balayait tout sur son passage.

Sammie était une femme d'une sensualité incroyable. Avec lui, elle n'avait pas montré la moindre inhibition.

Comment se faisait-il qu'elle ne soit pas mariée, qu'elle n'ait pas déjà volé le cœur d'un homme ? Elle était intelligente, pleine d'esprit, jolie. Et, sous ses dehors d'Américaine sympathique, de fille simple et spontanée, elle dissimulait un tempérament irrésistible, à faire craquer les plus endurcis.

Le frôlement du daim sur sa peau lui fit baisser les yeux. Elle était nue, à l'exception de ces fameuses bottes, une tenue si sexy qu'il faillit en avoir un orgasme sur-le-champ. Il se retint. Il voulait voir l'expression de Sammie quand le plaisir les prendrait tous les deux.

— Tu es prête, chérie ?

D'un geste empreint de tendresse, il lui repoussa les cheveux du visage. Leurs jambes nues se nouèrent. Aimantés l'un à l'autre, ils semblaient laisser leurs corps parler pour eux. Palpitante, elle souleva ses hanches et pressa son sexe brûlant contre lui, comme pour le guider.

D'un mouvement souple, il s'enfonça en elle et plongea et replongea dans l'étau de ce sexe qui le tenait délicieusement enserré. Conquise, elle ondula en rythme avec lui.

Les paupières mi-closes, elle s'accrocha à lui, s'ajustant à son tempo, tandis qu'il lui imposait une cadence de plus en plus effrénée. Il se demanda, l'esprit brumeux, s'il n'était pas trop brutal, trop exigeant, mais les gémissements de plaisir qu'elle laissait échapper tinrent lieu de réponses à ses interrogations. Il la regarda s'abandonner totalement, tandis que, paupières closes, elle se mordait les lèvres et s'agrippait à ses épaules.

Son corps arc-bouté au sien, il la rejoignit dans une succession d'orgasmes d'une rare intensité.

Pantelante, elle se laissa alors retomber sur lui, son corps alangui, tous ses sens assouvis. Il frôla son front d'un baiser plein de tendresse, la recouvrit de la couverture et lui caressa les bras de bas en haut. Il la sentait douce et malléable, il adorait la texture de sa peau satinée.

Elle poussa un soupir de satisfaction puis laissa échapper de petits sons qui le comblèrent encore.

— C'était fantastique ! chuchota-t-elle, son souffle saccadé, la voix rauque.

Il sourit. Il n'aurait pu être plus d'accord.

Elle se pencha sur lui, ses seins contre son torse, son ventre pressé contre lui, ses jambes entrelacées aux siennes. Il grava la vision si sexy de ses bottes dans son esprit. Jamais il n'oublierait cette nuit de tempête.

Peu à peu, la raison lui revint. Ou du moins ce qu'il en restait. Il devait affronter la réalité. Il avait échoué et n'avait pas su protéger Sammie de la seule chose qui pouvait vraiment lui faire du mal. Tant pis pour la tempête de poussière. Il n'aurait jamais dû lui faire l'amour ce soir. Il l'avait toujours su, mais avait cédé à son tempérament fougueux.

Bien sûr, Sammie et lui auraient pu se lancer dans une liaison secrète. Hélas, il savait que c'était perdu d'avance. Non seulement ce serait idiot, mais cela ne pouvait les mener qu'au désastre. Sans lui laisser le temps d'exprimer sa pensée, elle murmura, faisant allusion à Las Vegas :

— Tu sais, ce qui se passe dans le bunker reste dans le bunker…

Il esquissa un sourire contrit.

— Je ne suis pas une balance, mon cœur.

— J'en suis heureuse. De toute façon, cela ne se reproduira pas, ni ce soir ni jamais…, affirma-t-elle d'un ton emphatique, avant d'enchaîner, plus timidement : Tu penses que nous pouvons recommencer ?

Il ne demandait pas mieux, mais il n'était pas un surhomme. Il avait besoin d'un peu de temps.

— Maintenant ?

— Un peu plus tard, fit-elle d'une petite voix.

Il lui jeta un regard entendu. Il aimait sa façon de penser. Il aimait être coincé dans un bunker avec cette femme.

— Pourquoi pas ?

Elle avait l'air soulagée, comme si elle avait eu peur de l'entendre refuser. Resserrant son emprise, il l'embrassa de toute sa fougue. Il détestait devoir la décevoir.

— Essayons d'abord de dormir un peu, reprit-elle d'un ton ensommeillé, en se blottissant plus près de lui.

Mais, quand le vent cessa de souffler et que le matin revint enfin, elle était toujours dans ses bras, dormant à poings fermés.

Il la regarda. L'émotion douce-amère qui lui étreignit la poitrine lui était parfaitement étrangère.

L'heure n'était plus au sexe avec Sammie. L'heure était venue d'affronter la nouvelle journée qui commençait. Et, comme pour confirmer ses craintes, une minute plus tard, il entendit le bruit caractéristique d'un moteur de 4x4 qui s'arrêtait. Une portière claqua et des pas s'approchèrent.

Il devinait sans peine qui était le visiteur. Ce qui n'augurait rien de bon.

- 8 -

Assis dans un bar de Phoenix, Jackson sirotait un whisky. Il était incapable d'oublier le commentaire cinglant de Tagg, la veille, quand son frère les avait rejoints au bunker.

« Ta stupidité te perdra. »

Quand il avait émergé de l'abri, hirsute, sans avoir eu le temps de boutonner sa chemise, Tagg avait compris au premier coup d'œil. Mais, au moins, il avait épargné à Sammie l'embarras de se trouver nez à nez avec lui.

Son frère s'était alors mis à tempêter : Callie et lui s'étaient fait un sang d'encre. Puis, baissant la voix, il lui avait rappelé à quel point Sammie était vulnérable, avait besoin de stabilité dans sa vie.

Malgré la colère qui bouillait en lui, Jackson avait dû admettre que son frère disait vrai. Il avait manqué de jugement en faisant l'amour à Sammie. D'un autre côté, il ne regrettait rien.

Il avait alors usé de tout son talent de persuasion pour le convaincre de rentrer chez lui et, surtout, de ne rien dire à Callie. Si Sammie choisissait de le faire, elle était libre. Mais, avant de partir, Tagg lui avait lancé un avertissement :

— Je vais oublier cet épisode, mais je te défends

de t'amuser avec Sammie. A moins qu'elle compte réellement pour toi.

Jackson vida son verre et fit signe au barman de lui en apporter un autre. A ce moment précis, Blair Caulfield se jucha sur le tabouret voisin.

— Pardon, je suis en retard.

— Aucune importance, répondit-il.

Il n'était pas impatient d'avoir ce tête-à-tête.

Toutes les têtes masculines du bar se tournèrent vers elle. Dans sa robe moulante à paillettes argentées, elle était très belle. Un collier de diamants parait son long cou de cygne et ses cheveux blonds flottaient sur ses épaules.

— Je t'ai manqué ?

Il fixa ses yeux aussi bleus qu'un ciel d'été.

— Autrefois, peut-être.

— J'ai changé, tu sais ? dit-elle, soudain sur la défensive. Je ne suis plus la même femme.

— Et je ne suis plus l'homme que tu connaissais autrefois, répliqua-t-il.

Elle exhala un long soupir, faisant déborder ses seins voluptueux de sa robe moulante.

— Jackson, je ne connais pas l'homme que tu es devenu. Nous étions des gamins.

Avec un haussement d'épaules indifférent, il répondit :

— Si tu le dis, Blair.

Il fit signe au barman et la laissa passer sa commande. Un sourire aguicheur aux lèvres, elle battit des cils. Quelles que soient les circonstances, elle ne pouvait s'empêcher de jouer de ses charmes. C'était comme une seconde nature, chez elle, aussi vitale et spontanée que la respiration. Elle attirait les hommes comme un aimant.

Il était en terrain connu, comprenant soudain qu'il avait peut-être devant lui son double féminin. Une révélation qui le consternait.

Elle frôla son bras, laissant ses doigts courir sur sa chemise.

— Rappelle-toi, quand nous allions faire des concours de ricochets au lac…

L'ombre d'un sourire se dessina sur ses lèvres. C'était l'un de ses rares bons souvenirs.

— Je te laissais gagner presque chaque fois, se lâcha-t-il.

Le regard de Blair s'illumina.

— Je sais. C'est ce que j'aime chez toi. Tu me fais toujours passer avant toi.

Il refoula les souvenirs. Il l'avait follement aimée. Et elle lui avait brisé le cœur avec une cruauté inimaginable.

— Tu ne le croiras peut-être pas, reprit-elle, mais tu as été le seul à me traiter ainsi. Avec toi, j'avais tout ce qu'une femme peut désirer. Mais j'étais trop bête pour m'en rendre compte.

— On ne peut pas gagner sur tous les fronts, Blair.

— Jackson, dit-elle d'un ton plaintif évoquant d'autres bons souvenirs… Tu ne veux pas te détendre un peu ? J'essaye de me rattraper.

Il réprima un soupir silencieux. Il se sentait fléchir. Et cela le rendait fou.

— Tu es prête pour dîner ? se contenta-t-il de demander.

Elle jeta un coup d'œil au cocktail qu'elle n'avait pas encore touché et hocha la tête.

— Oui, allons dîner.

Une demi-heure plus tard, assis face à face, dans un restaurant chic de Scottsdale, ils dégustaient un filet mignon arrosé d'un bon sauvignon californien. La seule chose qui intéressait Jackson chez Blair Caulfield était cette terre, sur la rive du lac. Le vieux Pearson lui avait sûrement dit combien il y tenait quand elle l'avait achetée. Pourtant, il avait beau se creuser la tête, il n'arrivait pas à comprendre comment elle était parvenue à convaincre le vieil homme de vendre.

Au bout d'un moment passé à écouter ses bavardages, n'y tenant plus, il se décida à lui poser la question.

— Et, maintenant, explique-moi, Blair. Comment l'as-tu convaincu ?

Elle ne feignit pas d'ignorer de quoi il parlait.

— Je ne peux pas te le dire, répondit-elle sans ciller.

— Tu ne peux pas. Ou tu ne veux pas ?

— Les deux, en fait.

— Même toi ne serais tout de même pas allée jusqu'à séduire ce vieux chacal pour lui prendre sa terre ?

Elle eut un mouvement de recul, les yeux brillant de surprise, comme si son commentaire était plus obscène qu'insultant. Manifestement déstabilisée, elle parut avoir besoin de quelques instants pour recouvrer ses esprits. Puis, forçant un sourire poli, elle répondit :

— Le fait est que, désormais, je suis propriétaire de cette terre. Et que j'ai deux acheteurs très intéressés. Je n'ai pas encore pris ma décision.

Baissant les yeux un instant, elle releva la tête et reprit :

— Je ne sais pas encore.

Il savait parfaitement qui étaient les deux acheteurs en question : un promoteur immobilier et lui. Or, ce soir, il n'avait ni le cœur ni la patience de jouer selon ses règles à elle. Il avait trop d'autres soucis en tête. D'un ton cassant, il déclara :

— Malgré les dégâts qu'a causés la tornade d'hier, et les trois victimes, tu es toujours aussi indifférente aux autres. Tu continues tes petits jeux.

A son ton accusateur, son visage s'empourpra. Pourtant, sans se départir d'un calme olympien, elle répondit :

— Et toi, Jackson ? Tu es ici, avec moi. En train de manger ton steak.

Fou de rage, il se pencha en avant. Il était aussi furieux après elle qu'après lui-même. Décidément, ces derniers temps, il était vraiment nul avec les femmes. D'abord, Sammie, son associée en affaires et l'amie de la famille, qu'il n'arrivait pas à chasser de son esprit ; ensuite, Blair, son ex, ce monstre de narcissisme.

— Je te signale que Worth Enterprises a mis en place un centre de premier secours pour tous ceux qui ont besoin d'aide. Nous avons prévu de la nourriture, de l'eau, des transports. Ça te va, je peux manger sans culpabiliser ?

— Moi aussi, rétorqua-t-elle. J'ai fait don de vingt mille dollars à la Croix-Rouge locale.

Sa bouche se tordant en un rictus, il hocha la tête. Il avait été un peu dur avec elle. Elle encaissait ses insultes sans se dérober.

— Dans ce cas, au temps pour moi.

Tout en jouant avec son verre de vin, elle lui lança un

regard plein d'espoir. L'espace d'un instant, il entrevit la Blair de sa jeunesse, pleine de fraîcheur, qui ne connaissait encore ni la cupidité ni la soif de voyager.

— Tu ne me félicites pas ?

— C'est ce que tu veux ?

— Non, chuchota-t-elle. Je veux plus. Je veux que tu me donnes une seconde chance.

Un long moment, ils se fixèrent des yeux. Il ne pouvait pas la laisser vendre une terre qui aurait dû appartenir aux Worth. Pas plus qu'il ne pouvait la croire quand elle disait vouloir tout recommencer entre eux. Si, comme elle l'affirmait, elle avait vraiment changé, elle n'aurait pas eu besoin de recourir au chantage pour gagner ses bonnes grâces. Pourtant, un instant, il avait retrouvé la femme qu'il avait aimée.

— La journée a été longue, Blair.

Il avait annulé tous ses rendez-vous pour mettre en place le centre de premiers secours, constituer des réserves de nourriture et d'eau, et organiser toute la logistique relative aux sinistrés de la tornade.

— Je sais. Et difficile. Pourquoi ne pas revenir à notre projet initial et nous détendre un peu ce soir ? suggéra-t-elle.

Elle croisa les bras et se pencha vers lui. Ses seins jaillirent presque de sa robe, attirant les regards émoustillés de certains hommes des tables avoisinantes.

— Tu ne sais même pas si je suis avec quelqu'un.

Les yeux de Blair s'écarquillèrent, comme si cette possibilité ne lui avait effectivement pas traversé l'esprit.

— C'est le cas ?

Malgré lui, la vision de Sammie blottie contre

lui après l'amour, dans le lit de camp du bunker, lui traversa l'esprit.

— Non.

Battant une nouvelle fois des paupières, elle murmura, d'une voix excessivement sensuelle.

— Nous pouvons faire table rase du passé, Jackson. Recommencer de zéro.

Elle croyait toujours le désirer. Mais elle se faisait des idées, il le savait. Il ne la laisserait pas lui briser le cœur une seconde fois.

— Pas ce soir, en tout cas, répondit-il d'un ton patient. Peut-être une autre fois.

Elle but une nouvelle gorgée de vin et, sans le quitter des yeux, demanda avec une grande douceur :

— Tu me fais marcher ?

— C'est drôle, j'allais te poser la même question.

Sammie fit glisser sa main le long du cuir italien de ses bottines Sergio Rossi. Avec leur fermeture Eclair et leurs talons aiguilles audacieux, ce modèle était l'un des préférés des clientes. Avec délicatesse, elle les posa sur le stand en Plexiglas, les arrangea, puis recula d'un pas pour admirer son étalage : elles apportaient la touche finale idéale. Une bouffée de satisfaction l'envahit.

Les dégâts de l'incendie réparés, Boot Barrage était maintenant rempli d'étagères *vintage* chic, avec deux mille modèles de bottes différents éclairés par des spots intégrés au plafond. La partie du magasin consacrée aux femmes actives proposait des bottes à la fois confortables et élégantes. Son rayon « Une soirée en ville », spécialement conçu pour les femmes souhaitant impressionner leur amoureux, regorgeait de merveilles de créateurs. « Sunset Soles » était le rayon des bottes style santiags, à porter au ranch ou pour des chevauchées dans les grands espaces. Et elle avait réservé le fond du magasin pour les articles en promotion. Boot Barrage pouvait satisfaire le goût et le style de chacune.

Elle avait fait installer dans la boutique une machine à café, qui proposait des express, des cappuccinos et du chocolat chaud. Elle avait aussi prévu des petits-fours salés et sucrés pour l'inauguration du lendemain. Ensuite, les affaires sérieuses pourraient commencer.

Elle poussa un soupir d'aise. Cette seconde chance était vraiment inespérée. C'était grâce à Jackson que tout cela était devenu possible, et jamais elle ne pourrait assez le remercier. Sans oublier qu'il lui avait sauvé la vie. Sans lui, peut-être ne serait-elle plus de ce monde, victime comme d'autres de la tornade. Elle lui était doublement redevable.

Elle n'était d'ailleurs toujours pas totalement remise de sa terreur. Quand elle repensait aux événements de la veille, elle avait l'impression d'avoir vécu une séquence d'un film d'aventures, avec effets spéciaux. Hélas, loin d'être de la fiction, la tornade avait semé bien du malheur sur son passage. Si les habitants de Red Ridge avaient dans l'ensemble repris le cours normal de leur vie, certains n'avaient plus de maison, d'autres plus d'électricité et il y avait même eu des morts. A cette pensée, un frisson de terreur la traversa. Sans Jackson, elle n'en aurait sûrement pas réchappé non plus.

Sentant soudain son cœur se serrer, elle aspira une

longue bouffée d'air. Elle ne l'avait pas beaucoup vu depuis la tempête. Respectant sa demande, il s'était comporté comme si rien ne s'était passé entre eux. Une fois encore, leur adage était de mise : « Ce qui arrive à Vegas doit rester à Vegas. » Et tous les deux feignaient d'avoir oublié leur nuit torride au bunker.

Jackson Worth, elle le savait, n'était pourtant pas un homme facile à oublier. Le souvenir de cet homme exceptionnel la poursuivrait jusqu'à son dernier souffle. Une autre phrase célèbre lui revint à la mémoire : « Nous aurons toujours Paris. » Pour sa part, elle aurait toujours le bunker.

— Sammie, tu es ridicule, se sermonna-t-elle à mi-voix.

Faire preuve d'une telle mièvrerie était affligeant. Heureusement, voir le travail accompli à Boot Barrage la rassérénait et venait éclipser tout le reste.

— Qu'est-ce qui est ridicule ? demanda une voix masculine.

Elle sursauta. Jackson s'avançait vers elle, contournant les divers rayons.

— Oh, rien ! Je ne t'ai pas entendu entrer.

Il arriva à sa hauteur et inspecta les lieux d'un regard perspicace.

— C'est magnifique ! la complimenta-t-il.

— Merci. Mais je n'ai pas tout réalisé toute seule. Angie a fait un excellent travail. Elle m'a aidée à déballer et à tout organiser, y compris les stocks. Et Nicole est très rapide à la caisse.

— Je suis content que tu aies trouvé ces deux perles.

Après bien des discussions, il l'avait laissée choisir ses assistantes à mi-temps, deux étudiantes de l'Arizona State University. Toutes deux, aussi intelligentes qu'avenantes, avaient besoin de gagner un peu d'argent. Et Sammie savait que leur trio ferait du bon travail.

— Quel bon vent t'amène ? demanda-t-elle.

Il n'était pas dans les habitudes de Jackson d'arriver sans s'annoncer. Au lieu de son habituel jean délavé ou de son costume, il portait un short de jogging gris, des baskets et un débardeur noir qui découvrait ses bras musclés et bronzés. Elle les fixa malgré elle. Elle se sentait incapable d'ignorer un homme au sex-appeal si puissant et, au demeurant, n'essaya même pas.

— Rien de particulier. Je voulais m'assurer que tout est prêt pour demain.

— Je pense que oui, répondit-elle avec satisfaction.

Il jeta alors un coup d'œil à ses bottes et s'enquit, un sourcil levé :

— Tu portais des bottes la première fois que je t'ai rencontrée ?

Elle réfléchit un instant.

— Au mariage de Callie et de Tagg ?

— Oui.

— Pas cette fois, non.

Sa réponse sembla le satisfaire. Il hocha la tête.

Mais la référence à ses bottes lui rappela les images de leurs corps nus, unis dans cette communion divine de la chair. Jamais elle n'oublierait l'expression de volupté totale qui s'était peinte sur le visage de Jackson, quand, chaussée de ses bottes en daim argent, elle l'avait chevauché. D'ailleurs, elle ne pourrait plus jamais les porter. Elle aurait trop peur de se laisser surprendre par ces souvenirs torrides au moment le plus inopportun.

Un coup à la porte dissipa son trouble. Sonny Estes se tenait derrière la vitrine de la boutique.

La devançant, Jackson alla lui ouvrir. Après lui avoir serré la main, Sonny se tourna vers elle.

— Bonjour, beauté.

Elle sentit le rouge lui monter aux joues. Il l'appelait ainsi depuis qu'elle avait accepté de courir avec lui le matin. Ce qu'elle avait décidé dès le lendemain de sa nuit avec Jackson.

— Bonjour, Sonny.

— C'est fantastique ! s'exclama-t-il en admirant son installation.

— Merci, répondit-elle en riant.

Elle remarqua soudain qu'il portait la même tenue que Jackson : un short, un débardeur et des baskets.

— Vous allez quelque part ?

— Sonny adore les punitions, ironisa Jackson. J'ai l'impression qu'il a un congélateur plein de glaces à vider.

— Vous allez jouer au basket, lança-t-elle. Bon match !

Dans un sens, cela l'arrangeait bien. Elle avait des tas de choses à finir et se félicitait de ne pas les avoir dans les pattes.

— Tu n'as pas l'impression qu'elle cherche à se débarrasser de nous ? fit Jackson avec un sourire narquois.

Sonny se mit à rire et, ignorant son air exaspéré, la salua :

— On se voit demain matin, à la même heure que d'habitude ? Ou est-ce que l'ouverture de la boutique va me faire perdre ma compagne de jogging ?

— Je ne pense pas, répondit-elle. Je serai trop excitée pour dormir le matin, de toute façon.

— De quoi parlez-vous ? demanda Jackson en lui lançant un regard accusateur.

Surprise par son ton cassant, Sammie hésita. Elle n'avait rien à cacher. Pourtant, elle n'avait jamais raconté à Jackson ses joggings du matin. Il avait l'air très intéressé, tout à coup.

— Sammie et moi courons tous les matins, très tôt, expliqua Sonny.

Visiblement contrarié, Jackson enveloppa son ami d'un regard glacial. Puis, reprenant son expression affable, il s'exclama :

— Sans blague ?

— J'ai du mal à suivre Sonny, mais il a pitié de moi, ajouta Sammie, affichant une légèreté qu'elle était loin de ressentir.

— Je n'en doute pas, ironisa-t-il.

Elle se refusa à interpréter sa réaction comme de la jalousie. Jackson n'avait-il pas toutes les femmes à ses pieds ? Pourquoi se serait-il soucié de savoir avec qui elle courait le matin.

— Tu es prêt, Jackson ? demanda Sonny.

— Oui. Je te retrouve dehors.

Resté seul avec elle, il la dévisagea en silence. Le cœur battant la chamade, elle vit sa tête s'approcher si près de ses lèvres qu'elle crut qu'il allait l'embrasser.

— Je vois que tu as beaucoup de secrets, Sammie, fit-il dans un souffle.

— Pas tant que ça, rétorqua-t-elle d'une voix tremblante.

Elle brûlait d'ajouter : « Et la plupart d'entre eux te concernent. »

Refusant de se laisser déstabiliser, elle le défia du regard.

— Tu ferais bien d'y aller. La balle est dans ton camp, de toute façon, ajouta-t-elle malgré elle.

Les beaux yeux bleu indigo se remirent à virer au noir. Avait-il saisi qu'elle lui tendait une perche ? Il était trop intelligent pour ne pas comprendre. Elle le regarda sortir en se félicitant intérieurement. Pour une fois, elle avait eu le dernier mot.

Jackson prit le plus grand plaisir à battre Sonny. Puis, après le match, il s'assit sur le banc, s'empara d'une bouteille d'eau et la vida à moitié en quelques gorgées.

Son ami le rejoignit.

— Bon sang, tu es agressif ce soir, déclara-t-il en s'adossant, jambes étendues.

Jackson, qui avait été un grand sportif au lycée, savait gagner quand il le fallait. Comme aujourd'hui, par exemple.

Après avoir bu une gorgée à son tour, Sonny reprit en le regardant :

— Je ne pensais pas que Sammie te plaisait.

Fronçant les sourcils, il secoua la tête.

— Pardon ?

— Tu m'as très bien compris, répondit Sonny en faisant un geste en direction du terrain. Ce n'était pas que du basket. Tu jouais pour te venger. Que se passe-t-il ?

Il balaya sa question d'un geste de la main.

— Rien du tout.

— Très bien. Alors, dans ce cas, tu te fiches que je l'invite à dîner ?

Sans répondre, Jackson finit sa bouteille d'eau. Puis, le regard grave, il répondit :

— Tu fais comme tu veux.

Sonny partit d'un éclat de rire.

— Je n'y crois pas. Tu es dans le déni total. Elle te plaît.

Il se composa un visage de marbre. Son vieux copain commençait à l'agacer sérieusement avec ses questions. Refoulant son exaspération, il secoua la tête et affirma :

— Elle n'est pas mon type.

Il s'en voulait de mentir. Mais il n'avait pas le choix. Il ne pouvait nier que Sammie l'attirait. Cela dit, il était incapable de comprendre pourquoi. Et ne s'expliquait pas davantage pourquoi ses bottes lui faisaient un tel effet.

— Je me demande ce que Sammie dirait de ça, fit Sonny d'un air dubitatif.

Il serra les dents. Il en avait assez de ce petit jeu. Il était sur le point de perdre son sang-froid. Pourtant, il ne se mettait pas en colère facilement. Mais Sonny lui tapait vraiment sur les nerfs. De plus, il se sentait le devoir de protéger Sammie. Personne ne devait lui faire de mal. Il se gardait ce privilège, songea-t-il avec amertume.

— Je compte sur ta discrétion, finit-il par répondre.

— Si tu veux, répondit Sonny, l'air pas très convaincu. Mais si tu n'es pas intéressé, efface-toi et laisse leur chance aux autres.

— Je ne suis pas un obstacle, certifia-t-il.

— Tu ne m'as pas donné cette impression quand tu as découvert que je courais avec elle. Si tu avais vu ta tête ! Sammie aussi a remarqué.

— Bref, où veux-tu en venir ?

— Elle est très sympa, marrante. J'aimerais que tu me laisses ma chance.

— Va au diable ! riposta Jackson. Et reprenons notre match, que je te mette une nouvelle raclée.

Ce n'était pas parce qu'il avait interdiction de séduire Sammie qu'il allait laisser le champ libre à son ami !

Quand, après le match, Jackson déposa Sonny au Sonny Side Up, Boot Barrage était toujours éclairé. N'écoutant que son instinct, il fit demi-tour et alla se garer à l'arrière du bâtiment. Puis il appela Sammie de son portable.

— Je suis revenu.

— C'est gentil de me prévenir, plaisanta-t-elle.

Un sourire aux lèvres, il entra. Penchée sur son petit bureau, Sammie classait des papiers. Elle ne prit pas la peine de lever la tête.

— J'ai presque fini, annonça-t-elle en annotant une facture.

Elle leva les yeux vers lui et lâcha son stylo. Il sentit son regard caresser ses épaules, encore humides de transpiration.

— Tu devrais mettre ta chemise, fit-elle d'une voix mal assurée. Il fait frais ici.

Il s'avança d'un pas et huma son parfum frais et fruité. Un regard à ses jambes le fit jurer intérieurement. Même si, aujourd'hui, elle avait opté pour des boots plus pratiques que sexy, celles-ci l'excitaient quand même.

Les mains accrochées aux montants de sa chaise, comme si elle s'agrippait à la vie, Sammie resta clouée sur place.

— Comment s'est passé ton match ?

— Revigorant.

Elle baissa de nouveau la tête, feignant le plus grand intérêt pour ses factures. Des mèches de cheveux caramel encadraient son visage.

— Je vois.

— Sammie, dit-il malgré lui.

Il n'aimait pas se sentir provoqué. Or, ce soir, Sonny et Sammie avaient tous les deux réussi à le faire sortir de ses gonds.

Reprenant son crayon, elle se mit à griffonner quelque chose sur son bloc.

— Tu as oublié quelque chose ?

— Oui, on peut dire ça comme ça.

Il la fit se lever et, face à ses magnifiques yeux bruns écarquillés, il l'attira à lui. La façon dont ses mains se posèrent machinalement sur ses épaules l'enchanta. Quand il la tenait dans ses bras, il se rappelait les souvenirs de leur nuit à Las Vegas, au bunker, son corps souple et consentant. Il s'empara de sa bouche et leurs souffles se mêlèrent, leurs langues entamant un langoureux ballet érotique.

Lentement, il se détacha, absorbant le goût sucré de café et de gloss à la cerise de ses lèvres. Sa bouche généreuse semblait faite pour les baisers.

— J'avais oublié de te souhaiter bonne chance pour demain.

L'embrassant de nouveau, il jeta un coup d'œil distrait par-dessus son épaule. Cinq mots s'étalaient sur son bloc :

« N'oublie pas le pacte. »

La phrase lui fit l'effet d'une douche froide. A regret, il se détacha d'elle, s'éclaircit la voix et recula d'un pas.

— Je pense que ça ira pour ce soir, chérie.

— Nous devrions réaliser des bénéfices exceptionnels demain, déclara-t-elle, le souffle un peu court après ce baiser de bonne chance.

Elle avait toujours une réplique qui fusait. Sa vivacité d'esprit ne lui laissait aucun répit.

— Je passerai demain, en fin de journée, pour voir comment ça se passe.

Avec une petite moue déçue, elle demanda :

— Tu ne viendras pas le matin ?

Il n'avait pas besoin de relire sa phrase pour se rappeler son serment. Il n'avait pas tenu parole. Or, un Worth tenait toujours parole. Il avait passé assez de temps avec Sammie. Cette annotation dans son bloc-notes sonnait comme une injonction : plus que jamais, ils devaient tous les deux rester dans le droit chemin.

Pourtant, il ne se sentait pas coupable de l'avoir embrassée ce soir. C'était sa seule consolation.

— Toi et les vendeuses, vous vous en sortirez parfaitement, j'en suis sûr, déclara-t-il. C'est ta boutique, Sammie, et j'ai toute confiance en tes capacités.

C'était mieux comme ça. Il avait fait tout ce qui était en son pouvoir pour lancer Boot Barrage. Déterminé, il sortit sans se retourner, le cœur serré, en proie à la pire incertitude. Devait-il vraiment renoncer à Sammie ?

- 9 -

— Voici, madame Elroy, dit Sammie en tendant à la nièce de Betty Lou un sac blanc et brillant sur lequel s'étalait un élégant double B. J'espère que vous serez contente de vos bottes. Et, surtout, n'oubliez pas notre service Gold.

— Merci, madame. Mais appelez-moi Lindsay, je vous en prie. Je ne vais pas tarder à revenir vous voir.

— Je suis à votre disposition, lui assura Sammie en la raccompagnant jusqu'à la porte.

Elle salua une autre cliente qui entrait. Boot Barrage, qui n'avait ouvert que depuis deux heures, était déjà bondé. Certaines personnes étaient passées par simple curiosité, alléchées par le cocktail d'inauguration, d'autres pour faire des achats. Sammie, qui consacrait le même temps à toutes, n'économisait ni les sourires ni les paroles gracieuses.

Chaque fois qu'elle entendait Nicole ouvrir le tiroir-caisse, son cœur se gonflait d'allégresse. Grâce au bouche-à-oreille, aux prospectus et à la publicité dans les journaux locaux, les ventes allaient bon train. Sans oublier l'influence des Worth, que nombre de visiteuses connaissaient.

Cela lui donnait l'occasion de rencontrer certaines des femmes les plus sympathiques de Scottsdale :

Lindsay, par exemple, était la nièce de la secrétaire de Jackson, Ellen Branford, la fille du régisseur de Clayton, et Kyra Muldoon, la cousine par alliance de Tagg.

Excepté quelques très rares clientes hautaines, la plupart étaient charmantes, montrant un intérêt sincère pour Boot Barrage et ce que la boutique avait à offrir.

L'après-midi était déjà bien avancé quand, profitant d'une accalmie, Sammie envoya Angie déjeuner et Nicole vérifier l'inventaire dans la réserve. Elle était donc seule quand une véritable bombe entra. Ses longs cheveux blonds flottant sur un boléro noir très chic, elle portait un pantalon corsaire étroit qui mettait en valeur ses jambes fuselées et ses fesses parfaites. Sammie jeta un coup d'œil à ses sandales aux talons vertigineux. Elle aurait été curieuse de savoir comment elle parvenait à garder son équilibre. Un collier de petits diamants complétait sa tenue sans aucune ostentation.

— Bonjour, bienvenue à Boot Barrage. Je suis Sammie Gold, dit-elle pour se présenter.

La jeune femme hocha la tête et promena un regard rapide sur la boutique, ne laissant aucun détail lui échapper. Puis elle se présenta, lui accordant à peine un coup d'œil de ses prunelles d'un bleu aussi limpide qu'un ciel d'été.

— Blair Caulfield, répondit-elle avec un sourire condescendant.

L'estomac noué d'une angoisse incontrôlable, Sammie se figea. Ainsi, elle était en présence de la célèbre croqueuse d'hommes. De la femme qui avait brisé le cœur de Jackson.

— C'est une jolie boutique, lâcha Blair du bout des lèvres. Je prendrai quelques paires de bottes avant de partir.

— Avant de… partir ? balbutia-t-elle, perplexe.

— Oui, je voudrais voir Jackson Worth, d'abord. Votre employeur. Il est là ?

En dépit de son désarroi, elle trouva la force de relever fièrement le menton. Blair la prenait pour l'employée de Jackson ? Refoulant son humiliation, elle garda la tête haute. Cette très belle femme, riche de surcroît, semblait tout ignorer de la situation. Il était temps de remettre les pendules à l'heure. De son ton le plus cassant, elle précisa :

— Jackson est mon associé. Nous sommes en affaires ensemble. Et il n'est pas ici, répondit-elle non sans satisfaction.

— Il ne va pas tarder, répondit Blair en la fixant enfin. Je dois le retrouver ici.

— Oh ! je vois !

Elle manqua de s'étrangler de jalousie. Dire que ses lèvres avaient encore le goût du baiser que Jackson lui avait donné pour lui souhaiter bonne chance. La gorge nouée, elle lutta pour se montrer aimable.

— Eh bien, vous pouvez faire vos emplettes en l'attendant, suggéra-t-elle.

Elle pouvait au moins lui prendre son argent !

Blair la regarda sans ciller.

— En effet. Il vaut la peine qu'on l'attende. Si vous voyez ce que je veux dire.

— Non, je ne vois pas, mentit Sammie, son orgueil la poussant à mentir.

Elle le regretta aussitôt. Après tout, pourquoi se

laisserait-elle déstabiliser par cette femme ? Elle s'empressa donc de se corriger.

— En fait, si, je vois très bien.

Blair reprit son air suffisant et, secouant lentement la tête, la toisa.

— Vous êtes amoureuse de lui, c'est ça ? Il est difficile de lui résister, ajouta-t-elle d'un ton compatissant. Il est encore plus beau aujourd'hui que quand il était jeune. Mais inutile de perdre votre temps. Je suis revenue pour récupérer ce qui m'appartient. Et Jackson a toujours été à moi.

Sammie tressaillit. Les paroles de la superbe blonde lui avaient fait l'effet d'un coup de poing en plein cœur. Blessée, elle s'obligea à refouler ce mélange de colère et de tristesse qu'elle sentait monter en elle. Elle n'avait pas le moindre désir de discuter avec cette femme. Par ailleurs, il n'était pas question de la laisser s'en tirer à si bon compte. Puisant tout son courage dans une profonde inspiration, elle répliqua :

— Je me demande si c'est toujours vrai. Jackson est assez grand pour prendre ses décisions tout seul.

— Je n'en doute pas. Mais Jackson veut une chose que je suis la seule à pouvoir lui donner, lui déclara-t-elle.

Sammie se raidit. Elle ne permettrait pas à Blair Caulfield d'entrer dans Boot Barrage comme si elle était en terrain conquis et de gâcher son inauguration. Elle avait travaillé beaucoup trop dur pour que cette journée soit une réussite. Et, à bien y réfléchir, Jackson méritait mieux que cette garce.

Allons ! Après tout, ce n'était pas ses affaires. Elle était là pour faire des ventes et fidéliser une clientèle.

Jackson n'était pas son amoureux, elle n'était pas chargée de le protéger. D'ailleurs, elle n'avait jamais su comment définir leur relation. Elle ferait tout aussi bien de laisser Blair Caulfield se débattre avec ses exigences. Et régler son problème avec Jackson. D'un ton décidé, elle déclara :

— Si vous voulez bien m'excuser, j'ai une autre cliente.

Sur ces mots, elle abandonna la riche visiteuse qui ne tarda pas à faire gonfler le chiffre d'affaires de la journée. L'ex-grand amour de Jackson avait des goûts de luxe. Après avoir acheté trois paires des bottes les plus chères et les plus élégantes de la boutique, Blair reçut un coup de téléphone urgent et, à la grande satisfaction de Sammie, dut partir sur-le-champ. Pas avant, néanmoins, de l'avoir chargée de dire à Jackson qu'elle attendait son appel.

Un message que Sammie n'avait pas la moindre intention de transmettre.

Deux heures plus tard, quand Jackson arriva enfin, il était accompagné de Tagg et de ses deux belles-sœurs, Callie et Trish.

— Bienvenue ! s'exclama-t-elle avec enthousiasme. Merci d'être venus.

— C'est magnifique ! la complimenta Callie d'une voix pleine de fierté. Je suis ravie d'être là.

— Tu n'as pas fait tout ce trajet uniquement pour l'inauguration ? demanda Sammie en regardant son ventre d'un œil inquiet.

Son amie, qui était de plus en plus énorme, lui pressa la main affectueusement.

— Je n'aurais manqué ça pour rien au monde. Je voulais te faire la surprise.

— Eh bien tu as réussi !

Sammie sentit ses yeux s'embuer. Elle était si heureuse d'avoir sa meilleure amie avec elle en ce grand jour. Elles ne s'étaient pas revues depuis le soir de la tornade. Elles en avaient longuement discuté au téléphone. Mais si elle lui avait raconté sa terreur, la présence d'esprit et le courage de Jackson, qui leur avait épargné une mort certaine, jamais elle n'avait eu le cran de lui dire ce qui s'était passé entre eux, dans le bunker. Jusqu'ici, elle avait l'impression d'avoir pris la bonne décision. Une impression renforcée par la visite de Mlle J'écrase-tout-sur-mon-passage-et-rien-ne-me-résiste.

Mais, depuis le départ de Blair, elle avait eu tout le temps de retrouver sa bonne humeur.

— Tu peux remercier Jackson, déclara Callie. Il a convaincu Tagg que je pouvais faire le trajet. Tu connais mon mari, il est …

— Inquiet, voilà ce que je suis, répondit ce dernier du tac au tac. Tu peux accoucher d'un instant à l'autre.

— Ce n'est pas vrai, répliqua-t-elle. Et nous aurons tout le temps d'aller à l'hôpital quand le bébé décidera d'arriver.

En un geste plein de tendresse, elle posa une main sur son ventre.

Tagg ne se laissa pas fléchir.

— S'il arrive quoi que ce soit, je tiendrai mon frère pour responsable.

Feignant la panique, Jackson plaida :

— Surtout ne bouge pas, Rory ! Sinon, après avoir

été plongé dans le goudron et couvert de plumes, oncle Jackson sera banni de la ville.

Se détendant enfin, Tagg se joignit de bonne grâce à l'hilarité générale.

— En tout cas, je suis contente que vous soyez tous là, dit alors Sammie.

Combien elle appréciait que Jackson ait compris l'importance de la venue de Callie pour elle ! Elle se sentit envahie d'une étrange chaleur. Il était capable d'une délicatesse qui ne cessait de l'étonner.

Après avoir fait le tour de la boutique, Trish revint vers eux.

— J'aime beaucoup ce que Jackson et toi avez fait ici. C'est élégant, intime, fonctionnel. Une combinaison difficile à réussir. Vos étalages sont magnifiques.

— Merci. J'en suis assez fière aussi. Mais, sans l'appui de Jackson, je ne sais pas si mes idées auraient pris forme avec une telle efficacité.

— C'est ce qu'il fait de mieux, renchérit Callie avec un sourire.

Sammie dissimula un petit sourire. Elle connaissait un domaine dans lequel il était encore plus doué. Mais elle se garderait bien d'exprimer cette pensée à voix haute.

— Sammie est responsable de toute la conception des lieux, indiqua Jackson. Je n'ai fait qu'aider au financement.

Elle lui jeta un regard entendu. Son « aide » se comptait tout de même en milliers de dollars. Elle se garda toutefois de le corriger.

Les dix minutes qui suivirent furent consacrées à la visite des locaux et aux présentations avec Nicole et

Angie, toutes deux fans de Clayton Worth. Les deux vendeuses furent déçues d'apprendre que leur idole, devenue papa, était restée garder sa petite Meggie qui faisait ses dents.

Au bout d'un moment, tous se dirent au revoir et Tagg reprit la route du domaine, en compagnie de sa femme et de sa belle-sœur. Jackson ne semblait pas décidé à partir. Sammie ne s'en étonna pas outre mesure. Quoi de plus naturel pour son associé de l'aider à fermer la boutique en ce jour d'inauguration. Si seulement il ne l'avait pas suivie pas à pas ! Sans se rendre utile, il épiait tous ses gestes. Elle remit de l'ordre dans les rayons, rangea les bottes et quand, enfin, elle regarda sa montre, elle s'étonna. Il n'était que 19 heures. Elle avait l'impression qu'il était minuit.

— Oh ! j'ai failli oublier, lâcha-t-elle soudain. Blair Caulfield est passée, elle te cherchait. Elle m'a laissé un message. Elle attend ton coup de fil.

Sans répondre, Jackson fixa ses bottes, comme hypnotisé. Le créateur les avait dessinées pour sa femme, Marianna. En cuir, couleur d'encre, elles découvraient les orteils. Des lanières retenues par une simple bande de cuir à l'arrière se croisaient jusqu'aux genoux. Il semblait perplexe.

— Blair est une très belle femme, reprit-elle, même si je doute de son intelligence.

Il finit par relever les yeux sur elle et déclara, laconique.

— Elle appartient au passé.

— Elle ne semble pas voir les choses comme toi.

— C'est son problème, non ?

Elle lui jeta un coup d'œil en coin. S'il avait pu savoir à quel point sa réponse la soulageait.

— Il serait peut-être nécessaire de le lui préciser.

Sans prendre la peine de répondre, il regarda de nouveau ses jambes. Le sujet était clos. De toute façon, ce n'était pas ses affaires, se rappela-t-elle en finissant de débarrasser les dernières tables.

— Allons dîner, finit par suggérer Jackson. Pour célébrer ce premier jour.

Elle était trop fatiguée. Vidée de toute énergie. Elle ne pensait pas pouvoir supporter un petit dîner intime avec son associé si sexy, ce soir. Dans sa tenue habituelle de cow-boy, un jean noir retenu par une ceinture à boucle argentée, et une chemise western cloutée d'un bleu qui rehaussait la couleur fascinante de ses yeux, Jackson n'aurait aucun mal à réduire à néant toutes ses bonnes résolutions.

Elle secoua la tête.

— Je peux remettre à une autre fois ? J'ai les pieds en compote. Je n'ai qu'une hâte, passer une tenue confortable et me détendre. Mais, d'abord, je veux regarder mes comptes.

Elle se dirigea vers l'arrière-boutique.

— Tu n'as pas faim ? demanda-t-il en lui emboîtant le pas. Il ne reste rien des plateaux du cocktail. Je parie que tu n'as pas déjeuné aujourd'hui.

— En effet, je crois que j'ai oublié, reconnut-elle.

— Tu as fait toutes ces ventes, insista-t-il. Tu dois être affamée.

— Tu es vraiment obstiné, tu le sais, ça ?

Il se contenta de sourire, avant de reprendre d'une voix égale :

— Bien. Dans ce cas, je vais t'aider à regarder tes comptes et nous faire livrer un plat chinois.

— Je préférerais mexicain.

— D'accord, mademoiselle la Difficile. Dans ce cas, je vais téléphoner au restaurant mexicain. Une fois que nous aurons vérifié les ventes, tu pourras rentrer chez toi, te mettre au lit et faire de beaux rêves.

— Un programme qui me va très bien, admit-elle, reconnaissante.

Décidément, Jackson Worth était vraiment un ami. Un « ami » ? Sans qu'elle puisse se l'expliquer, cette pensée la déprimait.

Au beau milieu de la nuit, le téléphone de Sammie sonna, la tirant d'un profond sommeil. S'efforçant de garder les yeux ouverts, elle se pencha vers la table de nuit et chercha son téléphone à tâtons.

— Allô ? murmura-t-elle d'une voix un peu pâteuse.

— Tu es prête à être marraine ?

Reconnaissant le timbre grave de Jackson, elle alluma la lumière et se redressa dans son lit.

— Callie ?

— Elle est en train d'accoucher. Je viens d'avoir un appel de Tagg. Tout le monde part à l'hôpital de Red Ridge.

— Mon Dieu ! Je n'arrive pas à croire que le moment est arrivé. D'accord, je m'habille et j'y vais.

— Je passe te chercher. Nous irons ensemble.

Pour une fois, elle devait admettre que ce « nous » était agréable à ses oreilles. Elle ne demandait pas mieux que de se laisser conduire à Red Ridge. Elle était encore engourdie de sommeil et bien trop agitée par la perspective de cette naissance pour prendre le volant.

— D'accord, laisse-moi quelques minutes.

— Prépare ton sac. Je suis presque à ta porte.

— Tu plaisantes ?

— Jamais quand il s'agit de la naissance de mon neveu.

Après avoir raccroché, elle se précipita sous la douche, la seule manière pour elle d'émerger. A 2 h 15 du matin, se dépêcher relevait de l'exploit. Pourtant, dix minutes plus tard, quand Jackson frappa à la porte d'entrée, elle était prête.

— Merci de m'avoir prévenue.

— Je savais que tu pouvais y arriver.

Il sourit, découvrant des dents parfaites, ses joues ombrées d'une barbe naissante. Bien entendu, loin de lui donner l'air négligé, cela ne faisait que renforcer son sex-appeal. Comment une beauté d'une telle insolence pouvait-elle laisser indifférent ?

Avec un soupir las, elle passa un sac de sport en bandoulière. Elle avait réussi à rassembler quelques vêtements de rechange. Un accouchement pouvait durer et, quel que soit le temps que cela prendrait, elle voulait être là pour soutenir Callie et accueillir le petit Rory à son arrivée dans le monde.

D'une main dans son dos, Jackson la poussa doucement hors de son appartement et, une fois la porte fermée, la guida vers l'immense pick-up. Après lui avoir ouvert la portière, il lança son sac à l'arrière.

— Fonce, oncle Jackson ! le taquina-t-elle, oubliant le trouble que sa proximité ne manquait jamais de lui inspirer. Et j'espère que tu as apporté du café.

— Oui, Votre Altesse, répliqua-t-il en brandissant une Thermos argentée.

Elle laissa échapper un petit rire nerveux. Après avoir dévissé le couvercle, elle y versa la boisson brûlante et commença à boire par petites gorgées. Il lui jeta un coup d'œil surpris.

— Je ne te savais pas accro au café, s'étonna-t-il.

— Eh bien si, répondit-elle en buvant encore.

— Passe-le moi. J'ai besoin de caféine pour garder l'esprit alerte.

Elle savait qu'il bluffait. Il était parfaitement réveillé. Sammie remarquait ce genre de chose. Jackson était d'une vivacité stupéfiante. Il réagissait toujours au quart de tour. Ne se laissait jamais prendre au dépourvu par personne.

Elle fixa des yeux le couvercle fumant dans sa main. Ils avaient partagé des repas, avaient failli mourir, et avaient dormi deux fois ensemble, maintenant. Pourtant, bizarrement, c'était ce geste-là, partager le même gobelet de café, qui lui donnait à présent une impression d'intimité totale.

Elle le lui tendit et leurs doigts se frôlèrent. Même si elle commençait à s'habituer à son contact, ses réactions étaient toujours aussi violentes. Chaque fois qu'il posait une main sur elle, elle ressentait une décharge électrique d'une sensualité indescriptible.

Gardant les yeux sur la route, il but à l'endroit même que ses lèvres avaient touché.

— Merci.

— Si tu pouvais m'en laisser un peu, le pria-t-elle. Je ne suis pas encore bien réveillée.

Il alluma la radio et la voix de Tim McGraw s'éleva

dans la nuit. Elle devina qu'il augmentait le son pour l'empêcher de s'assoupir.

Ils arrivèrent au petit hôpital de Red Ridge bien avant l'aube et trouvèrent Trish et Clay dans la salle d'attente.

— Tagg est avec elle depuis le début, annonça Trish.

— Comment va-t-elle ? demanda Sammie.

— Bien. Elle a perdu les eaux un peu après minuit. Elle a des contractions et essaye d'accoucher sans péridurale. Pour l'instant, elle n'a pas changé d'avis.

— Où est Meggie ? demanda Jackson.

— A la maison, endormie. C'est Helen, notre gouvernante, qui la garde.

Sammie n'avait aucune expérience des naissances. Peu de ses amies ayant eu des enfants, tout cela était nouveau pour elle. Laissant Jackson rejoindre Clay, elle s'assit sur une chaise, à côté de Trish. Leur conversation apaisa un peu ses nerfs en pelote. Entre les lumières vives de l'hôpital et cette naissance imminente, elle se sentait maintenant parfaitement réveillée. Elle n'avait plus du tout besoin de café.

Après quelques minutes de discussion sur le bébé, Trish changea de sujet.

— Qui s'occupe du magasin demain ?

La question ne l'étonna pas. La belle-sœur de Sammie connaissait bien le monde des affaires. Avant d'épouser Clay, elle avait été son attachée de presse. Après un parcours semé d'embûches, leur amour avait triomphé. Le comble du romantisme, songea-t-elle avec un pincement au cœur. Mais ce fut d'un ton enjoué qu'elle répondit :

— Mon filleul est un génie ! Il a décidé d'arriver le jour de fermeture. Un lundi.

— En effet, c'est le timing idéal, répondit Trish en riant. Rory commence très fort. Et je sais à quel point Callie tenait à ta présence.

— Je ne pourrais être nulle part ailleurs. Même si cela signifiait fermer pour quelques jours. Boot Barrage a pris un excellent départ.

— Tu le mérites. Tu es douée, l'emplacement est idéal. Et tu as un bon associé. Jackson est plus que compétent.

Elle opina d'un hochement de tête. Bien sûr, elle savait qu'avoir Jackson comme associé était un don du ciel. Il était très riche, intelligent, talentueux. Elle le regarda, de l'autre côté de la pièce et, un long moment, il soutint son regard. Puis il se remit à faire les cent pas avec Clay.

— Je sais, murmura-t-elle.

Une demi-heure plus tard, Tagg entra dans la salle d'attente d'un air pressé.

— Callie te réclame, lança-t-il à Sammie.

Se levant d'un bond, elle lui emboîta le pas. Ils franchirent les lourdes doubles portes beiges et enfilèrent le couloir qui conduisait à la salle d'accouchement. Allongée sur une table de travail, Callie portait une blouse d'hôpital fonctionnelle, vert et blanc. L'éclairage tamisé de la pièce était apaisant et une infirmière lui parlait à voix basse.

Voyant qu'elle avait des contractions, Tagg se rua d'un côté du lit pour lui prendre la main, Sammie alla se placer de l'autre.

— Je suis là, la rassura-t-elle.

Callie hocha la tête, se concentrant sur ses longues respirations. Une fois la contraction passée, elle se redressa un peu et se tourna vers son amie.

— Je suis contente que tu sois là.

Repoussant avec tendresse une mèche de cheveux qui avait glissé sur le front moite de la future maman, elle répondit :

— Moi aussi. Comment ça va ?

— Pas trop mal, jusqu'ici.

— Je vois ça. Tu es une championne. J'ai hâte de rencontrer Rory.

— Il sera bientôt ici, fit Callie d'une voix un peu essoufflée. Il veut sortir.

— C'est bien. Il a très envie de connaître ses parents.

— Je n'arrive pas à croire que je vais être mère, avoua alors son amie. C'est tellement difficile d'imaginer qu'il n'y a pas si longtemps Tagg et moi ne nous parlions même pas et que, maintenant, il est mon mari et le père de mon enfant.

— Ça n'a pas été de tout repos, mais je suis heureux, fit Tagg en l'embrassant sur la joue.

Sa femme l'enveloppa d'un regard brûlant d'amour.

— Moi aussi. Je crois que ça recommence.

Elle serra leurs mains de toutes ses forces.

— Accroche-toi ! souffla Sammie.

Le docteur annonça alors qu'il était temps pour Callie de pousser. Avec un regard encourageant, Sammie lui lança un baiser et, laissant les heureux parents accueillir leur fils, sortit annoncer la nouvelle au reste de la famille.

Moins d'une heure plus tard, Tagg revint dans la salle d'attente, un sourire de soulagement aux lèvres.

— Le petit Rory veut faire la connaissance de sa famille.

Il fut accueilli par des poignées de main et des félicitations. Puis tous les membres de la famille entrèrent dans la pièce où Callie récupérait. Elle semblait en forme. Ses joues avaient repris des couleurs et même la visite de son père, Hawk Sullivan, ne parvint pas à ternir la joie pure qu'exprimait son visage. L'air penaud, il arriva avec un bouquet de roses pour sa fille et un ours en peluche pour son petit-fils.

Assis sur le lit, Tagg tenait dans ses bras le nourrisson emmailloté, au visage tout rouge.

Bouleversée par toutes ces émotions, Sammie regardait la scène, le cœur gonflé de tendresse. Le bonheur de son amie la comblait ! Soudain, Jackson s'assit dans le rocking-chair et tendit les bras pour prendre le petit Rory. Tagg se pencha et lui confia son fils. Serrant le bébé avec une infinie délicatesse contre lui, il lui chuchota des mots tendres, un mélange de fierté et d'émerveillement se peignant sur son visage.

Sa première stupéfaction passée, Sammie sentit une flèche lui transpercer le cœur. Devant ce minuscule nouveau-né niché au creux des bras du superbe cow-boy blond, l'émotion déferla en elle comme un raz-de-marée, balayant tout sur son passage. Une évidence venait de s'imposer à elle.

Elle était amoureuse de Jackson Worth.

Ce n'était pas sa beauté renversante, ni son charme irrésistible, ni même les moments magiques qu'ils avaient passés au lit. Non, ce qui lui ouvrait enfin les yeux, c'était cet acte d'amour pur. Prendre un bébé dans ses bras : un geste tout simple qui révélait l'homme qu'était vraiment Jackson Worth.

Elle avait toujours pensé que le grand amour la frapperait comme la foudre, comme un feu d'artifice explosant sur un ciel sombre. Mais elle n'avait pas su écouter son cœur. Et son amour pour Jackson s'était insinué en elle, imperceptiblement, à son insu. Voilà pourquoi toutes ses tentatives pour garder ses distances avaient été vaines.

Tout se mêlait dans sa tête, une foule d'images l'assaillirent. Jamais, avant Jackson, aucun homme n'avait suscité en elle un tel émoi.

Elle comprenait maintenant qu'elle était tombée amoureuse de lui à l'instant même où elle l'avait rencontré, au mariage de Callie et de Tagg. Un regard à travers la salle de réception bondée, et elle avait su. Immédiatement. C'était comme si tout autour d'elle avait retenu son souffle, comme si le temps s'était figé.

Exactement comme en cet instant.

Elle s'était pourtant répété des centaines de fois qu'il n'était pas un homme pour elle. Mais le fait qu'il soit un célibataire endurci, leur pacte, sa détermination à ne pas lui faire de mal : plus rien de tout cela n'importait. A la seconde précise où Jackson avait pris son filleul dans ses bras et l'avait serré sur son cœur, elle avait su qu'elle était perdue. Pour toujours.

A la joie qui avait inondé son cœur vint se substituer un profond sentiment de vide. Il ne serait jamais pour elle. Pas de la façon qu'elle le voulait. Pas de la façon que cela comptait.

Elle l'aimait. Mais elle voulait son amour, inconditionnel. Et alors que cette évidence s'imposait à son esprit, elle comprit que c'était un rêve impossible.

— Tu veux porter ton filleul ? lui demanda-t-il alors en se levant.

Debout à côté d'elle, il le lui passa prudemment. Trish les prit en photo.

— Rory, sa marraine et son parrain, dit-elle.

Sammie sentit son cœur voler en éclats. Aimer Jackson allait être une véritable torture. Elle était bien trop impliquée, désormais. Il faisait partie de sa nouvelle famille, il était son associé en affaires, son ami et maintenant l'homme qu'elle aimait.

Comme elle se détestait pour sa stupidité !

Elle regarda le petit Rory dans ses bras, se réconfortant à la vision de l'adorable petit visage fripé. Elle aimait déjà ce petit bonhomme, c'était tout ce qui comptait.

— Bonjour, Rory. Je suis ta marraine Sammie. Je suis si contente de te rencontrer, petit bonhomme. Je pense que je vais te gâter un peu.

Jackson caressa tendrement la main de l'enfant.

— Je crois qu'il va tous nous embobiner, chuchota-t-il.

Devant l'ironie de la situation, elle dissimula sa détresse. Elle vivait vraiment un grand moment : elle allait sortir de cette pièce, emplie d'amour pour deux hommes Worth. Si elle avait de la chance, au moins le plus jeune des deux l'aimerait aussi.

- 10 -

Pour la septième fois cette semaine-là, Jackson ouvrit l'e-mail de Trish sur son téléphone. Elle lui avait envoyé une photo prise le jour de la naissance du bébé, trois semaines auparavant, intitulée : « Rory, son parrain et sa marraine », accompagnée d'un message disant :

> Désolée de ne pas l'avoir envoyée plus tôt. Vous êtes superbes tous les trois.

C'était la vérité. Le visage de Sammie exprimait une joie pure qu'il avait du mal à effacer de son esprit. Depuis qu'il l'avait reçue, il regardait la photo au moins une fois par jour. Et, chaque fois, il sentait une vague de chaleur se propager dans tout son corps. C'était une sensation agréable. Il sourit à la photo avant d'éteindre son portable.

Il allait prendre une douche. Il avait besoin de sentir le jet chaud sur sa peau pour dénouer ses muscles endoloris. La journée avait été longue, pénible, il avait enchaîné les rendez-vous. Et ce n'était pas fini.

Il lui fallait garder l'esprit clair. Dans moins d'une heure, il devait passer chercher Blair. Ils avaient rendez-vous. Il n'avait pas pu la repousser. Elle lui avait téléphoné et s'était présentée à son bureau sans s'annoncer. Même si, en un sens, cela l'avait flatté, à la longue, cela devenait lassant. Il était temps de régler le problème une fois pour toutes.

Il fallait jouer son jeu, savoir ce qu'elle voulait.

Il ouvrit la douche puis dénoua sa cravate et la fit passer par-dessus sa tête. Au moment où il finissait de déboutonner sa chemise, la sonnette de la porte d'entrée retentit.

S'interrompant, il arrêta l'eau et se dirigea vers la porte, attrapant son portefeuille au passage. Il attendait du linge : c'était sans doute le pressing qui venait le livrer.

— J'arrive, cria-t-il.

Stupéfait, il se trouva nez à nez avec Blair. Elle était souriante, sa bouche était maquillée d'un rouge carmin, ses cheveux blonds flottaient librement sur un manteau beige doublé de fourrure. Un sac assorti en bandoulière, elle tenait un cabas à provisions dans les bras.

— Salut ! lança-t-elle.

Sans attendre son invitation, elle passa devant lui, et engloba du regard l'entrée et la salle de séjour. Puis elle pivota sur elle-même pour le regarder.

— Pas mal ! fit-elle, remarquant sa chemise ouverte.

— Que fais-tu ici ? demanda-t-il.

Entre le sac à provisions et le fait qu'elle soit en avance, il en avait déjà une petite idée.

— Je suis venue te préparer à dîner.

Elle retira son manteau et, immédiatement, il remarqua sa robe moulante. Dans le style lingerie, le tissu chocolat ne laissait rien à l'imagination. De la dentelle aux endroits stratégiques dévoilait des parcelles de sa peau satinée. Ses seins débordaient des bonnets qui étaient censés les soutenir. Il sentit une bouffée de désir incontrôlable l'envahir. Serait-il toujours sensible à ses charmes ? Il espérait bien que non. Pourtant, il se sentait étrangement vulnérable devant elle.

— J'avais l'intention de t'emmener au restaurant, dit-il d'une voix aussi placide que possible.

Elle lui décocha son sourire le plus aguicheur.

— Ce sera plus amusant comme ça, Jackson. Je fais un osso-bucco à tomber. Tu vas adorer, je le sais. Où est ta cuisine ?

Elle suivit la direction de son doigt et il lui emboîta le pas.

— Tu as apporté les titres de propriété ? demanda-t-il.

— Nous parlerons affaires après le dîner. J'ai surtout apporté ce délicieux vin français. Une pure merveille.

Elle entra dans la cuisine et posa le sac dont elle tira une bouteille de vin.

— Tu veux bien l'ouvrir ? dit-elle en la lui tendant.

Docile, il déboucha la bouteille, tandis qu'elle posait tous les ingrédients du dîner sur le plan de travail en granit noir. Puis elle sortit d'un placard deux verres en cristal qu'il remplit.

— A un nouveau départ ! s'exclama-t-elle en levant le sien avec un sourire.

Il ne trinqua pas.

— D'abord, le titre de propriété, Blair.

Tant qu'il n'aurait pas en main la preuve qu'elle était propriétaire de la terre qu'il convoitait, la soirée resterait au point mort. Il n'était pas question de la laisser mener la danse.

— Tu es méfiant, fit-elle avec cette moue séductrice dont elle avait le secret.

Il savait qu'elle la réservait à ceux dont elle voulait réduire les défenses à néant.

Si Jackson ne l'avait pas si bien connue, il aurait pu tomber dans ses filets. Pourtant, il était bien obligé de se rendre à l'évidence : sa beauté le fascinait encore et il était incapable de trouver les mots pour la chasser.

Elle farfouilla dans son sac à main et en sortit le titre de propriété.

— Voici. Regarde. Il est authentique.

Il consacra une minute à la lecture du document qui lui confirma que la terre lui avait bien été vendue par le vieux Weaver.

C'était parfaitement incompréhensible. Songeur, il but une gorgée de vin et, les yeux plongés dans les grands yeux d'un bleu limpide qu'il connaissait par cœur, il demanda :

— Comment as-tu réussi à le faire vendre, Blair ?

— Pourquoi est-ce si important pour toi ? chuchota-t-elle.

— Au cours de ces deux dernières années, je lui ai offert plusieurs fois de la lui racheter pour deux fois son prix. C'est la seule parcelle des rives du lac qui n'appartient pas aux Worth. Il faut la protéger des promoteurs.

Une lueur belliqueuse dans ses pupilles myosotis, elle répondit :

— Je ne la vendrai pas à des promoteurs si…

— Si quoi ? Si je retombe amoureux de toi ? Je ne peux pas te le promettre. Nous ne pouvons pas remonter le temps, Blair. Nous sommes deux personnes différentes, aujourd'hui.

— Serait-ce si difficile d'essayer ? murmura-t-elle avec une telle douceur que, pour un peu, il en aurait oublié qu'elle le faisait chanter. Je te demande juste une chance, Jackson. Nous pourrions commencer ce soir.

Il garda le silence. Tout en la regardant par-dessus son verre de vin, il réfléchissait. Elle était belle, sexy, tout ce dont il avait toujours rêvé chez une femme.

Le visage de Sammie surgit alors à son esprit. La photo d'eux, ensemble, portant le petit Rory, était gravée dans sa mémoire. C'était comme une bouée de sauvetage à laquelle se raccrocher quand il se sentait couler.

— Parle-moi de Weaver, lui enjoignit-il alors.

Elle se rembrunit et, dans un soupir à fendre l'âme, elle répondit avec un pauvre sourire :

— Pearson Weaver est mon père. Ma mère avait eu une liaison avec lui avant ma naissance. A cette époque, ils étaient mariés tous les deux. Ma mère n'était pas réputée pour sa discrétion, mais elle a gardé le secret toute sa vie. Quand elle est tombée malade, elle a fini par m'avouer la vérité. Pearson s'en voulait tellement de ne jamais m'avoir reconnue qu'il ne savait pas comment se rattraper. Je n'ai jamais demandé cette terre. Mais il me l'a donnée pour me prouver à quel point j'avais compté pour lui toutes ces années. C'était la seule chose qu'il possédait. Ça et l'amour de ma mère pendant une courte période.

Jackson cligna les yeux. Il s'était attendu à tout sauf à une telle révélation. Sa surprise dut apparaître dans son visage car, une fraction de seconde, elle détourna les yeux, comme si elle avait honte.

Puis elle haussa les épaules.

— J'ai toujours su que Daniel Caulfield n'était pas mon vrai père. La vie à la maison n'était pas très drôle. Mes parents se disputaient tout le temps et, à l'occasion, Daniel m'interrogeait sur la fidélité de ma mère. Je détestais vivre à Red Ridge, je n'avais qu'une hâte, en partir.

— Tu ne me l'avais jamais dit.

Si ce n'était pas une excuse pour l'avoir fait souffrir comme elle l'avait fait, c'était une explication à son comportement qu'il pouvait essayer de comprendre.

— Pour ta famille, j'étais déjà la fille des quartiers pauvres. Si j'avais annoncé, en plus, que j'étais une enfant illégitime, ils n'auraient sans doute pas apprécié.

Il but une autre gorgée de vin. Il avait du mal à imaginer ce qu'elle avait dû vivre quand elle s'était aperçue que toute sa vie reposait sur un mensonge. Et il ne voyait plus l'intérêt de lui préciser que sa famille ne l'avait jamais méprisée avant le jour où elle lui avait brisé le cœur. Elle l'avait trahi de la pire manière possible. Il n'était pas prêt à le lui pardonner. De toute façon, il avait besoin de temps pour digérer tout cela.

— Prépare-moi à dîner, Blair. Je vais prendre une douche.

Elle jeta un coup d'œil au pan de peau dévoilé par sa chemise ouverte et leva ses beaux yeux dans lesquels il lut une invitation. Repousser une femme sublime et consentante n'était jamais facile, quelle que soit la circonstance, mais tourner le dos à Blair lui demandait un effort de volonté surhumain.

Il s'éclipsa dans le couloir en étouffant un juron, les visages de Sammie et de Rory toujours en tête, comme pour l'empêcher de sombrer. Il retira ses vêtements et entra dans la douche, espérant que le savon et l'eau chaude l'aideraient à faire le tri dans ses pensées. Peut-être finirait-il par y voir plus clair.

Sammie apporta la dernière touche à son maquillage et recula d'un pas pour regarder son œuvre. La touche *smoky*, accentuait le brun de ses yeux, changeant totalement son apparence. Elle mit un peu de terracotta sur ses joues, du rouge à lèvres, et feignit d'embrasser le miroir.

— Jackson Worth…, tu ne pourras pas m'ignorer une nuit de plus.

Depuis l'inauguration de la boutique et la naissance de Rory, Jackson avait gardé ses distances. Elle savait qu'il était très occupé et, après avoir constaté que Boot Barrage avait pris un bon départ, il était sans doute passé à son projet suivant. Les affaires marchaient bien, avec de nouvelles clientes tous les jours et, quand elle travaillait, Sammie était dans son élément.

Elle passait du temps avec Callie et avec le bébé chaque fois qu'elle le pouvait et, quand elle était au domaine, l'après-midi, elle aidait Trish au General Store de Penny's Song.

Les événements s'étaient bousculés depuis trois semaines. Elle avait appris par un appel de la police de Boston que son ex avait été retrouvé et qu'il ne tarderait pas à être arrêté pour escroquerie. Et puis, surtout, après avoir enfin raconté à Callie ce qui s'était passé entre elle et Jackson, elle lui avait avoué qu'elle l'aimait. A sa grande surprise, loin de la dissuader, Callie l'avait poussée à se battre pour le conquérir. « Qui ne tente rien… », avait-elle dit. Pour sa meilleure amie, le jeu en valait vraiment la chandelle.

Elle avait donc décidé de faire d'une pierre deux coups. N'avait-elle pas un prétexte tout trouvé pour passer chez Jackson ? En effet, elle avait une idée magnifique à lui soumettre en tant qu'associé. Et elle en profiterait pour lui dévoiler enfin ses sentiments. Il était grand temps de lui ouvrir son cœur.

Elle murmura une petite prière silencieuse pour empêcher le doute de la retenir. Elle devait foncer. Elle n'espérait qu'une chose, que tout se passe bien. Pour mettre toutes les chances de son côté et accroître sa confiance en elle, elle avait opté pour une arme secrète : une minirobe noire en tricot qui la moulait comme un gant, fermée par un Zip sur le devant.

C'était là que les Marianna entraient en jeu. Le jour de l'inauguration, elles avaient piqué l'intérêt de Jackson. Assise sur son lit, elle enfila les bottes ouvertes qui découvraient ses ongles vernis de rouge et les laça jusqu'aux genoux. Les talons qui la grandissaient de quatre centimètres lui faisaient des jambes interminables de femme fatale.

Elle préférait éviter le miroir. Elle avait bien trop peur de se dégonfler. Mais comment résister à l'envie de contempler une telle transformation ? Après avoir longuement hésité, elle finit par se décider et s'examina de pied en cap. Sa tenue ne laissait aucun doute sur ses intentions. Elle mourait d'envie de tout retirer.

Heureusement, les mots de Callie continuaient à résonner dans sa tête :

« Bats-toi pour Jackson. »

Et son amie avait raison. Qui ne tentait rien…

— Il est temps pour moi de connaître l'appartement de Jackson, chuchota-t-elle pour elle-même.

Son sac à la main, elle sortit de chez elle, se sentant pleine d'une assurance toute neuve.

Le trajet jusque chez Jackson ne durait que dix minutes. Quand elle arriva en vue des collines, à la sortie de Scottsdale, elle se gara et, sans oublier ses croquis, elle descendit de voiture.

Après s'être présentée au concierge comme invitée par M. Worth, elle fut autorisée à entrer dans l'immeuble. Monter jusqu'à l'appartement au dernier étage ne prit que quelques secondes. Une fois les portes coulissantes ouvertes, elle puisa tout son courage dans une profonde inspiration, sortit de la cabine et s'avança jusqu'à la porte.

Elle frappa. Sans succès. Surprise par le silence, elle frappa de nouveau.

Enfin, un bruit de pas ! Il était là. Un sourire aux lèvres, elle attendit… et la surprise la fit vaciller.

La porte venait de s'ouvrir sur Blair Caulfield. Le regard suffisant de la blonde la balaya de la tête aux pieds, sur lesquels il se posa.

— Jolies bottes, fit-elle du bout des lèvres. Vous êtes l'associée de Jackson, c'est bien ça ?

Toujours sous le choc, elle ne put que hocher la tête. Que diable Blair faisait-elle ici ? Au moins, cette fois, elle ne l'avait pas prise pour l'employée de Jackson.

Elle lutta pour garder le sourire. La première surprise passée, elle s'aperçut que, dans le fond, la présence de Blair ne l'étonnait qu'à moitié. Elle renifla discrètement.

Une odeur de bouquet garni et d'ail s'échappait de l'appartement. Tout était clair, soudain. Une douleur fulgurante lui broya le cœur.

— Oui, je suis Sammie Gold.

— Blair, lâcha la blonde. Nous nous sommes rencontrées l'autre jour.

Lui bloquant l'entrée comme si elle était chez elle, Blair rejeta ses longs cheveux en arrière.

— Je sais, à la boutique, répondit Sammie.

— En quoi puis-je vous aider ?

Reprenant enfin le contrôle de ses émotions, elle répondit :

— Je cherche Jackson.

— Il est sous la douche, répondit Blair sans se démonter.

Elle la fixa, abasourdie. Elle était envahie par une impression de déjà-vu. Encore une fois, elle se sentait trahie. Un sentiment qui commençait à lui être familier. Un souvenir lui remonta à la mémoire, la phrase qui l'avait anéantie : « Votre fiancé est un escroc, madame Gold. Je crains qu'il ne soit parvenu à détourner tous vos fonds. »

Jackson n'avait pas volé son argent, bien au contraire, il l'avait aidée à se reconstruire d'un point de vue financier. Mais il lui avait volé quelque chose de bien plus important : son cœur. Abasourdie, elle sentit le chagrin enfler en elle. Cette blessure-là, elle le savait, ne cicatriserait jamais. Toutefois, quels droits avait-elle sur Jackson ? Pas une fois il n'avait fait allusion à l'éventualité de vivre une relation avec elle. La brûlure de la trahison n'en était pas moins insoutenable.

Ils avaient couché ensemble, c'était tout. Et elle avait

été assez bête pour croire que l'amitié qui était née entre Jackson et elle pouvait déboucher sur autre chose.

Refoulant ce vieux désespoir qu'elle était passée maître dans l'art de dissimuler, elle s'appliqua à prendre sa voix la plus égale :

— Eh bien, j'étais venue lui apporter ces papiers.

D'un geste aussi élégant que possible, elle tira une enveloppe de son sac.

Elle s'apprêtait à les remettre à Blair et à partir, quand une voix d'homme s'éleva :

— Blair, il y a quelqu'un à la porte ?

Sammie se figea. Le temps sembla s'arrêter.

— C'est mon linge ? demanda la voix qui se rapprochait.

— Non, c'est juste moi, Sammie ! fit-elle, maudissant son intonation stridente.

Il surgit dans l'entrée, passant à la hâte une chemise. Il avait un portefeuille à la main. Ses cheveux humides, plus foncés, étaient plaqués en arrière. A sa vue, elle sentit son cœur prêt à exploser dans sa poitrine. Bien entendu, il était toujours aussi beau.

— Sammie ? s'étonna-t-il.

— Elle est venue t'apporter des papiers, expliqua Blair.

Il la regarda de la tête aux pieds. Ses yeux s'attardèrent sur ses bottes. En d'autres circonstances, elle se serait réjouie de voir qu'elles produisaient l'effet escompté. Mais, à cet instant précis, elle ne souhaitait qu'une chose : filer. Cette situation était si embarrassante.

Se drapant dans sa dignité, elle lui tendit les papiers.

— Voici. C'est un projet lié à Penny's Song. Tout est là. Mais il n'y a rien d'urgent.

Elle jeta un coup d'œil à Blair. Son expression, mélange de satisfaction et de suffisance, évoquait celle d'un chat qui venait d'avaler un bol de lait.

Il les regarda tour à tour et, l'air soudain accablé, secoua la tête.

— Ce n'est pas du tout ce que tu crois, Sammie.

Stupéfaite, Blair resta bouche bée. Puis, une main sur sa hanche voluptueuse, elle tordit les lèvres en un rictus.

— C'est exactement ce qu'elle croit, glapit-elle.

— Tais-toi, Blair ! siffla-t-il, sans quitter Sammie des yeux.

Comme hypnotisée, elle regarda les gouttes d'eau glisser sur son torse vigoureux.

— Tu n'as pas d'explication à me donner, répondit-elle, incapable de dissimuler la pointe d'amertume dans sa voix. Tout va bien. Je sortais. J'ai… j'ai un rendez-vous.

— Dans cette tenue ? s'étonna-t-il en haussant les sourcils.

Perplexe, elle battit des paupières. Etait-ce un compliment ? Ou le contraire ? Elle préférait ne pas savoir.

— Euh…

Elle ne mentait pas vraiment. Elle avait dit à Sonny qu'elle le retrouverait pour un café un soir de la semaine. Et ce soir semblait tout à fait indiqué.

Jackson semblait lire dans ses pensées. D'un ton sans réplique, il lâcha :

— Tu ne sors pas avec Sonny habillée comme ça !

Elle contint sa colère et, feignant une attitude détachée, elle répondit avec douceur :

— Je crois que cela ne te regarde en rien. Ni avec

qui je sors ni comment je m'habille. Ne t'inquiète pas pour les papiers, ça peut attendre. Je suis en retard. Il faut que j'y aille.

Elle pivota sur ses talons et repartit en direction de l'ascenseur. Elle l'avait presque atteint quand elle sentit Jackson la rattraper par la taille. Au contact de sa main, une vague brûlante embrasa son corps et elle dut se faire violence pour ne pas se retourner et tomber dans ses bras. Sans se laisser décourager, il la plaqua contre lui et lui chuchota à l'oreille.

— Tu n'avais pas besoin de t'habiller comme ça pour m'apporter des papiers, Sammie.

Elle laissa échapper un long soupir accablé. Son cœur venait de voler en éclats. C'était une véritable agonie de ne pas avouer la vérité à Jackson. Mais elle refusait de se laisser de nouveau bafouer par un homme. Cette fois, elle ne perdrait pas sa dignité. La trahison d'Allen lui avait au moins appris cela. Se dégageant d'un geste vif, elle entra dans l'ascenseur et, au moment où les portes se refermaient, elle se retourna. Plantant son regard dans celui au bleu presque noir de confusion de Jackson, elle lança :

— Va rejoindre Blair, elle t'attend.

Jackson regarda les portes de l'ascenseur se refermer. Même si elle avait tout fait pour le lui cacher, le chagrin qui était apparu dans le visage de Sammie lui déchirait le cœur. Il passa une main dans ses cheveux humides et, en jurant, il regagna son appartement.

Les apparences étaient contre lui, il ne pouvait le nier. Blair avait répondu à la porte comme si elle était chez elle et il avait surgi derrière elle, à moitié déshabillé.

Quoi de plus naturel pour Sammie d'en avoir conclu qu'elle interrompait une soirée romantique ? En fait, si elle n'était pas arrivée, elle aurait peut-être eu raison.

— Elle est du genre nerveux, non ? demanda Blair, qui l'attendait sur le seuil.

L'ignorant, Jackson prit le dossier sur Penny's Song et sortit sur la terrasse. L'air nocturne apaisa ses sens surchauffés. Un long moment, il se perdit dans la contemplation de la sérénité des montagnes, dont la masse sombre se découpait sur le ciel flamboyant du crépuscule. Mais la peine de Sammie ne le quittait pas.

Il avait joué avec le feu et elle s'y était brûlée.

Dire qu'il avait voulu la retenir, lui demander de ne pas sortir avec Sonny. Il peinait à analyser ses sentiments. S'il ne voulait rien envisager à long terme avec elle, il ne supportait pas de l'imaginer avec un autre. Surtout avec son ami.

Quand elle s'était installée dans l'Arizona, elle était vulnérable, blessée. Elle espérait prendre un nouveau départ, recoller les morceaux de sa vie éclatée. Il esquissa une grimace et ferma les yeux. Il se dégoûtait. Il n'avait réussi qu'à lui faire encore plus de mal. Encore une fois, son joli visage accablé passa devant ses yeux. Il n'exprimait pas que la tristesse et le découragement, mais aussi un profond écœurement.

Une petite voix intérieure lui souffla :

C'est une adulte. Elle savait à quoi s'attendre.

Il s'empressa de repousser cette pensée. Elle n'était responsable de rien. Lui, en revanche, avait tout gâché.

A la faible lumière de la lanterne de sa terrasse, il ouvrit le dossier dans lequel il trouva des croquis de petites bottes de cow-boy en cuir, frappées au logo de Penny's Song. Une émotion intense lui étreignit le cœur. Son idée était de les offrir comme cadeau d'adieu aux enfants, à la fin de leur convalescence. Elle avait griffonné quelques notes :

« Tu crois que c'est une bonne idée ? Que ça plairait aux enfants ? Du cuir noir pour les garçons ? Marron pour les filles ? »

Il regarda les croquis. Les minutes s'égrenaient.

Derrière lui, la voix de Blair le tira de sa stupeur.

— Le dîner refroidit.

Il ne se retourna pas. Il refusait de la regarder. Elle était responsable du néant dans sa vie. Il ne pouvait pas lui faire confiance. Plus maintenant, après qu'elle lui avait avoué pourquoi elle avait tant haï Red Ridge. Pourquoi elle avait eu besoin d'en partir.

Quel contraste entre les deux femmes : Blair, qui, en le trahissant, avait détruit sa confiance en l'amour, avait maintenant recours à un chantage émotionnel pour obtenir ce qu'elle voulait. Sammie, en revanche, était le désintéressement même. Elle était forte, déterminée, généreuse. Elle l'avait fait rire, l'avait séduit et faisait presque partie de sa famille. Franche comme l'or, elle était incapable de la moindre combine.

— Jackson ? répéta Blair en le rejoignant sur la terrasse.

Il la foudroya d'un regard d'une telle dureté qu'il parvint à la faire bégayer.

— Tu… tu m'as entendue ?

— Je ne veux pas dîner.

— Mais c'est prêt, et attends…

Regagnant la cuisine, il lui tendit son sac à main resté sur le plan de travail.

— Je pense que tu devrais partir, Blair.

L'air indigné, elle demanda :

— Tu me chasses ?

— Je te demande de partir, répéta-t-il.

Son éducation lui avait inculqué quelques manières.

— Tu ne veux pas faire ça.

— Si, répondit-il. Il n'y a plus rien entre nous, hormis quelques vieux souvenirs que nous ferions mieux d'oublier.

Une main dans son dos, il la poussa en direction de la porte d'entrée. Elle avança avec réticence.

En arrivant à la porte, elle se tourna vers lui et l'affronta sans ciller. Il n'avait plus devant lui la Blair pleine d'assurance dont les hommes quémandaient l'attention. Pour la première fois, elle laissait entrevoir sa vulnérabilité. Elle semblait déconfite, mais aussi plus réelle, moins machiavélique.

S'éclaircissant la voix, elle essaya sa dernière carte.

— Et la terre ? Tu es prêt à y renoncer pour elle ?

Il la dévisagea, incrédule. Comment pouvait-elle encore croire que son chantage pouvait prendre ? En un sens, il se sentait désolé pour elle. Pour toute réponse, il lui sourit, lui signifiant sa défaite. Ses épaules s'affaissèrent et elle hocha la tête. Elle avait compris qu'il était inutile d'insister. L'espace d'un instant, il eut devant lui l'adorable, la ravissante Blair Caulfield de sa jeunesse.

— Je savais que tu étais amoureux d'elle, murmura-t-elle. Je l'ai compris à la seconde où je vous ai vus ensemble.

Ebahi, il répondit :

— Eh bien, dans ce cas, tu es plus perspicace que moi. Parce que je viens de m'en apercevoir, il y a trente secondes.

- 11 -

Callie Sullivan Worth étant la meilleure amie de Sammie, sa loyauté l'empêchait de répondre à ses questions. Si Jackson déplorait parfois la force de ce lien d'amitié que partageaient les femmes, aujourd'hui, il le détestait carrément. Il avait beau la cuisiner, Callie ne voulait rien entendre.

— Elle est partie et ne sera de retour que dans quelques jours, s'obstinait-elle à répéter. C'est tout ce que j'ai le droit de te dire.

Il avala une gorgée de bière. Il ne voulait pas contrarier sa belle-sœur. Elle n'était pas encore remise de son accouchement et elle ne dormait pas beaucoup. Il décida de tâter le terrain. Prenant son air le plus innocent, il fit remarquer :

— En tout cas, elle est partie vite.

Comme il regrettait maintenant d'avoir attendu le lendemain de sa visite surprise pour aller trouver Sammie. Il aurait dû s'élancer à sa poursuite immédiatement. Il avait fait une grosse erreur. Mais comment aurait-il pu se douter qu'elle quitterait la ville si vite ?

Après avoir chassé Blair de chez lui sans cérémonie, il avait dû affronter ses sentiments pour Sammie. Et, pour la première fois dans sa vie d'adulte, il avait eu vraiment peur. Un flot d'émotions enfouies au plus profond de lui avait refait surface. Certes, ces sentiments troublants l'avaient déstabilisé, mais s'autoriser à les accepter enfin lui avait procuré un soulagement indicible. Jusqu'au jour où ils s'étaient rencontrés à Las Vegas, il avait été immunisé contre l'amour. Mais Sammie avait, sans le vouloir, mis à mal les barrières défensives qu'il avait soigneusement érigées autour de lui. Il n'était plus immunisé. Désormais, il était vulnérable, il souffrait d'un mal qui s'appelait l'amour.

Quand il était arrivé chez elle, ce matin, il avait frappé à la porte de son immeuble, jusqu'à réveiller les voisins. Maugréant, ils lui avaient ouvert. Il avait alors pressé sa sonnette, en vain. Elle n'était pas chez elle. Et il n'avait pas pu la joindre au téléphone non plus. Elle avait quand même daigné lui envoyer un SMS qui disait :

> J'ai un imprévu. Je vais être absente quelques jours. Boot Barrage reste ouvert, les filles me remplacent.

Il avait senti son sang bouillonner. Il se fichait bien de savoir que la boutique ne manquerait pas de personnel en son absence.

La voix de sa belle-sœur le ramena au présent.

— Je ne peux pas en dire plus, répétait-elle, inflexible.

Il voyait bien que rien ne la ferait changer d'avis.

— Je t'ai tout raconté, fit-il valoir en buvant une nouvelle gorgée de bière. J'ai été honnête, j'ai admis mes erreurs. Je ne veux plus en commettre aucune.

Avec un sourire bienveillant, Callie répondit :

— Tu n'en feras plus. Je le sais. J'ai confiance en toi.

Exaspéré, il leva les yeux au ciel. Puisqu'elle avait confiance en lui, pourquoi ne parlait-elle pas ?

— Bienvenue au club ! plaisanta Tagg, qui venait de les rejoindre. Alors, quelle est l'étendue des dégâts ?

— Bon sang, je n'en sais rien. Sammie a quitté la ville. J'ai l'impression que je ne suis pas dans ses petits papiers en ce moment.

— C'est le moins que l'on puisse dire !

Ignorant la remarque encourageante de son frère, il reprit :

— Alors, que me conseillez-vous ? demanda-t-il, plein d'espoir.

Avec douceur, Callie suggéra :

— Dès que tu en auras l'occasion, avoue-lui tes sentiments.

— Autrement dit, il va falloir t'aventurer sur un terrain inconnu, mon vieux ! lança Tagg.

Il le fusilla du regard. Décidément, son frère ne lui était d'aucun secours.

— Je le sais, merci. Mais vous croyez qu'elle va me pardonner ?

Callie secoua lentement la tête. Il voyait à son regard à quel point il lui était difficile de tenir la promesse faite à Sammie. D'une voix pleine de compassion, elle répondit.

— Je ne peux pas en parler avec toi, Jackson, je suis désolée. Néanmoins, elle ne m'a pas interdit de te donner mon avis.

— Et quel est ton avis ? la pressa-t-il.

— Réfléchis bien à ce que tu attends d'elle avant de tenter des travaux d'approche. Parce qu'elle est sur le point de craquer et…

— Si tu abîmes encore cette fille, tu auras affaire à moi, l'interrompit Tagg.

— Et à moi aussi, renchérit sa femme.

Jackson laissa échapper un petit rire amer.

— Vous pouvez me faire confiance. Cela n'arrivera pas. Je l'aime.

Callie et Tagg le fixèrent et, abasourdis, clignèrent les paupières simultanément. C'était étrange de voir à quel point ils étaient synchronisés. L'expression « âmes sœurs » s'imposa à lui. Il n'aurait jamais pensé vouloir trouver la sienne. Il savait maintenant qu'il s'était trompé.

— J'en suis ravie, Jackson, murmura Callie d'un air émerveillé.

Il acquiesça d'un hochement de tête. Jamais il n'avait eu si peu confiance en lui au sujet d'une femme. Encore une fois, le visage de Sammie dans l'ascenseur passa devant ses yeux.

— L'enjeu est démesuré, murmura-t-il, soudain anxieux. J'aurai peut-être besoin de votre aide.

— Tant que tu ne me demandes pas de rompre ma promesse à Sammie, je suis à ta disposition.

— Merci, Callie.

— Rory doit faire son rot, reprit-elle alors. Lequel de vous se sent d'attaque, les cow-boys ?

— Donne-le moi, répondit-il immédiatement. Je travaille toujours à devenir son oncle préféré.

Souriant, Tagg déposa le bébé dans ses bras.

— T'occuper de mon fils te mettra du baume au cœur. Tu as une tête à arrêter les pendules.

— Merci, petit frère ! Je sais que je peux toujours compter sur toi pour me remonter le moral.

*
* *

La patience de Jackson fut mise à rude épreuve. Les quarante-huit heures qui suivirent lui parurent interminables. Deux fois par jour, il passait à Boot Barrage dans l'espoir de tomber sur Sammie. Mais, hormis les deux coups de fil quotidiens de leur patronne, Nicole et Angie n'étaient au courant de rien. De plus, elles semblaient très bien se débrouiller en son absence.

Le troisième jour, il était tôt quand il repéra enfin la voiture de Sammie sur le parking, à l'arrière de la boutique.

Il jubila. Il savait qu'elle n'ouvrait qu'une demi-heure plus tard. Il allait enfin se trouver seul avec elle.

Il vint se garer à côté du 4x4 et entra directement dans l'arrière-boutique. Il la trouva assise à son bureau, en train de s'occuper de papiers.

En la voyant, il ne put s'empêcher de sourire. Elle était si belle ! De cette beauté qui lui était propre. Elle portait une robe portefeuille en jersey gris, avec une ceinture rose et des bottes à mi-mollets de la même couleur. Il se grisa de cette vision enchanteresse.

Levant les yeux, elle lui lança, désinvolte.

— Salut, Jackson.

Une sourde angoisse lui étreignit le cœur. Il se passait quelque chose. Elle n'était ni en colère, ni triste, ni contrariée. Son flegme et son indifférence étaient beaucoup plus inquiétants.

— Sammie, nous devons parler.

— Je suis d'accord.

Elle se leva et s'avança vers lui dans un nuage de parfum fruité. Ce parfum qu'il avait appris à aimer, qui était le sien.

— J'ai une nouvelle à t'annoncer, déclara-t-elle. Je pense que tu seras content.

Son assurance et son attitude composée lui firent penser exactement le contraire : ce qu'elle avait à lui dire n'allait lui faire aucun plaisir. Son visage exprimant l'indifférence la plus totale, une lueur de détermination dans ses beaux yeux bruns, elle lui annonça de but en blanc :

— Nous n'avons plus besoin d'être associés.

A la vue de Jackson, tous ses sens s'affolaient. Avec son Stetson, son jean délavé et sa chemise en chambray, il était beaucoup plus sexy qu'en costume. Une barbe naissante ombrait son visage et les cernes sous ses yeux trahissaient sa fatigue. Une vague d'une tendresse infinie la submergea.

L'aimer était une chose, mais apprendre à ne plus l'aimer en était une autre. Comment allait-elle faire ? Elle l'ignorait encore. Pourtant, elle était résolue à passer à autre chose. Elle devait se montrer forte. Courageuse. Mais elle ne voulait renoncer ni à l'amitié de Callie ni à la famille Worth. C'était sa famille désormais. Le seul moyen pour elle d'y arriver était de rompre tout lien professionnel avec Jackson. Une fois son indépendance acquise, elle ne lui devrait plus rien et sa relation avec les Worth redeviendrait strictement amicale.

— Sammie, plaida-t-il, je te demande simplement de m'écouter. Je n'ai jamais eu l'intention de te faire du mal. Je le jure. Malgré les apparences qui sont contre moi, ce n'était pas du tout ce que tu penses, l'autre soir.

Elle l'arrêta d'une main levée.

— Tais-toi. Tu n'as rien à m'expliquer. Nous ne sommes pas ensemble. Tu n'étais pas en train de me tromper. Tu avais parfaitement le droit de voir Blair Caulfield. De faire ce que tu voulais avec elle, chez toi.

— Rien ! affirma-t-il. Je n'ai rien fait, à part la jeter dehors.

Elle sentit sa détermination faiblir.

— Tu l'as jetée dehors ?

— Oui. Après ton passage, je me suis rendu compte que j'avais fait une erreur. Elle me faisait miroiter quelque chose que je croyais vouloir à tout prix.

— Son amour ?

— Non, Sammie, pas son amour. Elle est propriétaire d'une terre que je veux depuis des années. Les Worth l'ont bradée il y a un demi-siècle et Blair m'a fait du chantage émotionnel. Elle aurait renoncé à cette terre si… si nous…

— Je vois.

Tout était limpide, en effet. En lui faisant cette révélation, Jackson n'avait fait que confirmer ce qu'elle savait depuis le début. Il ne serait jamais à elle. La concurrence serait trop rude. Trop de femmes étaient prêtes à tout pour se faire aimer de lui. Ils n'avaient rien à faire ensemble.

Abasourdie par le vide qui l'envahit à la perspective de toute une vie sans lui, elle frissonna. Comme elle l'aimait ! S'appliquant à ne rien laisser paraître de ses émotions, elle reprit :

— Il n'y a pas de problème, Jackson. Vraiment.

Ses yeux se plissèrent.

— Tu me pardonnes ? demanda-t-il avec un regard dubitatif.

Elle haussa les épaules, feignant une nonchalance qu'elle était loin d'éprouver.

— Il n'y a rien à pardonner. Mais si cela peut t'aider, oui, je te pardonne.

Il exhala un long soupir douloureux.

— Et, maintenant, qu'avais-tu à m'annoncer ?

Elle marqua un temps d'hésitation. Certes, pour elle, c'était une bonne nouvelle. Une nouvelle qui allait rompre son lien avec Jackson et la libérer du lien ambigu entre eux qui la faisait tant souffrir.

Néanmoins, elle appréhendait sa réaction.

— Mon ex s'est fait coincer, finit-elle par dire.

— Pardon ? s'exclama-t-il, l'air abasourdi.

— Allen a été arrêté. Avec trente mille dollars sur lui, imagine un peu. La police les lui a confisqués. Et ils ont trouvé beaucoup plus d'argent à son domicile. Il avait escroqué plusieurs autres femmes. Quand ils m'ont téléphoné, j'ai dû partir pour Boston. Je suis contente de t'annoncer que je ne suis plus pauvre. Je vais récupérer presque tout mon argent.

Un peu gênée, elle se tut. Son voyage à Boston lui avait permis de prendre du recul et de comprendre à quel point son amour pour Jackson était futile.

— C'est formidable, Sammie !

Il lui décocha un sourire plein de sincérité. Un sourire qui ne pouvait pas la laisser indifférente. Mais elle devait se blinder. Elle refusait de lui ouvrir son cœur. Elle s'était déjà fait duper une fois dans sa vie, cela ne se reproduirait pas. Même si Jackson était le plus bel homme qui ait jamais croisé sa route. Il ne devait rien deviner de son chagrin, de son espoir déçu.

— Oui, formidable ! répéta-t-elle. Tu n'as donc

plus besoin de t'expliquer. Je ne suis pas partie parce que je t'en voulais, mais pour régler mes affaires à Boston. Alors, tu peux oublier ta culpabilité.

— Je suis heureux que tu sois revenue, mon cœur, tu m'as manqué.

Ne dis surtout pas ça, lui souffla une petite voix suppliante.

Se composant un visage indifférent, elle répondit :

— Merci. Et je suis contente que tu sois passé. Maintenant, nous pouvons parler affaires.

L'air déconfit, il répliqua :

— Sammie, je ne suis pas ici pour parler affaires.

— Mais moi, si. Et je vais te faire une offre. Je veux racheter ta part de Boot Barrage. Avec les intérêts, naturellement. Tu ne voulais pas vraiment t'associer dans la chaussure avec moi. Tu as rendu service à Callie et je t'en suis reconnaissante. Mais, maintenant, tu es libéré. Je suis en position de pouvoir te rembourser. Et c'est ce que j'aimerais faire. Tu n'as plus besoin d'être mon associé.

Elle débitait son discours à toute allure. Elle voulait lui faire comprendre qu'elle était sérieuse avant qu'il puisse l'arrêter. Avant de voir sa détermination faiblir. Chaque seconde passée avec lui lui donnait envie de craquer. Elle ne pouvait pas se le permettre.

— Alors, qu'en penses-tu ?

Le souffle un peu court, Jackson la dévisagea un long moment, sondant son visage d'un air énigmatique. S'il était en colère, Jackson Worth restait fidèle à son flegme légendaire. Il ne baissait jamais sa garde. Ne dévoilait jamais rien du fond de sa pensée.

— Je dois y réfléchir.

Sans lui laisser le temps d'insister, il s'avança et fit courir sa main le long de son bras. Elle se figea, se défendant contre la violence des sensations que ce simple geste réveillait en elle. Sans parler des souvenirs. Leurs rires, les moments partagés avec sa famille, leur passion torride.

Elle fixa son beau regard indigo empreint de douceur et de compréhension. Avait-il deviné son stratagème ? Voyait-il que, son orgueil bafoué, elle luttait pour garder sa dignité ? Qu'elle jouait la comédie pour ne pas voir son cœur brisé une seconde fois ? Ou était-il aussi troublé qu'elle par le frôlement de leurs peaux ?

— Je te donnerai ma réponse bientôt, ma belle.

Sur ces mots, il pivota sur ses talons et s'éloigna. Le claquement de la porte la fit sursauter, et tout son corps fut pris de tremblements.

— Ça s'est bien passé, murmura-t-elle pour elle-même.

Brisée, elle prit sa tête dans ses mains et ferma les yeux.

Elle pouvait s'accorder dix minutes pour s'apitoyer sur son sort. Avant d'ouvrir Boot Barrage et de donner le change avec un visage joyeux.

Callie était une sainte. Toue la semaine, elle avait supporté ses pleurnicheries, l'avait réconfortée de son mieux. Pas une fois, elle ne l'avait réprimandée ni ne lui avait dit qu'elle était une ingrate de ne pas savoir apprécier sa chance : Allen, son ex, avait ce qu'il méritait, il allait être inculpé pour escroquerie et fraude, et serait envoyé en prison ; elle allait récupérer presque tout son argent ; et Boot Barrage se portait au mieux.

Elle avait un travail qu'elle aimait, de bons amis. Que pouvait-elle demander de plus ? Pourtant, Jackson ne lui avait pas encore donné sa réponse. Depuis le matin où il était passé à Boot Barrage, elle n'avait plus de nouvelles. Ce devrait être une bonne chose. Il fallait qu'elle prenne l'habitude de ne pas le voir tout le temps. Pourtant, il lui manquait affreusement.

Tout en traversant Red Ridge, elle alluma la radio. La musique pleine d'entrain de la station rock l'empêcha de penser. Elle devait cesser de s'apitoyer sur son sort. Oublier Jackson. L'invitation de Callie à un pique-nique au bord du lac tombait à pic. Elle avait emballé son déjeuner et elle était heureuse d'avoir cette diversion si agréable pour occuper son jour de congé.

Elle se gara devant l'endroit où elles avaient rendez-vous, avisa Callie sur la rive et agita la main. Puis elle sortit de la voiture son panier, sa couverture et des cadeaux pour les deux bébés. Elle se réjouissait de pouvoir les câliner. Cela ne manquait jamais de la réconforter.

Arrivée devant son amie, elle déposa son chargement et, avec un grand sourire, la serra dans ses bras.

— Salut ! Je suis contente de te voir.

— Moi aussi, répondit Callie d'un ton un peu gêné.

Elle jeta un coup d'œil surpris à la ronde. Pourquoi étaient-elles seules ?

— Où sont Rory ? Et Trish et Meggie ? s'étonna-t-elle.

— Ils ne viennent pas.

— Pourquoi ? demanda-t-elle, de plus en plus étonnée.

— Parce que nous n'avons pas vraiment prévu de pique-nique aujourd'hui.

Quelle déception ! Elle qui s'était fait une fête à la perspective de cette journée.

— Que se passe-t-il Callie ? demanda-t-elle, inquiète. Le bébé est malade ? Mon Dieu, j'espère bien que non.

— Non, Sammie. Rory va très bien. C'est… c'est…

Elle jeta un coup d'œil vers un bosquet d'arbres.

— Callie ? la pressa Sammie, soudain méfiante.

Son amie lui répondit dans un chuchotement.

— Je suis désolée de t'avoir menti. Vraiment désolée. J'espère que tu vas me pardonner. Je dois y aller.

— Y aller ? répéta-t-elle, incrédule.

Callie commença à s'éloigner, manifestement indifférente à sa panique. Elle aperçut alors une silhouette qui émergeait de derrière un arbre.

Et reconnut Jackson.

Elle comprenait, maintenant. Elle était victime d'un coup monté.

Se sentant soudain terriblement vulnérable, elle le regarda approcher. Il portait une tenue de cow-boy, un cordon en guise de cravate, ses cheveux couleur de sable retombant en mèches souples sur sa nuque. Une tenue qui contrastait avec le pantalon ample et le T-shirt rose miteux pour lesquels elle avait opté ce matin. Avec ses cheveux tirés en miniqueue-de-cheval, elle ressemblait à garçon manqué. Bref, elle était affreuse, alors que, comme toujours, il était d'une beauté renversante.

— Que fais-tu ici ? demanda-t-elle sans chercher à dissimuler sa contrariété.

— Je suis ici pour toi, répondit-il sans détour.

— Je vois ça, persifla-t-elle. Callie vient de m'abandonner.

Elle regarda le nuage de poussière que soulevait la voiture de son amie en s'éloignant.

— Je suis venu te dire que j'ai pris ma décision, reprit-il. Je ne veux pas être ton associé.

— Parfait. Merci.

— Je ferai rédiger les papiers adéquats.

Elle approuva d'un signe de tête. Quelles que soient les circonstances, Jackson ne perdait jamais le contrôle des événements.

— Très bien, fit-elle, sentant son sang battre à ses tempes. C'est tout ?

Elle n'aimait pas être en tête à tête avec lui. Il lui inspirait des désirs qu'elle ne pourrait jamais assouvir.

— Non, il y a autre chose, répondit-il avec le plus grand flegme.

Son sourire la mettait au supplice. Que diable lui voulait-il ?

— Quoi d'autre ?

— Tu sais où nous sommes, n'est-ce pas ?

Elle leva les yeux au ciel. La prenait-il pour une idiote, maintenant ?

— Nous sommes au lac, répondit-elle patiemment.

— A Elizabeth Lake.

— Oui, à Elizabeth Lake. Et alors ?

— Je voulais juste préciser.

— D'accord, maintenant nous savons que nous

sommes à Elizabeth Lake, ironisa-t-elle pour cacher son trouble.

— Et tu connais la légende d'Elizabeth Lake ?

Ne pouvant s'empêcher de sourire à ce joli souvenir, elle répondit :

— Oui, c'est ici que ton trisaïeul a sauvé sa future femme de la noyade.

Comme tous les habitants de Red Ridge, Sammie connaissait la légende. Elle s'empressa de se ressaisir. S'il espérait l'attendrir avec ses histoires de famille, il se berçait d'illusions.

— En effet, c'est ainsi qu'ils se sont rencontrés, reprit Jackson d'une voix empreinte de gravité. Mais tout aussi important, c'est ici que chaque homme Worth vient demander la femme de sa vie en mariage.

— La femme de sa vie. Et alors ? fit-elle, la voix soudain tremblante, en reculant d'un pas.

Son corps était secoué de petites convulsions.

— Et alors ? répéta-t-il. Tu m'aimes.

Incapable de dire un mot, elle ouvrit la bouche, puis la referma. Et recula encore un peu.

— Tu m'aimes, Sammie. Admets-le.

— Je serais folle de t'aimer, Jackson. Tu es un célibataire endurci. Tu tiens à ta liberté plus que tout.

Elle se sentait glisser. Bientôt, elle serait tout au bord du lac.

— Toujours souriant, il s'approcha encore.

— Mais encore ?

— Eh bien… euh. Tu es beaucoup trop beau.

— Merci. Quoi d'autre ?

Elle n'était plus qu'à quelques centimètres de l'eau.

— Tu n'as même pas idée de ton charme. Les femmes sont prêtes à tout pour satisfaire tes désirs.

— Vraiment ? Je l'ignorais.

— Le fait que tu ne t'en rendes même pas compte ne fait qu'accroître ce charme.

Jackson fixa ses lèvres avec avidité.

— Là, nous sommes hors sujet. Rappelle-toi, tu m'aimes.

— Je n'ai jamais dit ça ! riposta-t-elle.

Il n'était plus qu'à un souffle de son visage. Elle se pencha en arrière. A quel jeu jouait-il ? Pourquoi cherchait-il à faire renaître l'espoir en elle ?

— Alors tu ne m'aimes pas ? fit-il d'un air vexé.

Elle recula encore et son talon toucha l'eau.

— Pourquoi veux-tu savoir ?

— Parce qu'il est assez normal pour un homme de vouloir s'assurer que la femme qu'il aime l'aime aussi.

Elle tressaillit et faillit perdre l'équilibre. Jackson, son sauveur, l'homme qui occupait toutes ses pensées, la rattrapa de justesse et l'attira contre lui. Elle leva la tête, n'ayant d'autre choix que de le regarder dans les yeux.

— Tu m'aimes ? répéta-t-elle d'une toute petite voix.

— Je suis fou de toi, Sammie. Et j'aimerais bien que tu me laisses le temps de faire ma demande en mariage avant de tomber à l'eau.

— Ta demande en mariage ? répéta-t-elle, son cœur battant à se rompre. Tu es sérieux ?

Prise de vertige, elle était sur le point de s'évanouir, comme au temps des crinolines.

Il sourit, ses deux divines fossettes se creusant dans ses joues. Elle poussa un soupir d'aise. Jamais elle ne pourrait se lasser de la perfection de son beau visage buriné.

— Sammie, reprit-il, tu ne m'as pas écouté ?

— J'avoue que j'ai peine à te croire, bredouilla-t-elle.

— Tu dois me croire, affirma-t-il, en la soulevant doucement et en la faisant tournoyer sur place, avant de la reposer.

Malgré ses jambes flageolantes, elle reprit pied sur la terre ferme.

— Je t'aime, Sammie Gold.

Les yeux bleu nuit de Jackson étaient empreints de cette même tendresse infinie qu'il réservait à Rory et à Meggie. Sous son regard embrasé, son vertige la reprit.

Il continuait à parler mais, inondée de joie, elle n'entendait plus que ce « je t'aime » que jamais, même dans ses rêves les plus fous, elle n'aurait imaginé Jackson lui dire un jour.

— Et je pensais que c'était juste les bottes. Honnêtement, chérie, personne ne porte des bottes comme toi. Je n'ai jamais été jaloux mais j'étais prêt à casser la figure à Sonny Estes quand j'ai cru que…

— Tu étais jaloux ?

Il hocha la tête.

— Fou de jalousie.

Elle lui décocha son sourire le plus radieux.

— Tu n'as pas besoin d'avoir l'air si réjoui, dit-il en fronçant les sourcils. Après notre nuit à Vegas, nous avons passé ce pacte stupide. J'en crevais. Tu n'imagines pas à quel point j'avais envie de te toucher, de t'embrasser.

Elle sentit son visage s'empourprer. Pour un peu, elle se serait pincée pour se convaincre qu'elle ne rêvait pas. Elle était avec Jackson Worth, qui lui parlait de la violence de son désir pour elle.

— Puis, quand nous avons été surpris par la tornade, j'étais terrifié à l'idée qu'il puisse t'arriver quelque chose, Sammie. Je crois que je t'aimais sans le savoir.

— Tu as été merveilleux cette nuit-là, Jackson. Tu m'as sauvé la vie. Tu passes ton temps à me sauver. Comment pourrais-je ne pas t'aimer ?

Une joie de petit garçon se peignit sur son visage.

— Ça y est. Tu l'as dit. Tu m'aimes ! s'exclama-t-il avec un sourire réjoui.

Elle éclata de rire.

— Je l'ai dit, je t'aime, Jackson. A la folie. Mais jamais je n'aurais imaginé que tu m'aimais aussi. En fait, j'ai essayé de me convaincre de ne pas t'aimer. De me dire que tu n'étais pas pour moi. Mais, quand je t'ai surpris avec Blair, j'ai senti mon monde s'écrouler.

— Je te jure qu'il ne s'est rien passé avec Blair.

— Maintenant, je te crois, Jackson.

— Blair et moi ne nous faisons aucun bien. Et je l'ai enfin compris le soir où tu es arrivée chez moi à l'improviste. Tout est devenu limpide. Je dois te remercier de m'avoir permis de tourner la page sur cette histoire. Aucune femme ne t'est comparable, Sammie. Tu es mon présent, mon avenir, la seule que je veux dans ma vie. Si tu me veux aussi.

Une boule d'émotion lui nouant la gorge, elle vit Jackson s'agenouiller. Comme par magie, un diamant apparut. Une splendeur qui scintillait de mille feux au soleil de l'Arizona.

— Sammie Gold, je t'aime de tout mon cœur, déclara-t-il d'une voix solennelle. Tu illumines chaque instant de ma vie. Je te demande de m'épouser et d'être ma femme et, si tu me fais l'honneur d'accepter, je te promets d'être un bon mari et de t'aimer toute ma vie. Si tu dis oui, je te promets aussi de ne pas te jeter dans le lac simplement pour te porter secours.

Malgré l'indicible émotion qui lui étreignait le cœur, elle laissa échapper un petit rire.

— Oui, je veux t'épouser, Jackson. Parce que je t'aime et parce que je n'ai pas besoin d'un plongeon dans le lac pour savoir à quel point je serais fière d'être ta femme.

Il se leva, satisfait. Redevenu grave, il prit sa main gauche dans la sienne et glissa la bague à son annulaire. Puis, portant ses doigts à ses lèvres, avec une tendresse infinie, il les embrassa.

— Je t'aime, répéta-t-il d'une voix sourde.

Leurs lèvres se joignirent alors en un baiser langoureux, porteur de mille promesses.

Sa main dans la sienne, Jackson se tourna vers le lac. Le ciel était bleu, l'air pur, l'eau limpide. Des vaguelettes venaient lécher la rive. Sammie appartenait désormais au club très privé des femmes Worth. Elle verrait son amour s'épanouir et grandir au côté d'un homme d'un honneur et d'une intégrité sans faille.

Elle ne regrettait rien et surtout pas d'avoir pris le risque d'aimer Jackson Worth.

Deux mois plus tard…

La chaîne des Red Ridge, imposante et glorieuse, se découpait sur l'horizon. Dans un nuage de poussière rouge, les voitures venaient s'arrêter devant le ranch d'origine du domaine, saluées par les hennissements des chevaux.

Pour la seconde fois aujourd'hui, Sammie sentit l'émotion la déborder. La famille Worth venait de baptiser Rory. Docile, elle se laissa entraîner par son mari jusque dans le salon de Tagg et de Callie, et, ses cadeaux à la main, elle s'assit sur le canapé.

— Je suis si fière d'être sa marraine, dit-elle, sa vision un peu brouillée par les larmes.

— Je sais que je reste le préféré de Rory, mais ça ne vaut pas la peine d'en pleurer, chérie, plaisanta Jackson en essuyant ses joues.

Son rire fusa à travers ses larmes. Plus que quelques minutes et sa nouvelle famille connaîtrait la véritable raison de son émotion.

— Tu ne le seras plus quand il aura eu mon cadeau, riposta-t-elle.

Elle tendit tour à tour un paquet à Callie et à Trish.

— Pour Rory et pour Meggie.

— C'est adorable, merci ! s'exclama son amie.

— Merci, renchérit Trish.

Callie déballa d'adorables petites bottes en cuir chocolat, avec un W en clous argentés, pour Rory. La boîte destinée à Meggie révéla le même modèle, en cuir rouge. Ses deux belles-sœurs, émerveillées, faillirent l'étouffer de leurs baisers.

— Les petits Worth apprendront à marcher avec des minibottes de cow-boy aux pieds, expliqua Sammie avec fierté.

Ses yeux s'embuant de nouveau, elle posa la dernière boîte sur les genoux de Jackson.

— Celle-ci est pour toi.

— Pour moi ? s'étonna-t-il.

L'air intrigué, il déballa une nouvelle paire de minuscules bottes en cuir blanc, frappées du W du clan. L'enveloppant d'un regard brûlant d'amour, il demanda :

— Que cherches-tu à me dire ?

— Que notre fils ou notre fille aussi apprendra à marcher avec des minibottes de cow-boy !

Il posa une main sur son ventre.

— Notre bébé ? demanda-t-il, le visage rayonnant.

Devant son sourire éclatant, elle se sentit envahie d'une immense paix. Désormais, tout était à sa place dans sa vie.

— Oui, notre bébé, murmura-t-elle.

Il se leva d'un bond, la souleva tendrement dans ses bras et, au milieu des exclamations de joie, il l'embrassa. La serrant sur son cœur, une main jouant avec ses courtes mèches caramel, il chuchota :

— Jamais je n'aurais cru qu'une paire de bottes changerait ma vie à ce point.

— Il ne faut jamais douter du pouvoir des bottes, chuchota-t-elle à son tour.

— Tu peux compter sur moi, mon amour.

Elle savait qu'il disait vrai.

Ils allaient d'ailleurs bientôt partir en voyage de noces.

Jackson l'emmenait à Paris…

… Las Vegas.

Passions

— Le 1er juillet —

Passions n°406

Précieuses confidences - Maureen Child

Série : «Les secrets de Waverly's»

Depuis qu'un scandale menace Waverly's, le prestigieux hôtel des ventes de sa famille, Vance Waverly est aux aguets. Se pourrait-il que l'espion infiltré chez eux par la maison concurrente soit sa nouvelle et ô combien sublime assistante ? Malgré toute l'attirance qu'il éprouve pour Charlotte Potter, il ne peut écarter cette possibilité. Résolu à découvrir ce que lui cache la mystérieuse jeune femme, Vance décide de se rapprocher d'elle. Si près qu'il saura bientôt si Charlotte est son ennemie – et, surtout, s'il peut faire d'elle sa maîtresse...

Un troublant espoir - Lilian Darcy

Lors de son passage à Radford, c'est avec beaucoup d'émotion que Scarlett retrouve Daniel Porter. Malgré les six années qui les ont séparés, et bien qu'elle se soit jetée à corps perdu dans sa carrière, elle a été incapable de l'oublier... Or, aujourd'hui qu'elle a décidé de changer de vie – et de renouer avec les plaisirs simples de la vie –, elle ne peut s'empêcher de se demander si ces retrouvailles ne sont pas le signe du destin qu'elle attendait. Aurait-elle une seconde chance avec Daniel ? Face au regard brûlant de celui-ci, Scarlett a soudain très envie de le croire...

Passions n°407

Une nuit inoubliable - Crystal Green

Une belle brune aux yeux gris, un parfum enivrant. Ces images douces et sensuelles ne quittent plus Connall Flannigan depuis quatre mois, date à laquelle un accident l'a laissé amnésique. Pour renouer avec cette vie qui lui est devenue étrangère, il se rend à St Valentine, sur les lieux où son existence a basculé, résolu à retrouver ses souvenirs – et la femme qui hante ses jours et ses nuits. Mais lorsqu'il se retrouve face à sa mystérieuse obsession, Connall est bouleversé de la découvrir... enceinte.

La tentation d'une Westmoreland - Brenda Jackson

Captivée. Face à l'Apollon qui vient d'apparaître devant elle, Megan Westmoreland reste un moment muette d'admiration. Jamais elle n'a éprouvé une telle attirance, un désir aussi sauvage pour qui que ce soit. Mais alors que l'inconnu la dévore des yeux à son tour, le couperet tombe : il s'agit de Rico Claiborne, l'homme qu'elle a engagé pour enquêter sur le passé de sa famille. Et puisque Megan ne mélange pas travail et plaisir, il n'est pas question pour elle de céder à la tentation que Rico lui inspire. Même si lui résister sera d'autant plus difficile qu'elle compte bien rester auprès de lui durant les recherches qu'il doit mener au Texas. Jour et nuit...

Passions n°408

Mariage à Isla Sagrado - Yvonne Lindsay

Lorsque Loren reconnaît le ténébreux Alexander del Castillo sur le pas de sa porte, elle sent un frisson la parcourir. Ainsi, celui à qui elle est promise depuis sa naissance a traversé la planète pour venir lui rappeler son devoir, et la ramener sur L'Isla Sagrado ? Jamais elle n'aurait imaginé qu'il chercherait, dix ans après leur dernière rencontre, à honorer le pacte archaïque conclu par leurs pères respectifs. Hélas, alors que la raison lui dicte de refuser d'épouser cet homme qui ne l'aime pas, son cœur, qui n'a jamais battu que pour Alex, la pousse bientôt à accepter cette union aussi insensée que follement exaltante...

Un parfum d'inachevé - Nancy Robards Thompson

Caroline n'est pas du genre à laisser ses sens prendre le contrôle. Pourtant, le jour où elle rencontre Drew Montgomery à l'occasion d'un mariage, elle succombe au désir puissant qu'il éveille en elle, et s'offre une nuit - une seule - dans les bras de cet homme splendide qui la couve du regard. Pourquoi se refuserait-elle ce plaisir simple et sans engagement ? Seulement, au petit matin, Caroline est totalement chavirée. Les instants délicieux qu'elle a passés avec Drew ont comme un goût d'inachevé, et elle n'a désormais qu'une envie : revoir son amant d'un soir...

Passions n°409

Le héros de ses rêves - Susan Crosby

Série : «Le destin des Fortune»

Depuis la terrible tornade qui a ravagé Red Rock, et a bien manqué lui coûter la vie, Victoria Fortune ne cesse de faire des cauchemars. Des cauchemars dans lesquels elle retrouve, heureusement, ce cowboy inconnu qui l'a sauvée des décombres, trois mois plus tôt. Afin de surmonter son traumatisme et de reprendre le contrôle de sa vie, Victoria décide donc de retourner sur les lieux du drame – et de retrouver son héros pour le remercier. Mais quand, enfin, elle parvient jusqu'au ranch isolé de Garrett Stone, elle découvre, déçue, que l'homme qui hante ses nuits n'est absolument pas ravi de la revoir...

Un désir insensé - Day Leclaire

Conduis-moi dans ta chambre. A peine Daisy a-t-elle retrouvé Justice St John qu'elle laisse s'exprimer son cœur – et son corps. Comment pourrait-il en être autrement, alors que cela fait dix ans qu'elle rêve de lui et de l'été merveilleux qu'ils ont passé ensemble ? Hélas, lorsqu'après une fabuleuse nuit d'amour, Justice déclare qu'il ne veut plus la revoir, c'est le cœur brisé que Daisy quitte, pour la seconde fois, l'homme qu'elle a tant aimé. Jusqu'à ce qu'elle mette au monde son enfant et prenne la décision d'aller trouver Justice, dans le domaine où il vit en solitaire...

Passions n°410

La belle de Wolff Mountain - Janice Maynard

Je vais vous emmener à Wolff Mountain... Bien que blessée à la suite d'un accident, Gillian aurait reconnu la voix de Devlyn Wolff entre mille. Hélas, celui qui a brisé son cœur d'enfant, et qui ne semble avoir gardé aucun souvenir de leur rencontre passée, exerce toujours un étrange pouvoir sur elle. Est-ce dû à la sensualité irrésistible qui émane de lui, à son regard intense, à son sourire dévastateur ? Quoi qu'il en soit, et parce qu'elle est contrainte de le suivre dans son château, en pleine nuit, Gillian reste sur ses gardes. Cet homme est un séducteur, et elle a tout intérêt à se tenir aussi éloignée de lui que possible...

Une sublime rencontre - Beth Kery

Alors qu'il se promène sur la plage de Harbor Town, par une chaude nuit d'été, Liam Kavanaugh fait face à une sublime apparition, celle d'une inconnue dansant au rythme des vagues, libre et solitaire. Mais il n'a pas le temps de l'aborder que, déjà, la jeune femme s'enfuit au loin. Bouleversé par cette rencontre, Liam se désespère de revoir cette beauté quand il la retrouve enfin, en la personne de Natalie Reyes. Natalie, dont la famille est ennemie de la sienne depuis toujours...

Passions n°411

L'emprise du plaisir - Kate Hoffmann

Série : «Le défi des frères Quinn»

Lorsque son grand-père lui annonce qu'il a choisi de l'envoyer pour six semaines à l'autre bout du pays, Ronan Quinn relève le défi sans hésiter : c'est l'occasion ou jamais d'exorciser ses vieux démons, et de prendre un nouveau départ. Sauf que, dès son arrivée dans la petite ville du Maine, au bord de l'océan, rien ne se passe comme prévu. D'abord parce que son nom de famille semble y être associé à une vieille malédiction et qu'il va avoir, dans ces conditions, toutes les peines du monde à trouver un travail et un toit. Ensuite, et surtout, parce que la seule personne qui accepte de l'aider malgré son nom de famille le plonge dans un état proche de la stupeur. Charlie Sibley. Une beauté à couper le souffle, qu'il meurt d'envie de serrer dans ses bras et d'embrasser jusqu'au bout de la nuit. Au mépris de toute raison...

Lui entre tous - Jo Leigh

Pourquoi diable Shannon a-t-elle eu l'idée de jouer les entremetteuses pour ses amies ? Si, à l'origine, arranger des rencontres entre les hommes célibataires de son entourage et ses amies lui paraissait une très bonne idée, cela lui semble à présent une erreur magistrale. Car, bien malgré elle, elle a accepté d'aider son amie Ariel à sortir avec Nate Brenner, le meilleur ami de son frère qu'elle n'a pas vu depuis des années, et qui vient de s'installer chez eux pour quelque temps. L'homme le plus sexy de la terre, doublé de l'incarnation de ses fantasmes les plus fous...

A paraître le 1er mai

Best-Sellers n°559 • suspense

Un tueur dans la nuit - Heather Graham

Un corps atrocement mutilé, déposé dans une ruelle mal éclairée de New York en une pose volontairement suggestive…

En s'avançant vers la victime – la quatrième en quelques jours à peine –, l'inspecteur Jude Crosby comprend aussitôt que le tueur qu'il traque vient une fois de plus d'accomplir son œuvre macabre. Qui est ce déséquilibré, qui semble s'ingénier à imiter les crimes commis par Jack l'Eventreur au 19e siècle ? Et comment l'identifier, alors que le seul témoin à l'avoir aperçu n'a distingué qu'une ombre dans la nuit, vêtue d'une redingote et d'un chapeau haut de forme ? Se pourrait-il, comme le titrent les médias, déchaînés par l'affaire, qu'il s'agisse du fantôme du célèbre assassin, ressuscité d'entre les morts pour venir hanter le quartier de Wall Street, désert la nuit ? Une hypothèse qui exaspère Jude, lui qui sait bien qu'il a affaire à un homme en chair et en os qu'il doit arrêter au plus vite. Quitte pour cela à accepter de collaborer avec la troublante Whitney Tremont, l'agent du FBI qui lui a été envoyé pour l'aider à résoudre l'affaire. Même si Jude ne croit pas un seul instant au don de double vue qu'elle prétend posséder…

Best-Sellers n°560 • suspense

L'ombre du soupçon - Laura Caldwell

Après des mois difficiles durant lesquels elle a été confrontée à la perte d'un être cher ainsi qu'à une déception amoureuse, Izzy McNeil, décidée à ne pas se laisser aller, accepte sans hésiter de devenir présentatrice d'une nouvelle chaîne de télévision. Mais si la chance semble lui sourire à nouveau, il lui reste encore à retrouver sa confiance en elle et à remettre de l'ordre dans sa vie sentimentale. Pourtant, tout cela passe d'un seul coup au second plan quand elle retrouve Jane, sa meilleure amie, sauvagement assassinée. Anéantie, Izzy doit en outre affronter les attaques d'un odieux inspecteur de police qui la soupçonne du meurtre de son amie. Comment se défendre face à ces accusations quand des coïncidences incroyables la désignent comme la coupable idéale – tandis que de sombres secrets que Jane aurait sans doute voulu emporter dans la tombe commencent à remonter à la surface ? Désormais, Izzy le sait, elle est la seule à pouvoir dissiper l'ombre du soupçon.

Best-Sellers n°561 • thriller

L'hiver assassin - Lisa Jackson

Ne meurs pas. Bats-toi. Ne te laisse pas affaiblir par le froid et la morsure du vent. Oublie la corde et l'écorce gelée. Bats-toi. C'est la quatrième femme morte de froid que l'on retrouve attachée à un arbre dans le Montana, un étrange symbole gravé au-dessus de la tête. Horrifiées par cette série macabre, Selena Alvarez et Regan Pescoli, inspecteurs de police, se lancent dans une enquête qui a tout d'un cauchemar, au cœur d'un hiver glacial et de jour en jour plus meurtrier à Grizzly Falls. Au même moment, Jillian Rivers, partie à la recherche de son mari dans le Montana, se retrouve prisonnière d'une violente tempête de neige. Un homme surgit alors pour la secourir avant de la conduire dans une cabane isolée par le blizzard. Malgré son soulagement, Jillian éprouve instinctivement pour cet être taciturne un sentiment de méfiance. Et si ses intentions n'étaient pas aussi bienveillantes qu'il y paraissait ? Et s'il se tramait quelque chose de terrible ? Pour Selena, Regan et Jillian, un hiver assassin se profile peu à peu dans ces forêts inhospitalières…

Best-Sellers n°562 • thriller

Et tu périras par le feu - Karen Rose

Hantée par une enfance dominée par un père brutal – que son entourage considérait comme un homme sans histoire et un flic exemplaire –, murée dans le silence sur ce passé qui l'a brisée affectivement, l'inspecteur Mia Mitchell, de la brigade des Homicides, cache sous des dehors rudes et sarcastiques une femme secrète, vulnérable, pour qui seule compte sa vocation de policier. De retour dans sa brigade après avoir été blessée par balle, elle doit accepter de coopérer avec un nouvel équipier, le lieutenant Reed Solliday, sur une enquête qui s'annonce particulièrement difficile : en l'espace de quelques jours, plusieurs victimes sont mortes assassinées dans des conditions atroces. Le meurtrier ne s'est pas contenté de les violer et de les torturer : il les a fait périr par le feu… Alors que l'enquête commence, ni Mia ni Reed, ne mesurent à quel point le danger va se rapprocher d'eux, au point de les contraindre à cohabiter pour se protéger eux-mêmes, et protéger ceux qu'ils aiment…

Best-Sellers n°563 • roman

La vallée des secrets - Emilie Richards

Si rien ne changeait, le temps aurait raison de son mariage : telle était la terrible vérité dont Kendra venait soudain de prendre conscience. Blessée dans son amour, elle part s'installer dans un chalet isolé au cœur de la Shenandoah Valley, en Virginie. Une demeure héritée par son mari, Isaac, d'une grand-mère qu'il n'a jamais connue, seule trace d'une famille qui l'a abandonné après sa naissance. Dans ce lieu enchanteur et sauvage, elle espère se ressourcer et faire le point sur son mariage. Mais c'est une autre quête qui la passionne bientôt : celle du passé enfoui et mystérieux des ancêtres d'Isaac. Une histoire intimement mêlée aux secrets de la vallée, précieusement protégés par les habitants qui en ont encore la mémoire. Mais qu'importe : Kendra, qui n'a rien oublié de son métier de journaliste, est prête à relever le défi. Car, elle en est persuadée, ce n'est qu'en sachant enfin d'où il vient qu'Isaac pourra construire avec elle un avenir serein…

Best-Sellers n°564 • roman

Un automne à Seattle - Susan Andersen

Quand elle apprend qu'elle hérite de l'hôtel particulier Wolcott, près de Seattle, Jane Kaplinski a l'impression de rêver. Car avec la demeure, elle hérite aussi de la magnifique collection d'art de l'ancienne propriétaire ! Autant dire une véritable aubaine pour elle, conservatrice-adjointe d'un musée de Seattle. Mais à son enthousiasme se mêlent des sentiments plus graves : de la peine, d'abord, parce qu'elle adorait l'ancienne propriétaire de Wolcott, une vieille dame excentrique et charmante qu'elle connaissait depuis l'enfance. Et de l'angoisse, ensuite, parce qu'elle redoute de ne pas être à la hauteur de la tâche. Heureusement, elle peut compter sur l'aide inconditionnelle
de ses deux meilleures amies, Ava et Poppy, qui ont hérité avec elle de Wolcott. Et sur celle, quoique moins chaleureuse, de Devlin Kavanagh, chargé de restaurer la vieille bâtisse. Un homme très séduisant, très viril et très sexy, mais qui l'irrite au plus haut point avec son petit sourire en coin, et son incroyable aplomb. Mais comme il est hors de question qu'elle réponde à ses avances à peine voilées, elle n'a plus qu'à se concentrer sur son travail. Sauf que bien sûr, rien ne va se passer comme prévu…

Best-Sellers n°565 • historique
La maîtresse du roi - Judith James
Cressly Manor, Angleterre, 1662
Belle, sensuelle et déterminée, Hope Matthews a tout fait pour devenir la favorite du roi d'Angleterre, quitte à y laisser sa vertu. Pour elle, une simple fille de courtisane, cette réussite est un exploit, un rêve inespéré auquel elle est profondément attachée. Malheureusement, son existence dorée vole en éclats lorsque le roi lui annonce l'arrivée à la cour de la future reine d'Angleterre. Du statut de maîtresse royale, admirée et enviée de tous, elle passe soudainement à celui d'indésirable. Furieuse, Hope l'est plus encore lorsqu'elle découvre que le roi a mis en place un plan pour l'éloigner de Londres : sans la consulter, il l'a mariée à l'ombrageux et séduisant capitaine Nichols, un homme arrogant qui ne fait rien pour dissimuler le mépris qu'il éprouve pour elle…

Best-Sellers n°566 • historique
Princesse impériale - Jeannie Lin
Chine, 824.
Fei Long n'a pas le choix : s'il veut sauver l'honneur de sa famille, il doit à tout prix trouver une remplaçante à sa sœur fugitive, censée épouser un seigneur khitan sur ordre de l'empereur. Hélas ! à seulement deux mois de la cérémonie, il désespère de rencontrer la candidate idéale. Jusqu'à ce que son chemin croise celui de Yan Ling, une ravissante servante au tempérament de feu. Bien sûr, elle n'a pas l'élégance et le raffinement d'une princesse impériale, mais avec un peu de volonté – et beaucoup de travail –, elle jouera son rôle à la perfection, Fei Long en est convaincu. Oui, Yan Ling est la solution à tous ses problèmes. A condition qu'il ne tombe pas sous son charme avant de la livrer à l'empereur…

Best-Sellers n°567 • érotique
L'emprise du désir - Charlotte Featherstone
Parce qu'il croit avoir perdu à jamais lady Anaïs, la femme qu'il désire plus que tout au monde, lord Lindsay s'est laissé emporter entre les bras d'une autre maîtresse, aussi voluptueuse mais autrement dangereuse : l'opium. Semblables à de langoureux baisers, ses volutes sensuelles caressent son visage et se posent sur ses lèvres, l'emportant vers des cimes inexplorées. Et quand survient l'extase, le rideau de fumée se déchire, et, le temps d'un rêve, il possède en imagination la belle Anaïs. Hélas, pour accéder encore et encore à cet instant magique, Lindsay a besoin de plus en plus d'opium, qui devient vite pour lui une sombre maîtresse, exigeante, insatiable. Alors, le jour où lady Anaïs resurgit dans sa vie, encore plus troublante, encore plus désirable, il comprend qu'il va devoir faire un choix. Car il ne pourra les posséder toutes les deux…

www.harlequin.fr